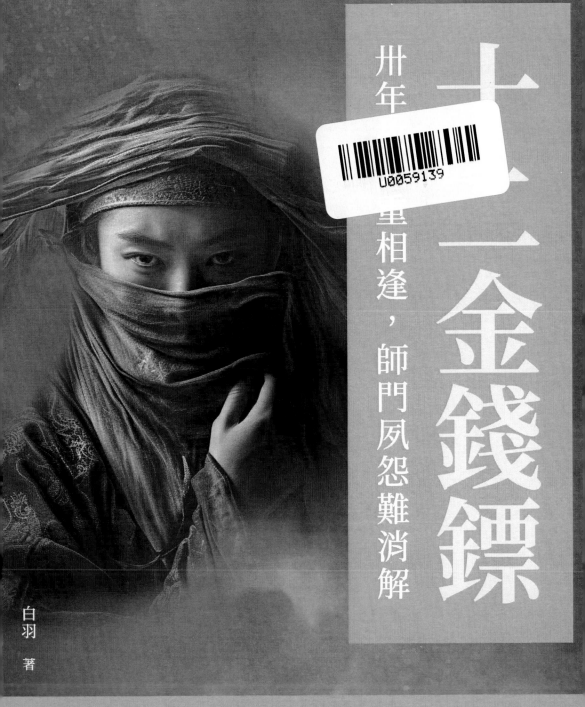

十一金錢鏢

卅年重逢相逢，師門夙怨難消解

白羽 著

鬼門關數度交手、慌奔走一頭霧水、敵我雙方摻奸細……

深夜在鬼門關的幾番交手，又對知情人士誘之以情，
更兼俞夫人帶來的驚人消息，眾人才得以一窺飛豹的真面目！
約定日期將至，眾鏢頭是否能化險為夷、取回鏢銀？

目錄

第二十七章　狹路相逢智囊問釁　短兵乍接飛盜爭鋒　　005

第二十八章　泥澤邊頭揚鏢逐伏寇　紅燈影裡鳴鏑布疑兵　　019

第二十九章　林下撈魚空煩撒網　關門捉豹浪擲金錢　　029

第三十章　越崗增援智囊奏奇襲　當途扼險飛豹鬥奎牛　　053

第三十一章　泥塘設阱鏢客陷身　蘆澤埋蹤強賊詐退　　065

第三十二章　巧植梅花樁大豪競渡　輕揮吳鉤劍蘇老凌波　　083

第三十三章　登浮萍雙雄齊落水　撤伏陣群盜驟奔巢　　099

第三十四章　十二金錢逐豹踏荒堡　七張鐵弩連彈困三傑　　115

第三十五章　飛豹子一戰潛蹤去　丁雲秀單騎助夫來　　149

第三十六章　陰持兩端縮手空招忌　窮詰內奸眾口可鑠金　　167

第三十七章　讀密札掩燈議行藏　窺隱情破窗犯白刃　　183

第三十八章　雲破月來疑團得驟解　推心置腹婉辭慰前嫌　　201

目錄

第三十九章　憚強敵伉儷籌善策　揭真面仇雠針鋒對　　213

第四十章　武勝文代豹約期鬥技　俞劍平聞訊驚悉仇友　　241

第四十一章　飛豹子率眾借地較武　女豪傑偕友振袂馳援　　263

第四十二章　俞夫人求援訪同門　胡振業無心得豹跡　　279

第二十七章
狹路相逢智囊問釁　短兵乍接飛盜爭鋒

俞劍平這麼振吭一呼，姜羽沖首先聽見，頓時收劍撤身，連聲招呼眾鏢客後退。鐵牌手胡孟剛也已聽見，精神一縱，從土堆後唰的搶出來，厲聲叫道：「飛豹子在哪裡？……哈哈，飛豹子好朋友，我到底也有見著你的日子！」掄雙鐵牌，擁身一躍，才要撲過來辨認敵貌；被青紗帳中跳出來兩三條人影，掄兵刃攔住，竟不得上前。鐵牌手胡孟剛怒極，雙牌一揮，奮力疾攻，與敵人打起來。鏢客、賊黨們也忙上前增援，雙方立刻又混戰起來。智囊姜羽沖率眾復出，大呼罷戰……俞劍平目對強敵，還想較問；蛇焰箭岳俊超很不服氣，道：「哪有這些閒白！」嘭的一下，又發出一支火箭。那人呼的一聲，肥大袖子往左一拂，未見他身形作勢，已騰身向左，直躍出丈餘遠，身形一落，單足著地。「金雞獨立」一亮式，嘿嘿冷笑，猛若雄獅，靜如山岳。旋即一轉身，擋住俞、岳，手揮短兵刃，向同伴忙打招呼。看意思，是催同伴把受傷的人救回，再將自己人聚在一處。

岳俊超更不放鬆，收弓拔刀，向前喝道：「你就是飛豹子！呔，我岳俊超要來領教領教！」說著從俞劍平身畔飛躍過來，掄刀就剁。俞劍平狠命地一把將岳俊超扯住道：「岳賢弟，先禮後兵！」

陡然聽敵人冷冷地喝道：「先禮後兵，你們錢鏢、火箭打得真好！我也有點小玩意，來而不往，非禮也。姓俞的接著！」

一揚手，嗤嗤嗤飛打出三個小小的暗器，三縷寒風破空吹來。

十二金錢俞劍平急一拖岳俊超，火速地一伏身。黑影中看不出來是何物，但俞劍平武功精熟，只遙辨敵手，近聽風勢，便已猜知暗器三粒是照

自己何處打來。細辨破空之聲，更知敵人這手發的三粒暗器不是煌石，即是鐵蓮子。

這三粒暗器如電光石火般飛來，第一粒奔俞劍平左眉尖陽白穴，俞劍平急急地一伏身。這第二粒奔左肋太乙穴，俞劍平順勢用「摟膝繞步」，身回勢轉，貼著肋旁，把暗器讓過去。

第三粒奔下盤血海穴打來，俞劍平運用輕功提縱術「一鶴衝天」的絕技，身軀憑空拔起。

三粒暗器都已落空，全被俞三勝避開了。冷不防敵人還有第四粒、第五粒、第六粒，照岳俊超打來。岳俊超挺刀一削，噹的一聲，把先頭的一粒磕飛。後到一粒急閃不及，啪的一下，膝骨一軟，癱跪在地上。竟被敵人打中了十二處軟麻穴之一的環跳穴。青年壯士強忍不哼，掙扎欲起。猶恐俞劍平疏神大意，栽了跟頭，連忙叫道：「俞大哥，留神穴道！」

俞劍平不由一震，乍躲暗器時，約略方位，本已猜疑敵人手法似諳打穴，現在果然不假。這麼黑的天，敵人認穴竟如此準確，又是連環打法，雖說相距很近，然而這目力、這手勁，實不在自己以下。這人若是那個什麼飛豹子，那麼飛豹子真是一個可怕的敵人；這人若不是飛豹子，手下竟是這樣能人，他的聲勢尤其可怕。

這樣存想，討鏢鬥技真乃辣手；但是越這麼樣，越發地激怒了俞劍平，拋起了他的敵愾之心。悄悄一探囊，取出一物，復一回手拔劍，厲聲叫道：「好朋友，好手法！但是你瞄準了打。專衝我姓俞的來。大黑的天，不要認錯了人！……」頓時一挪步，要搶越到岳俊超前面。

這人真是勁敵，非常手快，未等得俞劍平話說完，第五粒暗器打中岳俊超，第六粒便手下留情，不便再向岳俊超發。猛向前一撲身，喝道：「姓俞的！接這個！」一轉腕，斜奔俞劍平打來。

兩人愈逼愈近，相隔三丈內外。這一招發出來，手勁猛，取準切，改

打中路，竟照俞鏢頭胸前下來。俞劍平雙目炯炯，虛將劍一揚，已防到這招。突然一扭腰，百忙中戴上皮手套，左掌硬往暗器一抄，叫道一聲：「好招！風市穴！」這一下，彼方剛出手，此方便入握，就像長衫客把暗器飛遞到俞劍平手中一樣。小小暗器此發彼接，各伸猿臂，也不過掠空飛出兩丈七八，便換了手。

俞劍平冒險夜接暗器，入握只一捻，恍然明白了。立即喝道：「好菩提子！朋友奉還你！」突然一揚把，這時節，兩人相距又近，已不過兩丈多；嗤的一聲，破空輕嘯，敵人把肥袖應招一抖，立刻嗆的一聲響。敵人咦的一聲微呼，猛向後倒躥回去。

俞劍平吐了一口氣，不敢追敵，驚疑參半。趁這夾空，右手提劍，急急地伸左手來掖岳俊超。岳俊超左腿疼麻癢交作，竟如癱瘓了一般，連右腿也不能伸縮自如了。他低叫道：「俞大哥，我教賊子打中環跳穴了。」

俞劍平忙道：「四弟，不要緊！」趁敵人已退，急急地換劍交於左掌，伸右掌忙忙地照岳俊超伏兔穴一點，叫道：「岳四弟，行了，快快退下去！」岳俊超應聲站起。

哪知敵人接著俞劍平的暗器，退轉身，也用手一捻，一陣狂笑道：「好一個十二金錢！你竟把我的菩提子留下了，你還是饒上你那一枚寶貝金錢鏢，也不心疼？俞朋友，我這裡得了你五錢鏢，你接了我一個菩提子，五個換一個，我倒沾光不小，我謝謝吧。但是，我們還得領教你的奇門十三劍，究竟是怎麼樣神奇奧妙，英雄無敵！」說著，「餓虎撲食」，猛往前躥，提手中短兵刃，飛身一掠丈餘，照俞劍平後心玄樞穴打來。

十二金錢俞劍平右手持劍防身，左手剛把岳俊超曳起，斜身急退。就在這剎那間，側面一陣勁風襲來。俞劍平欲待旋身招架，卻是不難；無奈他須顧慮到搖搖欲倒的岳俊超。岳俊超穴道被打處，血脈乍通，麻軟無力，就如尋常人們壓麻了腿一樣。乘這寸隙，敵人已如飛似的撲到，敵招

已如飛似的發出來。

俞劍平把牙一咬，左臂急急往回一撤。岳俊超腳下剛剛一軟，不等他要打跌；俞劍平早舒左腕，照岳俊超肋下腰上一橫，運太極拳內力，振臂往外一揮，唰的一聲，岳俊超竟被揮出七八尺以外，輕輕地落在地上。

這分際真個是間不容髮。十二金錢俞劍平剛剛的振左臂一揮，長衫敵影的短兵刃已到背後。俞劍平趁這左臂一揮之力，左手劍訣一領，左腳往左跨半步，右腿只一提，下護其襠，身軀半轉，側目回睨，展奇門十三劍救急絕招「楊枝滴露」，不架敵招，反截敵腕。三尺八寸的青鋒，迅如電掣，劍尖下劃，恰找敵手的脈門；雖然夜暗勢驟，不差分毫。

這一招所謂「善戰者攻敵必救」！頓時反守為攻，把敵招破開。敵人迅猛的招數竟未得手。但這敵人也好生厲害，只見俞劍平一閃，立刻明白了來意；頓時一甩腕，把手中怪兵刃收回，手腕一翻，復又變招進攻；用「腕底翻雲」，橫截俞劍平的劍身。

俞劍平倏然應招發招，往下一塌腰，掐劍訣，領劍鋒，劍走輕靈；圈回來，發回去，「春雲乍展」，照敵人右肋後魂門穴點去。敵人唰的一晃，身形快如飄風，不遲不早，單等得俞劍平的劍往外剛剛撒出來，他這才霍然一旋身，一個盤旋，轉到俞劍平的左肩後，喝一聲：「打！」照十二金錢的右耳後竅陰穴打去。俞劍平一劍走空，頓知不妙；丹田一提氣，急聳身，嗖的躥出二尺多遠。凝身止步，叫了一聲：「朋友！」長衫敵人一步不放鬆，半句不搭腔，啞吃啞打，立刻跟蹤又上。

俞劍平勃然大怒，立刻整劍迎敵。驟聽得噹的一聲，長衫客忽然出了聲，叫道：「咄，休使暗器！」把歐聯奎一隻鏢打飛。手中短兵刃一舉，仍奔俞劍平，「金龍探爪」，驟照肋骨太乙穴打來。

俞劍平一閃身，往前一跨步，斜身塌步，左手劍訣往前一探，右手劍「金雕展翅」，往外疾展，冷森森的劍鋒猛削敵人的右肩臂；長衫敵人抽

招換式，往下略退，復又進攻。猛聽得黑影閃中，一聲大喝：「朋友飛豹子久違了！我姓胡的今天有緣，咱們講講吧！」雙牌一展，遠遠地如箭馳到。正是失鏢的正主鐵牌手胡孟剛。

這時候，長衫敵影揮短兵器，已經探身朝俞劍平第三次擊來。俞劍平揮劍迎敵，只一削，敵刃驟然收回。鐵牌手胡孟剛趁此時，揮雙牌闖入，咬牙痛恨敵人，破死命地並雙牌，直襲後路，照敵人腦門狠狠砸下。

長衫敵影見雙牌撲到，忽一聲長笑，唰的側身一閃，直躥出兩丈以外。他竟不迎敵，似畏夾攻，口中低嘯了一聲，忽往斜刺裡退下去。未容他走開，突又有一道藍焰飛來。岳俊超穴道已通，已能行動自如了，羞憤之下，霍地跳起來，認定賊人陡發一矢，聊洩積憤。

歐聯奎跟上數步，抖手又發出一鏢。那長衫客飄身連閃，俱都避開，也一抖手，連發出數粒鐵菩提。歐聯奎相距最近，肩頭上重重挨了一下，連忙退後撫傷，鏢行餘眾仍撲奔過去。

賊人的同黨不容鏢客攢攻一人，立刻一聲呼哨，青紗帳外，八九條人影一齊撲上來。一面發暗器，一面應援長衫客。

頓時間雙方暗器齊投，紛如驟雨。夜行人身邊帶的暗器絕不比軍卒弓箭那麼多。金鏢一槽三支、六支；袖箭一匣三支、十二支；甩手箭十二枚；金錢鏢十二枚；鐵蓮子三粒為常，頂多的十八粒；菩提子三十六粒；飛蝗石一囊也有三四十枚；唯有彈弓子最多，百八十顆，都不一定。因此這些夜行人打來打去，捨不得多發；眨眼間發出過半數，便不肯濫發了。於是各揮兵刃，近前肉搏。這群鏢客與這攔路的賊黨，在青紗帳間亂竄亂打起來。

那個長衫敵影顯似盜酋。鐵牌手胡孟剛一路急攻，戰退其他賊人，揮舞雙牌猛衝，剛撲到長衫影的對面；約略敵形，細辨兵刃，果真是當日劫鏢的老人。仍然不放心，連呼九股煙喬茂，教他再細認認。九股煙不知跑

到哪裡去了，人影亂竄，也聽不見他答應。鐵牌手越怒，揮動鐵牌。湊近俞劍平，連呼道：「俞大哥，這就是飛豹子，劫鏢的就是他！俞大哥，咱哥們向他領教！」

俞劍平還想向飛豹子詰問釁端，為什麼劫鏢，因何事尋仇。但是長衫客一見鐵牌手馳到，冷冷地一笑，猛抽身，揮動短兵器，一路疾戰。招呼同黨，奔向青紗帳，竟擬奪路逃走。

恰巧姜羽沖率兩個鏢師趕到，迎面一攔，大呼道：「朋友！有話對你講。你找姓俞的，姓俞的已經應邀來了，好朋友有話請說吧！在下姓姜，名叫姜羽沖，乃是給二位了事來的，也可以說是……」

還未說完，那長衫敵影猛然一沖，已率群寇突入青紗帳裡。長笑一聲道：「哦，好！你就是姜羽沖，你也來了！……」

姜羽沖忙截住道：「不錯，我就是姜羽沖，我便是給俞某人賠禮來的。姓俞的究竟是從哪點上開罪了你老兄？請你明點出來。就是你替朋友出頭，也請挑明了。我敢說姓俞的交朋友最能吃虧讓人，只要是姓俞的不對，你老兄劃出道兒來；當著雙方的朋友，他一定輸情賠禮，教好朋友順過氣來。哪怕是磕頭拜山，他絕不含糊。飛豹子好朋友，是時候了，該挑簾了，可以把真面目、真姓名亮出來了。我姜羽沖專為給兩位和事而來，絕不敢偏向一方。朋友你……」

猛聽那長衫客桀桀地怪笑道：「住口！姜朋友，告訴你，你這一篇話算白說！我跟你一樣，都是給人家捧臭腳，幫忙跑狗腿的。我們瓢把子到底跟姓俞的有仇沒仇，我全不知道，也管不著。在下不過要會會高賢，領教領教俞大劍客的武學。我不過是飛豹子手下的一個無名小卒；聽說俞劍平俞大劍客，俞老鏢頭，拳、劍、鏢三絕技，威名震江南，蓋山東，深得文登丁老英雄的祕傳。我們瓢把子欽佩得了不得，這才在俞鏢頭駕前獻拙求教，賣了這一手。把他的鏢旗借下來，無非是瞻仰瞻仰；二十萬鹽帑也

只是拿過來，當催請柬帖。現在好了，俞大劍客已經邀到，還引見來許多位武林朋友。諸位朋友不要誤會，這只是飛豹子和十二金錢的交道，與諸位無干。諸位和在下一樣，都是給朋友幫忙，有向燈的，就有向火的，諸位請諒情。現在我們瓢把子已經在鬼門關竭誠候駕，俞大劍客，請你賜教賞臉！……」

長衫客說到這裡，一側身，又沖俞劍平發話道：「俞鏢頭，飛豹子前頭等著你哩。久聞你道兒寬，招子亮，智多眼亦明，你看錯了人。拿著我一個無名小嘍囉當作大將，可就輸眼丟身分了。打起精神來在鬼門關露吧；鬼門關前才是你逞能的地方。你的拳、劍、鏢三絕技，我已經領略過半，原來不過如此。哈哈哈哈，名不虛傳；多謝你手下留情，沒有打著我的穴道，也沒扎死我。」

他復一側身，對姜羽沖叫道：「姜羽沖大劍客，我也久仰你是名家之子、名門之徒。哎呀，幸會之至！你是打穴名家。等到鬼門關，我還要領教你的手法哩。現在，姓姜的，我先領教領教你接鏢的好手段。咄，接著！」一揚手，唰的一粒鐵菩提，照著姜羽沖劈面打來。

俞劍平、姜羽沖等見這長衫客武功奮迅，力戰無言。忽然聽他發話，不由一齊上步，提神按劍，要聽聽口氣，猜測隙端。不想他又猝然發出暗器。姜羽沖急急地一閃身，鐵菩提擦身而過。跟著鐵菩提，唰唰唰，一連氣就是六下。這個長衫客竟跟說和了事的人打起來。

俞劍平不由勃然大怒，俞劍平雖然有涵養，曾歷艱辛，忍人所不能忍；但聽這一番冷譏熱嘲，也受不住，不由得一摸袖底，為援應姜羽沖，竟從長衫客背後陰使祕技，再捻錢鏢，錚的一聲輕嘯，「劉海灑金錢」。這二指猛捻，連翻發出錢鏢三枚，左右中三路同時打到。長衫客真是背後有眼，霍地一轉身，展開了「鐵板橋」，哎呀一聲道：「沒打著！」姜羽沖卻因為距離太近，被他六粒鐵菩提打得手忙腳亂，俞劍平見狀愕然，不禁寒心。

　　那長衫客一聲長笑道：「我催駕迎客，公事辦完了，鬼門關前再見！」喝一聲走，吱地響起胡哨。八九條黑影紛紛竄動。

　　青紗帳簌簌地一陣亂響。群賊各展兵刃，如飛地投向西南而去。

　　姜羽沖喝道：「朋友別走！」急揮劍衝擊，那長衫客預防到這一手，竟單人獨馬的斷後，一橫他的短兵刃，與兩個穿短裝夜行衣的同伴把路擋住；其餘賊黨奪路急走。眾鏢客呼嘯一聲，分兩面包抄追趕過來。

　　姜羽沖恚極，冷笑一聲道：「朋友賞臉，我也要領教領教哩！」輕飄飄飛身一躍，單劍一挺，進刺敵人。這長衫客仍揮動他那古怪的短兵刃，往姜羽沖的劍上一搭，用力一接，陡然翻上來，照姜羽沖乳下天池穴便打。

　　姜羽沖一退，劍訣一領，一連三劍，照敵人猛刺。長衫客把他那二尺許長的怪兵刃信手揮動，叮噹一聲，沖開劍花，唰的一下，又照姜羽沖上盤神庭穴一指。就好像電光石火一般，腕力既猛，手法尤快。

　　姜羽沖奮力招架，才將敵招拆開；不由得勃然大怒，一退步，插劍歸鞘。一探手，把他的那對判官筆掣出來，切齒叫道：「飛豹子，你原來也會打穴！好，這更要領教了。」判官筆一指，復又衝擊過來。

　　兩個人頓時各展開打穴法，鬥在一處。既換了兵刃，兩人迫近；姜羽沖一面打，一面注視敵刃、敵貌。敵刃短得古怪，敵貌頭頂大帽，也似戴著面具，認不出來；只在帽檐口看見一對豹子眼，閃閃含光。當下各不相讓，打得很激烈。

　　長衫敵影並不想和姜羽沖真打。姜羽沖運用判官筆，只發了兩三招；長衫敵影用他那怪兵刃一沖，忽又不當點穴鐮用，改做短劍。猛然地往前一突擊，把姜羽沖衝得側身讓招。長衫客一聲冷笑，急招呼道：「走！」立刻，相隨在他身後的兩個夜行人跟蹤而上，從姜羽沖身邊躥過去。姜羽沖急用判官筆阻擋；長衫客頓時橫身招架，他的同伴趁機撤退下去一半。還

有三四個賊黨一步落後，被鐵牌手胡孟剛率幾個鏢客攔路擋住。

胡孟剛舞動雙牌，厲聲叫道：「哪裡走！」鏢客、賊黨頓時又亂戰起來。

長衫客如生龍活虎一般，轉身索戰，重向姜羽沖這邊一衝；忽雙足一頓，嗖地飛掠過去，斜撲到鐵牌手胡孟剛身後。

姜羽沖一領判官筆，跟蹤急進。長衫客好快的身法，只半步占先，將怪兵刃一伸；一聲不響照胡孟剛脊背玄樞穴猛打過來。

姜羽沖大呼道：「留神！」鐵牌手回手一亮鐵牌，當的一下，竟沒磕飛敵人兵器。敵人兵器倒趁勢一轉，唰的掣回去。

唰的一躥，斜撲到胡孟剛左側前方去了。胡孟剛借旋身之力，急急地往旁邊一退。黑影中，敵人飄飄的長衫，襟短袖長，是那麼肥大，挽著袖子，緊著腰帶，衣服不俐落，功夫卻很俐落。鐵牌手罵道：「飛豹子，是你！」雙牌一展，進步欺身；左手牌往下一沉，右手牌提起來，迎頭進攻，斜肩帶臂，照敵人劈下去。智囊姜羽沖挺一對判官筆，恰也追到敵人背後；人未到筆先點。一股寒風襲到，敵人頓時要腹背受敵。

這時節突有一個敵影躍上來，把姜羽沖擋住。姜羽沖用判官筆一指，略辨敵影，是個黑大漢，使鋸齒刀；刀光揮霍，恨不得一下把姜羽沖劈倒。那智囊姜羽沖的判官筆善打二十四道大穴，和俞劍平的錢鏢在江北江南同負盛名。雖然刀長筆短，這黑大漢的鋸齒刀竟被小小一對判官筆逼得倒退。

那一邊，胡孟剛舞雙牌，狠鬥長衫客。長衫客更不還招，也不再多話，與胡孟剛連拆三五招，便眼光四射；忽飛身一躍，拋下鐵牌手，掩到鏢客歐聯奎、葉良棟背後。卻被李尚桐、阮佩韋同時瞥見，譁然叫道：「快看身後。」

李尚桐、阮佩韋受了暗器，愧恥之餘，把兵刃一緊，與歐聯奎、葉良棟、正在協力攢攻三個賊黨，想把賊人圍住活擒。

賊黨不肯戀戰，急忙奪路，到底被阮、李不要命地抄過去，把退路剪斷。於是兩面包抄，眼看得手，四鏢客方自欣然；冷不防長衫客一陣勁風撲到，怪兵刃「白蛇吐信」，先探過來，一聲斷喝，照歐聯奎魂門穴打到。

歐聯奎霍地一轉身，喝一聲：「呔！」眼看怪兵刃一變招，就勢又一送，改照歐聯奎伏兔穴抹下來。歐聯奎鋼刀一掃，照敵刃切藕磕去。

長衫客這一招卻是虛招，不等刀到，一斜身，收招改式；只一旋身，嗖地衝到葉良棟背後。葉良棟也急急地一轉身揮刀。長衫客唰的又一轉，陡然一沖，疾如駭浪，奔阮佩韋撲來。阮佩韋咬牙切齒，揮刀拒戰。哪知長衫客的怪兵刃好像奔阮佩韋面門打來，阮佩韋急急地一轉身，才展刀鋒，長衫客唰的又撲到李尚桐左側。

一霎時，長衫客急襲四鏢客，也不過一晃一閃，一閃一晃，彷彿在四鏢客身旁一掠而過似的；可是已經連下五招毒手了。四個鏢客一齊迎敵，卻正中了長衫客的圈套。陡聽他哈哈一笑，疾呼道：「夥計還不快走！」三個被圍的賊黨，趁著四鏢客招架的間隙，一個個嗖嗖嗖，連連竄躍，一抹地搶奔西南。

眾鏢客不甘上當，十二金錢俞劍平、智囊姜羽沖、鐵牌手胡孟剛疾呼同伴，跟蹤急追。岳俊超精力已復，先放了一支火箭，與飛狐孟震洋、鐵布衫屠炳烈三個青年刀劍齊上，偕奔長衫客攻來。其餘鏢客便持孔明燈、掄兵刃，結伴分路追趕餘賊。

長衫客膽大異常，手持怪兵刃，眼望同伴一一退淨，他這才一轉身，奪路疾走。眾鏢客大叫：「哪裡走？」

長衫客抖手一捻鐵菩提，屠炳烈撫胸急退下來，罵道：「好東西，打

得真狠啊！」多虧他有鐵布衫橫練的功夫才沒被打壞，但是也覺得穴道上發麻了。孟震洋大驚，忙上前援助。其餘鏢客睹狀愕然，同伴受傷，義難棄置，只這一遲慢，長衫客如飛地退走。

眾鏢客互相傳呼：「飛豹子跑了！」重複追趕上去。俞劍平、姜羽沖、胡孟剛急忙攔住道：「我們追這個點子，眾位弟兄，你們往那邊繞過青紗帳去堵！」於是俞、胡、姜三武師展開了劍、筆、雙牌，放鬆他人，專綴長衫客。長衫客順著土路，一直衝入青紗帳。俞、胡、姜三人把埋伏危險，一切置之度外，也立刻追入青紗帳去。

土路兩邊青紗帳，排山倒海的倒下去，十幾個賊黨分作兩撥在前跑，由長衫客斷後。二十來個鏢客分做兩撥在後追，由俞、胡、姜打前鋒在前。論勢力，賊比鏢客差一倍；論形勢，則一暗一明，鏢客們未免吃虧；論腳程，賊人未必快，卻是鏢客追入青紗帳內，多少懷著顧忌，防著暗算。當下只幾個轉彎，相隔已六七丈遠了。賊人的蹤跡仍跑不掉，土路上看得出人影，禾田內聽得見踏聲。

俞劍平、胡孟剛、姜羽沖三人挺劍、執筆、舞雙牌，分頭追逐。長衫客一頭退入青紗帳內，桀桀地狂笑道：「朋友，鬼門關前相見吧！有能耐往那裡施展。」簌簌地一陣田禾驟響，忽又沉寂，似乎遠遠走開了。

胡、姜二人一聲不響，從背後輕輕掩入高粱棵內。十二金錢俞劍平一步占著先，從斜刺裡抄進去。一片片的青紗帳遮住視線，追者全仗耳音，幫助目力，但是聲音有時靠不住，也許賊人故使聲東擊西之計。

俞劍平加倍小心，不令禾稈發聲，無如這長衫客似熟悉高粱棵的戰術，容得鏢師深入青紗帳內，立刻回頭窺望。就田禾波動之勢，沙沙之聲，從暗中揣測追兵的趨向；似已知道後追的兩個人至少相隔八九丈以外。從路邊斜刺堵來的一個人，雖然腳步輕躡，卻已曉得他追近了，不過在五丈以內。長衫客便一捻鐵菩提子，伏下腰，就禾隙再看；不能揚手，

腕下用力，只一彈，唰的打出一粒。

十二金錢俞劍平膽敢深入，早已提神。在風吹禾動、萬籟爭鳴中，居然辨得出暗器破空之聲；他輕輕一閃，啪嗒一下，鐵菩提落空。但這一躲，觸動了禾稈。禾稈嘩啦一聲，俞劍平就勢往外一竄，果然身旁啪嗒的又一響，啪嗒的再響，鐵菩提一發就是三粒，俞劍平全閃開了。

俞劍平的隱身處已為敵人測出，而敵人的趨向也為俞劍平看準。這一路奔逐，他們兩方已經眼看要轉出青紗帳以外了。

俞劍平閃目一尋，略辨地勢，知道敵人欲遁，必須掠過眼前這片青紗帳，才能投奔那邊大道。暗摸袖底，捻出三枚錢鏢。賊人只一離青紗帳，自己便可拿這三枚錢鏢，把他擋住。

賊人雖是勁敵，錢鏢未必能夠取勝；但是自己這邊人多，借這一阻，定可糾眾把他圍住。俞劍平暗暗歡喜起來，屏息側立，扼住要路。

忽然迎面簌簌一聲，俞劍平立刻把劍交到左手，右手掂錢鏢一比。他左手右手皆能發鏢，只是右手比較順手，發得更遠，更有力。還沒等往外發，立刻收招，聽出聲息不對。簌簌一陣響過去，智囊姜羽沖頭一個竄出來，胡孟剛第二個竄出來。長衫敵影竟沒出現，似已轉走別道，不奔鬼門關，改奔東南下去了。

胡孟剛大怒，奔上來叫道：「這東西竟會獨自溜了，把他們同黨拋下來不管不成？」

俞劍平道：「我們監視得很嚴，他不會逃開的。除非他又退回原路去……」一言未了，砰的一聲，隔著面前的青紗帳，在東一面忽發藍焰，喊聲大起。三鏢頭心中一動，急急地張目四尋，旁有一棵大樹，鐵牌手胡孟剛把雙牌往腰中一掛，便要上樹遠望。不意此時九股煙忽然冒出來，大呼小叫地喊道：「胡鏢頭快來，胡鏢頭快來，豹子頭在這裡啦！」

胡孟剛剛上了樹，霍地又跳下來，不暇他問，急問：「點子現在哪裡？準是他麼？」

九股煙喘不成聲，只一指後面偏東的一片竹林。俞劍平、姜羽沖、胡孟剛急翻身往回追，繞過青紗帳，橫穿土路；陡見竹林前面人影亂竄，刀兵叮噹亂響，約有七八對人影，正在捉對廝殺。

孟震洋、屠炳烈、李尚桐、孟廣洪等幾個青年鏢客，窮追賊黨，亂踏青苗，竟也把幾個人追趕回來。眼看一撥賊黨被逐飛奔，似已退避無路，竟不奔鬼門關，也不奔古堡，反而斜刺裡繞起圈來。孟震洋等大喜，越追越近；看看要圈上他們。前面忽展開一片竹林，黑影中賊人撲到竹林邊，頓然止步，回轉身索戰。

孟震洋猛力前追，不想長衫客忽又在此處出現。長衫飄飄，一路飛奔，看來竟是要接應同夥，往竹林後邊退。岳俊超恰巧尋聲趕到，一眼看出那長衫的肥影來，心中惱極、恨極；頓時開弓發箭，一聲不響，唰的射出一道藍焰。相隔只三丈餘遠，自信可以取勝，哪知仍被長衫客閃開了。卻借這藍焰一閃，眾鏢客頓時認清來影，呼喊著放鬆餘賊，一齊奔長衫客撲來。

長衫客長笑一聲，挺身進搏，且戰且走，繞著圈往竹林邊退去。越過竹林，賊人在那裡預有埋伏，竟突然又躥出六七個人影來，兩邊一合，足有十二三人。由長衫客招呼著，把落了單的孟震洋、屠炳烈、李尚桐和剛趕來的岳俊超、阮佩韋，兩面一堵，全圍在核心。孟震洋、岳俊超只戰長衫客，力仍不敵。李尚桐、阮佩韋、屠炳烈、孟廣洪等，被群賊環攻，更是手忙腳亂。一霎時反客為主，轉攻為守；鏢行這邊情勢危急，眼看就要挫敗。

忽然間九股煙引俞、胡、姜三人前來解圍。黑影中，人蹤奔馳，看不出為敵為友。屠炳烈大呼道：「好飛豹子，你們多少人啊！」口頭罵陣，實是訊援。

　　胡孟剛遠遠地答了腔：「飛豹子，姓胡的跟你死約會，跑的不是好漢！」這一聲喊，本為助聲勢，卻收到意外的結果。

　　賊黨那邊，胡哨聲大起，竹林後黑影憧憧，另有騎馬的賊人，牽出幾匹空馬來。長衫客遠瞥一眼，未容俞、胡馳到，捷如飛鳥，揮短兵刃，以一人獨擋群鏢客；急催同黨一個個飛身上馬。他這才猛攻驟退，一扶馬鞍，也飛身跨上坐騎；馬上加鞭，掩護同黨唰的撤退下去。

　　岳俊超、孟震洋、屠炳烈等不肯放鬆，揮汗急趕。竹林後陰陰地發出怪笑，唰的打出暗器來。那騎馬斷後的兩個夜行人，便翻身回馬一箭；孟震洋、屠炳烈急往兩邊一躥躲開。岳俊超忙掂出一支蛇焰箭，也照長衫客背後，送上一箭。馬上長衫客鐙裡藏身，藍焰過處，大笑著去了。

第二十八章
泥澤邊頭揚鏢逐伏寇 紅燈影裡鳴鏑布疑兵

　　胡孟剛掄雙牌從西面趕來，解圍後的青年鏢客從東面趕到。賊人繞竹林，落荒奔南。遙辨蹄聲，他們是奔鬼門關去了。胡孟剛屬聲叫道：「趕，趕，趕！」但是這夥賊人騎術很精，馬又神駿。姜羽沖急急地招呼胡孟剛、孟震洋道：「我們有馬，快快上馬趕！」俞門弟子左夢雲慌忙把師父騎的追風白尾駒和自己騎的一匹黑馬帶過來。姜羽沖忙忙地催李尚桐、阮佩韋把眾鏢師嘯聚在一起。這一回不用先鋒了，十二金錢俞劍平早已飛身上馬，偕胡孟剛，率弟子左夢雲，一馬當先，揚鞭疾進。智囊姜羽沖督同半騎半步的眾鏢客，斷後繼上。兩邊相隔不到一箭地。姜羽沖道：「如遇伏椿，互相策應。」二十餘眾曲曲折折，奔鬼門關趕下來。

　　賊人一陣風似的逃去；俞、胡、姜心知這夥賊人不是主力，多半是誘敵之兵。鬼門關附近恐有大撥賊人。可是賊人狡猾，鬼門關會戰的話仍怕靠不住，沿路上也許另有詭謀。

　　俞劍平、胡孟剛兩馬當先，在前開路疾追。其餘鏢客或馬上或步下，散漫開，忽緊忽慢、條東條西地闖。雖是追敵，卻個個的眼神盯住前途路旁黑影；遲徊瞻顧，腳程見慢。距鬼門關越走越近，可是賊騎蹄聲越來越遠了。

　　時已夜深，曠野暑風陣陣吹來；青紗帳唰唰啦啦東一處西一處亂響。敵騎飛奔，已然望不見影，只能聽音揣跡。但是，只追出一二里路，在這黑暗曠野的繁聲中，東西南北四面忽起了四五處蹄聲。背後蹄聲俐落，相隔不遠，心知是姜羽沖那一撥人。東面也蹄聲俐落，南面也蹄聲俐落，西南也蹄聲俐落，可就倉促間斷不出哪一面是敵騎，哪一面是鏢行別隊金文穆等人了。

胡孟剛異常心焦，向俞劍平發牢騷道：「又糟了！咱們緊趕就好了，姜五爺卻又怕伏椿了。伏椿沒遇上，賊全沒影了！」

竟不顧一切催著十二金錢放馬緊追。

俞劍平勸道：「二弟別發急，賊人不是還有巢穴麼？咱們先奔鬼門關，他們就是失約，咱們還可以徑搗古堡……」

胡孟剛懊喪道：「古堡不是空城計麼！」

俞劍平道：「二弟別心窄，古堡是空城計，那武勝文可跑不了啊，咱們就奔火雲莊。」

胡孟剛道：「咑！只怕賊人又誆咱們，我簡直教他們騙怕了。」俞劍平道：「二弟放心，今天晚上，咱們準能抓著真章就是了……賊人這不是露面了麼？」

正在勸慰，忽然聽東南面一陣風過處，吱吱連響數聲，清清晰晰聽得是呼哨。而且聲浪有尖有鈍，有高有低，絕不是一兩支胡哨。俞、胡二人詫然，回頭一看，已把同伴甩遠，只有孟震洋緊緊跟上來。小飛狐孟震洋拍馬上前，叫道：「俞老叔，你老聽見東南面了沒有？」再聽時，東南胡哨聲已住，又聽見正西面吱吱連響。一抬頭，只見西北面數道旗火掠空飛起，地點大約在半里地以外。

十二金錢俞劍平騎在馬上，雙足踩鐙，直立起身來，向四面張望。四面黑乎乎，雖當朔日，下半月該有月光了，偏偏又是陰天，任什麼也看不清楚。俞劍平心中猶豫，暗想：「不管賊人弄什麼詭計，我還是先到鬼門關踐約，我們先占住理。到了地方，他們沒人，我可就不客氣，徑撲古堡直搗賊巢了。」

胡孟剛先是急怒，此時又覺得身涉險地，頗為辣手；賊人散在四面，四面全有動靜，到底是撲奔哪方面才對呢？剛拍馬跟上來要向俞劍平問

計；忽然東西面又吱吱地一陣響，北面天空也飛起一片火花。胡孟剛越發為難，罵道：「這是多少賊！俞大哥，你瞧瞧，四面都有他們的埋伏，咱們落在他們網裡了吧！」

俞劍平一聽到這話，劍眉一挑，在馬上將身一挺，突然冷笑道：「怕什麼！賊人就是來二百，抄四面，又能怎麼樣？胡二弟，別上了他們的當。幾道旗火，幾支胡哨，只一個人，就能鬧哄得很熱鬧。你聽吧，越是哪邊沒有動靜，倒許那邊準有賊。來來來，咱們還是往前闖！……咦，留神右邊，好賊子！」

胡孟剛、孟震洋急忙往右看，右側路邊似有黑影一閃。十二金錢俞劍平早一抖手，打出一支錢鏢。只聽籤籤地一陣亂響，一團黑影沒入青紗帳去了。

俞劍平哈哈大笑道：「這才是一道伏椿哩。快追！」只追出十幾丈，便帶馬回來；與胡孟剛、孟震洋合在一處，道：「這仍然是賊人誘敵之計，咱們還是往前闖，奔鬼門關。」這一耽誤，落後的鏢客群中，又跟上來一個人，卻是葉良棟。

十二金錢俞劍平對胡、孟、葉三人道：「賊到底追丟了，前面大概快進鬼門關了，不要大意，仔仔細細地往前。」五個人各從鐙眼褪出來，只用腳尖微踏馬鐙，襠下緊扣，策馬一陣急走。忽然見有一大片濃影當道。俞、胡二鏢頭立刻勒馬，方待細看；孟震洋忍不住，竟飛身下馬，掄劍撲過去。卻才撲到跟前一看，立刻叫道：「老叔，這是一匹沒人騎的馬。」說話時，俞劍平早已跟過來，且跑且叫道：「留神暗算，留神旁邊！」

俞劍平這一回小心過分了，這果然只是一匹空馬。馬韁拴在一塊大石上，騎馬的人不知哪裡去了。胡孟剛趕上來說道：「快拿火摺子照看照看，這也許是咱這邊人的坐騎，也許是賊人的。」便向孟震洋要火。葉良棟道：「我這裡有孔明燈。」正要打開燈板，俞劍平急叫道：「使不得，也

許又是賊人的誘敵計，故意引咱們點亮火的。」

孟震洋猛然醒悟，低叫道：「對！還是俞老叔見識深遠。孔龐鬥智，馬陵道上亂箭射死了龐涓，就是這類的詭計。這匹馬不用燈照，咱們摸也摸得出來。」

俞、胡二老和左夢雲、葉良棟、孟震洋三青年，湊到這匹馬的跟前，凝神細看，雖看不出是敵騎，卻斷得定必非鏢客之馬。葉良棟道：「也許騎馬的賊人鑽了青紗帳了。咱們搜搜麼？」胡孟剛道：「俞大哥，我看咱們不用管它了，還是往前的對。」

俞劍平想了想，把這匹空馬馬韁解開，放它隨便鑽入田中；仍與同伴飛身上馬，往前趲行。俞劍平等連闖過賊人數道伏椿，前面形勢越發荒暗。

抹過了一帶葦塘，突見一片荒林當前，林邊樹上竟有數團紅光，來回閃爍。俞劍平凝眸一看，是三盞紅紙燈，大約是掛在樹枝上，風吹來，便來回亂晃。俞劍平冷笑一聲，立刻把馬勒住。回頭一看，胡孟剛、葉良棟、孟震洋和弟子左夢雲，緊跟過來，其餘的人落後漸遠。俞劍平便煩葉良棟靠後接引同伴，自己立刻翻身下馬。胡孟剛瞪著眼說道：「這一定是賊人的暗號，咱們撲過去看？」俞劍平不語，向胡孟剛一打手勢，急急地把馬牽入田邊黑暗處，馬韁拴在小樹上。然後各亮兵刃，伏在黑影中，探頭往前窺望。低囑同伴道：「前面就到鬼門關，咱們先等後邊的人；同時可以看一看賊人這幾盞紅燈，到底有什麼用意。」

胡孟剛、孟震洋依言潛伏不動，二弟子左夢雲背插太極劍，手持太極棍，緊緊地跟隨在師父身邊。那葉良棟由俞劍平煩他持刀站立在路邊暗影下，接應後路同伴。幾個人看了半晌，大樹上紅燈爍爍隨風搖曳，四下曠落，時起雜響，不見敵蹤。只在燈影下面，恍惚似見有矮矮的黑影蠕動，看不清是人是物。

胡孟剛、孟震洋忍耐不住躍躍欲試地要繞到紅燈後面襲過去，穿林看一究竟。俞劍平連說：「不可！何必忙在一時，你聽後面，這不是蹄聲？咱們的人這就來齊了。」

　　果然竹林後，蹄聲嘚嘚，竟有兩匹馬如飛奔來。葉良棟迎出來舉手一嘯，馬上的人頓時搶到近前。及至抵面，方才看出：這兩人並非同行斷後的智囊姜羽沖、屠炳烈等人；卻是分撥踐約的另一路鏢客單臂朱大椿和黃元禮叔侄二人。這兩個人與幾個鏢客，由旁路繞奔鬼門關，前途上也遇上三五個敵影；一路追擊，敵人鑽了青紗帳。朱大椿等不肯甘心，縱馬急追；敵影亂繞，竟追到此處不見了。其餘同伴也落後不見了。葉良棟忙將朱大椿叔侄引到俞劍平潛伏之處。匆忙中不暇問訊，俞劍平只握著朱大椿的手，教他望看鬼門關前面，泥塘那邊樹上的紅燈。

　　正看處，忽見沿著大泥塘東面，一片青紗帳簌簌地亂響，竄出來兩條人影。兩影倏分忽合，到泥塘邊、空場上略一徘徊，忽又一伏腰，施展夜行術，急走如風，比箭還快，一直地奔那高懸的紅燈撲去。胡孟剛詫異道：「這是誰？」

　　俞劍平手按利劍，也不由一驚道：「許是咱們自己人。不好，這得攔住他！」

　　但是相隔十幾丈，想打招呼，未免驚動敵人。猶豫中，恍見那兩條黑影，撲近紅燈三五丈前，陡即止步，好像打了一個晃。突然見兩條人影居然聯肩直上，猛往紅燈下的黑影前一撲；跟著火光一閃，大概這是兩條人影晃動火摺子。胡孟剛不禁又脫口呼道：「這到底是誰？」說話時，不自覺地直起身子來。

　　就在這一剎那間，紅燈下兩條人影驚喊了一聲道：「不好，是咱們自己人！」這一聲驚喊，俞劍平、胡孟剛頓時全聽出來。

　　這兩個人竟是潛扼古堡、設卡防盜的馬氏雙雄馬贊源、馬贊潮昆仲。

俞劍平、胡孟剛、孟震洋、單臂朱大椿、黃元禮目睹馬氏雙雄以身試險，再不便觀望了，各提兵刃，不約而同，都從潛身處躥了出來。果見馬氏雙雄一到燈下，敵人伏兵頓起；嗖的一聲響，荒林內飛起一道火光。跟著弦鳴箭馳，夾雜著數聲響箭；馬氏雙雄似被攢擊，卻仍不肯退。一個人橫身舞動兵刃，一個人伏身硬往燈下進攻；黑影中看不清二馬到底做什麼。但見煙火起處，十數道黃光條從林中射出來，跟著馬氏雙雄大概擋不住敵方亂箭，立刻翻身往回閃竄。

在馬氏雙雄兩影中間，忽然多出另一條人影來；竟跟著馬氏雙雄，一齊向泥塘邊，飛奔回來。胡孟剛遠遠望見，反疑當中這人是賊黨的伏兵，追趕下來的。俞劍平已經看出這條人影就是從燈影下、樹身前跳起來的。揣情度勢，必定也是鏢客。

馬氏雙雄與這一條人影，還想向來路退回，但已來不及。

紅燈處荒林中，胡哨聲大起，旗火飛揚。紅燈兩旁，亂草叢禾交錯；突然嗖嗖嗖，閃出五六個人影，夾剪式抄過來堵截住馬氏雙雄。馬氏雙雄退路已斷，立即止步，轉身迎敵。

荒林中響箭過處，竟撐出兩支火把，跟著又躥出六七個人影。敵人這邊倏分三面，把馬氏雙雄剪住，連那第三條人影眼看也被裹在當中。敵強己弱，情見勢絀，馬氏雙雄頓時被圍。

荒林中的賊黨冷然發話，意含譏訕道：「好朋友不要來了又走，我們竭誠候教，等候多時了。」

當此時，馬氏雙雄趁賊黨還未合圍，疾引那另一條黑影，一聲不響，奮力掄鞭，往外面硬闖。俞劍平張眼急看，這才看清；那另一條黑影原來是鏢師石如璋，本在古堡別路設卡，不知怎的，跑到這邊來了。

又張眼往火光中望去。火把前，出現了胖瘦兩賊，手揮短兵刃，指揮

左右同黨，一擁而上。看模樣這兩人頗像盜酋。火把照耀著，二賊酋率眾往前慢慢移動。鐵笛連吹，呼聲時起，眨眼間，從荒林兩側陸續散漫開十一二個賊黨。光影中猶見荒林後面人影憧憧。

俞劍平暗想：「果不出我所料！」一回頭，向胡孟剛、朱大椿低聲說道：「胡賢弟、朱賢弟，你幾位快接應後面的人。人來齊了，再往兩面抄著上。此刻我先出去答話。」

朱大椿剛張嘴，胡孟剛一把扯住俞劍平道：「那不成，大哥！……」

俞劍平唉的一聲道：「二弟你糊塗！你幾位千萬給我留面子，先別出頭。」把胡孟剛的手一推，轉身一拍二弟子左夢雲道：「孩子，咱們師徒先上！」把背後劍連鞘拔下，交給左夢雲，輕輕地躡足斜行，走出數丈。距胡、朱潛伏之所已遠，這才陡然一下腰，施展太極門輕功提縱術，「蜻蜓三抄水」，嗖嗖嗖，騰身飛掠，如一縷青煙，展眼撲到戰場。二弟子左夢雲背青鋼劍，提太極棍，跟蹤繼上；也唰唰的連竄，挂棍側立在師父的身旁。

群賊先出來的幾個人，已經追上二馬；馬贊源、馬贊潮急轉身拒戰，群賊頓時打圈圍上。十二金錢俞劍平又一擰身，超越到二馬跟前，厲聲叫道：「呔，朋友住手！我十二金錢俞劍平踐約來了。」此言一出，二馬大喜，忙與石如璋奮勇奔尋過來。

上場群賊應聲倏地往旁一閃，紛紛地按住兵刃，注視俞劍平。又呔的一聲，吹起一大陣胡哨。同時荒林中，也好像聞警知敵，立刻又飛起一支響箭，放起數道旗火，散向東北西三方面射出去，分明呼援喚伏。緊跟著四面響起了回聲；深夜荒郊，哨聲慘厲，倍覺驚人。緊跟著又從荒林中、葦塘後，閃出來六七個人。各面青紗帳也散散落落，零零星星，東一個，西一個，陸續閃出十餘人。轉瞬間齊赴泥塘空場，前前後後，算來足有三十多人了。

鏢客這邊，俞劍平師徒而外，露面的只有馬氏雙雄和石如璋；還有在暗中藏伏的鐵牌手胡孟剛、飛狐孟震洋和單臂朱大椿、黃元禮；那葉良棟尚在數十丈以外。依著胡孟剛，就要奔出應援，朱大椿急急阻住。先催師侄黃元禮，邀著葉良棟，往回找下去；然後與胡孟剛各取暗器，準備緊急時馳援。朱大椿低告胡孟剛道：「只教俞大哥一個人上場，最好不過。他們若是混戰群毆，你我再出場。他們出來這些人，咱們人少，先勝他一招。」

胡孟剛搖頭道：「你可以埋伏在這裡，我總得出頭。」朱大椿、孟震洋再三地搖手勸住，道：「你先看一看再說，還不行麼？」

鐵牌手胡孟剛只得依言伏身，偷看前面。群賊真個的僅只聚眾，未先動手，遠遠地把俞劍平圍住。林前火把不住地移動，胖、瘦二賊酋掄兵刃上前。二馬和石如璋急立在俞劍平身後，明是讓俞劍平出頭，暗中保住後路。

俞劍平昂然與敵對面，兩目炯炯，注視那火把下的二賊酋。一個年約五旬，鬚眉微灰，深目高顴；身穿灰布半短衣衫，袖管肥長，高高挽起，手持一對點鋼閉穴鐝。那另一個年約四十五六，身高體胖，巨顱海口，滿口虯髯；身穿二藍綢短衫，手持一把鎖骨鋼鞭。

俞劍平看罷，雙拳一抱，重叫了一聲：「朋友請了！我十二金錢俞劍平應召而來，準時踐約。朋友，何必擺這個陣勢？我俞劍平只這手中劍，袖底十二金錢鏢，油鍋刀山，明知故闖；請你把你們舵主飛豹子請來，我和他話講當面。不必勞師動眾，驚動這些弟兄。」遂向四面一抱拳道：「列位兄臺，我就是俞劍平。為了俞某一桿不值半文錢的鏢旗，起動眾位辛苦，足見列位看得起我俞某。我這裡有禮了！」

俞劍平向眾人作了一個羅圈揖，又突然振吭高呼道：「喂，飛豹子，請來見見！」然後拈鬚一站，更不多言，專看群賊的施為。只見那瘦老人

和那胖老人，各舉兵刃向眾一擺，群賊立刻退下去，在七八丈以外，打圍站住。

瘦老人回頭向荒林瞥了一眼，這才藉著火把餘光，和那胖老人上下端詳俞劍平。看罷微微一笑，兩人一齊抱拳說道：「哦，原來是十二金錢俞三勝俞鏢頭到了。失迎，失迎！幸會，幸會！俞鏢頭真是信人，在下久仰英風，試發請柬；原想足下必能賞臉，果蒙不棄，惠然光臨，在下榮幸之至。」

那個瘦老頭又嬉笑了一聲，道：「俞鏢頭以拳、劍、鏢三絕技，名震江南，壓倒武林；我不才遠慕威名，甘拜下風。只是我手下這幾個小孩子，初生犢兒不怕虎，景仰過深，渴望賜教，幾次三番磨著我到江南來領教。我想這也是，不見泰山，不知山高；不到黃河，不知水大。早想領著他們來拜望，只可惜連個引見人也沒有。望門投帖，又嫌冒昧，這才胡亂地在范公堤，把俞爺的鏢旗請了過來；無非是邀駕求教的意思，並不敢冒犯虎威。好極了！這一來居然把俞大劍客邀來，這可真是我們爺們三生有幸，一萬世死了都不冤。剛才一路上也承俞大劍客連試錢鏢，迭顯身手，我們總算領略過一點了，不過還嫌不夠。既過寶山，焉肯空回？現在還請俞鏢頭你老人家，把你那傾動武林的看家本領『奇門十三劍』施展出來；教我們開開眼，給在下長長見識。然後我們一拍屁股撥頭就走。俞鏢頭的鏢旗子，我們也帶來了，回頭在下雙手奉璧。現在預告一聲，原物保藏，絲毫沒壞！」

那個胖老人也插言道：「還有那一筆鹽鏢，俞鏢頭把獨門絕技賜教之後，就手煩你把它原封帶回，咱們一了百了。本無嫌怨，豈是尋仇？無非是慕名訪藝罷了，我們又不是吃橫梁子的，俞爺千萬不要錯看了朋友。」

瘦老人又接過來道：「至於飛豹、飛虎、飛貓、飛鼠，那倒不在話下；就愚下兩個人這一條鞭、一對鐧子，只要你老人家肯賞臉對付對付，就很

可以了，原鏢原旗一定奉還。」四面的群賊聽至此，哄然大笑，道：「好的，俞大劍客！你嘗嘗這條鞭，這對鐝子，我們絕不難為你！」

俞劍平勃然大怒，目眥貲張，把二敵一瞪道：「呔！我俞劍平一生浪跡江湖，以禮待人，從無戲謔！你們挾技見訪，我俞某一定獻拙奉陪！你們這些人竟敢滿嘴胡言，自趨下流。呔！莫怪俞某無情。夢雲，拿劍！」

第二十九章
林下撈魚空煩撒網　關門捉豹浪擲金錢

左夢雲應聲一側身，俞劍平奮發武威，伸手拔劍。錚的一聲，青鋼劍出鞘，握在掌心，右手一指對面二酋，厲聲叫陣道：「你們誰……」你們誰先來賜教這一句話，未全吐出唇邊，對面二酋應聲提起兵刃。就在這一剎那間，俞鏢頭立身處左側六七丈外，三條敵影忽有兩條一閃；微聞聲息，颼的一聲，似兩團黑煙捲地撲來。人未到，槍先到，兩團白影一晃，是兩條白纓素桿三棱瓦面槍，從斜側裡一上一下直挑過來，一聲不響，勢猛招疾。

十二金錢俞劍平眼觀六路，耳聞八方，劍提於左手，右手正指對面之敵。這兩條三棱瓦面槍雙雙暗襲，已斜刺到肋下，上指到咽喉。俞劍平陡然一翻身，劍光一閃；唰的一聲，雪白的槍纓一晃，雪亮的兩根槍頭陡然一顫掣回。

俞劍平側耳旁睋，兩個青衣年輕賊人一高一矮，身法十分矯捷，雙雙地施展開「三十六路白猿槍」，一招搠空，未等俞劍平的青鋼劍削架邀擊，便唰的各退半步，將槍收回。那高身量的青年賊往回一坐槍，前後把一擰，往外撒招；「烏龍出洞」，先挑出一槍。那個矮小的青年賊變招為「倦鳥穿林」，立刻也發出一槍。雙槍一個點左肩，一個扎右肋。

俞鏢頭忙把劍招勒住，「摟膝拗步」，身隨劍轉，閃過矮賊上盤的槍；「腕底翻雲」，劍鋒找那高賊槍頭，滑槍桿往外一展，劍鋒順削高賊的前把。賊人撤步抽槍，甩槍滑打。俞劍平斜身錯步，那桿白猿槍悠地挾起一股勁風，從上面直砸過來。

俞劍平左手掐劍訣，往外一展，右手劍「白鶴展翅」，截斬敵人的右

胯。那矮賊的槍招又到,「烘雲托月」、「探臂刺扎」,唰唰一連兩槍。

俞劍平把劍招施展開,百忙中看清了高矮二賊的槍法路數;這三十六路白猿槍,大概是北派神槍陸四的嫡派親傳。兩條槍上點眉心,下撩陰,倏扎盤肘,倏分心;上崩下砸,裡撩外滑。兩個青年賊一般快的招數,一般快的手法;合手夾擊這一口青鋼劍,不亞如蛟龍交鬥,兩條白影把俞劍平裹在當中。

長槍捲舞,短劍遮攔,以一敵雙,以短敵長。俞鏢頭從鼻孔中微微哼了一聲,喝的一聲:「好槍!」忽又呸的一聲道:「小小年紀,不要臉!雙槍暗襲,太不體面。」俞劍平頓時施展開四十年來苦心孤詣所得的奇門十三劍,青光一縷,上下飛騰,陡然間身劍合一,攻虛搗隙,矯若神龍,把兩團白影沖開。

高矮兩個青年賊好生驍勇,任俞劍平劍術神奇,借攻為守,兩條槍仍然一左一右,分從兩邊攢攻。吞、吐、封、閉、點、挑、刺、扎,不住地纏戰;輾轉往來,連拆了二十餘招。

十二金錢俞劍平猛撲那身高的青年賊,用一手「樵夫問路」,青光閃閃的劍鋒向面門一點,高賊疾疾撤步。俞鏢頭霍地「鷂子翻身」,轉身劍斬那身矮的青年。

兩敵卻步,俞劍平也唰的騰身驟退。敵人槍花一轉,齊喝道:「俞大劍客怎麼想走!」雙槍一顫,併力齊追過來。俞鏢頭把左右兩敵誘歸一路,倏地翻身,迎頭邀擊。劍招一變,「金雕展翅」,往右一探劍,斜掃高身量的敵人。敵手才用槍往外一封,太極劍招虛實莫測,左手劍訣倏然一領劍鋒,變招為「玉女投梭」,青鋼劍反擊向矮身賊人。劍路矯捷,迅如閃電。

矮賊往後一退,高賊槍尖又已攻近身邊;俞劍平一塌身,「龍行一式」,嗖地騰身躍出兩丈外。

矮賊提槍便追，道：「休使暗器！」白猿槍直刺俞劍平的後心。俞劍平忽一側身，一個斜身繞步，身軀只半轉，劍光往下一落，咔嚓一聲，矮賊的白猿槍桿斷作兩截。俞劍平鐵腕一翻，鋼鋒再展「順水推舟」，劍鋒直抹矮賊的脖頸。

矮賊嚇得喪膽亡魂，拚命地往旁一閃，才避過劍鋒。俞劍平左腳往外滑步，一個翻身跺子腳，砰地把矮賊踹倒地上。百忙中，猛聽得嗤的一聲響，俞劍平急一下腰；一件暗器遠遠打來，從頭上飛過。矮賊乘機一個「鯉魚打挺」，騰身躍起，敗退到林前。

身高的賊人吃了一驚，急急地一掄槍，要使「盤打」。不料俞劍平早在伏身避箭之時，潛將一枚錢鏢掐在手中。只一捻，錚的一聲輕嘯；敵人盤打的招數正撒出來，忽然哎呀一聲，那桿槍「騰」地飛起，直冒向天空四五丈，持槍的人一頭栽倒在地。

那槍凌空下落，俞劍平趲上去，一把抄在手中。驀地聽四周喝道：「好錢鏢！」那高身賊人倒地不能動彈，被點中要穴，同伴上前救回。

十二金錢俞劍平轉身一聲長笑，把槍往平地一插，說聲：「俞某不才，像這樣的小孩子，何必教他過來試招？把槍拿回去吧！」

忽聽得一聲怪嘯，東北一條高大的黑影，迅若飄風，猛撲過來，厲聲叫道：「姓俞的少要張狂，俺姓牛的要領教領教！……」

俞劍平一側身道：「噢，朋友，你姓牛！」那高大的黑影舞動手中一對短兵刃，如一團黑煙，沖上前來。俞劍平把劍訣一領，就要開招。驀聽荒林前火把下，那一胖一瘦兩個年老的賊酋，齊聲斷喝道：「咄！牛老鐵，不要擅離卡線，快到這邊來！」

就在斷喝中，那胖老人才要邁步，那瘦老人擺手叫道：「我先上！」一步搶先，捧雙鐧，身軀一伏，唰的騰空躍起。直如鷹隼凌雲，掠地一丈多

高，輕飄飄地往下一落，已躥出兩三丈以外；恰巧落在高大黑影的背後，和那戰敗失槍的青年面前。只見他又一揮手，命二人齊退；單腳一點地，身形復起，「燕子抄水」，早竄到俞劍平的對面。他雙鐧一抱，丁字步一站，身法矯健，勝似少年。

俞劍平身軀微轉，雙目凝神，掌中劍封住門戶，把敵人仔細一看。相距在兩丈以內，黑影中已看出敵人身材瘦矮，頦有短鬚。賊黨中竟有這等高手，真是不可輕敵。

俞劍平劍尖一指，向敵人叫道：「朋友請了！你就是在雙合店和我們朱鏢頭會面，替飛豹子頂頭的那一位吧？承你光顧，失迎之至。喂，朋友，那飛豹子是你什麼人？俞某隻身單劍，特來應邀；想不到，朋友你帶些朋友來歡迎我。哦，也有明的，也有暗的，還有打交手仗的，還有暗地裡給我一劍的！姓俞的倒不怕車輪戰，又不怕放冷箭。朋友你就來吧，只要你們面子上說得過去！」

這就算抓破臉了。俞劍平老於世故，一向措辭謙遜。獨有現在，敵人出言無狀，實在令人難忍。俞劍平不由得針鋒相對，說出挖苦話來。

瘦老人微微一笑，一亮閉穴鐧，發話道：「俞大鏢頭名不虛傳，真是劍術高明。孩子們已經承你賜教，小老兒我也求你賞臉一展身手，也好學上一招兩式。俞鏢頭請放心，我們的人多，你們的人也不少，我絕不至於使車輪戰。剛才不過小孩子們沉不住氣，一見面，就發人來瘋。說實了，也不過是兩槍加一箭罷了。好在也沒傷著你老，你就不必介意了；他們年輕人沒有深淺。」一擺閉穴鐧，道：「是在下給你老接招。」

俞劍平屬聲道：「好，隨你便，不過……」一亮手中劍道：「我俞劍平不才，會的是天下有名的英雄，你老兄尊姓大名？如果說著不礙口，請報個萬兒來！然後我俞劍平要憑這掌中劍、袖底鏢，向好朋友索要二十萬鹽帑。朋友，你可做得了主？」說話時，聲振林表，字字斬釘截鐵，實在恨怒已極了。

瘦老人依然嬉皮笑臉說道：「慢著，小老兒乃是無名小卒，賤名不足掛齒，由打三十年前，我早就把個姓忘了……」

俞劍平道：「哼哼！足下不肯留名，是要啞吃啞打？我俞某卻不耐煩，請你把你們的舵主飛豹子請出來，索性我們兩個對面講一講。足下不勞費心，請閃過一邊吧。」

這話十足的表示蔑視。俞劍平向來不曾這樣，他卻是用的激將法，要誘出那個飛豹子來答話。瘦老人還是嬉皮笑臉，道：「俞鏢頭不肯賞臉賜教？這可真是笑話，俞鏢頭不怕車輪戰，怎麼在下這點玩意兒，就不值承教？我好歹也比剛才我們孩子強啊。請賞臉吧，你老！」

俞鏢頭咬牙切齒說道：「你這……」驀然，仰面大笑道：「你定要替你們舵主出頭？……好，我就獻醜。朋友接招！」劍尖一擺，唰的一劍。瘦老人倏一分閉穴鐝，往後一退：「且慢！我還有話。」

俞劍平道：「既然要賜招，何必挨磨時候？你老兄手下的人還沒有湊齊麼？」

瘦老人閃目四顧道：「哪裡，哪裡，我們的人應到的全到了。只是俞鏢頭的人未免太零散點，多耗一會兒，實在於你有好處。現在咱們就動手，不過咱們先講明，久仰俞鏢頭的奇門十三劍，頗得魯東太極丁的祕傳；在下用這對閉穴鐝，專誠要和俞鏢頭明鬥兵刃，不鬥暗器。潛使暗器的主兒，老實說，在下不大佩服。請你把你的金錢鏢暫時收起，你我二人可以各展兵器，各盡所學，可別那麼潛扎一劍，暗拋一錢，我以為未免有失俞大劍客的身分。咱們不妨先過兵刃，倘若俞大劍客一定要施展你那壓倒武林的十二錢鏢，我也攔不住。咱們不妨放下兵刃，單較量暗器，南北派四十多種暗器，咱們數著樣兒較量；淨會施展自己本門的得手暗器，算不得功夫！」

俞劍平不禁又把怒焰熾起，一聲斷喝：「姓俞的不用暗器，也教你逃

不出公道！不要饒舌，手下見雌雄！」把劍往上一舉，右手劍訣一領，「舉火燒天」，腳下不丁不八，亮開了太極門十三劍的劍式。

這無名的瘦老人倏將鐵鐮分交兩手，身形往後一縮，說道：「就是這麼著，俞大劍客請進招！」一晃肩，嗖地挺身揉進，左手閉穴鐮直點面門；俞劍平微一側臉。這本是虛招，瘦老人左手一撒，右手閉穴鐮往外一穿，倏橫身，喝道：「打！」

照俞鏢頭的中盤「雲臺穴」，便下重手；俞劍平倏地閃開了。

胡孟剛伏在暗處，吃驚道：「這傢伙也會打穴？」單臂朱大椿道：「他使閉穴鐮，自然會打穴。」胡孟剛道：「我教鬼迷住了！怎麼樣，咱們上吧。」朱大椿道：「別忙！緊急的時候，俞大哥一定會打招呼哩！」

這時候，俞劍平應招發招，展青鋼劍，往下一沉，左手劍訣也往下一塌，「平沙落雁」，斜削敵人的肩臂，順斬敵人的脈門。瘦老人猛縮身形，右臂往下一撒，左腳外伸，陡然往後一滑；掄雙鐮，旋身盤打，雙鐮挾銳風，掃打俞劍平的下盤。俞劍平走乾宮，用「拗步轉身」避過雙鐮，趁勢進招。青鋼劍往右開展，「探臂刺扎」，劍尖直點瘦老人的肩井穴。瘦老人雙鐮往回一帶，由下向上翻，猛一長身，雙鐮唰的又砸打下來，直敲青鋼劍刃。

俞劍平抽招換式，還劍重發；驟然一個「鷂子翻身」，雙臂「金雕展翅」，青鋼劍下斬敵人中盤。一招分兩式：穿肋、截腰，手法疾迅。無名老人身手不凡，雙鐮一分，左手閉穴鐮掄下來，照青鋼劍一劃，就手往外一掛。橫身進步，右手鐮「仙人指路」，探穴尖，尋穴道，直奔俞劍平的華蓋穴。

俞劍平左手劍訣一指敵人的脈門，利刃挾風，以攻為守，青鋼劍反擊敵腕。瘦老人巧滑得很，閉穴鐮才發便收；撤鐮頭，現鐮尾，驀地一變招，照敵手兩肋上兩太乙穴又點過來。這一招虛實莫測，極其狡詐。

敵招太快，劍路走空，十二金錢俞劍平凹腹吸胸，頓時展開了幾十年精修的太極門內功；腳下紋風不動，身軀竟退縮尺餘，恰恰把閉穴鐹讓開。敵人這一招也用老了；俞劍平未容他收招變招，道聲：「著！」剎那間，青鋼劍寒光一閃，「白猿獻果」，反展劍鋒，虎口向外，疾如駭電，照敵人面門劈來。

瘦老人忙用雙鐹，「橫架金梁」，往上一崩。俞鏢頭只把腕子往裡一合，劍翻成陰把；唰的青光再閃，銳風斜吹，從敵人右肩翻下來，截斬敵人右肋。

瘦老人雙鐹已全封上去，哪裡撤得回來？急切間竟也走險招，不退不閃，反往前上步；雙鐹一現鐹尾，猛向俞劍平懷中撲來。以攻為守，雙點期門穴，力量猛而招數很快。

俞劍平為勢所迫，不得不斜身側步，避敵正鋒，微微一讓身；瘦老人借勢收招，湧身只一縱，斜竄出一丈以外。這才得敵己無傷，把一手險招救了回來。兩個人四目對視，分而復合。重整兵刃，各展所學，黑影中又拼鬥起來。卻各將對手的門路看清，改變了手法；各人封閉得很嚴，守多攻少；各人沉機應變，專尋敵手的破綻。

瘦老人再不肯走險招、求僥倖了；心中暗想：「俞振綱果是名不虛傳！」那胖老人與其同伴在七八丈外，扇面形打圈圍觀。齊借火把光，凝神細看俞劍平的劍招和點穴法；一面提心吊膽替瘦老人著急。馬氏雙雄、石如璋和俞門二弟子左夢雲也列成人字形，盯住了後路，注視著前方；提神加意，潛護著俞劍平。

瘦老人這一對閉穴鐹，精鋼打造，似核桃粗細的一對圓棒。一頭凸圓，鐹尾擋著一個圓球，全長一尺八寸，專打人的穴道；運用起來，有七七四十九手招數。拳家說：「一寸長，一寸強；一寸短，一寸險。」閉穴鐹欺敵進招，果然稱得起險狠。這個瘦老人與俞劍平旗鼓相當，兩不相

讓，居然輾轉交鬥了二十多招，未分勝負。

俞劍平暗暗詫異，打穴名家歷歷可數。這人有如此硬的功夫，怎麼會側身賊黨，甘做飛豹子的副手？莫非此人就是飛豹子？怎麼相貌又太懸殊？一面打，一面猜疑，不覺得也有點膽寒。

這瘦老人力敵太極十三劍，也已識出俞劍平的劍術厲害。

俞劍平右手劍光閃爍，劍尖伸縮，竟專刺人的要害；左手指掐著劍訣，也並不閒著，每逢閉穴鐝欺敵進招，俞劍平的左手公然在兵刃飛舞的夾縫中，探出食指中指，佯做掐劍訣的姿勢，一個不留神，便照穴道點來。

俞劍平的右手和左手指都是兵刃！

這瘦老人身形矮瘦，卻身手極快，躡高縱低，極盡綿軟巧的能事。倏前忽後，迅如飄風吹輕絮。他一面打，一面目閃頭搖，東張西望，好像有所窺伺，又似覓路欲逃。

俞劍平近四五年輕未試劍，今日忽逢勁敵，把全身功夫展開。見招拆招，見式破式，一口劍封閉吞吐，突如神龍戲水，旋似飛鷹盤空。輾轉攻拒，又鬥了十數合；俞劍平忽然一領劍鋒，一聲短嘯，展開了進手招數，太極劍連連地走起險招。俞劍平生平的特長是「穩」、「狠」、「準」之外，又加上「韌」字訣，善做持久戰，功夫越大，敵人越吃虧。

漸漸的瘦老人頭上見汗，微聞喘息。俞劍平已將他的雙鐝閉住。劍招越裹越緊，越展越快，瘦老人漸漸地只能招架，不能還手了。

鏢客這邊，馬氏雙雄和石如璋都看得分明；暗道：「俞家太極十三劍果然名不虛傳！」但是火把下，賊人同黨也看得分明，暗說：「怪不得姓俞的威鎮江南，這可不能栽給他！」

俞劍平和瘦老人兩團黑影忽前忽後，連續鏖鬥良久。忽然聽俞劍平猛

喝一聲：「著！」嗤的一劍，這瘦老人唰的一閃，腳步踉蹌，往旁連退。俞劍平倏然將劍交還左手，凝身不追，哈哈大笑道：「承讓！」

那個瘦老人躲開了俞劍平左手指尖的點穴，卻沒躲開右手劍尖的劈刺。老人的短衫，竟由肋下貼肉處，被劍尖削透了一個大洞。還算是手下留情，俞劍平專為討鏢銀，不願出人命。

瘦老人羞愧難當，一掄閉穴鑔，再翻身重又撲過來，待拼命相爭。陡聽背後一聲暴喊：「師兄且退，讓我領教領教俞大劍客的十三劍。」唰的躥過來一團迅風。胖老人掄起手中鞭，「泰山壓頂」，照俞劍平便打。瘦老人將閉穴鑔虛點一招，身軀微晃，已退出丈餘。

使鞭的胖老人急急風，三鞭連下。俞劍平冷笑一聲，道：「哈哈，還是車輪戰！……就是車輪戰，俞某也不懼，只要你們不嫌丟人！」口說著，手不閒，眼不瞬，不管敵鞭來得兇猛，早一領劍訣，一塌腰，青光熒熒，劍尖「白蛇吐信」，先照胖老人的肋下太乙穴點來。

這種招架法未免凶險，但是俞劍平只看這敵人飛身一躍，開手一鞭，便已看出這胖老人的武功，捷而不精，不如瘦老人沉著。果然胖老人急急地一斜身，回鞭一轉，趁勢下砸，照俞劍平的劍身狠狠拍下來。

俞劍平並不收招，將計就計。眼看著鞭要拍到，喝一聲：「看手！」劍鋒一抬，直照敵人面門劃來；倏又一抹，下砍敵人的手腕。胖老人抽鞭急架，青鋼劍唰的掣回來。敵人鋼鞭卻又舉起下砸。俞劍平早將劍一圈，躲過鋼鞭，疾如閃電，斜劈下來。這一接觸，雙方便換了二招六式，招數迅快已極。四面藏伏的賊黨影影綽綽地遊走，那林下一對火把也往前移動。那瘦老人敗退下來，張目四望；高喝道：「老幺們，努力呀！合攏後煞啊！坑子裡等啊！」

樹林中張掛的三盞紙紅燈陡然撤去，疏林中的胡哨立刻吱吱地連聲怪響。四面八方，同時也有胡哨聲響起來；四面八方，黑影唰唰颭颭，一陣

陣撥草亂躥；正北面上，飛起數道旗火。

胡孟剛、孟震洋大驚，相顧道：「快上！快上！」

陡然間，東南面嘭的一聲炸音，橫空飛起火箭；東南面和正南面，突然蹄聲俐落，殺聲大起。鏢客這邊不禁驚疑；賊黨那邊，瘦老人、胖老人也不禁錯愕。就在胖老人這一失神，俞劍平驟展先著，一劍擊到。

俞劍平臨敵鎮靜，四處的殺聲震野，他竟充耳如不聞；雙眸炯炯，只窺敵進招。太極十三劍上下翻飛，力戰單鞭；只十數合，已占上風。胖老人也鬧得遮攔多，攻取少，三招不能還上兩招。俞劍平趁敵人稍一分神，將劍驟縮驟伸，迅如蛇信，照賊人右肩胛刺去。胖老人單鞭不及招架，忙用「跨虎登山」式，往右一斜身，閃開劍尖，想要轉身進招橫打。俞劍平這趟劍已臻爐火純青之候，虛實莫測，變化無窮。猛往回一撤劍，一撲身，往下殺腰，「踩臥牛」，砰的一腳，踹中胖老人的右胯。「撲通！」如倒了半堵牆，胖老人摔倒地上。

群賊大驚；胖老人倏地一滾，直滾出兩三步，挺身躍起，愧不可當。俞劍平道：「收招不及，朋友你請起吧！」群賊大怒，呼叫一聲，把扇面形的陣勢一開，十餘人中立刻先衝上來五個賊黨。

馬氏雙雄大怒，罵道：「你們要臉麼？」也把人字陣一分，和石如璋、左夢雲一齊撲上來，接應俞劍平。

那一邊鐵牌手胡孟剛、單臂朱大椿、小飛狐孟震洋，也高叫一聲，從潛伏處如飛地奔竄出來。馬氏雙雄和左夢雲、石如璋，恰將五賊迎住；那胡孟剛、朱大椿、孟震洋，頓被泥塘邊、草叢中竄出來的三個賊擋住，頓時混戰起來。泥塘邊、空草場中，已有三撥人捉對兒廝殺。俞劍平雙眸一閃，見混戰局勢已成；那胖瘦二老已退聚一處，指揮同黨，摔滅了火把，竟往荒林奔去。

俞劍平高聲叫道：「喂！朋友，就這麼走嗎？趁早把你們瓢把子叫出來！」

二老人一齊轉身叫道：「俞大劍客，我弟兄請教過了，實在高明！你放心，不要慌，我們沒打算走。鬼門關鬥技賭鏢，還沒有交代完。你有膽往這邊來，二十萬鏢銀和你那鏢旗都已預備好，你有膽快快來拿。」一齊竄林奔鬼門關走去。

鬼門關只在荒林後，卻是土崗、荒林、泥塘、草叢交錯，地勢險惡。二賊酉撮唇吹哨，又振吭高呼：「老么們！疙瘩點來了，收沙子回坑！」連喊十數聲，然後奔上來接應同伴，一齊往林後撤退。

俞劍平久涉江湖，竟聽不懂他們說的什麼黑話；可是聽不懂，畢竟看得明，他們似乎要走。俞劍平不由急怒，劫完鏢一藏，打敗了一跑，倒是寫意！厲聲喝道：「哪裡走，把青子給姓俞的留下！」青鋼劍一掄，抄到二賊面前，要把二賊截住不放；這時候，與鏢行混戰的賊黨，也一齊罷戰，奪路往四面潰退下去。

馬氏雙雄暫不追敵，快跑過來，喊道：「俞大哥別追。賊人有詐！」

俞劍平被二馬這一阻攔，略一遲疑怯步，突覺得從斜刺裡，嗤嗤的輕響，襲來一股寒風。

俞劍平喝一聲：「好！」繞步斜身，青鋼劍向外一顫，啪的一聲，一支暗器被打落在地。跟著，啪啪地連響，東面黑影中，隱聞軋簧開箭之聲。俞劍平霍地一轉身，嗤嗤嗤三支弩箭如驟雨飛蝗，奔上盤、中盤、下盤攢射過來。

十二金錢俞劍平疾展身手，寶劍輕揮，第一支箭先奔咽喉，啪地一響，已被劍刃彈飛。第二支箭下趨兩股，箭鏃已到；俞劍平往旁一跨步，左手駢食指中指，伸地二指，只往下輕輕一抄，讓過箭頭，將一支弩箭箭

桿抄到手內。立刻第三支箭又到，直取中盤。平射心窩；俞劍平一個「鐵板橋」，單路登空，折身後仰，箭又射空。緊跟著一挺身站起；他瞥見疏林中有一條黑影，那人影一聲不響，揚手探身唰的一下，一支暗器迎面打來。

俞劍平怒叱道：「班門弄斧！」就用左手接取的箭一挑，把敵人的暗器挑開，約莫是鏢箭之類；俞劍平一進步，按甩手箭的打法，展食指中指，鉗箭尾，揚箭鏃；一振腕子，喝道：「原箭奉還！」把抄來的那支箭，脫手甩出去。那黑影嘿的一聲，翻身逃入林中。十二金錢俞劍平屬聲喝道：「別走！」才待奮身追趕，背後又撲來三個敵影。

這三個敵影本與鐵牌手胡孟剛、單臂朱大椿、小飛狐孟震洋相鬥；忽聞二老賊酋口傳號令，便一齊收招後退。胡孟剛舞動雙牌，緊緊裏住不放；朱大椿的左臂刀本難抵禦，孟震洋一口利劍上下翻飛，也一點不放鬆。這三賊且戰且走，好容易沖出來，奔向疏林。

俞劍平遠遠看見，把這青鋼劍交到左手，急伸手一探袖底，不意十二枚金錢鏢這時竟打完了。他忙向二馬道：「馬賢弟身上有錢沒有？」二馬道：「有。」拿出兩錠銀子來。俞劍平道：「我要這個做什麼？我的錢鏢打盡了。」二馬這才明白，忙抓了一把銅錢，要遞給俞劍平。俞門弟子左夢雲早奔過來，將自己的二十四隻錢鏢全數掏給師父。

俞劍平先掐三隻青錢，容得三個敵影奔過來，迎頭喝一聲：「站住！」嗖嗖嗖，三聲輕嘯，竟在相隔四五丈以外，穿過夜影照著飛奔的三個敵人打去。三個賊人應聲跌倒了一對。二馬不由大讚道：「俞大哥好錢鏢！」胡孟剛、朱大椿、孟震洋恰已趕來，雙牌一舉，刀劍齊揮，竟照倒地的二賊分砍下去。

俞劍平、朱大椿急喝道：「捉活的！」雙牌先到，利劍後到。就在這間不容髮的夾當，那個未負傷的賊人，持一柄鋸齒刀，狂吼一聲，拚命地向

雙牌單劍衝來。那倒地的二賊竟有一個先掙扎起來，趁勢伸手攙同伴，被二馬和石如璋看見，急忙奔過去，要捉活的。不意突然間，聽疏林對面草叢中一聲怪吼道：「一群不知死活的傢伙，你還要捉誰？你們全落在爺們的網裡了！」

十二金錢俞劍平隻身單劍，扼住疏林，左夢雲挺棍立在身邊；一聽吼聲，俞家師徒急急地轉身。只見對面泥塘邊、草叢中，一擁身現出八九條大漢。跟著火光浮閃，有個高大人影，率領同伴，一條線似的飛奔過來。人未到，暗器先發；一股寒風吹到胡孟剛的背後。胡孟剛把鐵牌往後一掃，噹的一聲，把一支鏢打飛。那高大人影趁此機會，驟如狂飆，竟從馬氏雙雄、石如璋的身旁馳過。馬氏雙雄急側身往旁略閃，掄雙鞭邀截。這八九條大漢急攻疾走，竟一沖而過。馬氏雙雄和石如璋一齊暴怒，大喝一聲，翻轉身，縱步就追。

八九條大漢個個身形輕快，銳不可當。一聲呼嘯，倏然的一分，最後面三個人一錯兵刃，轉身迎敵二馬一石。當頭的高大人影率三個夥伴，竟直撲奔鐵牌手胡孟剛和朱大椿、孟震洋身旁。那高大的人影「燕子三抄水」猛往平地竄落；人未到，兵刃先到。只聽鋼環嘩楞楞一響，一對鐵懷杖悠地一掄，劈頭照胡孟剛砸下去。

鐵牌手胡孟剛雙眸瞪視，將雙牌一展，叮噹一聲，硬碰硬，激起一團火花，才看出這使雙懷杖的高大人影，並不是當日劫鏢敗在程岳手下的那個使懷杖的粗魯少年。這是一個四十多歲的中年漢子，雖辨不清面貌，黑影中看出頰上亂蓬蓬，生著猶如叢草般的一部絡腮鬍鬚；既非劫鏢在場之賊，也非店房相會之客，朱、胡二人都不認得他。

鐵牌手胡孟剛忙揮雙牌，與賊死戰。這賊卻猛攻如瘋虎，滑鬥似靈狐，與鐵牌手打了個叮叮噹噹，難分難解。隨他一同闖上來的兩個同伴，一個使一對跨虎檻，一個使一對狼牙棒，雙雙地把孟震洋圍住。敵人的雙

檻雙棒，圍攻孟震洋的單劍；孟震洋昂然不懼，一口劍上下翻飛。還有一
個賊，運單拐單刀，獨鬥朱大椿的左臂刀。

　　當下胡、孟、朱三鏢客，與衝鋒的四賊苦鬥。那一邊，二馬一石與斷
後三賊相鬥；各選對手，兩下里拼鬥不休，卻中了賊人分兵救友之計。

　　斷後的賊黨、衝鋒的賊黨，先後與鏢客拒戰。趁這夾當，兩賊飛似的
撲到核心，避敵不鬥，忙忙地把兩個負傷的同伴救起來。呼嘯一聲，與那
使鋸齒刀的賊人，舞動兵刃，奪路急走；竟又呼啦地退出核心，呼啦地折
奔泥塘，繞泥塘又奔荒林土崗。與二馬一石相鬥的三賊，與朱大椿、孟震
洋相打的群賊，俱都應聲，虛晃一招退去。

　　那高大的人影立刻也猛往前一攻，倏往後一退，向胡孟剛喝道：「呔！
姓俞的，你成了落網之魚了，有膽的這邊來！」撐身一躍，也退出圈外。
鐵牌手喝道：「哪裡走？追！」掄雙牌便趕。二馬大喝道：「呔！把腦袋留
下！」也緊緊跟追。

　　這八九條大漢且戰且招架，且往後退。俞劍平看了個明明白白。他忙
一挺掌中劍，喝道：「匹夫，以多為勝，看往哪裡走？」一縱步，從荒林邊
搶向泥塘，攔腰橫截過來。人劍未到，暗器先發；手指一捻錢鏢，錚的一
聲，照那高大人影發出一枚青錢。這一枚青錢卻差多了，份量較輕，力量
發飄，便不能及遠。剛剛打出三丈來遠，僅得夠上賊人。只見那高大人影
身形一晃，似往前一栽，忽又挺住，終於一頭躥入疏林。

　　俞劍平縱步要追；驀聞東南角，簌簌地一陣響，又從林邊沖出兩影。
頭一條人影剛現身，掄手中長兵刃，已猛撲過來。

　　飛掠十數步，身形乍落，往外一亮式，所持兵刃竟是一桿大槍。第二
條人影緊跟著也撲過來，使的卻是一對虎頭鉤。兩個人一聲不響，齊襲俞
劍平身後。

俞劍平奮身怒叱,腳尖點地,「飛鳥穿林」,躥出丈餘遠。

一個「金蜂戲芯」,急擰身,寶劍往外一穿,復往回撤;左手劍訣從劍身上穿出,身形往下一矮。肩頭微動,「龍形一字」,驟然反逼到使槍賊人的面前。

這時節,使虎頭鉤的敵人也已撲到。鐵牌手胡孟剛大吼一聲,掄雙牌迎上來;雙鉤雙牌鬥在一處。十二金錢俞劍平手揮單劍,拒住賊人的大槍。槍長劍短,本來吃虧。只見那大槍一顫,奔咽喉扎來;俞劍平微微一側身,把頭一偏讓過;未容敵人變招,喝道:「著!」一招「平分春色」,雙臂一分;青鋼劍疾如閃電,截斬敵腕。敵人將槍的後把一沉,前把一攔,往後一掛,槍身硬找劍身。

俞劍平已認出敵人是「八母大槍」的招數,黏、沉、吞、吐、封、砸、點、扎,十分猛快。俞劍平忙用左手一領劍訣,身隨劍走,一個「旋身拗步」,青鋼劍倏然盤斬敵人的雙足。

敵人忙撤步抽槍,往下一矮身,青鋼劍已走空,後把一送,單臂遞槍,「烏龍出洞」;雪亮的槍尖疾如箭馳,直點俞劍平的後心。槍尖將刺沾著衣衫,俞鏢頭猛然一個「怪蟒翻身」,大槍唰的擦著左肋扎過去。俞劍平立刻右腳往敵人懷中一搶,青鋼劍「烏龍入洞」,刺向敵人的小腹下陰。

這一手險招間不容髮,敵人堪堪被劍點著,忙凹腹吸胸,右腕一坐勁,往左一領槍鑽,「二郎擔山」,往左一崩,嗆的一聲嘯響,劍身與槍身一劃,哧的一溜火星。

俞劍平微微一笑,這大槍竟未將單劍崩飛。敵人不禁喝了聲:「好劍!」忙將槍一順,颼颼颼,騰身連縱,拖槍敗走。

俞鏢頭展目一望,才要墊步急追。突聽得「噹」的一聲,忙將身勢一斂,一柄虎頭鉤飛墜到面前。循聲一看,鐵牌手胡孟剛揮鐵牌,力鬥

雙鉤，連戰十餘合。敵人唰的一下，左手鉤挌住單牌，右手鉤用「捲簾鉤」，硬來剪胡孟剛的脖頸。

不妨鐵牌手胡孟剛膂力特強，敵人才喝了一聲：「撒手！」

反被胡孟剛鐵牌一震，騰的一下，竟把左手鉤崩在半天空。胡孟剛趁勢一伏腰，雙牌一剪，右牌上斬，左牌橫切，照賊人急攻進來。賊人兵刃已失，不等鐵牌攻到，一挺身倒竄，退出一丈多遠，翻身敗入疏林之中。

鐵牌手大叫：「朋友快上，不要教鼠輩走了！」奮身掄雙牌，竟奔疏林攻去。將追到林邊，閃目四顧，自己這邊只有俞劍平、左夢雲、單臂朱大椿、飛狐孟震洋、馬氏雙雄、石如璋數人；不但別隊金文穆一行人沒見繞到，竟連斷後的智囊姜羽沖也沒跟上來。

荒林、泥塘、土崗、禾田、草叢、青紗帳，人影憧憧，只看見賊人一撥一撥地不時出沒。胡孟剛心頭火起，不由怨恨姜羽沖失算；有心候伴，又恐失追賊良機，咬牙切齒叫道：「俞大哥，快上！俞大哥，快上！」口說快上，心中暗著急，不由頭像撥浪鼓似的，一面跑，一面往黑影中張望。

十二金錢俞劍平卻一點也不慌，遙見人影出沒，昂然不懼。利劍一順，向二馬一石一點手，教他弟兄助著胡孟剛；另命朱大椿、孟震洋、左夢雲，跟隨自己，喝一聲：「追！」竟飛身突入疏林。

敗下來的群賊，越過了東面大泥塘，投奔荒林；繞林而轉，反折向西南。俞、胡八人立刻跟蹤，趕過疏林。疏林之後，地勢益形險惡。東邊是一片爛泥地，與大泥塘斷續相接，塘邊蘆葦叢生。西邊是土崗，滿生荊棘，疏疏有幾行樹。崗下又是一片小泥塘。這土崗、泥塘便是所謂鬼門關。往西南是荒地，繞過荒地，折奔西北，才是古堡。

群賊且呼嘯，且退走。容得鏢客們剛剛闖進了鬼門關的正地段，隨聽土崗後一聲輕嘯。那使雙懷杖的高大賊人，與那使鋸齒刀的賊人倏然翻

身，二次過來迎戰。雙懷杖霍霍生風，將孟震洋擋住；鋸齒刀就尋鬥朱大椿。

那使雙鉤的賊人翻身斷後，換了雙刀，與胡孟剛的雙牌二番接戰，似要報失鉤之仇。使跨虎檻的中年賊人與使懷杖的粗豪少年竟不度德，不量力，硬來拒戰俞劍平；極力猛攻，阻攔著不讓過來。那使大槍的二賊，竟顫槍挑戰馬氏雙雄。馬氏雙雄的一對單鞭上下翻飛，趕上來鬥這一對大槍。石如璋和左夢雲，一個使刀，一個使棍，也被兩個使刀的賊黨擋住，捉對兒廝殺起來。

當下鏢客這邊八個人，賊人那邊只出來九個。還有兩個賊人，在崗後一冒頭，旋又伏下身去，土崗後立刻響起了胡哨聲；同時荒林正北面，殺聲又起。

眾鏢客一面衝擊，一面詫異；看情形，出戰的都不像賊首。那長衫客和胖瘦兩老人都不知藏在何處，也不知弄什麼詭計去了。

二馬且鬥且呼：「俞大哥，咱們人全到了麼？」二馬本來專管布卡子，監視古堡賊巢。二更以後，眼睜睜看見人影俐落，從古堡西南小村出現；一直跟蹤到這裡，在荒林下救了石如璋。石如璋本與聶秉常、梁孚生也管一道卡子，卻被人誘入荒林。他自己落了單，中計遇擒，被捆在樹下。直到俞、胡踐約到來，才被二馬解救。

當此時，各路鏢客各有所遇；獨有松江三傑的動靜至今還未露頭。姜羽沖、奎金牛這兩撥大隊，更一個沒見。馬氏雙雄很著急，力戰中不暇探問，又忍不住不問，大聲叫著：「俞大哥，智囊哪裡去了？奎金牛哪裡去了？咱們人來多少？」

俞劍平不肯明答，更不肯指名呼姓的叫，只大聲說道：「二弟、三弟，放下心，只管往前衝，人全來了！」說話時手並不閒、眼不瞬，掌中劍更翻翻滾滾，上下刺擊。忽斷喝一聲道：「倒！」使跨虎雙檻的賊人猛往旁一

蹐，閃了閃，喊聲：「風緊！」跟蹌抽身逃去。

那使懷杖的粗豪青年嚇了一跳，也唰的往後一退，雙懷杖一併，揚手打出一鏢。俞劍平微側身，伸左手把鏢抄住，喝道：「好！」隻手一揚，停鏢未發，賈勇直衝到群賊的背後；便要率領弟子左夢雲，偕搶土崗，斷賊後路。

卻未容俞劍平撲到，土崗上如飛地縱出三人；身形往下一落，正是那一胖一瘦的兩個老賊酋。另外一個通身黑色夜行衣的賊黨，如飛鳥似的輕飄飄往前一蹐，阻在俞劍平對面，道：「俞鏢頭，在下後學晚進，今日幸會，我要請教！」群賊或傲慢無禮，或冷誚無情，唯獨此人出語敦厚，聽口音似遼東冀北之人。

俞劍平細一打量：這人面如青棗，巨目濃眉；抱一對鑌鐵狼牙穿，神盈氣壯，頗現威棱。俞劍平心中一動，利劍一提，雙拳一抱道：「請教不敢當，俞某特來應召獻拙，諸位有本領的只管請。……兄臺和飛豹子是怎麼稱呼？」說出這話，雙目炯炯，照應著四面。

不出所料，嗖的一聲，那胖老人猛然一個「雲裡翻身」，唰的跳下高崗。腳還未沾地，單鞭早發出招來，口中叫道：「俞大劍客豈是你末學後進，招架得來的？」這條單鞭隨著身形話聲，「泰山壓頂」照俞劍平當頭襲下。

俞劍平霍地一閃，勃然大怒，罵聲：「呸！」奇門十三劍一展「玉女投梭」，身軀一轉，閃鞭還劍。胖老人往左一縱步，呵呵一笑道：「俞大劍客恕我無禮，不要介意。我是要請教請教你的眼神！」霍地又退回來，叫道：「夥計，你上！」那使鑌鐵狼牙穿的赤面漢子這才一拱手，尊一聲：「請發招！」亮開了架勢。

十二金錢俞劍平面向胖老人，佯笑道：「看你們都出什麼相？我今天一定要向你們討一個水落石出，你們就挨個兒全上！」他把利劍一展，索

性不多問，再接再厲就要發招。忽然聽哎呀一聲叫，側面噹的一聲；跟著颼颼颼，接連聽得人蹤飛躍。俞劍平側目急看，孟震洋已將那使雙懷杖的粗豪青年打敗。

馬氏雙雄揮動雙鞭，把對手那一對大槍，也戰得拖槍敗走。只有石如璋竟敵不住那鋸齒刀，險些被削斷手指。胡孟剛雙牌一掄，連忙拋敵馳救，和使鋸齒刀的敵人戰在一處。那使雙鉤換雙刀的賊人，卻又從側面夾攻胡孟剛。孟震洋忙又翻身揮劍，截住了鋸齒刀。

馬氏雙雄騰出身子來，雙鞭一揮，竟不窮追敵人，反奔來保住俞劍平的後路和側面。朱大椿的左臂刀，左夢雲的太極棍，各遇勁敵，尚在力戰。石如璋輸招抱慚，陡轉恚怒，忙一亮手中兵刃，仍來掩擊鋸齒刀，誓報那一削之仇。於是鏢客和賊黨展眼間又變換了對手。

這時候從後面青紗帳內，忽然馳來兩條黑影。斜穿空場，剛剛奔到大泥塘邊；忽又從泥塘葦叢旁鑽出一條人影，口中連打呼哨，揚手發出來一道火光。那兩條人影微微一停，竟奔這一條人影撲去；瞬息間兩影與一影鬥在一處。

俞、胡等百忙中偷眼一看，到底看不清誰是敵、誰是友。

胡孟剛忙喊道：「喂，十二金錢今天一定要見個起落！」

這句話就像一句暗號，那雙影立刻答了腔，正是鏢客黃元禮、歐聯奎。兩人揮刀振吭，連忙報名，無形中就是告訴援兵已經馳到。哪知這一報名，那泥塘邊的單影也喊了幾聲；立刻從西邊又鑽出兩三條人影，竟把歐、黃二人圍住。二人被圍，也忙得大聲呼喊；這一喊，後面又奔來兩條人影。於是在大泥塘邊，雙方又有一小撥人混戰起來。

鏢客這邊摸不清賊人是怎樣的布置；正如賊人那邊，也摸不清鏢客這邊究竟來了多少人。

當下俞劍平在土崗前，與赤紅臉使鑌鐵狼牙穿的大漢鬥在一處。這赤面大漢來勢頗疾，奮身進步，狼牙穿一分，身形陡展，「流星趕月」，雙穿一點面門一點胸。俞劍平沉機應變，以逸待勞，未從攻敵，先要看看敵人的身手。劍隨身轉，閃展騰挪，連讓三招，已看清了敵人路數。赤面大漢這對鑌鐵狼牙穿，大概是滄州洪四把北派真傳。

這時雙穿第四招又到，「飛雲掣電」，左手穿直截下盤，右手穿翻身反臂斜砸，悠悠地挾起兩股疾風。俞劍平微微側閃，左腳往外一滑；用太極劍「行功盤步」、「烏龍攬海」，身形快似飄風，剎那間敵人雙穿走空。來勢過猛，右手鑌鐵穿無法收招，啪嗒的一聲砸在地上。寒光掠閃，俞鏢頭的劍鋒已到。赤面大漢努力往前聳身，僅得逃開這一劍，十二金錢俞劍平哂然一笑，翻身獻劍；唰的身劍俱進，「金針度線」，直刺敵人後心。赤面大漢覺得背後的劍風已到，忙往左一上步，「怪蟒翻身」，雙穿並舉，往劍脊上狠砸去。

俞鏢頭喝一聲：「好！」青鋼劍唰的一沉，往回一撤。劍光閃處，反從雙穿上面翻過來，劃點敵手的脈門。敵手往後一仰頭，振雙穿想往下崩，哪裡來得及？俞劍平猛喝道：「著！」

「反臂刺扎」，連環劍點胸膛、劃雙肩，唰的攻到。賊人一晃身，閃避略遲，嗤的一下，劍鋒掠肩頭過去，夜行衣被劃破了三四寸，肩頭上頓時火辣辣的一陣疼痛，皮破血流，赤面漢一縱身，面紅耳赤，翻身敗走。

胖瘦二賊酋登高敵，見俞劍平劍光揮舞，同伴不敵；兩人知會一聲，連忙增援。那瘦老人收起閉穴鑔，換了一對雞爪雙鐮，先由土崗躥下來。

正值赤面大漢負傷敗走，俞劍平仗劍要追；瘦老人大叫道：「俞鏢頭少逞威風！你可曉得你已到了鬼門關，你還不知死活麼？」一陣風地撲到，讓過同黨，重來接抗。俞劍平踐約遇伏，追敵輪戰，連交手六次手，連勝八個敵人；自是內功堅韌，氣力悠長，僅不過頭上見汗，手心發熱罷

了；見瘦老賊重上，恨恨罵道：「你少要張狂！你歇夠了再來？我倒要看看這鬼門關，是誰的死地！」青鋼劍電掣星馳般，向瘦老人直攻。

這二番接戰，俞劍平痛恨賊黨無理無情，劍招狠猛。第一招「金盤獻鯉」，劍點敵人咽喉。瘦老人立刻往左斜身，雙鐮一翻，照劍上就滑。俞劍平抽招換式，往下一塌身，劍又翻回。左腳原地不動，右腳往後撤半步，劍訣一領，「盤肘刺扎」，復又攻出去。

忽然間，那胖老人高踞土崗，高聲喊道：「亮開了啊，沙子來了。眼看就到！」不知他喊的是什麼意思。俞劍平傲然不顧，手中劍一緊，仍然力攻瘦老人的雞爪雙鐮，扎、刺、挑、壓、點、鎖、拿，運用開來，專奪敵人的兵刃。瘦老人還想借這利刃，克制住俞劍平的單劍。可是俞劍平劍術精湛，見招拆招，見式破式，任何敵刃都能應付。

那胖老人一看不行，忽又喊道：「魚上網了，夠尺寸了。收啊，撤！」口說著撤，一翻身也撲下土崗，要來雙戰俞劍平。

鐵牌手胡孟剛、單臂朱大椿以及馬氏雙雄一齊恚怒，各拋敵人奔來應援。和胡孟剛對敵的賊黨，功夫竟不弱；胡孟剛一時撤不出身。和朱大椿動手的賊，卻漸漸地招架不了這單臂鏢客的左手刀；朱大椿揮刀一掃，騰起右腿來，把賊踢倒在地；急忙地抽身趕過來。胖老人的鎖骨鋼鞭正要掩擊俞劍平的後背；俞劍平霍地一撤身，翻劍迎敵。瘦老人一擺雙鐮，照俞劍平右肋便捋。朱大椿恰巧截過來，左臂刀一揮，喝道：「呔！相好的，姓朱的不失信，今天會會你這假豹子！」左臂刀頓時和雙鐮戰在一處。穿花般交鬥，也只走了三五招，賊人鼓噪一聲，倏然抽身。一撥重往荒林走，一撥搶奔土崗；眾鏢客分身急趕，俞劍平一頓足，越眾當先。

這土崗是一道斜坡，高有兩丈多。崗上有羊腸小道，兩旁雜草亂生，不利步行；右邊陡起，左邊傾斜，滑下去便是個爛泥塘。泥塘深陷，淤水半塘，爛泥沒頂。鬼門關的命名便由於此。俞劍平相了相地勢，施展太極

輕身飛縱術，腳尖點地，飛縱到土崗下。一個「燕子飛雲縱」的輕功，騰身掠上土崗。左腳一點實地，右腳跟縱邁上。還未容落腳，突然從崗上三四尺高的叢草中躥起一人，暴喊一聲：「擋駕！」倏地當頭砸下一條桿棒。斜刺裡更唰的一響，飛出黑乎乎一物，跟著又湧出一條人影。

當此時，俞劍平身形半懸，迎面的敵人兵刃驟下，側面敵人的暗器又來；不能閃躲，不能招架。俞劍平一身是膽，全副輕功，倏往後一仰身；那桿棒當頭下砸，直撲到面前，緊隨俞劍平仰翻的身形下落，銳風已撲到鼻端，暗器也正到來。

俞劍平生死呼吸，左腳用力，往外一登；唰的頭下腳上翻下崗來。「雲裡翻身」，又向右一翻；懸空躲著泥塘，倒栽下去，賊人的桿棒砸到土崗上，賊人的暗器打在空中，落在斜坡上。

俞劍平翻然下墜，距地六七尺。下盤往下一沉，雙臂往上一抖；「金蟾戲浪」，硬將身形拘起，輕飄飄的雙足落在土崗下，斜坡上。危急中，腰部一疊勁，才挺身亮式；土崗上暗襲的賊人早一抖桿棒，腳一頓，掠空騰起，跟蹤下躥。人未到，桿棒先到；乘危趕招，間不容髮，又照俞劍平當頭趕砸下來。

俞劍平唰的一躥，倒退出兩丈多以外。若不是一身輕功，兩棒一鏢，不死必傷。那使桿棒的賊人又撲登的一棒，實實落落打在地上；只一抖，收回來，冷笑道：「好功夫，來的定是俞大劍客了，名不虛傳！」一聲未了，桿棒又起。陡又聽得懸空喝道：「名不虛傳，呔！姓俞的，你可知三熊要吃臭魚麼？」唰的兩縷寒風射下，兩條黑影從草叢中鑽出來。

難為這三個賊人，竟在這矮矮的三四尺高的亂草中蜷伏了很久。這三賊正是遼東「一豹三熊」的三熊。

雙鏢破空打到。俞劍平驟遇阻擊，心神不亂，一伏身讓過暗器，反撲上來；大喝道：「呔！朋友，多謝你們當頭一棒，迎門三鏢。盛情怎能不

答？你們報個萬兒來！」未容敵人回話，俞劍平決意復仇，雙眸炯炯，只一瞥，看出此賊提桿棒，穿黑行衣，長身闊肩，像是壯年。

俞劍平青鋼劍立刻往上進招，「金針度線」、「抽撤連環」，唰唰唰，連環三式，點咽喉、刺左肋、掃肩胸、掛兩臂，未等餘賊趕到，照這長身黑衣賊，眨眼三劍。黑衣長身賊抖桿棒，崩、拿、封、架，連拆三招。同時那兩條黑影右行數步，閃開泥塘，一縱步，也跳下土崗。

左邊這個人，掄鋸齒刀，斜肩帶臂照俞劍平就砍。右邊那個人，仗一口寶劍，劍訣一指，照俞劍平就扎。那長身黑衣賊，桿棒一揮，照俞劍平就打。霎時間，奪崗未成，又被這遼東三熊包圍。

十二金錢不由怒焰灼胸：「與賊何仇何恨，竟這等牽纏毒辣！」他展開太極奇門十三劍，狠鬥三賊。仗身法輕靈，身劍合一；鋸齒刀先砍到，疾往外一旋身，刀先劈空。俞劍平劍鋒往回一展，「白鶴亮翅」，反削使刀賊；賊人閃身竄開。俞劍平劍尖一轉，截擊使劍賊人的手腕；使劍賊人急忙收招。俞劍平輕輕一閃身，又躲開桿棒，利劍順手一削，使桿棒的賊人往後急退。

俞劍平以單劍力抗三敵，敵刃長短軟硬不同；他立刻展開了疾攻速決的戰法，反倒欺敵進步，搶到使劍賊人面前。使劍賊人側身進劍，照俞劍平咽喉扎去。俞劍平以攻為守，一伏腰，青鋼劍「葉底偷桃」，穿著賊人劍底，反扎右肋。賊人身手倒也勇捷，「霸王卸甲」，往下撲身，三尺青鋒掠頂而過。那賊人的桿棒又復攻到，「蛟龍擺尾」，唰的奔下盤纏打過來。

俞劍平腳尖點地，騰身斜躥起一丈多高；往下一落，急轉身，劍光一掠，左手劍訣一指，斷喝道：「小賊！」唰的數劍，力猛招沉。使桿棒的賊人失聲一吼，斜身旁栽，連竄數步，撲地趴在地上；他那兩個同伴竟沒看清劍傷何處。兩個賊一刀一劍，慌忙截住俞劍平，不料俞劍平竟拋敵不顧，惡狠狠揮劍繞到倒地賊人跟前，喝一聲：「拿過首級來！」眼見他伏身

探步，劍刃竟取賊人後頸，二賊大驚，雙雙奔來相救。

　　陡聽得錚的一聲，俞劍平霍地一翻身，二賊急閃，哎呀一聲，兩個人跌倒一對。俞劍平哈哈大笑道：「小小年紀，活得不容易！許你傷害俞某，俞某不許傷害你。哥三個，留下兩個，回去一個吧，把你們豹子叫來見教。」仗劍撲到中鏢倒地的二賊面前，喝道：「你們兩個不用走了……夢雲過來，綁上這兩個！」

　　那使桿棒的賊人帶傷躍起，躥出數步。一回眸，看見兩個同伴倒地不能起來，眼看就要被擒，不由驚憤，大呼道：「姓俞的，你不用假慈悲！……哥們快來！」一揚手，倏飛起一溜火光，振吭大喊了幾聲。

　　左夢雲提棍趕到，要捆二賊。卻不道土崗後叢草中，賊人還有埋伏。頓時湧出兩撥人，由兩個黑衣漢各率一撥，如飛地堵截過去。胖瘦二老人也翻身率眾復回；賊黨三五成群，竟有四五撥抄到。一陣暗器雨過處，把俞氏師徒裹在當中，把別的鏢客也隔成三堆，受傷的二賊頓時被救走。鏢客未闖上土崗，反陷入埋伏陣。

　　群賊一齊鼓噪，那土崗上驀地又現出一條高大黑影，屬聲叫道：「姓俞的，你成了甕中之鱉，網中之魚了！你還想捉人麼？姓俞的……」群賊也應聲齊喊「網中魚」「網中魚」，叫個不休。

　　眾鏢客十分震動，賊人果然另有詭計。四顧強敵，足有四十多人，自己這邊不過十來個人，而且被圍成三堆。眾鏢客又驚又怒，道：「跟他拼啦！怪不得狗賊們且戰且走，黑角落還埋伏著人哩！」各擺兵刃，就要拼鬥。

　　十二金錢俞劍平冷笑，高呼：「眾位不要慌！……魚在這裡，看你們怎麼捉？……夢雲，放箭！」砰的一聲，飛起一道藍光。

　　陡然聽土崗側面，遠遠地一陣暴喊道：「飛豹子，別得意！你只知道網中魚，你可知道坑中豹麼？相好的，你也落到陷阱裡了！」

第三十章
越崗增援智囊奏奇襲　當途扼險飛豹鬥奎牛

遼東大豪飛豹子在范公堤，劫取二十萬鹽課，拔旗留束，匿跡埋贓；連夜渡過了大縱湖，把全撥黨羽分散在各處。淨等著十二金錢俞劍平被激出頭，便好鬥技賭鏢，一決雌雄。俞劍平果然一怒拔劍，具保討限，束邀群雄，大舉尋鏢。飛豹子那邊立刻得到了準信，也忙著邀人。

眾鏢頭四面布卡，六路排搜，步步往前踏訪。飛豹子也立刻伏線安椿，備下了三個潛身的窟穴，暗暗遣人，窺伺鏢客的動靜。等到紫旋風夜探荒堡，十二金錢俞劍平略知賊情，忙率眾趕到苦水鋪，在集賢客棧落了店。飛豹子頓時從潛伏之處趕來，由他的黨羽和朋友先替他出頭窺探。

飛豹子挾著三十年前的宿怨，一心要挫辱俞鏢頭。當夜來到高良潤左近，踩盤子小夥計一一告訴他：「姓俞的本人來了，姜羽沖、胡孟剛也都到了。」

飛豹子綽鬚大笑，立刻遣瘦老人王少奎，前往苦水鋪，陰謀窺探，潛加挑逗。王少奎隨機應變，竟和單臂朱大椿挑簾覿面，放下了三更較技的期約。又小開玩笑，雇買當地賣漿的陸六，趁二更天，前往集賢店，登門叫罵。借此誆誘鏢客的注意力，他們潛伏的人好從集賢店後面乘機襲入騷擾。不意鏢客戒備嚴密，房頂街隅都安置著人；賊黨未能得手，倏然退回去。

幾個人由鄰近民宅越牆逃出，幾個人轉小巷，走出苦水鋪。馳報飛豹子道：「這些鏢客倒還罷了，只跟著海州的兩個捕快，並沒有驚動官面，的確按江湖道，前來獻技討鏢的。」

飛豹子聽了，點點頭道：「哦！」

飛豹子預由高良澗來到荒堡，趕忙著布置了四天。所有古堡牆頹屋朽，擇重要處，把屋牆、院牆都挖了三尺來高、兩尺來寬的窟窿。有數處直通到堡牆根，又有數處高達六尺的。復將堡牆根，打通了六尺深的數道窄溝，長有數丈，暫作為潛行的隧道。直到訂期挑鬥的那天晚上，飛豹子傳命同黨，把窄溝火速加工，直挖出堡外。

「未慮勝，先防敗！」這樣辦，先備下了退身步。但不能早掘，掘早了，恐被行家白晝識破。先時又在鬼門關，相度地勢，擇於土崗後、葦塘中，埋下百數十根長短不齊的木椿，也是預留著退路。然後，飛豹子糾合黨羽，便要親赴鬼門關，仗著數十年苦練的功夫，會一會這江南名鏢客十二金錢俞劍平的拳、劍、鏢三絕技；跟他抵面爭鋒，一決上下。

當下，飛豹子說出自己的通盤打算，手下群豪譁然讚道：

「好！」那個瘦老人王少奎搖搖頭，連說不可，道：「大哥，你總得走穩步，先派別人，試試姓俞的本領。」

飛豹子不以為然，道：「那是何必呢？這樣辦，進可以攻，退可以走，已經很穩了。」

胖老人魏松申道：「但是，大哥還可以多加一分小心，不要緊的。我聽馬振倫馬六爺說，姓俞的已經盡得山東太極丁三絕技的祕要。」

凌雲燕也道：「俞劍平這些年功成業就，名利雙收；可是他做得很小心，他本身的功夫一天也沒擱下。據說他無論多麼忙，直到現在，還是每天早晨要打一套拳、試一趟劍的，末了還打二十四鏢。我們要鬥他，總得先教一個生臉，嘗嘗他手底下的真假虛實。大哥，你就讓小弟和王二哥先打頭一陣，試一試招。好在他也不認識我們是老幾；我們栽了，一點也不妨事。」

瘦老人王少奎一拍大腿道：「是這個意思。今天大哥簡直不必露面，我們先和他打；大哥可以在旁觀陣。咱們準能降得住他，再跟他挑明簾，點名叫陣。」

飛豹子微微笑了。遼東三熊也一齊發話道：「老當家的，這主意真高！你老就依著來吧！十二金錢在江南久負威名，實在不可輕敵。萬一訂期獻技，爭勝賭鏢，竟鬥不過人家，未免顯得丟臉。穩步有益無損，總該走的。」

瘦老人又說：「況且咱們這趟下江南，人地生疏，多承凌雲燕凌舵主和子母神梭武勝文武莊主幫忙。借地方、借人力，都很夠面子。現在武莊主既然大包大攬，要由他那裡起，由他那裡落；我們這回往鬼門關去會姓俞的，最好是只虛鬥一鬥他。末了一場，還是煩火雲莊武莊主出頭作面的好。」

飛豹子想了想道：「這個……也好。」他們到底定下了誘敵試招之計。決計先遣副手試一試俞劍平的本領再講。

到了這一天，由苦水鋪到鬼門關，鬼門關到古堡，飛豹子竟安下了九道伏椿。頭一道埋伏，在苦水鋪鎮口外，設陷阱、埋石伏弩。開手一招，便把飛狐孟震洋摔下馬來。那時候，飛豹子正和手下幾個人潛伏在近處；預備出其不意，先測一測俞劍平的鏢法和劍術。

鏢客們這一邊，對著古堡三路設卡，在白晝被飛豹子看出兩路。馬氏雙雄這道卡子，和三鏢客金弓聶秉常、梁孚生、石如璋這道卡子，俱被飛豹子和他的黨羽看破。挨到天黑，便動了手。只有松江三傑夏建侯、夏靖侯、谷紹光，武藝高強，潛身隱祕，豹黨一時沒有注意到。

鏢客分兩路赴鬼門關踐約。俞劍平、胡孟剛、姜羽沖這一路大隊，半路上突然與賊相遇。奎金牛金文穆、朱大椿等，這第二路人數較少；在別路上也遇見了飛豹子手下的人。

飛豹子與他手下的黨羽，安排下步步為陣的法子。由苦水鋪至鬼門關這一小段，共設著四道卡子，被鏢客踏過三道，俞劍平和姜羽沖衝破兩路，金文穆和朱大椿衝破一路。倒弄得自己散了幫；另外一路，鏢客們也沒有勘破。

飛豹子又在鬼門關踐約之地，埋伏下大批的人。鏢客的人少，他們就包圍住，捉活的；來的人多，他就叫副手出來答話。然後驟然撤退，一撤，再撤，撤到鬼門關，荒崗泥塘等險峻地點，便由遼東三熊出頭襲擊。襲擊不勝，就由胖瘦二老人魏松申、王少奎同那外邀的兩個能手，一齊出來。或文打，或武打，看事做事；臨到最後，再由飛豹子出頭，如此便可穩立於不敗之地。這是飛豹子與他的黨羽商定的頭一步挑釁辦法。

不意十二金錢俞劍平單劍踐約，名不虛傳。二老三熊，輪戰嘗敵，竟都不是俞劍平的對手。鏢行這邊，智囊姜羽沖驀然率眾趕到；踏過伏椿，直闖進後崗，竟遠遠地答了腔，也喊著：「豹子落坑！」雙方針鋒相對，旗鼓相當，竟未得抵面爭鋒，一霎時反激成群毆混戰。

姜羽沖這一路本為教俞鏢頭單劍赴會，才稍稍落後。半騎半步，一路趲行，將近鬼門關，按白晝所勘的地形，忙進入青紗帳，把馬藏起來。由姜羽沖拔劍當先引領著，悄穿田徑，斜趨土崗，要將賊人的退路先行剪斷。

但是賊黨在關前田邊，預設著兩道伏椿，兩處一共埋伏六個人。智囊姜羽沖等將將逼近，便被高的豹黨聽見蹄聲，瞥見黑影。他們急發旗火，吹起呼哨，六人一齊發動。兩個人馳報同黨，四個人掄兵刃上來攔阻鏢客。姜羽沖曾囑同伴，無人處要悄悄地繞行；遇敵要快快地掩擊。於是互相知會，一路疾攻，沖到敵人背後。

姜羽沖、岳俊超、歐聯奎等各展兵刃，奮力奪路。豹黨四個伏椿，人少勢孤，各發暗器，擋了一陣；眾鏢客大堆地湧上來，同時鏢行別隊奎金

牛金文穆等也由西南繞到。兩邊一夾，四個賊人越發抵擋不住；急急退下來，繞奔後崗退去。

眾鏢客急喝道：「追！」望影逐聲，跟著往土崗上硬闖。土崗上埋伏著的豹黨早已覺察，立刻亂發響箭，從潛伏處跳出八九個人，忙將後崗要路分別把住。智囊姜羽沖張眼一望，分撥四個鏢客跟綴逃走的四個敵人。然後各通暗號，與奎金牛金文穆等合在一處，互相策應著，斜越泥塘，直搶土崗。

土崗上的群賊立刻從各路抽出一個人來，併作一道，來迎截鏢客。雙方在崗前崗後，遠攻近圍地交起手來。一霎時崗上崗下，人影亂竄；隔得稍遠，便認不清誰敵誰友。賊人這邊以為鏢客的接應人多，鏢客這邊以為賊黨的埋伏人眾；正是麻稈打狼，兩頭膽怯。

實在的情形，卻是土崗前鏢客人少，土崗後賊人勢弱。所有賊黨幾乎都沖俞劍平撲來；在土崗前，把十二金錢俞劍平師徒，連胡孟剛、馬氏雙雄、孟震洋、石如璋、朱大椿、黃元禮等，分別圈在當中。

在土崗後，三十多個鏢客列成人字形，八九個賊人堵住一條傾斜的羊腸小道；旁生亂草，下臨泥潭，非常險峻難行。賊人借叢草蔽形，用暗器擋道，十分得勢；可是驟見鏢行接應人到，未免心驚。智囊姜羽沖在坡下看了看地勢，也不由皺眉；如行狹道，恐遭賊人暗算；有心繞道，又聽得崗前殺聲四起，賊人連呼捉「魚」，還怕俞鏢頭有了閃失。這必得先遣人搶上土崗，敵住這攔路的幾個賊人，大眾便可從土崗兩旁亂草上踐過去。

姜羽沖眼注前方，向眾人叫道：「哪一位應敵？」蛇焰箭岳俊超憤然道：「我去！」掄劍便要上前。奎金牛金文穆搶過來道：「岳四爺，我還沒露一手呢，讓我打頭陣吧。」一揮鉸鋼厚背刀，徬徨四顧，便要攻崗。

姜羽沖急道：「等一等！」忙教岳俊超、歐聯奎分立在金文穆背後左右，兩旁另外留下兩個幫手，便對餘眾說：「請他們三位上去應敵，諸位

請陪我穿草地，往上搶呀！」眾鏢客譁然應諾。那追逐賊人的四個鏢客，也被姜羽沖喚回，改作誘敵之兵，喊一聲：「上！」從另一方面，佯作攻崗奪路之勢；借此牽制賊人，幫助金文穆搶崗。

羊腸小道上，兩旁的亂草簌簌亂晃，不用明看，必有伏兵；奎金牛金文穆傲然不顧。容得誘敵的同伴喊出一個「上」字，誘得賊人發出一排箭來，他便將鉸鋼刀一揮，「巧燕穿林」，奮勇當先。蛇焰箭岳俊超、東臺歐聯奎兩旁掩護著，跟蹤側上，一齊往土崗上一竄。賊人已防到這一招，迎頭唰的打出兩支鋼鏢。三個人各揮兵刃磕擋；卻已犯險搶上去。

奎金牛一擺手中刀，剛要招呼同伴，跟著往上搶，頓時從草叢中出現四個穿夜行衣的賊人。兩個使鉤鐮槍，兩個使鏈子槍（背後都插著短刀），急急橫身，把路口橫住。為首一個青年一抖鏈子槍，大叫了一聲：「回去！這裡不讓過！」頓時撲過，想把金文穆逼下崗口，或者打到泥潭裡去。奎金牛金文穆照舊傲然不顧，竟回頭向智囊姜羽沖叫道：「姜五哥，快往上搶！我料理這幾個東西。你聽那邊，一定是俞大哥。」那青年賊黨罵道：「臭魚的一夥魚鱉蝦蟹，看誰料理誰！看槍！」鏈子槍嘩啦一響噹頭砸下。

金文穆疾展鉸鋼厚背刀，把鏈子槍一挑，兩下打在一處。

其餘三賊剛上一步，蛇焰箭岳俊超、東臺歐聯奎斷不容他夾擊金文穆一個人，齊展劍斧，把敵人迎住。軟硬四條槍，和這一刀、一劍、一雙板斧鬥起來，一時未分勝敗；可是賊黨早已輸了一招。

智囊姜羽沖一擺利劍，屬聲叫道：「快上！」眾鏢客紛紛奔竄，踐著草地東面斜坡，錯錯落落，徑往上闖。崗上賊黨的伏椿，吱的一聲呼哨，一齊出動。先發暗器抵擋；擋不住，頓時又有三個賊黨，揮兵刃躥出來，居高臨下，拚命阻撓鏢客，將東斜坡扼住。

就在同時，西斜坡也有鏢客爭先搶上；立刻又跳出兩個賊黨，先發暗

器，後揮長矛，把西斜坡扼住。雖然擋得住，可是支持不住。呼哨聲不住地怪響。當中一路，奎金牛金文穆展開教門的潑風萬勝刀，颼颼的一連幾招，把使鏈子槍的青年賊，砍得倒退。青年賊卻不肯退下去，崩、打、纏、拿，支持著，與那三個同伴，緊緊把住土崗的羊腸小道。那東面三個賊黨雖然打得過四個鏢客，卻見鏢客志在用全隊奪崗。賊黨也忙唿噪一聲，一齊退回去。連發呼哨，警告同黨，但是他們的土崗後路進口處已被鏢客奪占了。

那飛豹子正立身在土崗最高處，眼望崗前平地，正要撲下來和俞劍平一較身手。忽聽見青紗帳後蹄聲奔騰，緊跟著後崗吃緊，敵影猬集，他就勃然大怒。霍地躥過來，凝眸一望，急知會散漫在各處的同黨，作速聚攏來；自己將掌中兵刃一掂，如一陣狂風撲到後崗。他身邊的幾個同伴，有的銜命往崗前傳信，有的跟著他齊奔後崗。

這時候，青年賊的鏈子槍被奎金牛一路萬勝刀，直剁得左閃右退，接連遇上三四次險招。末後好容易看出破綻，金文穆的萬勝刀點到右肋；賊人往左一錯步，金文穆的刀扎老了。賊人再不肯容情，一個「怪蟒翻身」，鏈子槍翻轉來，唰的鞭打金文穆的頂梁。

不想金文穆陡然往左斜身，右手刀猛往上一撩鏈子槍，左手噗地把鏈子槍頭奪住，厲聲喝道：「撒手！」萬勝刀順勢往外一送，青年賊人想奪回，一縷寒風直抹到賊人持槍的手指，青年賊人趕快的松把，鏈子搶唰的被金文穆奪去了。刀光又一展，青年賊拚死力往後飛躥，驚得一身冷汗；忙回手拔刀，先往外一封，架住了敵招，又一跳，躲開了，這才把一陣手忙腳亂的慌勁讓過去。

奎金牛哈哈大笑道：「不要慌，給你這槍吧！」唰的劈面打出去。青年賊人閃身躲開，抹一抹頭上汗，咬牙切齒，又衝上來。他仍不肯認輸，仍不肯退避，仍然戀戰，擋住了羊腸小道。那另外的一條鏈子槍和一對鉤

鐮槍，以三打二，倒能擋住岳俊超的單劍和歐聯奎的雙斧，但是這只能阻敵，不能取勝。飛豹子如飛地奔到，略一注視，厲聲喝道：「喂，躲開了，讓我來會會這位潑風萬勝刀！」

那青年一提手中刀，抽身躍回土崗。奎金牛揮刀便進。飛豹子道：「呔，別動，相好的，我要會會你閣下。」橫身邀住了金文穆。金文穆側身進招，蛇焰箭岳俊超在身邊，智囊姜羽沖在遠處，一齊吆喝道：「金鏢頭留神，這就是飛豹子！」

金文穆聞言一愣，唰的一撤身，停刀封住門戶，側目仔細打量敵人。

飛豹子一到，伏椿的賊人俱都退上土崗。鏢客們川字形湧在崗口，內有帶著孔明燈的，忽地將燈板打開，向土崗連連照射，把飛豹子等照看了一個正著。飛豹子本將草帽推在背後，此時忙把草帽往頭上一按；向同伴低說了幾句話，手中短刃一晃，冷笑道：「是飛豹子又怎麼樣？呔！朋友，你好刀法！你是俞劍平的什麼人？」

奎金牛金文穆捧刀拱手道：「在下是俞劍平的朋友，你既然是飛豹子，久仰久仰！……」還要交代幾句江湖話，不料飛豹子竟挺身猛撲過來，把手中短兵刃一舉，道：「呔，發招吧，少說閒話！」這短兵刃原來就是當日劫鏢、打敗鐵牌手的一支短煙袋桿，二尺來長，純鋼打造，鍋大桿粗，煙嘴煙鍋一體渾成。昔年曾用它戰敗遼東綠林風子幫（指遼東一帶的劫馬匹的賊幫），今日拿來找尋俞劍平。

金文穆還想說話，岳俊超吆喝道：「金三哥，這東西不通人情。少跟他講那一套，宰呀！」金文穆遂說了個好字，立刻身形一矮，往前一縱步，捧鉸鋼厚背刀，照長衫客胸前便點。

長衫客飛豹子左臂的肥袖子往外一拂，也不使手中短兵刃接招，身形快若飄風，突繞到金文穆背後，金文穆也是虛實並用，頭一刀並未撒出去；刀才點空，左掌斜往上一推，右手刀「白鶴剔翎」，斜塌身形，刀鋒外

展，唰的旁掃長衫客的下盤。

　　飛豹子見金文穆刀法很快，遂不再試招。鐵煙袋「倒打金鐘」，斜身往後甩打，喝聲：「撒手吧！」嗆地一響，聲銳而長，火星飛濺，兩下兵刃相碰。金文穆的鉸鋼厚刀雖沒撒手，可也鶩地一震；嗖地往右一縱身，匆遽間急驗看刀鋒。幸而刀鋒只是斜劃，刀身吃力重，只微微磕傷一點刀刃。

　　金文穆心中吃驚，這個飛豹子好大的膂力！金文穆只一落身的工夫，飛豹子已跟蹤而至；鐵煙袋「迅雷貫耳」，挾著勁風砸下來。金文穆往左錯步，倒翻身「烏龍盤樹」，橫砍飛豹子的中盤。

　　飛豹子身隨勢變，步眼圓滑，右腳往外一溜，以敵勢破敵勢，「倒踩七星步」，閃身讓招。金文穆的刀又走空招。飛豹子反欺到金文穆的背後，左手駢食中二指，照金文穆右肩後的風府穴點下去，想卸金文穆的右臂。金文穆頓時覺察，塌身下式急忙一擰身，「推窗望月」，鉸鋼厚背刀上斬敵人右肩、順削脈門。飛豹子兵刃往下疾沉，斜身探臂，鐵煙袋反打金文穆的下盤風市穴。金文穆騰身旁躍，竄出數尺，險被敵傷。兩下里分而復合，又鬥起來。

　　奎金牛金文穆把教門潑風萬勝刀法施展開，雖只七十手，可是迴環運用，變化無窮。這種刀法一須力大，二要招熟；金文穆乍逢勁敵，把一身本領運用出來。刀光人影，上下翻飛，恰似駭電驚霆；崩、扎、窩、挑、刪、砍、劈、剁，一招一式，迅猛異常。

　　長衫客的一支鐵煙袋，更是江湖上少見的外門兵刃，時而做奇門劍用，擊、刺、挑、扎，夭矯如神龍；時而作點穴鑹使，點、打、崩、砸，伸縮如怪蟒。短短兵刃，虛實難測；身形迅快，猛若怒獅。

　　動手到三十餘招，金文穆覺得自己的招數發出去，往往受到敵人的牽制，不能隨招進招。深知遇見強手，忙將精神提起來，用全力應付。霎時

間，又鬥了幾合；金文穆把鉸鋼厚背刀一翻，「進步撩陰」，照敵人攻去。長衫客飛豹子故意誆敵誘招，容得金文穆的刀已遞出來；便霍地將右足往後一滑，鐵煙袋往下一壓，左手並雙指，猝點金文穆的啞門穴。

金文穆收招不及，急急地一抹蹉出一丈多遠。才得凝步轉身，長衫客早騰身躍起，跟蹤撲來，喝道：「咄，別走！」往前一縱，欺敵進步，飛身趕打。鐵煙袋快如脫弦之箭，又照金文穆背後天突穴點來。

奎金牛金文穆也是老江湖了。閃身一蹉，雖為避敵，卻已百忙中料到敵人跟蹤必到。立刻應招改招，變式詐敵誘敵；故意地將身法略略一頓，長衫客的鐵煙袋堪堪點上來。他這才倏地往左一旋身，身移刀現，展「鐵雨金風」，鉸鋼厚背刀自下往上一掩。刀光閃閃，猛喝一聲：「看刀！」照敵人的兵刃猛削出去。這一下削實了，敵人的兵刃必定脫手。長衫客的招數用老了，鐵煙袋已經發出，奎金牛的刀已經削到。長衫客眼快招疾，就是黑夜，聽風變招，居然隨機應變，把鐵煙袋懸崖勒馬，往上一舉，「舉火燒天」，避開敵招，反照金文穆的面門上一晃。卻趁勢伸左手，並食指中指，「仙人指路」，倏地照金文穆的右臂三里穴點去。兵刃點面門，手指點穴道，同時發出兩招來。

金文穆的刀已經削出去，一見勢危招急，忙展開萬勝刀的絕招「三羊開泰」，一招分三式，振右臂往下斜沉，俯頭面往旁微側，只喝得一聲：「咄，看招！」不管敵招閃開閃不開，把鉸鋼刀的刀頭硬往長衫客的左臂狠狠劈過來。料想長衫客勢必撤左手，回來救招。奎金牛這一刀真是拚命；敵在坡上，己在坡下，形勢先不利，只得冒險求功。

果然長衫客把奎金牛這一招的用意看破，急借招拆招；短兵刃一轉，倏然翻下來，劃打金文穆的刀背。金文穆就是原式不變，左腳一頓，刀鑽的鋼環一振，嘩啦啦一響，刀鋒倏地往外疾推；一招兩式，斬項截胸。

長衫客右臂一拂，迅如旋風，已轉到金文穆的背後。「游龍探爪」，鐵

煙袋照金文穆的右臂一搭，左手的食指中指又照金文穆的靈臺穴點來。鐵煙袋早把金文穆轉身現刀的路子封住，這左手探出來，看看擊中金文穆的要害；金文穆再要閃躲，已來不及，長衫客濃眉一展，喝道：「朋友，認輸吧！」

奎金牛數十年的盛名，眼看要敗於二指之下，猛然唰的飛過來一條黑影。一聲不響，其快如矢，飛縱到金文穆側面，一對判官筆往下一沉，一分一抬，把長衫客的招數破開。然後振吭一呼：「金三哥，衝啊！」

第三十章　越崗增援智囊奏奇襲　當途扼險飛豹鬥奎牛

第三十一章
泥塘設阱鏢客陷身　蘆澤埋蹤強賊詐退

　　長衫客看看得手，猝然來了敵人的援兵，哪能不抽招撤步？鐵煙袋往回一帶，藉著甩臂擰身之力，嗖地往左退出五六步。手中鐵煙袋復又揚起來，向來人一指道：「哈哈！朋友，你來的是時候，金朋友可以歇歇了。……噢，原來是你！」

　　來人封住門戶，向長衫客叫道：「不錯，在下是姜羽沖。飛豹子，鎮前初會，怎麼就走了？來來來，在下陪同十二金錢俞劍平，應召踐約，來到鬼門關前。朋友，咱們是怎麼個講究呢？你這麼亂打一鍋粥，究竟怎麼講？你閣下邀人赴會，就是這樣的聚會麼？朋友！魚兒沒入網，我只怕豹子掉在坑裡了！」

　　智囊姜羽沖救了金文穆，暗向金文穆一擺手；金文穆把長衫客盯了數眼；閃身退到姜羽沖身旁。攔路的賊黨也都退到長衫客身後兩邊；兩方面旗鼓相當，劍拔弩張地對峙著。

　　這時候四面喊殺聲大作，震耳欲聾。姜羽沖把判官筆一分，橫在長衫客對面，提高嗓門，大聲叫陣道：「飛豹子！看你的意思，一再誘敵，多方設伏，大概你是要群毆。你口口聲聲說以武會友，那麼輸了怎麼樣，贏了又怎麼樣？也該當面言明。像閣下卻奇怪，一味地誆騙，把我們誆到這裡來了，可是你又能怎麼樣？現在我們也看透了這步棋了。長話短說，你若看得起我們江南武林，請你把萬兒報出來，把菜也點出來。你若看不起我們，朋友，沒有別的說的，我們可就要針鋒相對，毫不客氣了。喂，請明說吧！你是要跟十二金錢一個人會會？還是挾黨恃眾，跟我們大傢伙湊湊？你願意單會俞某人，就趕快止住大從，我也止住我們的人。你願意群

毆，朋友，我們也沒法子，我們可就要開招齊上了。但是話歸本題，你贏了，鏢銀歸你；你輸了，你該怎麼樣？莫不是你輸了，你還是再跑？」

姜羽衝向長衫客發話；其餘鏢客叫罵著，恨敵無理，齊要上前混戰，擒拿這長衫客。姜羽沖連連喝止：「咱們到底是先禮後兵。」把雙筆一合一舉，按武林規矩，向敵人施禮；想這長衫客飛豹子被自己的話封住，無論如何，必有兩句場面話。

哪知這長衫客非常古怪，冷笑一聲道：「姜朋友，江湖上傳言，都說你料事如神，果然不愧智囊之號。我們當家的真教你猜著了；他輸了，真是要跑。不過，朋友，你不能只說一面理。我們當家的投柬邀駕請你們十二金錢俞大劍客在鬼門關，較藝賭鏢，本來說得很好。但是，你們卻派一撥人來踐約；另派一撥人抄後路，到我們撈魚堡來胡攪。相好的，只可惜你們抄後路的朋友有點頂不住，也陷在堡裡了。姜大劍客，我請問你，這個理怎麼說？明面上在鬼門關踐約，暗地裡派人掏底，這難道也是江湖道上的規矩麼？」

智囊姜羽沖愕然道：「什麼，你又要賴辭？」

長衫客呵呵大笑道：「就算我們賴辭，可是你們硬要抄我們的後路，我們當家的能夠不回去麼？相好的，這鬼門關相會的話，現在就拉倒。我們當家的已經返回撈魚堡，照應你們抄後路的朋友去了。喂，松江三友，威名不小，我們當家的好接好迎，此時想必已經和令友松江三友答話了。兩個地方，兩個邀會，我們人少，蒙嘉賓登門，可惜照應不周到。索性我們兩路並成一路，都在撈魚堡見吧！」

群賊同時叫道：「姜大劍客說的話冠冕堂皇，你可臉對臉說話，暗地又下絆子。乾脆，你們有膽量，咱到撈魚堡見面！」

長衫客與群賊把鏢客分路下卡的布置喝破，頓時紛紛遊走起來。唰的一溜火光，發起信號，在長衫客後的群賊各各撤退。

長衫客放了幾句話，竟拋開姜羽沖，湧身一躍，分明也是要走。

姜羽沖、金文穆、岳俊超等，見時逾三更，窺知賊人勢將潰圍而遁。卻不料賊人抓了這麼一個理，把失約之過推到鏢客身上。姜羽沖大怒，喝道：「飛豹子，你不要攪理。站住！我還要請教你三招兩式再走！……」

當此時，群賊亂竄，呼哨連吹。長衫客竟置鏢客的詰問於不顧，把短刀一揮，招呼同伴，一齊撤退。姜羽沖怒極，回顧眾鏢客道：「不要放他走，截住他！」所有鏢客頓時暴喊了一聲，掄刀爭先，把路口攔住。

長衫客轉身要走，卻未真走，仍然扼住土崗，不教鏢客上前。智囊姜羽衝將一對判官筆插好收起，重拔長劍應敵，展開身形，當先奪路。厲聲罵道：「飛豹子，別人能走，你別想走！」長衫客飛豹子笑道：「你是江南成名的武林道，我在下早想領教；但是，姜朋友，我卻不願在這裡候教。」轉身一指道：「還是到撈魚堡！」

姜羽沖用劍一指道：「你倒一廂情願，相好的，你就接招吧！」利劍一挺，「巧燕穿林」，身隨劍進，奔敵人撲來。長衫客飛豹子當徑而立，早料定有這招，卻故意地不閃不躲，扼住崗路，把鐵煙袋桿往外一磕。他居高臨下，分外得勢；右腳著地，左足輕提，雙臂一分，斜身側展，「毒蛇尋穴」，鐵煙袋唰的往劍身上砸去。姜羽沖不由一撤劍，倒退了半步，復又挺劍進攻。這兩人在土崗後一上一下的拒住。

傾斜的土坡高低相懸也有一兩尺。姜羽沖左手劍訣復一領，劍花一轉，「仙人指路」，直指向敵人上盤；卻因高低參差，僅僅刺及長衫客的中盤。長衫客一招撲空，右手微撤，左腳上步，「撥草尋蛇」，讓過了劍鋒，鐵煙袋斜奔姜羽沖的雲臺穴。姜羽沖往左一撐，「烘雲托月」，上削長衫客的兵刃。長衫客把鐵煙袋往回一帶，唰的反從下往上猛翻，「倒打金鐘」，兜著姜羽沖的肋下撩來。姜羽衝回肘縮身，幸沒被煙袋兜上；急搶步改勢。展眼間兩個人換了五六招。

姜羽沖仰攻吃力，不由恚怒起來，喝道：「好朋友，你下來！」長衫客笑道：「好朋友，你上來！」

姜羽衝越怒道：「好朋友，比武只憑一刀一劍，借地勢勝人，不嫌丟臉麼？我可要對不住了！」回顧同伴喝道：「一齊搶！」頓時間，金文穆、屠炳烈、岳俊超、歐聯奎、阮佩韋等，先後衝上來；即一左一右，和姜羽沖站在一條線上。後面的鏢客各各掏出暗器，又聽得姜羽沖喝一聲：「攻！」一齊發動猛往土崗上搶來。飛豹子就生得三頭六臂，也擋不住近攻的七敵，遠攻的好幾支鏢箭。說聲：「好麼！」翻身一退說道：「我讓了！」身後土崗立刻被先上來的七個鏢客奪占。

七個鏢客犯險先登，仍由姜、金二人追敵，其餘岳、屠等人忙接引同伴上崗。

長衫客沿崗飛奔，往崗前葦叢走去。鏢客大喜，這一占領高崗，頓時望見崗前的情形；崗前邊的群賊正圍攻俞劍平等。

姜羽沖邀著金文穆，揮劍緊追長衫客；一面閃目四顧，防備賊人的埋伏。崗上崗下亂草叢生，深恐潛藏著敵人。姜羽沖奮勇當先，連聲吆喝著：「朋友們，留神看四面！」

四面竟沒有意外，眾鏢客一齊奮勇下去。哪知崗上沒有埋伏，崗下竟生意外。

眾鏢客緊綴著長衫客，穿羊腸小徑，折向土崗下，抹著葦塘，緊追下去。葦塘前雜草搖風，只見這長衫客似一條長影，東一拐，如水蛇似的閃掠，竟投進葦塘。眾鏢客窮追不捨，往前衝殺，姜羽沖喝道：「小心葦塘！」

眾鏢客一齊注視葦塘，奎金牛金文穆負怒猛追，道：「哪裡走！」一言未了，陡然間土崗前坡半腰叢草中唰的一聲，竄出五條黑影。草叢很矮，

這五個賊人大概是躺在草地上伏著。

　　為首一賊，短小精悍，突喝一聲：「打！」五個賊黨從斜刺裡攻來，發出一陣暗器。

　　眾鏢客懸崖勒馬似的，急急凝步側閃。五個賊人竟施展五根桿棒，齊照金文穆一個人纏打過來。崗坡傾斜，不易立足。

　　金文穆被這五根棒包圍，急急地揮刀抵拒，循著長衫客逃走的路線，往下猛竄。腳下一軟，說聲：「不好！」想往回退，後面的兩根桿棒已經打到。

　　金文穆大怒，不能後退，只得努力往前一躥；撲哧一聲，兩條腿陷入泥塘中。原來這片葦塘，處處是泥灘；有的地方是軟泥，有的地方是水窪。金文穆恰被賊人所誘，掉到泥灘裡了；頓時往下陷落，爛泥竟沒到膝蓋。忙追中，也就顧不得許多，一迭聲地大叫：「泥塘、泥塘！」卻不道喊聲未了，時光庭跟蹤繼上，也陷進了一隻腳，急忙拔出來。

　　眾鏢客聞聲大驚，只道金文穆中了暗器，負傷栽倒。智囊姜羽沖、岳俊超、屠炳烈等一共十多個鏢客一擁而上，由土崗斜坡奔向這五個使桿棒的賊撲來。岳俊超揮劍先到，被兩根桿棒纏住。姜羽沖揮劍斜繞，只想追超飛豹子，也被三根桿棒擋住，動起手來。

　　沒影兒魏廉、東臺武師歐聯奎，趁這工夫，飛奔來救金文穆。二人騰身往下一躥，下面頗像一片淺草地。金文穆大叫：「姜五哥，這是爛泥塘，我陷住了！」這話可惜喊晚了，才叫出「泥塘」二字，歐聯奎撲通一聲也掉在水窪裡了；沒影兒魏廉也落在裡頭；他們卻仗一股猛勁，叫得一聲：「不好！」呼啦的一聲，歐、魏兩個人從水窪裡跳出來；原來這片水窪泥底較淺。

　　這時候青年壯士李尚桐在土崗斜坡上，奔竄尋敵；忽一腳踩著圓溜溜

的一塊東西，不由得腿一滑，身子一栽。賊人的桿棒抽空唰的纏打起來，使足了力氣，往懷裡一扯，喝一聲：「滾下去吧！」

李尚桐猛然往外一奪，賊人驟然一鬆手，李尚桐身形一晃，骨碌碌地從崗上掉下來，整個栽倒泥塘裡。「鯉魚打挺」，往起一躍，哪知腳下身下儘是軟泥淤水，不得著力，到底撲哧一聲，又滑下去。他連滾帶爬，往外力掙，大叫道：「好賊！朋友們，土崗底下這邊儘是爛泥塘呀！」

土崗下確有一片片的淺草泥塘和深潭葦塘；賊黨一力地往這邊敗退，就是要誘鏢客上當。崗上邊五個使桿棒的賊譁然大笑，且戰且嘲弄眾鏢客：「魚兒入網了，你們這些蝦米，小泥鰍，還不給我滾下去！」跟著撲哧一聲，又有一個鏢客失足滑落下去。蛇焰箭岳俊超勃然大怒，一展手中劍與四五個鏢客奮力圍住這五個賊人。

智囊姜羽沖抽出身來，顧不得追豹，只得先想法拔救奎金牛。其餘鏢客散漫開，擇路往土崗下面奔竄，還得超過去接應俞、胡二鏢頭。狂笑聲中，長衫客飛豹子已然徜徉走了。眾鏢客乾生氣，追不上他。

岳俊超引同伴力鬥五條桿棒，殺興大起，一連數劍，把那個矮小精悍的賊殺得倒退。原來這賊便是江北新出手的劇賊凌雲燕。此人生得削肩細腰，頗似女子，卻是身輕如葉，武功很強；但不甚會用桿棒，所以抵不住岳俊超。當下此賊賣一個破綻，抽身便退。一抹地敗下來，還想誘岳俊超陷入泥潭。此賊細聲細氣，冷笑叫道：「好漢子，你敢追過來麼？」一翻身，往葦塘邊跳去；退到泥潭邊際站住了，又向岳俊超叫陣。

岳俊超大怒，卻不肯上當，把劍一收，一揚手，倏地發出一支蛇焰箭。箭馳半空，砰然一聲爆炸，放出一溜藍焰，頓時照得崗下片刻通明。眾鏢客齊聲喊叫：「這邊是泥潭，這邊是泥潭！那邊有道！」跟著一路急攻，所有使桿棒的呼哨一聲，敗退下來，一登一躍，一躍一登，先後也沒入葦塘。料想葦塘有水，賊人能夠鑽進去，必定也有土徑，可以通行。

蛇焰箭岳俊超便窮追進去。智囊姜羽沖急叫道：「別追，別追！你們快來救金三爺吧！」李尚桐嚷道：「還有我哩，我可要沉下去了！」

眾鏢客亂作一團，有的急急繞路追賊，有的忙著過來拔救自己的人。鐵矛周季龍首先奔來，設法援救李尚桐。不想救得太急，周季龍一下子失神，自己一條腿也陷入泥中；忙忙地拔出腿來，腳上的靴子，已經灌滿了臭泥淤水。

那一邊又奔過來兩位鏢客，協力搭救奎金牛金文穆。金文穆身高體胖，陷沒處又最深險，越掙扎越往下沉，眼看泥水將要淹沒到臍下，急得他怪喊不休。

東臺歐聯奎、沒影兒魏廉，半身溼淋淋地站在泥塘邊，掏出飛抓來，擲給金文穆，努力往外牽救。金文穆往懷裡扯，歐、魏二人往塘外拔，兩方較足了氣力。不想這爛泥的膠著力很大，蹦的一聲，飛抓的繩索竟被扯斷。魏廉、歐聯奎連打了幾個晃，險些摔倒。急得金文穆大叫道：「不好，要命，要命！眼看要過胸口，我可要憋死啦！」

金文穆又急又怕，深恐飛豹子賊黨再返回來。莫說來反攻，就是發個暗器，自己也逃不開，躲不掉。姜羽沖空號智囊，到了這時，也萬分焦灼；一面催人接應俞、胡，一面還得想法子把人撈出來，那一邊，周季龍一腳爛泥，和兩個鏢客努力拔救李尚桐。沒影兒魏廉、歐聯奎半身是水，努力拔救奎金牛。俱都是越著急，越救不出來。

到底姜羽沖隨機應變，想出急招來；連喚阮佩韋、周季龍各掄飛抓，先扯住金文穆和李尚桐，以免再往下陷。他自己忙又分派眾人，散在四面，防護著賊人來擾。又撥出數人，催他們趕快拔刀割草；束草成捆成墊，鋪墊為橋，好渡過人去，扯救那陷溺最深的金文穆和李尚桐。

眾鏢客忙亂著救人，也顧不得追賊了。但是賊人果然反身追尋他們來！葦塘中只聽得陰沉沉地連聲怪笑，那長衫客驀然現身，吆喝道：「俞

大鏢頭，姜大劍客！到底教你看看是魚兒落網不是？哈哈！豹子沒下去坑，臭魚爛蝦都掉在臭水塘裡了！我這才要會會你們的能人！」葦草簌簌地響動，賊黨眼看反撲出來。姜羽沖等一齊大驚，賊人果然乘危前來反攻。智囊姜羽沖切齒恨怒，不遑計及拔草墊灘之事。自己忙一提兵刃，一縱身，嗖地撲向葦塘，先把賊人來路擋住。

沒影兒魏廉和阮佩韋等，雖不能扔下金文穆、李尚桐不顧，可也不能忍受賊人的訕笑與反擊。幾個人不約而同，齊一揚手，唰的先發出鏢箭，徑照葦草打去，其他鏢客也齊發暗器。那長衫客早已一陣風躥出來。姜羽沖、岳俊超，不要命地截過去。葦草亂響，人影亂閃，好像賊人都向這邊撲來。

葦塘那邊草地上也是人影亂竄，至少有十多個人。姜羽沖這邊倒有三十來人，可是忙著掩護同伴，有一半人橫身擋在金、李前面；不敢退避，不敢進攻，只能死守的份兒。姜羽沖一跺腳，道：「咳，跟他們拼了吧！」與歐聯奎等六七個人，一條線地往前橫衝過去，決計不容賊人迫近。賊人如果迫近，金文穆等必要喪生。

金文穆只剩兩隻手臂了，爛泥眼看陷到胸口。李尚桐比較好些，掙了渾身的泥；雖沒有陷到深處，只是使盡氣力，總拔不出來。

長衫客已率六七個人翻回來，姜羽沖忙率六七個人迎上去。長衫客用煙管一指道：「姓姜的！」

姜羽沖揮劍罵道：「飛豹子，沒有說的，看劍！」說著往前一躥，摟頭蓋頂舉劍就砍。

長衫客長笑一聲，往旁略閃，唰的斜躥過去。姜羽沖急急往外跨步，橫身要將敵人截住。這如何截得住？長衫客一迎一閃，竟奮身一躍，拋開姜羽沖，直奔泥塘撲來。

姜羽沖咬牙切齒急追，長衫客竟從姜羽沖左肩抹過去。追之不迭，姜羽沖抖手發出一支鏢。那長衫客一撲，龐大的身軀一伏，把暗器閃開；腳步不停，一味地奔金文穆隱身處而來。

葦塘外東南角也有一些人影，遠遠地俐落繞來。

姜羽沖大怒道：「快截住那一邊！」救護金文穆的鏢客未容敵到，急急地應聲分出幾個人，來遠遠地先擋住東南角敵人的來路。本來是鏢客人多，這一來倒牽制得應付不暇了。姜羽衝心中非常地惱怒難堪。

忽又見西北角疾如箭馳，奔來三個人影；兩個人影在前，一個人影在後。姜羽衝越發焦急，心想：「金三哥的性命休矣！」深愧計疏，怒喊如雷道：「飛豹子，哪裡走？看鏢！」嗖的一聲，一點寒星掠空打出去，直奔長衫客的上盤。

長衫客一撲身，又一旁閃，一支鏢掠空打過。姜羽沖趁此機會一躍兩丈，竟趕到長衫客的背後；長劍一挺，照敵人後心就刺。長衫客轉身招架，他的同伴立刻把姜羽沖圍住；眾鏢客也立刻沖過來。雙方抵住，在崗下又混戰起來。

姜羽沖且戰且呼：「岳四弟，快擋住那邊！阮賢弟，別離開，務必扯住金三爺！」正在危急間，那三個人影也奔到兩個。

先頭那一個人厲聲喝道：「姜五哥，怎麼樣了？」

姜羽沖一塊石頭落了地，眾鏢客一齊大喜，來人正是十二金錢俞劍平。

十二金錢俞劍平、鐵牌胡孟剛等被群賊包圍，本甚緊迫；直等到姜羽沖等從崗後抄過來，群賊立刻知道鏢行援兵馳到。

猜想人數必多，也許有官兵來剿，他們就吹起呼哨，立刻撤退下去。雖然散奔各處，卻繞著道，都奔葦坑埋伏下來。

那胖、瘦二老人首先往下撤退，兩個穿黑衣的夜行人物也率眾退卻。俞劍平、胡孟剛和馬氏雙雄、單臂朱大椿、黃元禮、石如璋、左夢雲、飛狐孟震洋等頓時鬆動，忙聚在一處，認定胖、瘦二老人為賊黨領袖，一步不敢放鬆地追去。

二老腳程頗快，穿林疾走，眨眼間出了疏林。俞劍平、胡孟剛和馬氏雙雄，繞疏林兩頭截堵，沒把二賊堵住；可是也沒容二賊逃開。這二老往葦塘那邊奔逃，也想把俞劍平誘陷在泥塘裡頭。不想俞劍平有數十年的輕功，追賊又追得很緊，賊人狡計竟未得逞。

那胖老人往泥塘邊一跳，又一登塘中預先豎立的木椿；一躥一登，一躥一登，身形亂晃，逃入葦塘中去了。黑影中看不出道來，可是俞劍平分明還記得這片葦塘有水，賊人竟會在水中奔跳，竟會聽不見泥水啪嗒的聲音，料想必有蹊蹺。

俞劍平是從平地趕過來的，不比姜羽沖憑高下躥的冒險，頓時發現賊人的祕密。賊人跑近葦塘，分明腳底下似有所擇，並非一直往前闖。俞劍平便不肯上當，立即止步低頭尋看。這一看，忽然發現前面亂草中隱隱似有水光，哦的一聲道：「好賊！」一聲未了，賊人抖手發出一鏢。俞劍平忙即閃身，將鏢閃過。賊人大喝道：「咑，姓俞的，你敢過來走兩招麼？這裡可有漁網！」

俞劍平冷笑道：「俞某不才，梅花椿也學過。你等著吧！」

賊人聞言，不由一愣，疾抬頭，看見俞劍平伏身作勢，做出要往前躥的架勢。賊人竊喜，立刻蓄勢以待。哪知俞劍平猛往前一躍，並未離開地方，卻錚的一聲，發出一枚錢鏢來。只聽得撲哧哎呀，葦塘中的賊人中鏢栽倒，滾下了木椿，掉在葦塘的泥窪中了，迸得泥水四濺。賊黨立刻把中鏢的同伴救起來。

在這葦塘西北面，相距不過片刻，鐵牌手胡孟剛、馬氏雙雄、小飛狐

孟震洋、左夢雲等人俱都抄旁路，繞到這邊來。

賊人故弄狡獪，把葦塘的葦草弄得簌簌作響。鐵牌手胡孟剛大叫道：「好賊，都在這裡呢！攻啊！」他與馬氏雙雄一齊撲去。十二金錢俞劍平連忙喝止：「胡二弟，別上當！這葦塘不是旱葦子，裡面是泥塘！」馬氏雙雄、胡孟剛急忙止步尋問，湊了過來。

俞劍平道：「賊人暗埋梅花樁，想把我們誑下泥窪裡去。可惜他們梅花樁的身法並不強！」他吩咐馬氏雙雄四面兜圍，先把豹黨看住了。「相好的，我看你怎麼走！」

胡孟剛恨恨叫道：「快放火！把葦子燒了，看他們怎麼藏！」這是句威嚇的話，卻也做出放火的架勢來，不料賊人在內已經看出。

俞劍平喝破賊人的誘敵狡謀，賊人在葦塘中便藏身不固。俞劍平窺定賊蹤，用金錢鏢一枚一枚地打進去。賊人會登梅花樁的果然不多，身法極重，腳步又不能輕，漸漸支撐不住。有的在水中木樁登的工夫久了，樁子吃不住勁，似要下陷；有的把木樁登歪了，連忙換樁挪地方。

而且賊人設樁誘敵，事出倉促，所設的木樁很少；只在要徑上，選取幾處葦塘，按卦象設了一百二十八棵。木樁也是臨時湊的，長短粗細不齊，乃是賊黨專給自己預備的退路；萬一拒絕住鏢客，便可以登梅花樁穿葦塘退走。所以初設之時，拒敵意思居多，誘敵的計策還是臨時起的意。

當時胖瘦二酋和黑衣二伴未能把俞劍平誘入，忙暗呼同黨，一逕取路退下去。

俞劍平緊追不捨。此地葦塘、水坑、土崗、疏林，處處險阻，到底沒有綴住賊人。賊人誘敵之計雖敗，可是抽身逃走，到底很容易地溜開了。卻把俞劍平、胡孟剛、馬氏雙雄、朱大椿、黃元禮、孟震洋、石如璋、左夢雲等人，溜得圍著葦坑泥塘繞了好幾圈，仍未把賊人堵住。於是十二金

錢俞劍平望影逐賊，剛趕到土崗前坡，恰恰前面又阻住一片葦塘。胡孟剛叫道：「俞大哥，這些狗賊們一定又鑽在這裡了。」

俞劍平對馬氏雙雄說道：「二弟，三弟，你們打南繞，我們打北繞。」分兩面，抄葦坑奔過去；意在追賊，卻得與接應之兵相遇。

姜、金一行本為接應俞、胡，反倒受了俞、胡的救應。可是姜羽沖等一陣鼓噪，無形中又替俞、胡解了圍。俞劍平立刻健步當先，同姜羽沖等，遙打招呼；鏢行至此，合在一處。

那長衫客飛豹子公然不懼，兀自猛撲姜羽沖。姜羽沖唯恐賊人無法無天，傷了奎金牛金文穆，正在破死力牽制長衫客。

長衫客無意傷人，只不過故意張皇，要牽制鏢客，好容自己人退去。

當下，智囊姜羽衝力拒長衫客；俞劍平急抄土崗，斷賊退路。各路鏢客漸次聚在一處，勢力愈形雄厚；賊黨卻分散成四五堆，往來亂竄，不時出沒於林崗、葦塘中。鐵牌手胡孟剛連聲呼叫：「劫鏢的正點在這裡，穿長袍的就是；相好的，往這邊鑽啊！」眾鏢客聞聲歡呼，越發奔長衫客一個人撲來……。

突然聽疏林吹起胡哨，聲調尖銳而嘹亮，似有三四支呼哨同時吹響。鏢客愕然，不知賊人又弄什麼詭計，復疑賊人又來增援。哪知散奔各處的群賊驟聞哨聲，唰的退去。這一次退得極其神速。但見人形亂竄，不一刻，群賊合成兩路，由胖、瘦二老人率領，衝奔土崗西北角而去。

鐵牌手大聲呼道：「飛豹子不要走！」然而飛豹子並沒有走。那長衫客飛豹子和兩個穿夜行衣的賊人，正在落後力戰。

眾鏢客都奔長衫客，長衫客施展迅快的身法，引得眾鏢客跟他東一頭，西一頭亂跑。

忽然間，長衫客及其同伴，躥到泥塘邊，短兵刃一舉，要來攻打陷入

泥塘的金文穆、李尚桐。姜羽沖隻身單劍，遮攔不住三個敵人，情形危急，連聲招呼：「俞大哥快來，金三哥陷在泥塘了！」

十二金錢俞劍平正搶土崗，遮截群賊。不道長衫客真真假假，竟要來戕害金文穆，兩個夜行人來傷李尚桐。眾鏢客明知賊人使的是牽制之計，無奈賊黨「攻其所必救」；「救友」總比「追賊」急，剛剛搶上土崗的人還得奔下來。

十二金錢恨極，如飛鷹掠空躥到長衫客背後，厲聲叫道：「飛豹子，我俞某今天一定要跟你見個起落！」唰的一劍砍去。

這地方就在泥塘邊。那阮佩韋正像放風箏似的，扯著飛爪，牽著落塘的金文穆，往外拉，卻竟拉不動，只能牽扯著，不教金文穆再往下陷落罷了。猛聽後面長衫客陰幽幽地一聲怪笑，道：「相好的，你是釣魚還是釣王八？拉皮條還是拉縴？」

冰涼的鐵煙袋桿隨著話聲，咪溜地打到阮佩韋的脖頸上。

阮佩韋吃了一驚，手一鬆，回手掄刀。他哪裡是長衫客的對手？手臂才一抬，覺得肩後環跳穴一陣發麻，咕咚一下，啪嗒一響，人和刀齊倒在地上。

姜羽沖大吼一聲，揮劍來救；一躍兩丈，人未到，劍直劈出來。姜羽沖劍快，還不如長衫客的手快；只見他一伏身，立刻抓起阮佩韋，轉身一掄；厲聲叫道：「你砍！」姜羽沖嚇得拚命往回收招，這劍才未砍著阮佩韋。那兩個夜行人就勢躥過來，把姜羽沖擋住。眾鏢客大駭；雖未看出危急，卻已聽見阮佩韋的呼聲，立刻紛紛撲過來。

阮佩韋被長衫客掐脖頸，抓腿腕，掄了起來。眾鏢客一齊猛衝，都不敢下手，有的掏出暗器來。長衫客似旋風一轉，狂笑聲中，阮佩韋失聲大吼。立刻，黑乎乎像球似的，被長衫客喝一聲：「去你的吧！也餵王八去

吧！」嗖地被拋向泥塘，恰落在金文穆失陷處的旁邊。

阮佩韋卻也了得，未容身落實地，懸空一翻，這才頭上腳下地落下來。泥塘爛泥很滑，撲哧地落下來，泥水四濺。阮佩韋趁勢「鯉魚打挺」，往起一掙，哪裡掙得出？撲哧又一聲，重又陷在爛泥之中。渾身溼淋淋，不亞如落湯雞，頭面上儘是淤泥臭水，掙扎著露出上半身，下身也陷入泥中。

金、阮兩人做了夥伴，恨罵道：「飛豹子，你這老兔蛋，好損！」

泥塘邊發出了得意的狂笑。長衫客傲然揮動短兵刃，尋敵而戰。眾鏢客譁然大罵，首先竄過來的是岳俊超、屠炳烈、歐聯奎，跟蹤而上的是馬氏雙雄和左夢雲。長衫客像蝙蝠似的，在鏢客群中飛騰亂竄。夜暗星黑，人都攢過來；鏢客的暗器不敢輕發，恐傷了自己人，只舞動兵刃，群攻這長衫客。

鐵牌手胡孟剛大聲吼叫：「這是飛豹子，這是飛豹子！」長衫客猛勇善戰，屬聲回答：「就是飛豹子，又待如何？姓胡的，招傢伙！」鐵牌手胡孟剛如飛奔來，長衫客抖手發出一粒鐵菩提，胡孟剛伏身閃開，險被打著。

這時節，十二金錢俞劍平已從土崗躥下來，利劍一揮，從背後掩到，振吭呼道：「呔，豹子，看劍！」未肯暗襲，先叫一聲，唰的一劍，照敵後心搠來。長衫客肥大的衣袖袍襟一閃，一個「盤膝拗步」，反圈到俞劍平右側，左手駢雙指，照俞劍平的左肩井穴便點。

俞劍平一劍搠空，劍招倏變，未容得長衫客二指點到，青鋼劍便順勢往上一撩。「太公釣魚」，反挑敵人左臂。長衫客往右擰身，「龍形飛步」，颼地如一隻巨鷹，竟從俞劍平右側竄出，腳未沾地。屠炳烈一個箭步撲到，「摟頭蓋頂」，掄刀就剁。岳俊超劍訣一指，也從左側急掩過來。

長衫客一聲狂笑：「來得好！」鐵煙袋陡然上翻，噹的一聲，如虎嘯龍

吟，正兜在屠炳烈刀上，頓時火星四濺。屠炳烈吭的一聲，右臂隨刀風往後一落，身軀不由的半轉，手臂頓然發麻。長衫客鐵煙袋「順水推舟」，往外疾送，正點屠炳烈的氣門穴。

屠炳烈自恃有鐵布衫橫練的功夫，冷笑道：「飛豹子！別人怕你點穴，爺爺……哎喲！」咕咚一聲，應手栽倒在地。他自恃鐵布衫不怕點穴，卻仍有十二道大穴搪不住重手；這一下比別人傷得更甚，頓時倒地不能動轉。

岳俊超、歐聯奎大驚，刀劍齊到，拚命應援過來。長衫客振臂大吼，飛掠出二三丈外。

俞劍平運太極行功，往前作勢，雙足努力，也一掠三丈，飛追過來；劍往外斜遞，身隨劍走，身劍相合，一縷青光，追到長衫客的背後。眼看劍鋒直取長衫客的魂門穴；長衫客忽然「怪蟒翻身」，往回一轉，鐵煙袋「金雕展翅」，驟往俞劍平劍上崩砸，喝道：「撒手！」用了個十二分力量。

俞劍平沉著應戰，青鋼劍疾往下沉，隨即往外甩腕，「螳螂展臂」，劍鋒下斬長衫客的雙足；冷笑說道：「不見得撒手，看招！」

長衫客的鐵煙袋儘管迅如電火，到底未能砸著俞劍平的劍。俞劍平的劍不但撒回去，又立刻發回來。長衫客道：「嗬嗬，好快！」心中也自佩服。飛豹子肩頭一動，騰身躍起，唰的縱出三四步；長袖飄飄，往下一落。

俞劍平一聲怒叱：「飛豹子，你接招！」緊跟著長衫客的飛縱身形，同時飛起，同時著地。相隔四五尺，俞劍平右腳一點，身形往前探，用「猛虎伏樁」，青鋼劍猛戳敵人的肩梁。

長衫客也正殺腰下勢，微側著半轉身軀；又瞥見俞劍平追蹤掩擊，勢猛劍疾，劍風已劈過來，卻又錚的一聲，一枚金錢鏢已應手發出來。

長衫客轉身一擋，右手短兵刃架劍，左手鹿皮套捉鏢。而同時，岳俊超的劍也扎到。那一邊，馬氏雙雄揮雙鞭，胡孟剛搖雙牌，把長衫客的兩個穿夜行衣的同伴緊緊裹住。歐聯奎把屠炳烈救起。唯有智囊姜羽沖，插利劍，收判官筆，急展飛抓，招呼鏢行，一齊用力；割草的割草，墊道的墊道，遞抓的遞抓，百忙中合在一起來搭救落泥塘的金文穆、李尚桐、阮佩韋。

豹黨那邊，繞林，登崗，越泥坑，穿葦塘，人已退去一多半，長衫客戰到分際，飛身旁竄，跳出圈外；眼光只一繞，看清敵己的情形。葦塘中銅笛又連聲急嘯，長衫客這才雙足一頓，「燕子三抄水」，忽然撲奔雙雄這邊。

俞劍平叱道：「哪裡走！」跟蹤趕過來。長衫客立刻右腳點地，身軀斜轉，一對豹子眼閃閃放光，分顧前後。頭一扭，「犀牛望月」，亮開了發暗器的架式，鐵煙袋早換交左手。

這時候馬氏雙雄正和胡孟剛率三五個鏢客，把那兩個夜行人圍住。長衫客猛喝道：「哥們，走！」右臂陡然一揚，數粒鐵菩提照胡孟剛、馬贊源、馬贊潮、九股煙喬茂、左夢雲、小飛狐，俐落發出去。

胡孟剛眼快，急呼道：「留神，豹子來了！」鐵菩提如流星亂迸，眾鏢客急閃。長衫客又喝：「快走！」那兩個夜行人趁勢拘身而退，也掏出暗器，且打且退。黑影中，眾鏢客大呼：

「豹子在這裡呢！」竟全都放鬆他賊，重複撲奔長衫客。

長衫客如飛地退走，眾鏢客連喊：「截住他！」十二金錢俞劍平道：「不要走！」迎面截過來，兩個人正打對頭。

俞劍平橫身扼住退路，長衫客拋身反走，卻又止步。俞劍平利劍一揮，唰的躥過來，猛如飛虎，腳才落地，劍已劈出。那長衫客暗捻三粒鐵

菩提，微微向旁一閃身讓過利劍，三顆暗器抖手照俞劍平打來。黑影中，鐵菩提唰的一響，分上中下三路同時發出；相距極近，手揮即到。

這跟錢鏢的「迎門三不過」，是一樣打法。俞劍平不敢用鐵板橋的功夫躲，恐怕為敵所乘。他急展右臂往外一揮，左手往上一抄；身形不動，只聽得嗆的一聲響，奔中盤、下盤的兩粒鐵菩提，同被青鋼劍打落地上；右手同時也把奔上盤來的一粒鐵菩提抄住。立即甩腕子，「來而不往非禮也！」原個鐵菩提翻回來，嗖的一點寒風，斜打到長衫客的竅陰穴。

長衫客往左斜長身，往外滑右腳，鐵菩提唰的擦著額角過去。長衫客急斜身形，用雙手發暗器，從腋下唰的又打出一粒鐵菩提。這顆暗器力大勢急，竟取十二金錢俞劍平的聽會穴。

十二金錢俞劍平聽風辨器，急往前一栽身，又猛然一抬頭，青鋼劍閃閃吐寒光，驀往外一削。扁劍身，揚劍尖，錚的一聲把這粒鐵菩提反彈回去。

長衫客一面拒敵，一面四顧，見隨己斷後的兩個夜行人，已逃入葦塘，他便不再戀戰。當此時，葦塘中銅笛連響；崗下塘邊，盡剩下了鏢客。不過夜色深暗，人影亂閃，只有長衫客心中有數，鏢客卻還不十分明白敵人退淨。眾鏢客救人的救人，搜敵的搜敵。夜影中，長衫客直如一條怪蛇，從鏢客人群中，一路急馳，搶奔土崗。

十數個鏢客打頭碰臉，竟沒有截住他。忽然間，長衫客又一轉，抽身回退；竟從孟震洋、左夢雲身邊竄過，一溜黑煙似的，又撲到葦塘邊。小飛狐孟震洋、左夢雲、石如璋大叫一聲，急急地掄兵刃來截堵。左夢雲掄太極棍當先便打，被長衫客突然進撲，鐵煙袋反點到面門神庭穴。左夢雲拖棍急退。孟震洋利劍一挺，「斜切藕」，照著長衫客肩頭便剁。

長衫客倏又一撲，閃過了劍；鐵煙袋往下一顫，叮噹揮刃繼上。鐵牌手胡孟剛大叫著，舞雙牌趕來。馬氏雙雄大罵：「好大膽的豹子！」這飛豹

子竟敢把一群鏢客看成無物，在眾人中往來狂奔，如入無人之境似的。二馬怒焰飛騰，雙鞭一掄，便來雙戰敵人。

長衫客過於厲害，又會點穴，又會發暗器，遠攻近攻都得特別當心。二馬剛往前進撲，還未及挨近，便被他突然一揚手，發出來一對暗器，二馬連忙閃開。十二金錢俞劍平跟蹤沖到，凝神注目，從亂竄的人影中，辨出敵人來。喝一聲：「呔！」身劍並進，迫至敵前，唰的劈下一劍去。

長衫客一見俞劍平到，突然地騰身飛縱，翩如驚鴻，復又搶奔葦塘。胡孟剛、孟震洋恰在塘邊，各展牌、劍，就要窮追入塘。姜羽沖正忙著救人，忽一眼瞥見，急急叫道：「那是誰？留神別追！」急叫聲中，長衫客已經輕登巧縱，躍上了泥塘水窪。

孟震洋冒冒失失，仍要跟追；姜羽沖大驚，連忙喝叫：「別追別追，那是陷坑！」孟震洋已一腳踏入泥水中，被他急竄退出。長衫客放聲大笑著，輕踏木樁，馳入葦塘之中了。他的同伴也有十數人，先時遁入；只聽得蘆葦搖曳，瑟瑟作響，偶爾夾雜著三聲兩聲的侮慢笑聲。賊人走了！

第三十二章
巧植梅花樁大豪競渡　輕揮吳鉤劍蘇老凌波

　　眾鏢客三五成群，倏地奔湊到淺塘邊。百忙中，姜羽沖只叫出「陷坑」二字，大家都往陷坑這一面來；一個個繞塘而走，搜尋暗坑。他們一邊想：「就有陷坑，賊人能走，我們就不會陷下去。」他們再想像不到，賊人在泥塘裡，竟是暗擺梅花樁。這梅花樁非有絕頂輕功，不能在上面遊走。

　　俞劍平、姜羽沖雖已猜知賊人的詭計，心中也很疑訝，怎麼賊人個個都會走梅花樁呢？卻不知泥塘內的百十根梅花樁，長短不齊，粗細不等，而且栽得深淺也不一樣。雖按梅花樁的擺法，卻在水窪中另有捷徑，搭著跳板，四通八達，設著粗而穩的木樁，只要稍會提縱術的，都可登樁飛渡。另在實樁旁，虛設著許多浮樁，把人引到絕路，只要一登便倒。這些浮樁本非比武用的，乃是飛豹子用來騙阻追兵，便利撤退而設的。

　　葦塘沿岸，鏢客們越聚越多，紛紛繞尋，互相指問：「哪裡有伏樁？哪裡有陷坑？」忽然間，馬氏雙雄瞥出幾根木樁，露出水面尺許來長，只是與短葦混雜難辨。二馬頓時大吼道：「這裡有木樁！狗賊登著這個進去的！」

　　長衫客輕登巧窾，沒入葦叢；猛然間又登著梅花樁，探頭出來，面對二馬，縱聲高笑道：「不錯，這裡是有木樁，算你有眼睛！朋友，你可以上來玩玩麼？」往水裡一根木樁上一跳，「金雞獨立」，右足著樁，左足輕提，把全身現出來。他昂首四顧，旁若無人。

　　眾鏢客譁然大叫，唰的一陣暗器，奔長衫客亂打出來，只聽叮噹、嗆

嘟，長衫客舞動短兵刃，把暗器一一打飛。然後他翻身一跳，跳到水塘深處，距岸數丈，暗器打不著了；然後冷笑著譏誚道：「相好的，這就不夠格了！亂打暗器，有什麼意思？喂，俞大鏢頭，何不請上來遛遛？還有姜大劍客久仰你是銀笛晁翼的高足，你也可以登萍渡水，往我們這架現成的浮橋上走走嘛？」

此時智囊姜羽沖正在打疊精神，割亂草，墊泥灘，搭救奎金牛、李尚桐、阮佩韋三人；另有幾個鏢客幫著他。在長衫客現身處的塘邊，聚著馬氏雙雄、鐵牌手胡孟剛、單臂朱大椿、飛狐孟震洋等一群鏢客和九股煙喬茂、沒影兒魏廉、鐵矛周季龍三個嚮導。

長衫客鵠立水上，仍在公然叫陣：「喂，俞大劍客哪裡去了？怎麼著，聽見沒有？可肯上來麼？」眾鏢客一陣傳呼，十二金錢俞劍平如飛地來到水窪面前，炯炯雙目，忙將水面的形勢一看。

十二金錢生平倒也練過輕身太極拳，也走過青竹椿，只是多年未用，也不過是在平地上立椿，在白晝蹓行罷了。像這泥塘木椿，又在黑夜間，並且敵暗我明，若果上去，分明吃虧上當。若不上去，又明明教敵人較量短了。

俞劍平哼了一聲，叫道：「朋友，不要張狂！你等著吧！」立刻，左手將劍訣一指，右手把利劍一提，抱元守一，凝神一貫，雙眸精光往泥塘上一瞬，頓時將長衫客落腳處的部位認準。但是木椿的部位被葦草混淆著，只能認出近岸浮出水面的幾根來。俞劍平心中為難，事迫臨頭，不能不冒險；於是一作勢，便要飛身上椿。

忽然，馬氏雙雄叫道：「俞大哥，你要做什麼？」一把將俞劍平拉住。鐵牌手胡孟剛、歐聯奎也趕過來，一齊攔阻道：「大哥，大哥！你素日把穩，怎麼今日竟要受賊人的騙？你一個人上去，就不怕他們暗算麼？」

俞劍平未及答言，長衫客哈哈大笑，把雙掌一拍，噼啪響了兩聲道：

「鏢行朋友，不要小瞧人！這裡只有我一個人，還有兩個夥伴。我們絕不在暗處暗算你們，我們也不像你們亂發暗器。我說俞大劍客、胡老鏢頭，還有姜大劍客，我們就只三個人，專請你們三位。誰要是施暗算、發暗器，誰是匹夫。在下受朋友的邀請，單要會一會俞、姜、胡三位高賢；別位武林朋友，我們改日再會。請上來吧，三位！」

十二金錢俞劍平怒生兩肋，哈哈大笑道：「你們不必說大話，你們是三位，我們這邊對不住，就只我俞某一人，要會會你們三位高賢。你們三位有這等好功夫，請報個萬兒來！」

長衫客仍然怪笑不答道：「算了吧！俞大劍客怎麼又把話說回來了。我乃是無名小卒，給人幫忙抱粗腿的。」俞劍平心知胡孟剛不會梅花樁，姜羽沖雖聽說練過，無奈這乃是凌塘樁鬥，萬一失足，一生威名掃地。俞鏢頭因此把牙一咬，自己一個人應承下來。

鐵牌手胡孟剛在旁聽得真切，心中慚愧，急得大叫道：「好你個飛豹子，不要胡吹！你左騙一回人，右騙一回人，你說的話遠不如屁響。我們就上了木樁，你不過輸了一跑。閒話少說，你敢賭輸了不跑，把鏢銀交出來麼？」

賊人不答，只是狂笑；轉向俞劍平叫道：「俞大劍客，我只問你，一個人真敢上來麼？」

智囊姜羽沖在那邊，也聽見賊人指名叫陣，要他登木樁，他固然不肯示弱，無奈救人要緊。現在割草墊灘，忙得剛有頭緒，這也要施展「登萍渡水」的功夫，才能把金文穆救出來。賊人指名叫俞、胡、姜三人上樁，現在只有俞劍平一人可上。

俞劍平把劍一領，就要單人獨闖；卻把蛇焰箭岳俊超惹得動火，大喝一聲道：「狗賊，你又要說謊騙人！你倚仗一片臭水坑，幾根木頭樁，就能逞強麼？看箭！」砰的一聲，把蛇焰箭發出去。唰的一道火焰，照得葦

塘霎時一亮。

眾鏢客歡然大叫：「對！快拿燈來吧。」賊已淨退，不怕他打燈亮了。鏢客們立刻提過來數盞孔明燈，把燈門打開，發出一道道黃光，雖然看不清泥坑內的虛實，可是塘外浮出水面的木椿已顯露出來。

單臂朱大椿忽然逐燈亮過來，厲聲叫道：「俞大哥，來來來！我單臂朱大椿微能末技，我願替我們胡二哥上椿走走。」

俞劍平回頭一看大喜，他倒聽說朱大椿會而不精。朱大椿若不借火亮看清情形，也還在猶豫；於是跳過來，和俞劍平駢肩而立。俞劍平未曾登椿，先退後數步，暗暗向身旁馬氏雙雄，關照了幾句話。二馬點頭會意，急急地轉告其他鏢客，又急急地握著鞭，袖藏暗器，以防賊人意外的詐謀。

然後俞劍平來到朱大椿身邊，一拍肩說道：「朱賢弟，你稍後一步，你我不可駢肩齊上；要一先一後，互相策應著。」

俞劍平這才重凝浩氣，目閃精光，把利劍一展；腳尖點地，施展開「蜻蜓三抄水」的絕技，看準塘邊一根木椿，颼的一聲，輕輕奔騰上去。俞劍平真格是身輕如葉，往上一起一落，左足單找木椿；卻才腳尖一點木椿，覺得木椿微微一晃，立根處竟然不穩。反觀對面敵人，長衫客在那邊木椿上，站了好一刻，不倒椿，不換勢，竟安若泰山！

十二金錢俞劍平毫不介意，仍輕身提氣，預先尋好了前躍旁竄的木椿，燈影中認清椿高椿低，椿粗椿細，只覺腳下這頭一根椿似往外滑，卻仍不肯挪地方，立刻「金雞獨立」，把身子一展，這根要傾側的木椿竟被他凝住。

那邊單臂朱大椿，也將單臂一張，提著左臂刀，叫道：「朋友，我可要上椿了；要發暗器，可就在這時候！」這一句話罵人不帶髒字。於是朱

大椿也輕輕一躍，登上木椿。

塘前坡上，閃照著孔明燈的黃光。在俞劍平、朱大椿身後，一左一右兩道光；另外一道光照射敵人，直投入葦塘。夜暗天黑，這三道黃光不啻暗室明燈，給鏢行添了不少聲勢，減去不少的危險。

那一邊，姜羽沖身旁也有兩盞孔明燈，照耀著救人。飛抓已抓牢了金文穆和阮、李二人；鐵牌手胡孟剛奔到這邊來，插牌握抓，和兩個青年鏢客，拔河似的，兩手揪著一個人。在泥塘上高墊草捆，鋪成草橋；姜羽沖挺身踐草，先搶救陷溺最深的金文穆。金文穆像泥猴似的，居然被拖出來；抓著姜羽沖的手，忽隆的一躍，身登彼岸。姜羽沖卻被他一帶，腳下的草捆直陷下去兩三尺；泥水橫流，沒過腳脛。姜羽沖百忙中一提氣，飛身躍上旱地。還有阮、李二鏢客，竟不能就勢拖救，至少須重墊一回草。

九股煙喬茂、歐聯奎、于錦、趙忠敏、葉良棟、時光庭，凡是用刀劍的鏢客，一齊動手割野草，再打捆，往泥塘裡投下去。金文穆已出陷溺，渾身都是臭泥，氣得不住口大罵。胡孟剛不嫌髒，挽手道勞道歉，忙給金文穆脫衣。各人撤出衣衫來，給他換上。只有兩隻泥腳，重有十六七斤，滿靴口都是泥漿，一時沒處替換；竟脫下來，只穿光底泥襪子。金文穆又好氣，又好笑，不住口地罵街。姜羽沖緩過一口氣，忙著再救阮佩韋、李尚桐。

當下，十二金錢俞劍平和單臂朱大椿，一先一後，登上了木椿。葦塘中敵人那方面，只有長衫客往前一探身，揮手中短兵刃，叫道：「好，俞大劍客的功夫果然不同平常，請上招吧！」葦草簌簌地一響，忽又另現出兩條人影來，各登一根木椿，竟候鏢客們來攻。

俞劍平一提氣，由第一根木椿，往前一竄，輕輕落到第二根木椿上。這第二根木椿比第一根木椿更不穩；單腿才往上一落，立刻椿身一傾。俞鏢頭便知這木椿不能著力，忙運丹田之氣，往右腿上一貫，氣復往下一

沉；腿尖用力一蹬，身軀騰起，腳下這根木樁竟往淤泥中倒去。

但是俞劍平已飛落到左邊第五根木樁上，離長衫客只隔著一樁；頓時「寒雞拜佛」，青鋼劍往外一展，喝聲：「朋友，你接招！」劍鋒直奔長衫客的中盤，用的是虛實莫測的招數。雙雄就在梅花樁上開了招。

長衫客登樁待敵，一見劍到，急凹腹吸胸，往回一縮；俞劍平的劍尖差半寸沒得挨著身。遂將手中的鐵煙袋往下一壓，雙臂分張，向外一展；「蒼鷹展翅」，煙袋鍋甩到十二金錢的丹田穴。

燈影裡，十二金錢俞劍平見劍走空招，敵招反遞過來，忙分左腳往旁邊木樁上一跨，跨出六七尺。右足一蜷，左足登樁，順勢將劍柄微提，劍尖下垂，唰的往左猛掛長衫客的兵刃，長衫客驟然收招。

俞鏢頭不容敵招再變，身形左俯，左手劍訣上指，指尖直抵左額；右腕倏翻，「金龍戲水」，青鋼劍直如電掣般猛奔下盤。長衫客喝道：「好快！」騰身湧起，斜身下落，如饑鷹撲地，斜落向後側第七根木樁。腳尖一找樁頂，俞劍平跟蹤追來。

長衫客濃眉一挑，嗖地又躥起來，卻將腳尖用力一蹬，另換了一根樁，急回頭伺敵。孔明燈燈光一閃，俞劍平果然跟蹤又到。不想迎面木樁已被敵人登歪，才往上一躍，險些落水。

急急往旁一閃，哧溜的一聲木樁倒了。十二金錢早躍在另一根樁上，單足鵠立，如金蜂戲蕊，晃了又晃，可是到底沒有掉下來。

俞劍平和長衫客一照面，是三招兩式。那單臂朱大椿早已攝氣雀躍，奔上水窪，連點四根木樁，試出這水上短樁，絕不容反覆點踏，只宜一掠而過。孔明燈從背後射出黃光，給他開路；葦叢中也燈光一閃，奔來兩個敵影，各揮兵刃，雙戰單臂朱大椿。

朱大椿側目打量來人。一個是四十餘歲的中年，手提一柄三棱透甲

錐，三尺來長，瓦面如鋼，頭尖似鑽；另一個年約三十，身形瘦矮，手提一對外門兵刃青鋼日月輪。只看這對兵刃，就知是個勁敵。

單臂朱大椿一順左手雙龍折鐵刀，往前復一縱身，連躍過三根木椿，趨近使錐的賊人的面前，右腳點穩了。朱大椿喝道：「朋友，你們有多少人，儘管上！姓朱的大江大浪，還見過許多，沒把你們這點陣式放在眼裡。朋友，你就一齊招呼吧！」話方脫出，往前一探步，左腳一找木椿，照那使三棱透甲錐的摟頭蓋頂就是一刀。雖是左臂刀，卻是力大刀沉；往外一撒招，挾著股勁風劈下來。

那使日月輪的賊人腳登木椿，巋然不動；使透甲錐的卻上前迎敵。一見刀猛，不肯硬接硬架；往旁一閃身，讓過刀鋒，三棱透甲錐「巧女穿針」，照朱大椿胸前還扎。

單臂朱大椿往左一跳，左邊木椿嗤地斜下來，朱大椿急急又一跳，跳到另一木椿上。聽背後風聲撲到，一個翻身反臂，疾向賊人斜肩帶背的劈去。敵人竟往下一塌身，縮項藏頭，刀鋒倏地擦頭皮過去。

賊人一長身，三棱透甲錐「橫掃千軍」，復照朱大椿的下盤掃打，朱大椿腰上一疊勁，嗖地又躥到另一根木椿上；卻在抬腿時，把腳下木椿使力一登。他身移別椿，凝身不動，喝道：「相好的，你來！」

那賊人剛才輸了一招，不由動怒，竟跟蹤踏椿追來。不知這木椿已被朱大椿登活蕩了，不由身形連晃，急急躥過三根木椿，才穩住身形。朱大椿哈哈大笑道：「這樣的身法，還要擺梅花椿的陣勢，不怕丟人麼？」

那使日月雙輪的叫道：「不要張狂！」竟一掄兵刃，與同伴來夾攻朱大椿。

朱大椿應付一賊，綽有餘力；照顧兩敵；便覺閃架不迭；只可連連換椿，閃、展、騰、挪。但是賊人連連換椿，並不要緊；鏢客連連換椿，可

就險得很了。木樁有穩有不穩的，賊人有時還認不準，鏢客犯險試踏，倍見危險。朱大樁連踏數處，幾乎樁倒身陷。多虧岸邊鏢客用孔明燈照著，多少看出一些虛實來。饒這樣，仍苦應付不暇。朱大樁被二賊雙雙纏鬥，十分急迫。

那一邊，俞劍平和長衫客一味游鬥，未分勝負。俞劍平一起初，連點六七根木樁，只覺腳下岌岌可危。立刻改攻為守，不求有功，只求無過。登定一根實樁，任敵人左右衝擊，一味堅守不動。敵人的兵刃打到，只揮劍抵攔。

長衫客屢從浮樁上謊招誘敵，俞劍平不肯上當，絕不追趕。長衫客正想改計決戰，俞劍平忽一張目，看看朱大樁那邊吃緊，自己再難袖手；急急拋敵登樁，奔過去接應。

長衫客怪笑一聲道：「別走！」唰的一躥，快閃飄風，追趕過來。俞劍平只得卻步凝樁，轉身應戰。敵人來勢很猛，俞劍平恰往旁邊木樁上一跨，咮溜的一下木樁被登倒，看看要掉在水裡。十二金錢俞劍平二目一張，雙臂一抖，忽地作勢，順勁往左邊木樁跳去。這長衫客好不猾險，竟搶先一步；把俞劍平要躥過去的那根木樁站住。

俞劍平腳下木樁已倒，前躥無路，旁跨又隔離稍遠，後面雖有木樁，卻沒有反顧之暇。到此時，俞劍平急運太極門的氣功，提起一口氣，倒背身，往後一擰；就著擰身之勢，把身形縱起來，一個「野鶴盤空」，倒翻回來。眼尋木樁，身形下落，剛剛著落在後面木樁上。同時噗嚓一聲，把先前的那根木樁蹬在水中了。

那長衫客振吭喊了一聲：「好輕功！」嗖地追蹤過來，道：「俞鏢頭，腿底下穩著點呀，木樁沒多大勁！」長衫客蹈瑕抵虛，總想把十二金錢閃下水去才罷。手中短兵刃一揚，趁著俞劍平身形乍穩，鐵煙袋鍋探出來，點到俞劍平的後背。

俞劍平被敵譏笑得十分難堪，含嗔冷笑道：「朋友，休要張狂，落下樁才見輸贏！俞某今夜不跟你閣下見個強存弱死，不能算罷！」腿下輕輕一點木樁，往旁一轉身，把鐵煙袋讓開。

左手劍訣一領，青鋼劍才待發招還擊。那長衫客陡然往回一竄，連躍出四五根木樁方才站住。忽聽長衫客冷然發話道：「這又是哪位高人？」說話時，長衫客眼向東北面葦塘尋看。十二金錢俞劍平也不禁愕然側目。

突然聽見東北面蘆葦唰啦地一分，立刻湧出一個人。這個人長身扎臂，手挺一把吳鉤劍，用「一鶴衝天」的輕功，倏然從葦草叢中冒出來，輕輕一落，落在長衫客與俞劍平的當中，腳找木樁，單腿凝立，劍往懷中一抱，屬聲道：「俞賢弟，給我引見引見，哪一位是力劫二十萬鹽鏢的好漢飛豹子老英雄？我夜遊神蘇建明，要會一會高賢。」

說罷，坡上的孔明燈已然對他照來。跟著土坡上起了一片歡噪之聲，齊叫道：「蘇老英雄來了，那個穿長衫的就是飛豹子。」蘇建明往坡上一看，道：「嗬！眾位都在這裡了？」一扭頭，把長衫客盯了一眼，又把圍攻朱大椿的兩個賊黨看了看，單足輕點，往前挪了一根樁。

蘇老英雄重凝雙眸，把長衫客上下打量，捋鬚笑道：「你！豹子頭，赤紅臉，鐵煙袋桿。不錯，不錯，我老夫乃是三江夜遊神蘇建明。想當初老夫年輕時也曾走南闖北，浪蕩東西，卻恨緣法薄，眼皮淺，沒有和你閣下會過面。想不到今日幸會，使我老蘇垂暮之年得遇名手，真乃是一生幸事。你手裡使的是什麼傢伙？哦，原來是外門兵刃，鐵煙袋桿。我聽說你會用鐵煙袋桿打穴；現在，你閣下又擺這梅花樁，真乃多才多藝，可欽可佩。綠林中竟有你這位名人，蘇某居然不認得，算是眼拙之至了。聽說你老兄一手劫取二十萬鹽鏢，還不肯埋頭一走，居然傳下武林箭，定了約會，教我這幾個兄弟在這鬼門關與你相見。以武會友，足見你閣下英雄做事，不肯含糊，只可惜這鬼門關犯了地名，好像不大客氣似的。不過，

這鬼門關到底不知是誰的關？我蘇建明外號夜遊神，夜遊神在鬼門關前闖闖，倒也有趣得很！」他遂將吳鉤劍的一指，道：「呔！飛豹子，請過來！」

長衫客乍見蘇建明，不由一愣，聽完了這一席賣老張狂的話，怒目一盯，旋即磔磔地大笑數聲，道：「我倒不認得這位夜遊神！我乃是山窪子裡的土包子，只聽說江南有個十二金錢，沒聽說這麼一個夜遊神。足見我井底之蛙，少見多怪。你既要替俞大劍客壯腰出頭，足見你家門有種，就請你趕快上場。可留神老手臂老腿，掉下來沒地方給你洗澡換衣裳。」

話都夠挖苦，蘇建明只當耳邊風，哈哈笑道：「手底下見功夫，爺們沒跟你比舌頭！來來來，咱爺們湊合湊合吧！」兩個人立刻往一處湊。坡上的孔明燈閃前照後，給蘇老英雄助亮；葦叢中的燈也照上照下，給長衫客增光。

蘇建明這一上場，旁人都歡喜，俞劍平和姜羽沖都有些嘀咕。蘇老武師本是責守在留守店房；集賢客棧房間內，雖沒有什麼要緊的東西可守，但有海州調派的兩個捕快。這兩人固然不是多麼要緊人物，究竟是奉官調派的官差。倘若賊人狂妄大膽，真個從捕快身上出點差錯，莫說殺官如造反，就讓兩個公差也教賊人擄走，那案情便要更熱鬧了。

這一番赴鬼門關踐約討鏢，兩個捕快本要跟來，姜、俞二人尚不放心，故此在店中留下鏢客，名為留守看「堆」，實在專為保護這兩個累贅物。但是，蘇武師現已露出相，別人只顧歡喜，可以搶上風，與賊人賭鬥梅花椿了；姜、俞二人卻心中一動，這老頭子只顧來湊熱鬧，可把兩個累贅物收藏在哪裡呢？閃眼四顧，不見吳、張二捕快。兩人心中打起鼓來，可是現在又不遑明問。

俞劍平叫道：「蘇大哥，多留神，椿子不穩。店裡怎麼樣了？」

蘇建明哈哈一笑，立刻應聲道：「沒錯！俞賢弟，看著吧。爺們沒把

這陣仗放在眼裡。」究竟薑是老的辣,不等俞、姜明問,復又安慰道:「諸位放心,店裡很消停,有人看『堆』,我把那兩塊料掖起來,放在穩當地方了。」

說完,腳下一換步眼;蘇建明人老眼不花,立刻往前點過一根木樁,手中吳鉤劍一舉,「舉火燒天」式,向長衫客叫道:「好朋友,上呀!你把我掀到泥坑裡,我立刻回家抱娃娃。我把你請下樁來,沒有旁的話,二十萬鹽鏢,一桿鏢旗,請你賞給我。如要輸招變臉,拔腿一跑,我這個老臉皮也替你家裡的老娘臊得慌。」

長衫客雙眼一瞪,忽復大笑,也把手中煙袋桿一舉,也學著蘇建明,亮出一個「舉火燒天」式,口中說道:「你年紀大,吃的飯多,輸了贏了,只值一笑。你打算要真章,相好的,距此不遠,有個撈魚堡;撈魚堡有個撈魚將。」

長衫客說來說去,又是這一套話;看這意思,不活捉他們,討鏢事總沒有指望。蘇建明還要用話擠,俞劍平早已大動無名怒火,厲聲叫道:「蘇大哥,你這是對牛彈琴!這一夥朋友一舉一動,把人貶成腳底泥;什麼道理的話,他們滿不懂。蘇大哥,只有手底下明白,閒話休同他們講,我和他們鬥了這半夜,他們只和我裝渾!」

蘇建明愕然道:「豈有此理!」

長衫客桀桀一笑道:「真是這話。」

蘇建明立刻一順劍道:「好,打你這東西!」唰的一縱身,輕如飛塵,飄飄地又從這一樁躍起,到那一樁落下;再往前一進,夠上部位。長衫客立刻也把短兵刃一順,叫道:「打!」兩個人都穿長衫,長衫飄飄,頓時在泥塘木樁上動起手來。

十二金錢俞劍平便一伏身,登樁進步,轉奔那使三棱透甲錐的敵人,

使錐的敵人還身招架。那使日月輪的人便一擺雙輪，單盯著單臂朱大椿。到此時，三個鏢客正鬥三個劫鏢賊。

使日月輪的賊人直揉朱大椿；朱大椿單臂一揮，奮刀相迎。

使輪的賊人忽然叫道：「相好的，我聽說白天在雙合店，有一位插標賣首的單臂鏢客，想必就是足下。我今日得遇插草標的高手，真乃幸事！只可惜我用的是一對輪子，沒有帶割雞的牛刀。單臂朱鏢頭，你就將就著點賣吧。」

朱大椿勃然恚怒，罵道：「呸，無恥之徒口舌勝人，看刀！」立刻往前一縱身，單腳登樁，左手照敵人削來。敵人一擺日月雙輪，往上疾迎。一輪對敵，一輪護身，右手輪往外一展，先捋左臂刀；左手輪「孔雀剔翎」，向朱大椿腰部便劃。

單臂朱大椿斜跨木椿，往左一邁，橫刀撤鑽，往下一沉，犀利的刀鋒倏照敵人的右臂切去。敵人往回收轉日月雙輪，斜身輕縱，右腿後登，點一點背後的木椿；身形旋轉，快似風飄。右腳退回去，一個「怪蟒翻身」，忽復攻上來；右手輪閃一閃，一塌腰，下斬朱大椿的雙足。朱大椿左右也往後一跨，腳尖點椿，左臂刀「夜叉探海」，刀尖壓輪刃，唰的抹過去，削切敵人的脈門。

賊人忙撤單輪，嗖地往回躥退過去，直踏出四五根木椿，凝身立穩。單臂朱大椿喝道：「別走！」一下腰，腳點梅花椿，身似驚蛇竄，唰的跟蹤追過去。「餓虎撲食」，迫近敵背；「金針度線」，刀點敵腰。一股寒風撲到，敵人早已覺察。只容得朱大椿人到，便左腳一提，右腳一捻，猛翻身，擺雙輪，舌綻驚雷道：「砸！」輪鋒直照朱大椿的左臂狠拍下去，這一下拍著，刀必出手。

朱大椿這一套「六合刀」，削、砍、攔、切、吞、吐、封、閉，運用起來深得祕妙。他為補救單臂的缺陷，運用左臂發招，稍微含糊的敵人，

實在不是他的對手。敵人的雙輪才往外一送，朱大椿早唰的把刀收回來。只一領，唰的發出去；應招換招，迅疾非常。

使雙輪的敵人慌忙倒竄，才得躲開這一刀。朱大椿用刀的手法好，敵人登椿的身法巧，因此兩人打了個平手。但是相形之下，當不得久耗；那敵人大概是初次和左手對敵，漸漸地顯出不利來。朱大椿刀光揮霍，專攻敵人的要害；那敵人一味閃、轉、騰、挪，想往浮椿上誑誘這左臂刀，左臂刀不肯上當。

老拳師夜遊神蘇建明，這時和長衫客長衫飄飄，東閃西竄，也打了個難分難解。

老拳師蘇建明年歲高大，身手矯健，梅花椿的功夫更經過數十年的幼工精練，在當時堪稱江南一絕。只見他把吳鉤劍一展，不慌不忙，老眼無花，先把長衫客立身處連盯幾眼；於是劍訣一領，單腿點椿，「金雞獨立」式一立，喝道：「過來吧，相好的，我這裡守株待兔哩！」

長衫客喝罵道：「我就打你個老烏龜下河！」腳尖一點，飛身躥起，急如掣電，已撲到蘇建明的面前；往前一探身，鐵煙袋桿「白猿獻果」，當作點穴鐮，向蘇建明的中府穴打來。蘇建明身形微晃，上半身僅僅往右微偏，腳未離椿，略避敵招。

吳鉤劍一扇劍峰，貼敵刃進招，「玉女穿梭」，扎扁頭，劃右臂，照長衫客反攻過去。

長衫客將短兵刃往下一沉，往回一帶，從左往右，唰的一個「怪蟒翻身」，腳下輕點木椿，身隨勢轉，「蒼蠅盤樹」，掄鐵煙桿，鞭打蘇老拳師的右肋。

蘇老拳師單腿立柱，紋風不動，只憑丹田一口氣，巍然矗立於泥塘木椿之上。他見敵刃又到，勁風撲來，喝一聲：「去！」左手劍訣斜往上

指，右手劍峰「白鶴亮翅」，猛然一撩，唰的截斬長衫客的脈門。這一手險招，況當昏夜木椿之上，真是驚險異常。只爭瞬息的時間，不勝則敗，一敗必危。

三江夜遊神是人老招熟，拿捏時候不遲不早，剛剛湊巧。

長衫客本采攻勢，現在反得急救自己這條右臂；全身攢力，急急地往左一傾，大彎腰，斜插柳，硬將撒出去的力氣捋回來，掙得赤面一紅，不由暴怒。

蘇建明這老兒哈哈大笑，道：「慢著點，這下面是泥塘。」

長衫客如蜻蜓點水似的，避過敵劍，嗖地一竄，連越過四根椿，凝身立好。豹子眼閃閃放光，把蘇建明一看。蘇建明依然穩立椿上，身形未動。長衫客心想：「想不到這蘇老頭梅花椿的功夫竟這麼穩！」

長衫客叫道：「老傢伙名不虛傳，來來來，在下再請教幾招！」旋轉雄軀，微提短袍，把衣襟披了披；復閃目往四面一看，四面並無異動。然後，奮身一躍，掄兵刃二番進搏，又搶到蘇建明的左側；鐵煙袋「封侯掛印」，往蘇建明太陽穴一點。這一招用得虛實莫測，可實則實，可虛則虛。

蘇建明吳鉤劍「偷天換日」，往上一封，順勢削斬長衫客的肩臂。長衫客不是易與者，這時候含嗔爭鋒，鐵煙袋往上微點，化實為虛，唰的翻回來，一個「毒蛇尋穴」，嗖的一縷寒風，反打蘇建明的下盤伏兔穴。蘇建明撤劍來不及，救招趕不上，籲的一聲長嘯，唰的往左縱身，右腳點椿，飛身躍起，直竄出六七尺外才躲過這一招，懸身於空中，急急地尋找落腳處，老眼無花，閃眼俯窺，坡上孔明燈也正追逐著他的身影而照射；這才輕飄飄落在另一根木椿上。

這一個木椿偏偏是浮椿，咻溜的一聲，頓倒下來。老英雄道得一聲：

「好……糟!」百忙中,雙臂一抖,立刻又踏上另一椿。他禁不住放聲大笑道:「好損!飛豹子,你真缺德!」德字剛說出口,鐵煙袋陡然乘危急攻,直追到肋下。叮噹一聲響,吳鉤劍劍花一繞,橫劍猛格。長衫客霍地竄向右邊椿。

兩人扭項張眸,互相注視,然後腳尖一捻,把身形擰過來。

又面對面,各展兵刃,封住了門戶。兩個人都暗叫了一聲:「慚愧,真是險得很!」

第三十二章

巧植梅花樁大豪競渡

輕揮吳鉤劍蘇老凌波

第三十三章
登浮萍雙雄齊落水　撤伏陣群盜驟奔巢

蘇建明和長衫客略為喘息一下，各各閃目四顧，復又鬥在一處。那邊俞劍平和那使三棱透甲錐的賊人正打得十分兇猛。

這種三棱透甲錐乃是外家兵刃，會使這種兵刃的在江湖上寥寥無幾。這種三棱透甲錐傳自北派拳家神錐路武師的門中，有七十手連環招數。但是三棱錐路家的家傳招數實有八十一手，路武師故意留下十一手絕招不傳外姓；只有他的後代子孫，方得到他的全盤招數。他家子孫恪遵門規，只傳外姓門徒七十手，絕不肯多傳。凡是三棱透甲錐，只此路姓一派，別無他門。

這個賊人在壯年，運用透甲錐招數極為熟練。十二金錢俞劍平腳登木椿，以奇門十三劍來應付這透甲錐。一照面，賊人來勢張狂，欺敵直進，錐尖直點俞劍平的胸窩。

俞劍平腳登木椿，忙展右臂，揮利劍往外一封，「順水推舟」，截斬敵人的腰肋。敵人一側身，斜點左旁木椿，右手斜帶三棱透甲錐，身形驟轉，唰的掄起透甲錐斜肩帶臂，猛照俞劍平砸來。來勢太猛，十二金錢俞劍平不敢硬接。按照梅花椿的步眼，一找木椿，身趨走勢，只一轉，轉到身後第六根木椿上。賊人的三棱錐狠狠砸過來，卻收不住勢，急忙一點，咔嚓的一聲響，砸到俞劍平先前立身的木椿上。賊人急借勢往斜裡一衝，竄到俞劍平身邊。

俞劍平哧然冷笑，左手劍訣一領，右手一換青鋼劍，一個「龍形一式」，身隨劍走，劍隨臂揚。「倦鳥投林」唰的一劍，向敵人腹腰扎去。

　　賊人才提錐挺身，未及進招，俞鏢頭的劍已然挾一縷寒光刺到。這賊人忙用「鐵牛耕地」，三棱透甲錐截青鋼劍，想將俞劍平的兵刃磕飛。俞鏢頭的劍術變化莫測，唰的往回一掣劍柄，猛橫身，明是走勢，似將閃躲，倏然單足輕點木椿，展「抽撤連環」，不後退反進攻；竟探身獻劍，直取敵人的下盤，喝道：「看腳！」

　　賊人驀地失驚，奮身一躍，退出三根木椿，身搖步晃，才待拿椿立穩，十二金錢俞劍平挺身一竄，直迫過來，喝道：「看背後！」青鋼劍閃閃含光，跟蹤急襲，直追到敵人的背後。

　　賊人越發吃驚，掙命地往旁一拔，連竄出五六根木椿，身形連連搖擺；幸而躲過了劍擊，卻幾乎閃落下木椿。嚇得頭上冒汗，急急地收攝心神，轉身重展雙錐，封住門戶，和十二金錢俞劍平又打到一處。

　　使三棱透甲錐的賊人雖有獨門外家兵刃，究非俞鏢頭的敵手，並且他的梅花椿的功夫，也止於是湊合而已。僅僅走了這麼十幾招，便連連出險，他實在不是十二金錢俞劍平的對手。

　　所幸者他乃是生力軍，又在壯年，銳氣正盛。十二金錢俞劍平卻是通宵索敵，連戰七八個賊黨好手，未免筋疲力滯。俞劍平生平以韌字占勝，錯過是他，換了別人，恐怕早已失腳。

　　俞劍平氣脈悠長，一口劍力戰此敵，一雙眼仍在抽隙四顧，惦記著夜遊神蘇建明老拳師和單臂朱大椿。百忙中，瞥見朱大椿一手左臂刀，把那使日月雙輪的敵人砍得手忙腳亂，一個勁地往右閃躲。俞劍平曉得敵人必是初次遇見這左手刀，便舒了一口氣，相信朱大椿必不會輸招。再看夜遊神蘇建明，這老人的梅花椿功夫頗擅勝場，而且雙目炯炯，精明可比少壯；夜遊神的外號就因他夜行功夫好，才得蜚聲三江，今和長衫客夜戰梅花椿，正是蘇建明最拿手的本領。但有一節，這敵人過強，蘇建明年紀太大，卻教俞劍平擔心不小。

十二金錢俞劍平一面和敵錐拼鬥，一面不住地偷眼照看蘇建明。只見他巍然穩立於泥塘木樁上，把那一口吳鉤劍緊緊封住門戶，守多攻少。似一任那長衫客竄來竄去往跟前突擊。蘇建明一味架格抵攔，輕易不發進手的招數。

長衫客登樁猛搏，迅若怒獅；蘇建明揮劍應戰，卻穩若木雞。俞劍平看在眼裡，心中打鼓；蘇老拳師德高望重，憑他在江南五十多年的威名，實在是只許勝，不許敗，一敗則畢生受辱。

俞劍平暗想：「蘇大哥歲數大了，萬一耗時過久，竟敗在飛豹子長衫客手裡；人家是為自己幫忙，我卻敗壞了人家一生的名望，我何顏以對朋友？我無論如何，不該讓他涉險。」思索至此，不由焦急起來。他猛然把招數一緊，要將當前之敵立刻打敗，好去接應蘇建明，把他替換下來。並且按理說，這個長衫客是飛豹子，也該自己對付他才對。

於是俞劍平一展進步連環劍，腳點木樁，唰唰的一連兩手，「金針度線」、「玉女投梭」，向那使三棱透甲錐的敵人狠狠地攻擊過去。敵人應付不遑，往旁一縱，竄到另一根樁上。俞劍平喝道：「哪裡走！」精神一振，利劍急揮，騰身急趕。

那敵人轉身招架，俞劍平把青鋼劍施展得如龍蛇飛舞，一點也不留情地攻上攻下。敵人吃驚連閃，眼看要敗在俞劍平的劍下。

就在這個時候，土崗上的智囊姜羽沖、胡孟剛、岳俊超、馬氏雙雄、金文穆、歐聯奎、李尚桐、葉良棟、時光庭、阮佩韋、九股煙喬茂、于錦、趙忠敏、黃元禮、石如璋等已經散布開，分兩路抄來，欲截斷賊人的退路。

賊黨包括那胖瘦二老人和那使桿棒的五賊、使雙輪的二賊、使狼牙棒的二賊，大部已經撤退。這時忽然又翻回來數人，黑影中連吹呼哨，喊出奇怪的唇典來，催長衫客速退。木樁上臨陣的眾鏢頭都是老江湖，就是聽

不懂，也猜得明白：他們要跑，大家急抄過來。

　　老拳師夜遊神蘇建明仗手中吳鉤劍，只守不攻，與長衫客滑鬥。忽然窺測出長衫客的用意，見他向那使日月雙輪和透甲錐的兩個同伴連遞暗號，並且張目四望。蘇老拳師哈哈大笑，立刻叫道：「俞賢弟，點子不打好主意，可是要溜！」十二金錢俞劍平怒答道：「不能放他走！」

　　長衫客忽又一聲長笑道：「這可不見得！」身形一晃，向一同伴一揮手，唰的向蘇建明一攻，又一個敗勢，要走的形勢已然很明顯了。

　　老拳師蘇建明將吳鉤劍一指，屬聲叫道：「飛豹子，不要欺負我年老！」老字一落聲，吳鉤劍唰的一展，身形掠起，長袍飄飄，如巨鳥似的登樁斜趨，要攔截豹子。滿想到長衫客必跑，哪知不然。飛豹子手中鐵煙袋一緊，仍然轉身應戰。老拳師又哈哈一笑，叫道：「相好的，咱們真打吧！」

　　這一回交手，頓形激烈。老拳師三江夜遊神蘇建明陡採攻勢，那把吳鉤劍閃閃劈風，連照長衫客砍去。長衫客呼嘯一聲，鐵煙管上下翻飛，奮力拒敵。兩個人齊展開梅花樁的身法，忽前忽後，進攻退守，越打越猛；卻不聞腳步踏樁聲，也不聞兵刃格架聲。但只聽得泥塘之上，兩人的長袍呼呼掠風，兩人的身影往來飛躍。

　　十數回合過去，陡然間，蘇建明、長衫客同時進撲，齊聲大喝，道：「下去吧！」燈影一閃，不知怎的，咔嚓一聲大響，長衫客撲登地落下水去，蘇建明也撲登地掉下樁來。

　　俞劍平大駭，利刃一揮，急忙拋敵馳援。卻還未奔到，陡然忽隆的一聲，長衫客、蘇建明，剛剛下水，又猛然竄出來。兩個人一齊登樁，一齊後退，水淋淋的，渾身是水。

　　長衫客大罵道：「媽巴子的！」

蘇建明大笑道：「一鍋煮，有趣得很！」

這一番失腳，是長衫客故意踏歪一根椿，往旁椿一退，打算誆誘蘇建明。蘇建明一步未踏穩，浮椿斜倒下去，就勢一振臂，也往旁椿一退。兩個人爭登一根旁椿；各伸右腳，點占椿頂，各出一掌，急抵敵人。兩掌相推，頓時一齊掉下水去。卻仗著一身輕功，兩個人竟一點塘底，飛身倒竄，重踏上身後的另外一根木椿上。

兩個人的長衫順衣襟往下滴答水；單足點椿，顧不得身上不好受，只凝眸監視敵人，防備猝擊。燈光影裡，各看見對方教水浸的模樣，低頭看看自己，俱各禁不住失聲大笑起來；卻將雙方的同伴都嚇了一大跳。

俞劍平拋開使錐的敵人，頭一個竄過來；賊黨這邊，那使日月雙輪的，也拋了單臂朱大椿，如飛地撲來。土坡上，鏢客譁然，持孔明燈上下照射。

智囊姜羽沖拔劍上椿，馬氏雙雄的馬贊源衝上來，尋椿繼登。葦叢中，一陣陣簌簌亂響，頓時有兩道火光一閃，唰唰也奔出賊黨數人，踏椿增援，上前應戰。

十二金錢俞劍平急走如風，踏椿搶到蘇建明背後，厲聲大叫：「蘇老哥，上岸歇一歇，小弟我會一會飛豹子的梅花椿！」

口頭上似像換手，無形中實要雙戰長衫客，好把他活活拿住。

長衫客頓時覺察，一聲長嘯。猛然拔身往旁一躍，掩護著同伴，再不戀戰，踏著長長短短的塘中木椿，一徑撤退下去。

俞劍平、蘇建明焉能放鬆，立刻分從兩面追趕，長衫客竟很快地奔去。

十二金錢俞劍平緊追長衫客，已然追到長衫客的背後，長劍一挺，照後心就刺。長衫客轉身一架，奮身一躍，越過了四根木椿，落到退路上第

五根木樁。又從第五根木樁往第六根木樁一跳；從第六根木樁往第七根木樁又一跳。只聽咔嚓一聲，第六根木樁竟然登倒。只見他由第七根木樁往第八根木樁上再一跳；頓時第七根木樁也咔嚓一聲，又撲通一聲，木樁躺在水面上了。

照這樣，長衫客且戰且走，容得同伴退淨，他便跳上一根樁，踩倒一根樁，一直退入葦塘的盡頭。所有經過的木樁，完全被他登倒，然後他一聲長笑，厲呼道：「相好的，堡中再見！」施展輕功提縱術「燕子穿雲縱」，把末一根木樁一點，也咔嚓一響，樁倒人飛。一團黑影疾如飛鳥，從蘆草叢騰起一丈多高，兩丈多遠，輕飄飄斜往葦塘岸邊一落。

崗坡之上，群雄齊動。馬氏雙雄的馬贊潮和歐聯奎、鐵矛周季龍、九股煙喬茂，搶先抄到，大呼著截過來。黑影中，長衫客抖手打出一粒鐵菩提，喝道：「打！」嗤的一聲，啪的一下，歐聯奎不禁止步，大聲道：「飛豹子在這裡啦！快來，他可要跑！」

馬贊潮橫鞭當路，喝道：「哪裡跑？」掏出暗器，唰的還打出去。但只一眨眼，長衫客早嗖嗖嗖連連竄躍，斜奔疏林而去。疏林後，聽出一陣馬蹄奔騰之聲，賊人似又增援。

鏢客群中，奎金牛、金文穆、阮佩韋、李尚桐更衣換襪，剔泥整刀，記恨著陷灘之恥，同聲大呼，拉過馬來跨上去，冒險搶奔疏林。葉良棟、時光庭等也跟著立刻趕了下去。

智囊姜羽沖偕馬贊源才登樁復又跳下，繞坡塘半轉，仗劍一看；急呼同伴不必進疏林，速繞土崗，徑奔古堡。十幾個鏢客依然繞過來，便要合到一處，抄土崗，往西南奔去。

這時候，十二金錢俞劍平、夜遊神蘇建明、單臂朱大椿，早由水窪撲入葦叢，撥開一層層蘆葦，好容易犯險追豹，將次追上；不想敵人竟毀樁遁去。木樁連斷六七排，當中隔斷了七八根，就是插翅也難越過。

蘇建明在葦塘中，尚欲別尋追路，單臂朱大椿又欲涉水跟逐。俞劍平陡然繞轉，大叫：「蘇老哥、朱賢弟，這可使不得！快退回，快下來，往岸上抄！」饒這麼神速，長衫客已遁得沒影了。

林後蹄聲歷亂，初大漸小。賊人竟不是增援，乃是接應。賊人會到一處，竟然逃走。

十二金錢俞劍平勃然惱怒，恨恨地叫道：「姜五哥、胡二弟，賊人又跑了！」

姜羽沖、胡孟剛一齊叫道：「俞大哥，快上馬！」

馬並不多，只十幾匹，俞劍平、胡孟剛、蘇建明、姜羽沖、沒影兒魏廉、鐵矛周季龍、左夢雲，這些人先行上馬。依照姜羽沖的主意，不從背後追，徑向古堡搶。其他眾人由九股煙喬茂引道，就步下追趕。

俞劍平臨上馬，向其餘鏢客一拱手道：「眾位仁兄再幫幫我一場！……」眾位鏢師哄然叫道：「俞老鏢頭，咱們就快追吧！我們在步下趕，沒什麼！」

智囊姜羽沖忙道：「且慢，蘇老英雄現在已經到場，店中沒有人了。」向于錦、趙忠敏二人舉手道：「在下擬請二位回店，留守老營要緊。」胡孟剛忙道：「這個……」

俞劍平搶著說：「這麼辦對極了！于、趙二位賢弟快快回去吧。」

于、趙二人大喜領諾，立刻拔腿就走。胡孟剛等大不謂然，俞、姜二人忙道：「胡二弟，你不用管了，回頭告訴你。」

俞劍平忽又對時光庭說：「時賢弟，你也回店吧。」時光庭點頭默喻，立刻也拔腿走了。

大家分兩撥，半騎半步，一路踵追，一路繞抄；雙管齊下，分頭趕下去了。步下的是馬氏雙雄等在前，歐聯奎等在後，喬九煙引導。馬上的是

俞劍平、胡孟剛、姜羽沖、蘇建明在前，其餘的人在後，由魏廉、周季龍領路。騎馬的鏢客豁喇喇地把馬放開，頓時征塵大起，蹄聲歷亂；和下椿逃走的群賊馬蹄聲遙相應答，在這四更天夜靜時候，備覺驚人。

但是長衫客這一敗走，鏢客這一追趕，頓時又蹈上先前的險難情形。敵人放開馬，大膽地突林急走。鏢客這邊卻瞻前顧後，提防著暗算。好容易闖出疏林，又遇上一片片的青紗帳，此奔彼逐，起初相距很近，轉瞬間越追越遠。

十二金錢的馬最神駿，騎術也最精，就不顧一切，當先放馬，斜抄著飛趕下去。姜羽沖、胡孟剛、老拳師蘇建明等，緊緊策馬跟隨。馬力有遲有速，又趕了一段路，甩下不少鏢客。

及至抄近古堡前面，僅剩下五匹馬了，是十二金錢俞劍平、沒影兒魏廉、鐵牌手胡孟剛、鐵矛周季龍和俞門弟子左夢雲，卻又散在各處，只有俞劍平一人踏上草原土路。

同時那奎金牛金文穆和少年鏢客李尚桐、阮佩韋等三個人像泥猴似的，從敵人背後，首先緊綴下去；卻繞林渡崗，連穿過數片青紗帳，竟把敵人追丟了。反而遙逐蹄聲，把後到的老拳師蘇建明和智囊姜羽沖，險些當作敵人動起手來；幸有孔明燈對照，才沒有誤會。步下追敵的人，只有馬氏雙雄和蛇焰箭岳俊超遠遠地趕來。

十二金錢俞劍平馬不停蹄，往前窮追。穿過青紗帳，一到荒原，往四面望。遠遠看見古堡上浮起淡黃光，風過處，一陣呼哨聲大起，更有火箭、旗花在各處不時飛起。猜知必是賊人誘敵的詭計。側耳傾聽，古堡後面馬蹄聲乍沉乍浮，似正在奔馳。

俞劍平心中一動，想賊人既知自己大舉討鏢，他們必不肯退入絕地。也許他們畏剿懼禍，繞堡逃走了。想到這裡，又往古堡門前一望。堡上有火亮，堡門黑乎乎一片，相隔稍遠，任什麼看不出來。

十二金錢俞劍平勒馬回頭，想向姜羽沖問計；姜羽沖馬力稍遜，還未趕上來。只有鐵牌手胡孟剛，跑得馬噴沫、人揮汗，眨眼間已然撲到，老遠地叫道：「十二金錢，俞大哥，十二金錢！」俞劍平眉峰一皺，以為胡孟剛喊得不妙，方要攔阻；轉想昏夜中，這喊聲也不為無益。連忙答應道：「喂，二弟，我在這裡哩！」鐵牌手一陣風地策馬奔了過來。不想他這一喊叫，居然發生影響。

　　眼前黑乎乎的濃影中，忽然聽吱的一聲急嘯，在堡前偏東壕溝邊上，樹叢後面，竟有數團人影在那裡閃動，隱聞叮噹之聲，俞、胡二人急逐哨聲，策馬奔向東邊；兩個人駐馬凝眸略一斜視。突然間，樹後面呼哨聲再起，人影紛紛奔竄。

　　鐵牌手胡孟剛探頭一望，竟不管不顧，一迭聲大叫道：「俞大哥，咱們還是快闖古堡吧！」古堡內忽然飛起一支火箭。

　　俞劍平抬頭一看，依然攏目光，端詳東面樹叢，忽然呼道：「胡二弟，快快，樹後面有咱們人被圍了！」啪的一鞭，縱馬飛奔過去，大喝：「飛豹子！呔！姓俞的趕來了！跑的不是好漢！」驟馬揚鞭，直往樹後壕邊猛撲過去。

　　鐵牌手胡孟剛愕然一愣，也將馬鞭一掄，喊一聲：「呔！」

　　跟奔過去。堡東面那數團人影驟見奔馬，早又吱地吹起一陣呼哨，忽啦地一陣騷動，陡然收撤回去。孤零零還在壕邊的，只剩下一個人。

　　十二金錢俞劍平催馬過去，手捻一隻金錢，方待喝問；那個人影已然喘吁吁叫道：「來的可是十二金錢俞鏢頭麼？」俞劍平厲聲道：「然也！……哦，呀，你是梁賢弟？」

　　這人影果然是三路下卡的鏢客梁孚生，正被四個敵人圍在這裡，苦戰不得脫身。梁孚生一見俞劍平，心中大喜，忽又一驚道：「俞大哥你可來

了？……可是的，咱們那些人呢？就是你一個人來的嗎？」才說出這話，已然喘不成聲。

緊跟著鐵牌手胡孟剛揚鞭策馬趕到。俞劍平卻已飛身下馬迎上前來，捉住了梁孚生的手，張眼四顧，急急說道：「梁賢弟，你多辛苦了！可是的，聶秉常聶爺呢？你們都散了幫麼？」

心上未免驚惶。

胡孟剛翻身下馬，也跑過來，忙忙問道：「梁大哥，是你嗎？松江三傑呢？」

俞、胡二人一左一右，拉著梁孚生的手問他。梁孚生抽出手來，急急地一指古堡，道：「俞大哥、胡二哥，怎麼就你們二位來到，他們呢？他們那些爺們真格的全沒來麼？」兩隻眼不住地看古堡，又看對面青紗帳，青紗帳後分明蹄聲大起。

俞、胡二人忙道：「他們就來。你們卡得怎麼樣？剛才飛豹子逃過來，你們沒見面麼？」

梁孚生急口地說道：「飛豹子在哪裡？我們沒看見。咳，俞大哥，咱們兩道卡子都教人家圈在堡裡了。馬氏雙雄也沒有看見影子，咱們得趕緊回店，聚齊了人。趕快攻堡救人！」神情、話聲，十分著急。

十二金錢俞劍平、鐵牌手胡孟剛駭然驚動，抓著梁孚生齊聲詰問：「真的麼，難道你們哥幾個，還有松江三傑，都教人家誘進去，困住了麼？」二人往古堡瞥了一眼，牆上仍浮火光，隱聞呼噪之聲，夾雜著呼哨。賊人竟這麼大膽，居然不退不逃，公然據古堡，誘擒鏢客。

俞、胡又問：「梁賢弟，你再說，他們被圍有多大時候了？都是誰？他們堡裡有多少人？」二人仰望堡上浮光，互相顧盼；等不及梁孚生答話，一整兵刃，便要搶攻古堡。

梁孚生喘息略定，忙攔阻道：「二位別忙，我們不是被誘，是貪功上了當。我和聶秉常、石如璋在堡後追賊，追散了幫。我和聶秉常大哥襲入古堡，人家並不出來迎敵；我們一直往裡攻，教他們圍上了。松江三傑也跟我們一樣，闖進堡牆，出不來了。」

俞、胡二人道：「呀！」梁孚生忙說：「好在工夫不大，快接應，還來得及。」俞、胡不再多問，只催梁孚生道：「梁賢弟，你在這裡等，再不然快騎馬迎上去，咱們大撥的人很快就到。我們兩人先進堡，打頭陣接應。」

說時，後面蹄聲大響，側面人影奔竄。梁孚生斷不出是仇是友。俞、胡估量時候，知是自己人，忙將馬讓給梁孚生，催他上馬。俞劍平不顧疲勞，卻與鐵牌手胡孟剛全不騎馬，施展開輕功飛縱術，公然直趨古堡前門。

那梁孚生喘吁吁上了馬，又回頭叫道：「俞大哥、胡二哥，堡門有卡子，你們最好往東邊上，跳牆過去。咱們的人是教他們困在堡裡頭，東邊院裡了。」

俞劍平回頭一瞥道：「是了。」胡孟剛連連問道：「他們有多少人？」

梁孚生遠遠答道：「說不清，露面的只有一二十人。」俞、胡二人如飛地撲過去。胡孟剛掄一對鐵牌，且跑且說：「俞大哥！賊人一定不少，咱們等等後邊人吧。」

俞劍平道：「不必！怕誤了，咱們儘管闖。『賊人膽虛』，一聽我們人到，必定吃驚，圍勢自然解開。」

十二金錢俞劍平提劍疾走，電掣星馳，眨眼間，來到古堡東邊。鐵牌手胡孟剛緊緊跟隨。已迫敵窟，俞劍平止步，往堡牆上一看，這就要跨壕溝了。

胡孟剛說道；「大哥你瞧，姜五爺準是來了；後面那黑影和蹄聲，一準是他。」

俞劍平卻聽見堡內聲音有異，認為刻不容緩，把頭一搖道：「不用等，來，我先上，你給我巡風！」

胡孟剛側耳聽了聽，道：「對，咱哥倆一齊上。」可是俞劍平才要往牆上竄，忽又一轉念，回顧胡孟剛道：「二弟，你我與其跳東牆，不如堂堂皇皇地走堡門。」胡孟剛說道：「方才梁孚生不是說堡門有埋伏麼？」

俞劍平說道：「有埋伏也得走正門。」胡孟剛說道：「但是，咱們的人不是困在東邊院裡麼？」俞劍平早已健步繞壕溝往堡門走去，且走且答道：「就是解圍，也得走正門。」

胡孟剛道：「大哥要使這個勁？」俞劍平道：「當然。」只一眨眼，二人便到堡門。

十二金錢俞劍平把青鋼劍拔出手，左手捻一對金錢鏢，低喝道：「上！」兩人跨過朽木橋，一齊凝眸往裡張望。先把堡門一看，木柵半掩，牆上浮光；當中道路黑漆漆毫無燈亮，任什麼都看不出來。但卻知道這堡內一層層的院落，必有幾處照著燈光；而且燈火必定不少，所以才能把光亮映出牆頭來。

胡孟剛低聲道：「可是的，鐵矛周、沒影兒和九股煙全沒有跟上來。咱們還是等一等後面的人，有個領路的才好。」胡孟剛這話自然很有理。十二金錢俞劍平憤然道：「咳，闖吧！」立刻把利劍一挺，邁步直進堡門。

鐵牌手胡孟剛道：「俞大哥，讓我頭裡走。」鐵牌一分，要往堡門闖；不想話未落聲，俞劍平早一伏身，腳尖點地，嗖的一聲，疾如脫弦之箭，從那半掩的柵門縫直躥了進去。鐵牌手胡孟剛皺眉搖頭，忙跟蹤前進，擺雙牌，也撲入堡門之內。

突聽得前邊俞劍平厲聲喝道：「留神旁邊！」唰的一聲響，從堡門裡左側高處，忽有暗器破空之聲，一點寒星奔胡孟剛中三路打來。

迎面平地雖沒有卡子，可是兩邊房上竟有埋伏。胡孟剛鐵牌一揮，噹的一聲，將暗箭打落在地上。同時前面嗆嗆連響了兩聲，俞劍平也揮劍打落一對鋼鏢。房頂上黑影一晃，賊人又似藏躲了。

十二金錢俞劍平厲聲喝道：「呔！休放冷箭，我十二金錢俞劍平登門獻拙來了！」

房上只聽見隱隱的怪笑，賊人不再露面。俞鏢頭抬頭一望，恨罵道：「暗箭傷人，匹夫之輩！胡二弟留神，往前闖啊！」緊握青鋼劍，和胡孟剛一前一後，健步如飛，順這甬道，往裡下去。卻才走進不多遠，唰的又一聲，右邊院落從街門縫裡發出一排箭來，一共三支。

俞、胡二人不後退，反往前一躍，閃了過去。右院街門忽隆一響，好像加上了閂了；復聽嗖嗖地連響，賊人又似退了回去。俞、胡二鏢頭深入重地，不遑搜伏，一味往前猛進。

堡中除了這幾支冷箭，竟沒有賊人迎頭前來堵截。也不見燈光。仰望前面，東大院一帶火光上衝，夾雜著胡哨聲，自己的人大概被圍在那裡。平視甬路兩旁，那一排排的槐樹，葉茂蔭深，黑乎乎兩行深影，由堡門直通到堡內盡頭處。風擺樹搖，唰唰啦啦響個不住；就有伏兵也很難看得清、聽得見，情形實在險惡。

十二金錢俞劍平義無反顧，片刻不停，火速地往裡闖。闖得越快，才越可以衝過賊卡的襲擊。身形如貓，腳尖點地，也就是三起三落，又三起三落。突又聽得嘎啪嘎啪一陣陣連響，數張弩弓疾如飛蝗，唰的從左右兩邊攢射過來。

俞劍平急閃連竄，揮劍亂打，使盡了身法，閃避這陣攢射；腳尖依然

不停，一個勁地往前進。敵箭如雨，竟沒把他攔住。鐵牌手將手中鐵牌一扁，仗著他這一對利器，恰好擋箭。

一路橫拍橫打，也衝開了亂箭，闖了進來。

於是俞、胡二人又往前進，眨眼間已然深入八九丈了。不料形勢陡然緊急起來，前面冷箭一步比一步密，竟有十來張弩弓，借物隱身，分據在甬路兩旁的房頂上和街門縫中。俞、胡才往前一闖，便唰的一排箭，唰的又一排箭，俐落射出來，而且射法很有步驟。弩弓雖多，並不一齊射；乃是此發彼住，此住彼發，連珠弩不住手的集中往俞、胡身上射。這才是賊人的真正卡子，賊人的用意，是不教俞、胡二人再往前進。十二金錢俞劍平自料或可奮勇衝過去，但是鐵牌手胡孟剛卻險些失手。賊人一聲也不哼，靜悄悄地放箭，連他們一準藏身的地段也難窺清。

俞劍平大怒，往前續闖，被一排箭阻住；驀地翻身退回來，急急地向胡孟剛說道：「二弟，你我各領一面，背靠背往前闖。」

他二人分明看見東大院那盞紅燈亂晃，而且分明聽見賊人呼噪道：「捉住了，捉住了！」俞劍平深恐松江三傑萬一失手，這救援之事，刻不容緩。兩個人一併肩，暗呼一聲，便要聯肩並進。

當此之時，俞、胡二人自己並不知道，他們眼看要陷入人家包圍陣中了。賊黨把兩人誘入堡心，這才阻止前路；另有人抄後脊，要扼斷他們的退路。一個賊人驀地從西排牆頭上出現，吆喝了幾句切語。二鏢頭全聽不明白，可是不由得停步回頭察看。倉促未能看見，復又一仰面，剛剛看見賊人的上半身，賊人卻又一縮，溜下牆去了。

胡孟剛著急叫道：「俞大哥，闖不過去，怎麼辦？」突然聽哎喲一聲，東排房上忽有一條人影，才一露面，倏地又墜落下去。就在這時候，聽一個人喝道：「小子，滾下去吧！」又一個人喝道：「呔！下面可是俞大哥麼？」

俞、胡二人急急地又一仰望，這才看見東面牆頭上出現了兩個人影，一個是嚮導沒影兒魏廉，另一個是智囊姜羽沖。胡孟剛大喜，急應了一聲。

　　姜羽沖又叫道：「俞大哥，趕快退回來！那邊過不去，你二位快上這邊來！」

第三十三章　登浮萍雙雄齊落水　撤伏陣群盜驟奔巢

第三十四章
十二金錢逐豹踏荒堡　七張鐵弩連彈困三傑

智囊姜羽沖由沒影兒魏廉引領，是從東面堡牆上翻進來的；居高臨下，已窺出堡牆一角的虛實。他們又落後了一步，賊人都衝著探堡先登的俞、胡圍來，倒放鬆了姜羽沖這一撥後趕到的人。於是後到的人反得先登。群賊用弩弓拒住前路，不放俞、胡前進；又忽拉地從堡門旁一所小院落鑽出三四人，也袖著暗器，悄悄貼牆循壁往俞、胡二人背後湊過去。

這時，陡被登高下望的姜羽沖、沒影兒瞥見，急忙吶喊了一聲：「俞大哥，俞大叔！看後路，暗青子！」奔躍不及，姜、魏二人先後脫手發出暗器，把賊一擋。俞、胡二人早驀地一翻身，又往旁一退，把前後路都防備好了。賊人的暗器打空，俞劍平立刻也將暗器換交右手，還發出去。賊人抹頭旁竄，鑽入旁邊小院。

忽然，堡門口破棚門砰然推倒。奎金牛金文穆和李尚桐、阮佩韋三個人斜繞堡牆，正要攀牆而下；忽瞥見鐵矛周季龍引馬氏雙雄等恰巧趕到。兩路會成一路。人數較多，立刻繞過來；徑搶堡門。奎金牛金文穆一身臭泥，最為惱怒；奮力一沖，與阮佩韋、李尚桐破門而入，先把棚門弄倒。

一霎時，俞、胡二人側倚甬路，由平地協力緊打。姜、魏二人由堡牆更道，繞向堡門，從高處往裡攻打。金文穆和馬氏雙雄等，由堡門口，循俞、胡後路也往裡攻打。散散落落，分為數處，人數都不很多；卻因身入虎穴，各奮兵刃，厲聲吶喊，頓覺得山崩地裂似的喧騰。

只一接觸間，黑影中，後面煙塵大起，馬蹄聲陣陣奔騰。

後面的接應由梁孚生引領，也一先一後地跟蹤來到了。老拳師蘇建明

仗劍下馬，指揮眾人，跳牆的跳牆，突門的突門；呼噪連天，猛勇齊上，徑直往古堡衝上來。

　　智囊姜羽沖、奎金牛金文穆、馬氏雙雄等，分頭由沒影兒魏廉、鐵矛周季龍、九股煙喬茂三個嚮導引領，搜尋賊人。他們見只東大院有燈光，而且火光最高；姜羽沖立即一迭聲招呼同伴，厚集勢力，專闖這一路。教那先闖進堡的人往後退，教後到的人往更道上竄。平地太險，登高便穩，眾鏢客互相傳呼，喧成一片。

　　喊的話有的聽得真，有的聽不真。但是賊人卻已聽真，曉得鏢客此時已經蜂擁而至，再不好硬擋了。賊人互相招呼了一聲，陡吹胡哨，唰的撤退。三個一夥，兩個一幫，紛紛退入甬路兩旁的小院落裡面。小道曲折，三轉兩轉，賊人便已聚在一處；忽又飛起數道旗火，齊往東大院投射過去。跟著見東面房屋上現出兩條人影；登房越脊，如飛地往回奔去；看那意思，正要跳下來，繞奔東大院。這分明是去送信，那飛豹子想必也在東大院。姜羽沖一見這情形，厲聲大叫道：「不好，賊人又要跑！俞大哥在哪裡？」

　　這兩條賊影由房頂上，登高往裡飛奔，恰從俞、胡二人頭上馳過；卻順手掏出暗器，停身探頭，要往下打。賊人只一止步，姜羽沖立刻大喝道：「快看頭頂上，暗青子又來了！」一言未了，噹的一響，又錚的一聲，賊人的暗器打空了。俞劍平的金錢鏢抖手往上發出去。賊人身形連晃，哎呀一聲，往房脊後一閃不見了。

　　十二金錢俞劍平和鐵牌手胡孟剛仰面看賊，已知人聲鼓噪，鏢客大集。兩人精神一振，仍要冒著甬路兩邊的亂箭，往裡硬攻。忽聞沒影兒奔來呼喚，催俞、胡撤回，又見梁孚生也追趕過來，指出松江三傑被圍之處。揣度攻勢，與其由平地硬闖，不如登高進攻。胡孟剛一扯俞劍平，俞劍平道：「前頭的箭可是撤了。……」頃刻間，俞、胡二人立身處的東牆頭

上，又有兩條人影出現。俞劍平便一閃身，隨拈一枚金錢，喝道：「下來吧！」錚的一響，兩條人影突然到牆那邊去了，不知究竟打中了沒有。

十二金錢向梁孚生一點手，竟與鐵牌手胡孟剛，跟蹤躍上牆頭，跳到小院落內，緊緊追趕這逃走的雙影。這人影忽一頭鑽入將塌的破房內，俞劍平立即追入破房內；迎面唰的一下，打來一鏢。俞劍平早已防到，急急地一伏身，往旁閃竄；張眼尋看，兩條人影鑽入三間破房間的暗間去了。

胡孟剛忙大呼搶入，卻才到了暗間，裡面黑乎乎的透露微光。原來後山牆挖著一個大洞，賊人鑽入牆洞逃奔別院去了。

一層層的小院前山牆接後山牆，賊人竟在這許多小院內挖洞出沒。胡孟剛由鐵牌護著門面，便要鑽牆洞，追趕逃賊。俞劍平立在小院院心，閃目打量這小院的形勢，急叫：「使不得，快出來！」梁孚生也趕來道：「不要追了，快救咱們人去吧！」

十二金錢俞劍平道：「我們大眾已到，不必解圍，賊人自然解圍的。還是快追吧，不過別從這裡追。」立刻想到小院的短牆根，隔牆便是另一個小院。俞劍平與胡孟剛、梁孚生，散分三處躍上短牆。

那兩個人影和另一個人影從屋洞鑽到這小院內，當真正堵著洞埋伏，各掏暗器，要暗算鏢客。俞劍平冷笑一聲，拈手中錢鏢，揚手要發，賊人已然瞥見；吱的一聲呼哨，三個人影唰的奔竄，又躥入另一排破屋內。

十二金錢俞劍平立刻向胡孟剛、梁孚生一揮手，命二人仍然跳短牆斜追；自己竟挺單劍，要穿小院，往屋裡追。破屋子窗格門扇盡無，只剩了空空的四壁，賊人逃到一間耳房內，房後破窗又做了賊人逃路。俞劍平跳到屋內，又竄出窗外。窗外正是另一院的夾道；那三條人影，忽變成兩條人影，順夾道往東跑去。梁孚生、胡孟剛竟好像沒看見這兩條人影；反而往西追趕；俞劍平急急招呼一聲，不想梁孚生在那邊也喊道：「三個賊在這裡呢，俞大哥快過來！」

俞三勝大悟，他們翻小院追賊，原來遇著兩撥賊人。賊人不迎敵，反而亂跑；俞三勝心中一動，自知失策。呼應一聲，就依著梁孚生的指示，拋了逃賊，一徑馳奔松江三傑被圍之處。

當此時，那東臺武師歐聯奎等最後趕到堡前；堡門口正有姜羽沖安置的四個鏢客，在那裡巡風；彼此打招呼，把眾人引進去。那姜羽沖、金文穆等一撥一撥的人，早從更道上掩到古堡深處。這些鏢客，只有最先到的俞劍平遇見賊人的阻擋，別的人居然深入無阻。

姜羽沖不由心焦起來，連說：「不好！快快，快往裡頭闖，快往各處搜。」馬氏雙雄道：「我去堵後堡門吧。」姜羽沖矍然道：「對！」二馬相偕，急急地抄向後面去了。

眾鏢客上上下下四面八方地掩入堡中，往各處搜尋。荒堡前後只有兩座門，眾鏢客將前後兩道門把住，先堵塞了賊人逃竄之路。那三個嚮導中，九股煙喬茂只混在人群中，不敢前闖。那沒影兒魏廉和鐵矛周季龍，俱各奮勇當先，一個在房上，一個在地上，催大眾徑搶東大院有紅燈處。這紅燈很怪，仍然點著，倒做了鏢客進攻的目標。

眾鏢客在房上的和更道上的，都掏出袖箭、鋼鏢，掩護著平地上的同伴。地上奔馳的鏢客，也一手持兵刃，一手握暗器，防備賊人的襲擊。但是賊人的卡子已全撤去，冷箭也不發了；僅僅在房上和一層層小院內，偶爾發現幾個人影逃竄。眾鏢客有的瞥見，便跟蹤尋過去。姜羽沖連喊眾人，不要分散開，應該聚在一處，可免賊人的暗算。

紛亂中，老拳師蘇建明提吳鉤劍，追循金文穆、李尚桐、阮佩韋，首先奔到東大院門首。東大院的大門緊緊關閉，門以內起初有動靜，此時反沒有動靜了。蘇建明便要破門而入，歐聯奎道：「慢來！慢來！千萬不要誤入民宅。」

沒影兒跑過來道：「這東大院一定不是民宅，這裡全是空房子，趕快

攻吧。」阮佩韋奔過來照門扇踢了一腳，一點也踢不動。奎金牛張目四尋，想找木柱或石磚碌等物，撞開門扇。

老拳師蘇建明道：「那不行，還是越牆過去的好。」便要往牆上竄。東大院的牆很高，也最完整，沒有傾頹，奎金牛金文穆忙道：「蘇老師傅，我先上吧。」

蘇建明年高望重，眾鏢師都不肯讓他涉險；奎金牛金文穆、沒影兒魏廉，竟飛身往牆頭上一竄，不敢跳入，先用單臂往牆頭上一挎，探身往牆內，先打了一望。兩個人東張西望。

李尚桐、阮佩韋在牆下叫道：「裡面怎樣？有人沒有？」口說著，也一個旱地拔蔥，縱身躍起，上了牆頭，四個人都詫異地往下面看。老拳師蘇建明在牆下也微微一笑道：「不用說，裡頭沒人了！」竟在平地，施展「燕子飛雲縱」的輕功，嗖地一躍，也輕輕躍上牆頭。牆頭有一尺多寬，老頭兒「金雞獨立」式站住了，往下察看；忽回頭，屬聲向甬路上的眾人吆喝道：「這裡真是空城計，你們快往隔壁掏掏吧。」

蘇老拳師說罷，首先跳入東大院院內。這東院好體面的一所三進帶跨院的四合房，可是黑洞洞的空曠無人，只在後院立著那一根燈竿，竿下一個人影也沒有。老拳師又向眾人點手道：「跟我來，搜！」

奎金牛金文穆、沒影兒魏廉和阮、李二青年，一齊跳下牆來。眾人落身處，恰挨著小院男廁；他們忙奔出來把小院門踢開；走至前庭，冒險突入門洞。一晃火摺子，才待開門，火光影裡看出這大門已竟鎖了。奎金牛金文穆奔過去，把門扇一端，使勁上舉，呼啦的一聲，將兩扇門都卸落下來，向門外叫道：「你們快進來。」歐聯奎等掄兵刃搶進來；於是把這東大院五十多間房前前後後，橫刀搜尋起來。蘇建明躍上房頂，向四面望瞭望道：「這裡恐怕不是他們的巢穴。」

這五十多間房，中院七間正房，東面廂房六間，側座五間，門窗俱

全；可是全都大開著，沒糊紙、潮溼、昏暗、院生雜草，十分荒涼。前院連門窗都沒有，尋到最後一層院，才發現七間後罩房，有三間糊著白窗紙。

眾人晃火摺，闖進各屋，各屋四壁空空，灰塵積滿；獨這三間後罩房，打掃得很乾淨，還有兩具木床。眾人一齊留神，急忙忙地摸黑細搜。歐聯奎道：「我這裡有孔明燈。」把燈門打開，照耀著直搜到東院靠東的小跨院中，忽發現兩間花房的後山牆，挖成一個洞。眾人冒險鑽進去，卻又到了另一院落。這層院落也沒有賊人。

蘇建明等用這一盞孔明燈照著，有的鑽空房搜尋，有的跳上房搜尋，把東大院前後都挨處搜到了。東排鄰近的一層層小院也被他們搜過一半，只是不見賊蹤。

蘇建明道：「咱們追遲了一步，這裡一定不是賊人的堆子窯。」沒影兒魏廉卻不十分深信，忙道：「賊人就走，也是剛走的。」

正在亂轉著，忽然聽見幾聲喊罵。奎金牛站在房上叫道：「賊人在這裡呢！」眾人叫道：「在哪裡？」奎金牛一指東大院斜對面的馬號，叫道：「那邊有火光閃動！」

老拳師蘇建明忙跳到房上，張目一望，馬號空院甚大，馬棚黑乎乎果有一兩處閃爍著火光。蘇建明、金文穆、歐聯奎、李尚桐、阮佩韋、沒影兒魏廉等，火速地跳出東大院，搶奔馬號。這時候智囊姜羽沖一行人，恰從更道上跳下來，正在搜尋靠西的一排排小院。兩邊的人會在一處，一齊闖入馬號，打開了三四盞孔明燈，一路照看。馬號空空洞洞，人不見、馬不見；卻有一兩處馬棚，分明有芻草料和一堆堆馬糞。那擺動的火光是兩盞紙燈籠，插入空房內，蠟淚堆殘，眼看要滅。

眾人照舊亂竄亂搜，九股煙喬茂忽然叫起來，道：「嗬，你們快來看，賊人的逃路在這裡呢！」姜羽沖、蘇建明一齊奔尋過來。一排馬棚後面，

有兩堵牆擋著一塊空地；地上亂生蓬草，還堆著許多乾草。眾鏢客撥草搜尋，竟在亂草的後面，緊挨著堡牆根，發現了好幾個地洞。深才三四尺，可是在地洞上面，把堡牆根也挖了三尺多寬、二尺多高的一個牆洞。地洞、牆洞合在一起，足有六七尺高，不但人可鑽出去，連馬都可鑽出去。

姜羽沖提孔明燈一照，道：「得了！賊人一準全跑了。可是的，俞大哥和鐵牌手胡二爺呢？」

一句話提醒了眾武師。俞、胡二鏢頭本是先進來的，此時反倒蹤跡不見。蘇建明道：「我們趕緊往後搜吧！」

智囊姜羽沖道：「這裡也得留人，不要再被匪徒潛入。」便請金文穆、歐聯奎等留守東大院，兼顧馬棚；自己會同蘇老英雄，跟沒影兒魏廉等施展輕功提縱術，縱上一排高房的房頂，攏目光四下望。四下里黑沉沉，一點火光亮也看不見。仗著沒影兒熟悉道路，辨了辨方向，向後下來。

越過了三四處空庭破屋，不止於不見俞、胡二鏢頭的蹤跡，連個敵人的影子也沒望見。

智囊姜羽衝向沒影兒魏廉道：「魏老弟，怕不對吧！前面距後堡不遠了，怕是搜過了頭吧？」沒影兒魏廉道：「不能，這堡裡大部的房子全在東排，西面只有十幾所小宅子，不是正主兒住的。這一帶再沒有，就許出了圍子了。我看……」智囊姜羽沖忽然說道：「聽著！」

眾人駐足傾聽時，偏西南隱隱聽見叱吒之聲；細聽時，又轉入沉寂。眾人方待尋過去，忽地西南角湧起一團火光。智囊姜羽沖急忙一指道：「這是什麼發亮？可是貼西圍子的小房子麼？」沒影兒魏廉道：「不錯，那邊大概是糧倉。」

蘇建明道：「別管他是什麼，趕緊上吧！」姜羽沖答了聲：「好！」腳尖點地，騰空躍起，施展開身手，真似一股輕煙，急撲上去。蘇建明更不肯落後，沒影兒以提縱術擅長，這三人竟像較勁似的，先後只差著一步，

一齊撲過去。連轉過兩層院，已辨出有火光處，是貼著西圍子一所土房；屋身牆傾，四周亂草橫生，顯然曠廢已久。

智囊姜羽沖捷足先登，颼颼地連竄身形，已到了土房的東廂後檐下。一縱身竄上去，左腳輕點檐頭，右腳尚沒挨著房坡；突然左首兩丈外，暴喊一聲：「滾下去吧！」一點寒星竟奔腰肋打來。姜羽沖閃身想接，全來不及，身形急往後一仰，左腳運力一登檐頭，一個「倒栽老蓮」，唰的倒翻下來。嗤地一支鋼鏢落空，穿入草叢；姜羽沖腰上一疊勁，挺身立在荊棘叢中。他急橫劍索敵，可是已聽出發話的人頗似胡孟剛。身形才落，趕緊招呼：「上面可是胡二爺麼？好鏢法！」

房上人哎呀地叫了一聲道：「姜五爺麼？傷著了沒有？我太愣了！」同時蘇建明、沒影兒全到了。姜羽沖一縱身躥上房去答道：「還好，沒打著。怎麼樣，俞大哥呢？」

鐵牌手道：「俞大哥就在隔院下面吧，快請上來吧。夏二爺掛綵了。」

智囊姜羽沖等全吃了一驚，急隨鐵牌手，越過房坡撲奔隔院。在隔院下面，另一座蓬草沒脛的小天井中，燃著一堆乾草，煙火騰騰。夏建侯正在用刀割草，往火堆上續柴取亮；俞鏢頭和梁孚生正在借火亮，給夏靖侯絮裹創傷，只不見谷紹光。

姜羽沖、蘇建明等忙飄身下來，向俞劍平道：「俞大哥，你竟趕到這兒了，教我們好找。」隨問：「夏靖侯的傷勢究竟怎樣？」夏建侯趕過來代答道：「還不礙事，不過左胯中了一弩箭，右臂稍微劃傷了一處，暫時行動費事罷了。咳！若不是俞大哥趕到，我們弟兄說不定全教賊人亂箭射死了。」

原來胡、俞二鏢頭按照梁孚生指示的東大院第三院搜尋過來，不料第二院、第三院全是空庭寂寂，既無燈火，也不見賊蹤。俞、胡二鏢頭十分焦灼，梁孚生也十分詫異；分明被圍在這裡，怎麼全不見了？只好往後搜

尋。方轉過一帶高房，突然間，牆根下亂草中喇喇一響；俞、胡、梁三人擰身各往響處竄去。啪啪一連就是兩支袖箭，一支奔俞鏢頭，一支奔梁孚生。

閃避得法，兩支袖箭全都打空；跟著叢草中跳出一條黑影，竟自往南逃去。

俞劍平往起一縱身，抖手發出一隻金錢，相隔在五六丈外，那條黑影嗯的一聲，身軀一晃，竟沒有躺下，依然逃走了。俞劍平道：「追！」

俞、胡、梁奮步緊趕，在黑沉沉的荒涼敗宅中，連穿破屋，往前過去。只聽得草葉喇喇又響，那條黑影被後面追得太緊，竟倏地穿甬道，奔了西圍子。胡孟剛一邊追，一邊嚷道：「小子，你往哪兒逃也不成。你就認了命吧，爺們圍上你們的龜窩了！」但這西圍子一帶很難走；更道久已廢置，沿牆滋長些荊棘蓬蒿，處處須得留神。

那賊人不時轉身發放暗器；一路上又打出兩塊石子，一支袖箭。後面略一遲鈍，賊人竟逃出幾丈去；突見他撲奔一片土房，吱吱地連響了兩聲呼哨。沒有看清楚是登房逃走，還是繞房逃走的，可是人竟沒影了。

俞三勝當先趕到，挨近門前，突聽得裡面兵刃叮噹互碰，夾雜叱罵之聲。俞三勝精神一振，回頭屬聲招呼道：「賊在這裡了，上！」他不走正門，以防暗算；微聳身，斜縱上房頂。

才待騰身下落，猛然颼的一聲，一支暗器從下面打來。俞鏢頭將青鋼劍一揮，噹的一響，將一塊飛蝗石打落房下。

房上人影一晃，俞鏢頭喝道：「賊子，看鏢！」一枚錢鏢破空打去，賊人哎喲了一聲，咕咚栽倒。

跟著聽隔院有人喊：「大哥，我中了暗青子了。發狠幹啊！老三哪裡去了！」跟著從隔院東房上，嗖嗖連竄起兩條人影。

　　十二金錢俞劍平抬頭一看，這兩條人影拿的是兩口劍，身材差不多。俞劍平用劍封住門戶，忙叫道：「夏大哥，夏二哥……」一聲未了，這兩個拿劍的人陡然一縱步，由房上直往東牆頭竄來。當前的那一個，腳點牆頭，「白蛇吐信」，唰的人劍俱到，直奔俞劍平的前胸扎來。那另一個卻從斜刺裡一側身，腳履牆頭，「玉女投梭」，斜向俞劍平的肋下也點來一劍。

　　胡孟剛大吃一驚，厲聲怪叫：「大哥，看看看……」

　　俞劍平猝不及防，也驀地一驚，急將身形往後一撤；但是腳尖登牆頭，後退無路。匆忙中，斜身往左一閃，僅僅躲開這一擊，右側的敵劍又已點到。俞劍平急用「大鵬展翅」，掄青鋼劍往外猛削，用了個十分力。陡然激起一個火花，敵人再想撤劍，已來不及，嗆啷一聲，一口劍被擊出數丈以外。

　　胡孟剛雙牌一分，大喜撲到，直奔那迎面敵人。梁孚生也從鄰房飛縱過來應援。哪想到側面的敵人失劍落地，驀然轉身，發出一支暗器來。他的暗器還未發出，北面牆頭上突聽一聲大喝道：「姓俞的，看箭！」弓弦響處，一排箭冒著高射來。

　　非為拒敵，實為救伴。俞劍平、胡孟剛、梁孚生只得分向兩旁跳閃。兩個使劍的賊人，趁此躥下院心。

　　使劍的賊剛退，出現北牆頭的賊這才得了手，把數張弩弓齊照俞、胡、梁三人瞄準。梁孚生、胡孟剛和俞劍平等，早防到敵箭的攢射，急急地一栽身，緊跟賊蹤跳落院內。那失劍的賊人回手一鏢，俞劍平、梁孚生往旁驟閃；胡孟剛反而迎頭橫擋，鐵牌一晃，叮噹一聲，把鏢打飛。

　　十二金錢俞劍平哼一聲，將金錢鏢一捻，錚地連響三聲，不追擊逃賊，掠空向北牆頭打去。金錢鏢百發百中，北牆頭嗯的一聲，數張弩弓退縮不見。兩個使劍的賊就往牆根底下一鑽，下面挖著一個四尺來高的洞。

　　胡孟剛大罵道：「好鼠賊，又要鑽窟窿！」忽又聽得隔院連聲大喊，聲

似松江二夏。俞、胡、梁三人不顧一切，追尋過去。卻不敢鑽牆洞，飛身躍登鄰房，又一躍躍上南牆，往下窺望。

這鄰院裡人影亂晃，金刃亂響；正有數人橫刀矛，堵住了西面三間土房的門窗。門窗敗壞，兩個窗洞木櫺全無，都被磚泥墁上了，黑乎乎的只露出小小一個門洞，兩扇木門都倒在地上。正有幾個賊黨持著數張弩弓，分立在牆頭屋頂上瞄準。這草房屋頂還破著一個露天的大洞。俞、胡二人頓時恍然，這屋內定有鏢客被堵在裡面，正拼著死力，往外衝擊格打。

門洞窄小，賊人卻不少，他們各將長兵刃，往門裡亂刺，被困的鏢客不能突門出入。房頂破處，不但不能竄出來，反而被賊人強弓下射，箭雨直飛，成了居高臨下的危勢。屋中人怒吼叫罵，群賊冷笑還罵。猛聽轟隆一聲，屋中被圍的人把磚砌死的窗洞推開了。群賊急叫，立刻過來兩根長矛，又把窗洞扞住。

俞劍平、胡孟剛在南牆上瞥見，心中大驚；梁孚生也從後面驚叫道：「不好，松江三傑一定在裡面，咱們快去救。」胡孟剛年雖半老，性依猛烈，大叫一聲，擁身跳下去；直抵平地，雙牌一揮，照敵人背後便砍。十二金錢俞三勝喊道：「等等！」

已經來不及，梁孚生也下去了。

賊人那邊，房頂上的射手立刻吹起呼哨，唰的一排箭，衝胡、梁二人射來。胡、梁二人上拒飛箭，下鬥群賊，厲聲叫道：「屋裡是夏二爺麼？」屋中人立刻應聲，不但是松江三傑的老二夏靖侯，還有老大夏建侯。夏建侯叫道：「外面是哪一位？我們上了狗賊的當，我們老二掛綵了，快來！」

胡、梁二人頓時拚命往房門口衝過去。松江三傑此時已經散了幫，土屋內被困的只有夏建侯和夏靖侯。這弟兄在堡外放卡，一時貪功，追賊入堡，被賊人誘散了幫，竟誤鑽到這個絕地裡邊來了。

這三間土房正是賊人預備的卡子，窗戶都已堵塞；只留下一門，也堵

上了半截磚。賊人卻將後牆根掘了一個洞；由這牆洞通過去，便進入鄰院後房。連穿過鄰院數處屋洞，走一小夾道，便直達堡牆。這邊的堡牆也挖了一個小洞，用亂草擋著；萬一有警，他們就可以從這裡鑽牆洞跑了。

這三間土房，靠南邊的房頂上面，破著三尺方圓的一個漏洞，直露著天。夏氏弟兄犯險入堡，眼看二賊逃入這三間土房內，他們也就跟進房內。不想人家鑽牆洞跑了，他們可就剛一鑽進牆洞，便被人家堵住。長槍擋住了門口，利箭從南屋房頂破洞往下射；松江二夏直退到北間，才避開箭雨。賊人竟用孔明燈，從房頂破洞往下照；箭射不著，就探進手來，往裡投飛蝗石子。二夏幾次硬往外闖，都未能得手，被暗器阻住了，兩人只得退回北間。

松江三傑武功驚人，雖處絕地，賊人也不能加害。忽然他倆聽見房頂上有奔馳之聲、兵刃磕碰之聲和叫罵之聲，二夏竟誤認自己人來了。也是他倆被困心急，夏靖侯橫利劍，捻暗器，就冒險往外闖；一陣亂箭，上下夾攻，竟使他帶了傷。

夏建侯急忙揮劍，掩護著夏靖侯，又退回北間。賊人備下更險毒的招數，揚言要縱火燒他二人。夏靖侯大怒，拔去傷口的箭，撕衣襟縛上，一揮手中劍道：「大哥，闖！想不到栽在這裡！」後面牆洞太小，絕不能硬鑽；房頂破洞被賊人扼住，絕不能硬躥；只有門口幾支長矛，或可突出，卻只能容一人出入。兩人決計拚命，佯作奪門，突然把泥封的窗洞推倒了一面。賊人立刻喊叫：「快放箭！點子要鑽窗洞！」弩弓手全在房頂牆頭，還沒有調過來。賊人先將長矛撥過來兩支，堵著窗口亂攪；松江雙傑揮劍便削。

就在此時，鐵牌手胡孟剛和梁孚生同聲大喊：「外援已到。」夏建侯吁了一口氣，叫道：「老二跟我來！」手足二人趁著救兵馳到，仍然準備著奪門。但是房頂上的弩箭居高臨下，依然看住了門口；如要奪門，必先衝過

這一排箭雨。

當下夏建侯在前掩護，夏靖侯在後跟隨，從北間往外溜。

上躲漏頂，下防牆洞，只挪了兩三步，唰的一響，兩張弩弓斜著射過來。夏建侯早作提防，利劍一揮，身形左探，「跟虎登山」式，嗆的一劍把弩箭打飛。

門口的雙矛又探來一攬，夏建侯霍地縱身後退，把夏靖侯拖回來；暗推一把，一齊換手掏鏢，仰望南間。屋頂破處，正有一人持孔明燈窺探。二夏一聲不哼，齊抖手，雙鏢斜發出去。噹的一響，屋頂破洞那個賊，不知用什麼兵刃擋了一下，哈哈地狂笑道：「松江三傑，你們就認栽吧！」

正當賊人得意揚揚，忽然間聽房上一賊人失聲詫叫了一聲，吆喝道：「留神隔院！放箭！放箭！」房頂漏洞的孔明燈頓時撤回去，立刻聽平地上一陣騷動；屋頂上也聽得人蹤亂竄，弓弦之聲唰唰連響。跟著房頂上、平地上，一齊聽見兵刃格打，叮叮噹噹亂響。

土房上忽然聽見一個賊人喝道：「風緊，快收！」二夏心中大喜，猜知必是鐵牌手胡孟剛已經得了手；卻又恐賊人使詐語，忙叫道：「胡二哥，哥們栽了！」這就是暗打招呼。外面平地不答，房頂上忽然聽見一個人厲聲喝道：「滾下去吧！教你知道知道姓俞的厲害！」

這一聲吆喝，是俞劍平的聲音，他從牆頭，剛剛襲上草房頂。那一邊平地上，胡孟剛、梁孚生冒著一排亂箭，奮勇撲敵，也已殺到草房門口。群賊頓時連發胡哨，似有動搖之勢。

鐵牌手胡孟剛把一對鐵牌揮動，力大牌沉，衝到院心；先將兩個使長矛的賊黨絆住，雙牌勢猛，往來亂舞。梁孚生振吭怒吼，刀光閃閃，上下猛砍，也衝過來。房上賊人的箭只射出幾支，便不敢再射，恐傷了自己人。

餘黨見同黨勢孤，自己人未全撤下來，無法用箭攢射；只得呼嘯一
聲，捨長用短，反身挺矛圍攻。胡孟剛已知松江三傑被困在內，抖擻精
神，把二十四路混元牌的招數施展開，劈、崩、撥、砸、壓、剪、捋、
鎖、耘、拿，一招快似一招，一式緊似一式，悠悠風響。只走了四五招，
當的一下，竟把長矛砍折一根；使矛的賊人險些喪命在胡鏢頭的鐵牌
之下。

十二金錢俞劍平探身在南房上，見胡、梁二人奮勇進攻，被賊人截
住。他心想與其增援，不如搶先肅清西房上那幾張弩弓。俞劍平立刻腳點
房坡，潛蹤蹈進；本是徑撲西房的，反倒飛縱上東房；十分小心，輕輕挪
步。卻未容他移身換式，早有一道黃光，從西房上一閃照來。立刻吱的一
聲呼哨，弓弦驟響，逐光掠影，嗖的射來三支硬弩箭。俞劍平急煞腰，右
足輕登，「龍形一式」，竄出兩丈以外，輕飄飄往西草房上一落。人未到，
右手先揚，錚的一聲，一枚錢鏢隨著身形同時飛出。

西草房上，圍著破房洞共有五個賊黨，三張弩弓；卻是握在手中的只
有兩張弓，插在背後的是三把單刀、一對拐。那持孔明燈的賊人驀地望見
牆頭又有人影奔來，便提燈一照。

就在這一剎那，人影已經跳過來；持燈賊忙喝道：「快放箭！」喊晚
了，只提防鏢行人攻上來，沒留神暗器隨著人影的一竄，已經破空打到。
他哼了一聲，猝不及防，啪噠一鬆手，把孔明燈甩落房下；立刻忍痛拔出
雙鐵拐，準備迎鬥。

俞劍平趁著餘賊錯愕驚呼的當兒，青鋼劍「仙人指路」，猛照這棄燈
阻路的賊人胸肋點去。賊人慌忙將雙拐一提，方在凝眸細辨敵人，不防青
鋼劍劈風之聲又到。他就忙往左一斜身，喊道：「併肩子，留神！」雙拐從
左掄圓往下一翻，照定青鋼劍猛砸。俞鏢頭右腳輕滑房坡，唰的撤劍，變
招，「青龍擺尾」，往使雙拐賊人的下盤掃去。

賊人忙亂中，竟在房頂上，施展「旱地拔蔥」的招數，往起一拔身，斜向檐頭落下。俞劍平跟上一步，突飛起一腿，喝道：「下去！」雖沒踢著，賊人自動地跳下去了。

俞劍平將劍鋒一指，身形側轉，劍奔持弓的賊人。賊人張皇中，把弓一架；只聽刮的一聲響，將賊人一張弩弓劈為兩半。俞劍平又一縱身，劍劈另一個持弓的人；劍光閃閃，上抹咽喉。賊人一驚，忙往後退，撲通掉下房去。

轉眼之間，砍斷一張弓，逐走兩個賊。還有三個賊，一齊棄弓抽刀，猛撲俞劍平。一個使厚背刀的賊黨，首先撲到；「泰山壓頂」，連人帶刀，硬往下落，刀鋒直砍俞鏢頭的頂梁。

俞劍平急用「摟膝拗步」，微微一擰身，青鋼劍往外斜探；一個敗勢，陡然橫身，唰的一個踩子腳，正踹在賊人脛骨上，賊人登登的一溜踉蹌，往旁搶出三四步，正撞在同伴身上。

嘩啦一陣響，草房泥土蹬落一大片；挨踢的沒有掉下去，被撞的竟仰面朝天，翻落到後山牆那邊去了。下面同伴趕快把他拖起，急急地吹起一陣呼哨：「風緊！快收！」喊個不住。

草房上只剩下一個賊人。驀地聽他一聲冷笑，不抽背後刀，急解下腰間纏著的七節鞭，嘩啷一抖，喝道：「你一定是臭魚！來吧，爺們跟你比劃比劃。」先向院心院外瞥了一眼；便將七節鞭耍開，上下翻飛，跟俞劍平拚死力惡鬥起來。

俞劍平心中詫異，這裡倒有一個勁敵。他往前一上步，忙將奇門十三劍展開。點、崩、擊、刺、封、閉、吐、吞，劍光閃動，矯若游龍，直往敵人逼來，要將他趕下房去。這個敵手的七節鞭竟受過名師的指授，四個同伴都被戰敗，他兀自不退，將鞭嘩啷啷撒開，纏、劃、滑、點、打、封、捋、耘、拿，全是進手的招數。儘管俞劍平欺敵猛進，他挺然守住步

位，以攻為守，苦鬥不休。

　　十二金錢俞劍平通夜苦戰，實已力疲；雖然他氣脈長，到了這時，也有些手腳遲鈍，微微汗喘有聲了。使七節鞭的這個賊，正是剛才在鬼門關退回的人。他連換了三四招，即知來者是俞劍平，心中未免有點怯敵；卻又潛思乘勞求勝，當真把俞劍平打敗，何等露臉？他就提防著金錢鏢，一面打，一面招呼放箭。

　　俞劍平連發四劍，未能逼退敵人。暗運內功，提起一口氣，一聲不響，容得敵人七節鞭打出來，閃開了；便陡然將劍招一變，喝道：「哒！」施展開「進步連環三劍」，青鋒一轉，一個「盤肘刺扎」，向敵人前胸急點過去。

　　敵人一握七節鞭尾，「橫架金梁」，往劍鋒猛崩。俞劍平身形一展，利劍輕掃，立刻變招為「抽撤連環」，青鋼劍迴環作勢。敵人的七節鞭崩空，突然一退，唰的一個「翻身盤打」，利用房頂陡峻的地形照俞劍平下盤掃來，喝一聲：「哪裡躲？」

　　俞鏢頭微微冷笑：「你若不貪，還可以多耗一會兒。」頓時，「倒踩七星步」，往後撤退，故意地一滑步，似要往下溜；卻又一撐身，旋身半轉，做了一個拿椿立穩的樣式，把右半邊身子掩住。

　　賊人大喜，嘩啷啷將七節鞭一掄，才待墊步趕招，再抽過一鞭去。哪料到十二金錢俞劍平陡然一伏腰，似讓招；又一旋身，似發劍，青鋼劍閃閃吐寒光，「游龍探爪」，竟下擊敵人的腰胯，左手潛捻起一枚錢鏢。那賊人吃了一驚，急待收鞭搪劍。俞三勝劍隨身轉，鏢隨劍發，錚的一聲響，舌綻春雷，道：「倒！」賊人顧得了劍，顧不了鏢；鏢沒打著要穴，劍卻劃破了大腿。哎喲一聲，「蟒蛇翻身」，嗖地躥下房去。腿一軟，咕咚跪在地上，嘩啷一聲，七節鞭也摔落在地上。

　　地上有兩個同伴，見危驚叫，頓時飛奔過來。一個揚手發鏢，照俞劍

平瞎打了一下；另一個便沒命的橫刀護身，挺臂拖人，把同伴救起來。眾人齊發呼哨，沒命地奔入夾道，鑽房窟窿走了。

賊人鬧了個手忙腳亂，唯恐十二金錢窮追不捨；殊不知俞三勝此時哪有心情追此小賊？他忙向房頂破洞口，大聲呼道：「夏二哥，賊人跑了，你從這上面躥出來。」當此時，弩弓已破，賊黨哄然四散。那當門雙矛正在舞弄欲退，唰的一聲，忽被夏建侯奪住一根；夏靖侯趁機竄出來，掄劍照賊便剁。

那賊人喊一聲，抽身要退，已來不及。立刻一錯步，突然松把，棄矛拔刀，先將負傷的夏靖侯擋住。夏建侯就勢發招，掄矛便打，賊人揮刀還架。

松江二夏如猛虎出柙，銳不可當，立刻雙劍並進，追鬥仇賊。餘賊忙轉身幫打。那鐵牌手胡孟剛和梁孚生齊仗手中兵刃，邀截落後的餘黨；跟一支長矛、兩把短刀，交鬥起來。

賊人逃路被截，抽身不易，反被鏢客四面包圍。只鬥得三五回合，忽然南面空房後，閃出一道黃光。十二金錢俞劍平在西草房上瞥見，急呼道：「留神暗箭！」松江二夏、胡梁二友，略略地一閃躲，空房中唰的發出一排箭。同時竄出兩個人，搶步掄刀，猛攻胡、梁。胡、梁轉身招架。賊黨一聲吶喊，往斜刺裡一湊，倏然退回去。

這一排箭並非是攻敵的，乃是援救自己落後同伴的。借此一阻，賊人分撲南面空房的門窗，一個個鑽進去。那個使長矛的賊被胡、梁橫截緊綴，來不及進空房鑽窟窿了，他就一打旋，斜趨東南角的短牆。

胡孟剛掄鐵牌便砸，直取賊人的後脊。賊人伏身蛇竄，已到牆根，竟將長矛一拄，颼地躍上牆頭，又一拄矛，跳到鄰院。聽得他連聲狂笑，人蹤拖著殘笑，已然逃得沒影。

鐵牌手胡孟剛和梁孚生拔身越牆，就要窮追。房頂上十二金錢俞劍平挺劍直指院內，急叫道：「胡二弟慢追，快看看夏二爺，他受傷了。」胡孟剛猛然省悟，飄身下來。明知逃賊應當緊綴，鏢銀應當快搜；卻是松江三傑久負英名，為助己受傷，焉能棄置？俞、胡二人先後湊過來，慰勞、看傷。

夏靖侯忍痛笑道：「我的傷還不要緊。教弩箭穿一下，只是血沒止住。」夏建侯卻很著急，拉著俞劍平道：「俞大哥，你有鐵扇散沒有？」俞劍平、胡孟剛忙答道：「有有有，我們都帶著呢。」

此時天色將近黎明，大地矇矇朧朧，但是驗傷裹傷，仍還看不清楚。俞劍平掏出藥來，道：「你們哪位帶著火摺子？」胡孟剛連忙抽出火摺子，把它晃亮了。俞劍平輕輕來解紮裹傷的布條；還沒全解開，已吃了一驚，箭創深入左胯寸許，扎綁很緊，血已透出布外，染紅了一大片。布條慢慢一揭，鮮血突突地外冒，夏靖侯的臉都白了。

夏建侯搓手旁觀，一看傷重，毛髮直豎地罵道：「好賊子，我絕不能跟他善罷甘休！俞大哥，血止不住，可怎麼好，可怎麼好？……還有我們紹光三表弟，也不知道鑽到哪裡去了？我還得找去。」

俞劍平道：「夏大哥，不要心慌，這傷別看重，僥倖沒有毒。等我給二哥閉住血，再敷上藥，就不礙事了。然後我們一同找紹光三弟去。」梁孚生插言道：「可不是，還有聶秉常聶爺呢！我只怕接應晚了，他們遭了賊人的暗算。我和二哥先找一找去，怎麼樣？」

俞劍平忙道：「等一等，我這就裹完，還是大家一齊去的好，那邊姜五爺他們正搜著呢。……你們哪一位有內服的定痛藥，給夏二爺先喝點，定一定神。」幾個人都說，只帶著外敷的鐵扇散，沒有內服的定痛藥。

夏靖侯道：「不要緊，俞大哥，你只給我止住血就行了。又沒有水，有藥也難嚥。」胡孟剛道：「東大院有水，蘇老哥估摸帶著定痛散呢。」

俞劍平運雙掌，用閉血的手法，把夏靖侯傷處的血管先行閉住。還沒容上藥，火摺子已竟燃完；梁孚生忙將自己的火摺子晃亮，在旁照看。俞劍平往四面看了看道：「胡二弟，你先給我們巡風吧。如有咱們的人，趕緊把他招呼過來。如有賊人，把他們驚走。」

胡孟剛應聲上房。提雙牌護住小院，以免賊人乘機來擾。

火摺子光亮既微，又不能持久；梁孚生的火摺子用了一會兒，也要滅了。眾人道：「沒有亮，怎麼好？」

俞劍平說道：「夏大哥，你到西房後面，找一找燈去。」夏建侯道：「什麼燈？」俞劍平無暇細說，忙催夏建侯，暫替自己按住傷口，記得自己曾將賊人的一盞孔明燈打落在地上，忙親自尋來，就要用火摺子，把燈點著；無奈燈已摔壞，壺漏油乾了。他不由發狠道：「這不行，摸黑治傷，太不穩當，怎麼辦？……」夏靖侯道：「好歹捆上就行了。」夏建侯發急道：「咱們找他們大撥去吧。他們又有燈，又有藥。他們不是都進來了麼？」

到底十二金錢足智多謀，眉頭一皺，頓時想好主意。催夏建侯拔劍割草，尋取木柴，靠屋牆堆起柴火來，立刻點著一把火；就著火亮，便可以治傷了。大家歡喜道：「這就亮多了，還是俞大哥有主意。」

借這柴火一照，頓時看清這所宅子敗落不堪，卻有箭桿、鋼鏢、飛蝗石子，打得滿地都是，想見松江雙傑被困苦鬥的情形了。夏靖侯坐在臺階上，側身半臥，露出股傷。俞劍平忙忙地給他止血敷藥，夏建侯割草續火，梁孚生一面幫忙，一面戒備著，胡孟剛在房上巡風。

俞劍平的手術果然很好，按摩片刻，漸漸血止，然後細細敷上藥，又撕了一布條扎包，齊腿根捆上。幾個人一面忙，一面提心吊膽，在近處時聞人聲奔馳和呼噪之聲。梁孚生眼看傷口快捆完，便沉不住氣，催促道：「夏二哥好些了吧。我說我們還是快找找聶秉常聶大哥去，這工夫可不小了，還有谷紹光三哥……」

夏靖侯道：「是的，大哥，你們和俞大哥快去吧！我好多了，一點也不妨事了。」俞劍平說道：「是的，但是這就好了，咱們還是一塊去。」

忽然間，牆外人聲逼近。房頂上胡孟剛大喝一聲：「滾下去吧！」俞劍平、夏建侯、梁孚生，一齊聳然，各仰臉上看。

俞劍平忙將兵刃抄到手中；夏靖侯尤其英勇，裹傷布條還未繫好，他竟伸手抓地上的劍，突然跳起來。俞劍平喝問道：「來者是誰？」胡孟剛答了腔道：「是自己的人。」跟著智囊姜羽沖、夜遊神蘇建明、九股煙喬茂等，一個跟著一個，隨同鐵牌手，越牆翻入院來。一聽說久負盛名的松江三傑夏靖侯竟受了傷，忙著齊來慰問。

夏建侯代他二弟回答：「教各位見笑了，傷得還不很重。」

一指那空屋子道：「我們教狗賊誘進陷阱裡了，我們老二不該貪功，挨了一箭。可是的，諸位還得幫幫忙，我們三弟被賊誘散，不曉得繞到哪裡去了？此時也不知凶吉如何，哪位費心，給尋一尋去。」

原來松江三傑夏建侯、夏靖侯是胞兄弟，唯有三傑谷紹光乃是二夏的表弟。

在場群雄哄然答道：「搜！我們一齊搜。谷三爺一世英雄，斷無閃失，也許他追趕賊人去了。」大家各整兵刃，就要登房。

姜羽沖急忙叫道：「慢來！慢來！我們也得布置布置，看一看還有誰沒進來。還有誰沒露面？」

俞劍平道：「也得查查，還有哪些地方沒搜到。」蘇建明道：「堡內堡外都要搜一搜。」俞劍平道：「那是自然。」又問道：「怎麼沒見金三爺和岳四爺？」

姜羽沖代答道：「金三爺進來了，岳四爺可沒見。」這兩撥人匆匆地互相詢問，就已搜過的地方，沒有人發現鏢銀，也沒有追著豹子，更沒有捉

著一個小賊。俞、胡、姜、蘇四老英雄心中都很焦急。松江二傑，一個沒傷的扶著個負傷的，由眾人隨護著，一同搶奔東大院。然後把所有入堡的人聚齊了，點名查數，四停還差一停人沒有見面。又點算古堡，共有二十六層院落、二百數十間破房子，角角落落，一定還有沒搜到的地方。俞劍平、胡孟剛、姜羽沖立刻將全撥的人分為數路，開始二次的排搜。

此時天色黯淡，仍未十分大亮。眾人忙把數盞孔明燈打開。登房頂的登房頂，穿夾道的穿夾道；以東大院為起點，齊往各處搜尋下去。智囊姜羽沖告誡眾人，莫看賊人似已退盡，仍要留神他們的陷坑和伏弩。眾人稱是，各加小心。

九股煙喬茂就和鐵牌手胡孟剛，單找他一個月前被囚的地方。馬氏雙雄引領數位鏢客，專搜更道內外。梁孚生引領著姜羽沖、蘇建明、孟震洋等十幾個人專鑽賊人挖的牆洞和地道，極力地搜尋金弓聶秉常、蛇焰箭岳俊超與松江三傑的老三谷紹光。還有蘇建明的二弟子路照、鐵布衫屠炳烈、石如璋、孟廣洪等，一從入堡，就沒見面，這都得尋找。

單在東大院，留下俞劍平和金文穆等，一面保護夏靖侯和別位受傷的，一面只在近處搜尋小院，實際就算歇著，這一場夜鬥，數俞劍平最為勞累，簡直說有點筋疲力盡了。金文穆和李尚桐、阮佩韋是一身臭泥，通體難受，也在那裡歇著。有人尋出一瓶水來，又拿出一盒內服七厘散來，忙給夏靖侯服用。

夏靖侯漸漸緩轉過來，與夏建侯憤憤不已，引為奇恥慘敗。

眾鏢客三五成群，一撥跟一撥地來往梭巡。那小飛狐孟震洋與梁孚生，伴同智囊姜羽沖、蘇建明這一撥，直搜盡東排房，沒見賊蹤，沒見同伴，除了牆洞，也沒發現可疑的地點。

這一座古堡，地勢太大，滿處生著荒草。頹垣敗屋，碎磚殘瓦，隨處都可發現蝗石、鏢箭。梁孚生搜不著盟兄金弓聶秉常等人的下落，不住地

著急亂竄。小飛狐孟震洋提利劍、捏暗器，奮勇當先，單找冷僻地點。智囊姜羽沖、夜遊神蘇建明緊隨在後。直繞到西北角一所大空場，類似囤糧的場院。一道長牆堵著，蒿草遮蔽，牆頭路絕，猛看好像到了堡牆根。哪知撥草根尋又發現一條窄道。

忽然聽見窄道盡處，隔牆似有聲音。小飛狐孟震洋回頭低叫道：「這裡一定有蹊蹺！」嗖地跳上長牆一看，在這堵長牆後，又展開一座高房廣場，一片沒門窗的大房足有七間長，看樣子像是糧倉。孟震洋招呼眾人，紛紛跳下牆去。

梁、孟二人剛鑽入空倉房，忽聽倉後有一人悶聲大叫道：「打死你個鬼羔子！」

又有兩人清清朗朗低吼道：「燒死你個狗腿子！」

梁孚生側耳一聽，急喊道：「這裡有賊！」眾人慌忙撲過去。亂草中，又現出一座菜窖似的地窖，四面荒草高可及胸，當中撥出一條窄道。窄道盡處，露出一座地窖的入口，窖內微透燈光。正有兩三個人堵著窖口，往裡塞堵乾柴，另有一人登牆巡風；一回頭，瞥見眾鏢客，叫了一聲，抬手發出暗器。

孟震洋、梁孚生急忙一閃，那三兩人竟像鬼似的，齊往草叢一鑽；簌簌的一陣響，竟又沒有影了。梁孚生、孟震洋奮身追過去，姜羽沖忙叫道：「等等，先看看地窖裡頭。」

智囊姜羽沖和老英雄蘇建明奔過來，先繞著地窖，巡查了一圈。梁孚生登牆察看外面，原來隔壁便通堡外。那孟震洋就忍不住湊到地窖口下，往裡探頭；蘇建明也挨過來，要往裡探視。突然聽見裡面罵道：「鬼羔子，教你使詐語！」弓弦響處，嗖地打出一粒彈丸來。

孟震洋急往旁一晃頭，彈丸擦著耳輪打過去，蘇建明竟沒有看清窟內

的情形，便縮回頭來。孟震洋僅僅瞥見這地窟很深很廣，內部面積很大，黑洞洞的，偏在一隅似有一堆堆板箱竹筐，箱上放著一盞小燈，發出熒熒的微火。

眾鏢客忙都湊到窖口，一齊大喜，心想內中或者竟埋著二十萬鏢銀，也未可知。可是大家明知內中有人，竟沒有看出這些人藏在何處，也不知內中有幾人。

孟震洋眼光銳利，冒著險，又往裡一探頭，目光直尋燈火，卻照樣由黑暗處嗖地打出來一粒彈丸，孟震洋忙又縮回頭去。只這一瞥，又看出這座大菜窖，前後共有兩個入口，已經堵塞一處，內中陰溼霉潮之氣撲鼻，忙屬聲喝道：「裡頭什麼人？」裡面悶聲悶氣地答道：「是你祖宗！」嗖地又打出兩粒彈丸。地窖漆黑，只一探頭，彈丸便打出來。

眾鏢客一齊罵道：「好賊！我看你往哪裡跑？」急急地繞著地窖頂，又踏看了一圈；一面喊道：「先堵死門，別教他溜了。」

智囊姜羽沖隔著倉房吆喝道：「快看看，有地道沒有？」飛狐孟震洋忙道：「沒有地道。」

九股煙喬茂過來問道：「裡頭有多少人？」孟震洋道：「一個，或者不止一個，在暗中也許還有幾個伏著。」他向老英雄蘇建明道：「看情形，這裡就許是賊人埋贓的所在，下面這個小舅子定是看守贓銀的賊黨。」

沒影兒魏廉跑來說道：「這小子用彈弓看著地窖入口，真不易往裡衝。方才那兩個東西分明是守窖的小賊，逃走報信去了。工夫耗大，怕賊人翻回來搗亂，咱們趕快把這小子掏出來才好。」孟震洋急道：「他有彈弓，可怎麼掏？有了，咱們快砍點柴把子往裡扔，就是把他熏不出來，也能燒死個舅子的，好在如真是鏢銀，也燒不壞。」

姜羽沖搜尋賊人的逃路，正從菜窖那邊繞過來，忙低聲道：「捉活的

比死的強，還可以在他身上取供。」蘇建明點頭會意，故意高聲道：「你們哥幾個看住了窖口，快拿火把，燒死個小舅子的就結了。」一邊說著，向旁一指。

眾人會意，分別動手；用聲東擊西的法子，決計將東面堵塞的窖口挑開，冒險闖下去。卻在西面未堵塞的窖口上，堆柴點火，故意地做給窖中人看。

眾鏢客用假火攻計，要甕中捉鱉，擒拿窖中賊人。大家散布開，持刀握鏢，蓄勢以待。梁孚生跳過來，和沒影兒魏廉，在那邊提刀急掘出東窖口。夜遊神蘇建明、飛狐孟震洋，各砍了一束草，用火摺點著，往西窖口內一拋。鐵矛周也割一束草，點著了往西窖口拋去。

到這分際，窖中人已窺破外面的舉動，甕聲甕氣地大罵道：「好一夥不要臉的狗賊，你敢燒死大爺，看彈！」唰唰唰，一連三彈。可是三束火把已經投入窖內了，突然地起火冒煙，就在同時，噗嚓的一聲大震，梁孚生已將東窖口挖通，往裡面一推，一堆土坯直落下去。這東窖口正挨窖中人藏身的地方；板箱、竹筐也亂聚成堆。一團黑影中，忽地跳出一個人。

小燈閃搖，黯淡不明。飛狐孟震洋持劍護面，急急探頭；黑乎乎看不甚清，恍見那人高身闊肩，背刀握弓，只一甩，颼的一彈，照東窖口打來；又颼的一彈，奔西窖口打來。且打且跳，且喊且罵；丟開西窖口，直撲向東窖口。一連七八彈，直攻魏廉、梁孚生等人。

魏廉、梁孚生急急地躲閃，那人不要命地抽刀似要往外竄，卻又明知竄不出來。只聽他放聲大罵起來：「好狗賊，飛豹子娘賣皮的！你跟大爺一刀一槍地比量比量？你娘的！使這下賤的火攻計，我搗你姑娘！」唿的一聲，又發出三個連珠彈。

當此時，老拳師蘇建明、小飛狐孟震洋等各舉火把，往窖內投送；竟跟著火把，硬往下跳進去。窖中人大叫一聲，轉身開弓，啪啪啪，啪啪

啪，如流星驟雨，照眾鏢客不住地打來。

火把在窖中突突地燃燒，眾鏢客突然冒煙入襲，兩面夾攻。姜羽沖奮劍猛進，迎面一彈打來，忙伏身一閃道：「咦，等一等！你可是聶秉常聶大哥。」梁孚生也在東窖口大叫：「別打，別打，是自己人！」煙影中，頓時起了一陣驚喊道：「住手，這是金弓聶大哥！」

窖中人如負傷的獅子一樣，奔突猛搏，揮刀拚命，哪裡聽得見？竟飛身一撲，照準智囊姜羽沖又是一刀。智囊姜羽沖本已猶豫，未敢還手；揮劍一架，連忙閃開，高叫：「聶大哥，是我！」窖中人早已一伏身，單刀猛進，又照蘇建明扎來。

眾人一迭聲大喊，窖中人果然是金弓聶秉常。到了這時，他才愕然收刀，竄退到一邊，叫道：「是哪位？」不由滿面堆下慚惶來，頓足叫道：「哥們，我老聶栽了！」姜羽沖、蘇建明忙上前慰問……

金弓聶秉常與梁孚生、石如璋，三個鏢師在堡外設卡，才到三更，便被飛豹子的黨羽誘散開。金弓聶秉常自恃掌中連珠彈，百發百中，隻身追敵，竟深入重地，陷在堡裡。又不該貪功，上了賊人的大當，把地窖認成賊人埋贓之所。

他見賊人好像很怕他似的，一個個都直逃入窖內。他竟一直追到窖口，探頭內窺。他看見竹筐木箱，又看見一桿小旗子，好似金錢鏢旗。他便驚喜異常，開弓發彈，把賊黨守窖的幾個人，都打得棄贓而逃。他自己孤身一人，背弓抽刀，一直鑽進地窖。哪曉得鑽入容易，再想出來，便難了。由打西窖口進入，到了地窖當中，賊人轉從東窖口逃走，卻突然堵上了東窖門口。

金弓聶秉常所恃者只有彈弓，忙奮力奪門。被豹黨四個人頂住，分毫沒有推動。再想翻回去，那西窖口邊又被賊人擲下草來，擺出火攻計，似要燒他。他立刻大驚大怒，急拿彈弓向窖口亂打。

　　賊人好像本領並不強，似怕他彈丸厲害；雖擺出火攻計，竟沒得下手。以此聶秉常才得暫保性命，困在地窖裡，逃不出來。眼望著窖中半埋在土裡的木箱竹筐，也是乾著急，不能過去打開看。

　　他的彈弓只稍微一住手，西窖口的賊人便往裡頭探，跟著就嚷鬧著，要投柴放火。所幸雙方僵持，耗的工夫不大。隱聞地面上胡哨聲、腳步聲大起，守窖口的賊人忽然撤退了一半多，只剩下幾個人，堵著西窖口。聶秉常正要拚命向外硬闖，這時候鏢客們已經攻進堡來，往各處搜敵覓贓了。

　　當下眾鏢客很著急地寬慰聶秉常，問他何時被困在這裡。

　　他說：三更在堡外瞥見賊人，四更追賊入堡。在堡內鑽窟窿、躥房頂，緊追三個賊人；繞了好半晌，堡中空空洞洞，留守的賊人竟寥寥無幾。問他別的情形，一點也說不上來，卻指著竹筐、木箱，告訴眾人：「這裡面多半是鏢銀，我剛進來時，七八個賊人守著呢！」

　　眾鏢客大喜道：「真的麼？好極了，咱們快挖出來。」姜羽沖面對蘇建明道：「這不一定吧？且挖一挖看。」大家仍然加倍小心，先囑咐孟震洋、梁孚生看守窖口。幾個人急點著火把，把地窖裡遍照一遍，撲到偏東隅，眾人一齊動手。先挪開小旗；那小旗只是一塊紅布，掛在竹竿上罷了。又把高堆的大筐，搬到一邊；這些筐都是空空的，有的盛著碎磚。

　　姜羽沖眼望蘇建明，有點失望，輕輕說道：「我看這裡賊人輕易放棄不顧，未必埋有贓銀。」

　　聶秉常道：「那麼說，我上當了。」蘇建明道：「也不見得，咱們挖出來看看，又有何妨？」眾鏢客一齊動手，把上層木箱子打開，仍然空空如也，一物也沒有。蘇建明笑了一聲道：「空城計！」

　　聶秉常睜著眼罵道：「可冤了我不輕！地下埋著的不用說，也一定是

空箱子！」姜羽沖說道：「索性咱們都挖出來看看。」

　　就用刀劍挖土起箱。十幾隻白木板箱，一個個打開來看，全是空的。木箱埋在潮土中，日久必得朽爛；這木箱卻只只嶄新，好像埋藏的日子並不久。

　　小飛狐孟震洋道：「賊人弄一堆空箱，做什麼呢？」梁孚生問道：「不曉得失去的鏢銀是用木箱裝的麼？」蘇建明道：「這個不一定吧。如果是官帑，必用銀鞘。」姜羽沖道：「不錯，二十萬鹽帑都是用銀鞘裝的，我先頭問過他們了。」

　　老武師蘇建明本來最爽利，他見一番挖掘，渺無所得，面對眾人道：「走吧！不用掘了，這裡一準沒有鏢銀。賊人斷不會把二十萬兩銀子擱在明面處，趁早往別處搜吧。」頭一個拔步往窖外走。

　　幾個青年鏢客口中咕噥道：「這裡既沒有鏢銀，他們埋這些空箱子為什麼？」姜羽沖說道：「左不過是誘敵之計罷了。」

　　九股煙喬茂冷笑道：「除非是傻子，這能騙得了誰！」

　　聶秉常聽了不高興，哼了一聲道：「我就是傻子！」喬茂不再言語了。

　　夜遊神蘇建明站住窖口，候眾人出來，手指叢蒿，叫道：「咱們搜一搜敵人的逃路。剛才他們兩個賊往這邊一鑽，一轉眼沒有影了，這裡多半有地道。」大眾散開了，重新勘地、搜敵、覓伴、尋贓。果從草叢中，牆根下，發現了一條短短的地道，穿過堡牆，直通到堡外。

　　眾人正要搜出去，更道上忽然瞥見了兩個人影，老遠地叫道：「是胡二哥？還是姜五哥！」蘇建明急仰面代答道：「是我們，你是哪位？」更道上次答道：「我是夏建侯。」

　　松江三傑的老大夏建侯，很不放心老三谷紹光的安危，伴著一個青年鏢客，出離東大院，親自找出來了。夏建侯跳下更道，問蘇建明、姜羽沖

1
4
1

道：「你們幾位找著我們三表弟沒有？」

小飛狐孟震洋答道：「找著金弓聶師傅，谷三爺還沒有碰見。」

夏建侯十分焦灼，忙向聶秉常打招呼，問他何時進的堡，看見谷紹光沒有。聶秉常答說沒有見著。夏建侯越發心慌，又挨個盤問眾人：「可看見咱們的人，有受傷的沒有？剛才喬九煙跑到東大院，向我們報告，說他們振通鏢局綴賊訪贓的三個鏢行趟子手、夥計，在空屋裡搜著兩個，餓得半死了。還有一個叫于連川的沒有找著，也不知是死是活。」說到這裡，不由唉聲嘆氣道：「大致堡裡都快搜完了，我們老三可上哪裡去了？難道說他真會教賊人暗算了不成？」

姜羽沖、蘇建明一齊安慰道：「我們還沒細搜到呢！這就天亮，更好搜了；我們裡裡外外，再仔細搜搜。」孟震洋道：「夏老英雄不要著急，我們只在堡裡面搜，還有堡外沒有搜哩！也許谷三爺追賊出堡了。」

眾人道：「對！我們快快往外搜！」就由姜羽沖、蘇建明等，疾引眾人，回返東大院，見到了俞劍平。立刻由俞、姜等各率領一撥人，都搜堡內。由夏建侯、馬氏雙雄和孟震洋等，多帶鏢客，往堡外橫搜下去。

搜出半里地，忽見青紗帳外，往苦水鋪去的大路上，遠遠有兩三個人影，結伴奔來。夏建侯等忙大聲招呼著，橫截過去。來人正是岳俊超，背著葉良棟，由谷紹光持劍在前相護，繞著青紗帳，往回路上走來。

夏建侯大喜，急上前迎問。才曉得谷紹光被誘失群，隻身追賊，直繞出堡外。眼看把賊追上，教賊人的卡子一擋，又繞青紗帳一陣亂竄，竟被賊人逃走。他忙逐影追尋，忽看見另一片青紗帳的後面，飛起一道藍焰，有人抗聲大喊，急撲過去一看，乃是蛇焰箭岳俊超和葉良棟兩個青年英雄被圍住。

這兩人分路急追，葉良棟首先把賊人綴上，無奈落了單。

賊人撥回來四個人，呼嘯一聲，反身還攻，竟將葉良棟圍住。

這四個賊人全是斷後的好手，內中就有江北新出手的劇賊雄娘子凌雲燕。才一接觸，四個賊包圍葉良棟一人。凌雲燕換用單刀鐵拐，唰的一下，把葉良棟的腰眼刺傷。葉良棟順著衣衫往下淌血，尚在負傷死鬥。

岳俊超在後望見，急急地趕上來，突入圍陣，與葉良棟背對背，抵擋這四個劇賊；百忙中，先趁空發了一支蛇焰箭，飛起一道火光。只可惜匣中火箭，看著用完，只剩下兩支，不敢輕發了。但只這一支火箭，已將松江三友的谷紹光引了過來；大呼一聲，奮劍撲入。

天色微明，一看這四個賊，竟全用面幕遮住了臉，只露出口眼，不把廬山真面示人。經岳俊超激罵問名，四人閉口不答，一味猛攻；賊黨卻把谷紹光看輕了，冷不防被他一劍，把賊人刺傷一個，賊人頓時往外一竄，情勢鬆動。岳俊超忙順勢也往外一竄，把最末一支火箭端正了，嗖地射出去。砰的一聲爆炸，賊人大驚，呼哨一聲，抽身退入青紗帳；簌簌地一陣響，結伴逃走了。

岳俊超挺劍要追，被谷紹光攔住道：「岳四爺等一等，先看看葉師傅吧。」

葉良棟後腰負傷，傷處流血不止。谷紹光急忙過來，撕衣襟，代為纏住傷口；隨即伏身，把葉良棟背起來，道：「岳四爺，這裡待不住，咱們快把葉師傅背回去吧。」葉良棟年紀輕，在輩分上比谷、岳二人都晚一輩；忙向谷紹光說道：「谷老前輩，請你放下我來，我掙扎著還能走。岳四叔，你老人家還是快追賊；別教狗賊跑了，好歹捉回一個來，我也不算白挨他一刀。」

岳俊超也很年輕，但是輩分高，聞言不禁臉一紅道：「葉大哥，對不住！我只顧生氣，忘了你了。谷三哥，還是我背葉大哥吧。」不由分說，雙臂一穿，脊背一伏，硬從谷紹光背上，把葉良棟奪下來，往自己身上一

背。然後說道：「算了吧？狗賊鑽了青紗帳，我看也不好綴。這裡也許還有豹子的卡子，還是回去對。谷三哥你不知道，咱們的人已經全攻進荒堡了。」

幾費唇舌，三個人這才商妥了，往回路走；行近半途，和夏建侯相遇。

松江三傑的第一人夏建侯，見三表弟紹光一點沒傷，好好地回來，便放了心；倒抱怨起來，皺眉說道：「老三，你嚇死我啦。你怎麼單人獨馬地硬往前闖？你瞧，咱們老二受傷了。你若不貪功，老二絕不會掛綵。」

谷紹光把眼一瞪，道：「二哥傷著哪裡了？誰把他傷的？……我不是貪功，我瞧見一個賊，從堡牆鑽窟窿出來，長得豹子頭，豹子眼，我想他一定是那個飛豹子。他又只帶著一個黨羽，我怕他跑了。誰知道二哥會受傷呢？重不重？」夏建侯忙道：「還好，不甚重。可是你到底追上了麼？得著他的下落沒有？」

谷紹光轉身一指道：「賊黨剛剛奔西南去了。我說大哥，要不然咱們趁白天，再往西南摸下去看。……不過，我得先去看看二哥，他在哪裡？」

孟震洋插言道：「咱們的人現時全在古堡呢。」谷、岳、葉三人齊問道：「哦，咱們的人都進去了麼？可搜著贓，捉住賊沒有？」孟震洋說：「還沒有搜出什麼來呢！」

夏建侯向岳、葉二人道：「得啦，你們二位快回古堡吧！我和老三再往西南搜去。」谷紹光不放心夏靖侯的傷，定要先回古堡看看，說著說著，哥倆又爭執起來。孟震洋忙道：「好在離堡才半里地，咱們全回去，回頭再出來，也誤不了事。」

葉良棟在旁忍痛說道：「要誤早就誤了。為我一個人，倒牽制諸位不

能綴賊，我太對不住人。我自己一個人回去，不要緊。你們幾位搜搜，還是趕快搜，賊人大概是奔西南去了。」

被葉良棟一說，眾人倒不好意思貪功了，只得相率齊返古堡。

眾人一進古堡，胡孟剛正在那裡，瞪著眼大罵：「白打了一個通夜，堡裡頭都搜翻過來了，任什麼沒有，連一個毛賊也沒捉著。自己人反倒有好幾位受傷，真他娘的可恨！這豹賊也太歹毒，把我們的趟子手張勇和夥計馬大用差點餓死；還有于連川，也不知是死是活！」說著，和俞劍平迎過來，一齊慰問葉、谷、岳三人，並給葉良棟治傷。

原來九股煙喬茂引著鐵牌手胡孟剛，搜尋一個月前自己被囚的所在，把堡內一片片的空房子踏遍，竟沒找著和當日囚室類似的院落。胡孟剛疑惑起來，忙問道：「囚你的地方莫非不在這裡，另在別處吧？」

喬茂搖頭道：「不能，堡裡倒真認不出。可是我分明記得外面有泥塘，也有土坡，跟這裡一樣，咱們還是細搜搜吧。」

搜來搜去，竟從一個臭氣燻蒸的地窖內，搜出兩個肉票來，便是振通鏢局失鏢後，結伴綴賊的趟子手張勇和夥計馬大用。這兩人失蹤逾月，直到此時，才被尋救出來，全被囚磨得髮長盈寸，面目泥垢，氣色枯黃消瘦，懨懨垂斃。這一個多月被賊囚禁，兩人吃喝便溺都在室內。那滋味和喬茂受過的正是一樣，只是日子更長，罪過越深。賊人又不是綁票的慣手，竟時常地忘了給他倆送飯；兩人幾乎活活地餓殺。從地窖裡攙出來時，虎背熊腰的兩個漢子，竟變成骨瘦如柴的一對病夫，連路都不會走了。見了胡孟剛，兩人只是搖頭。問到那個于連川，二人說：「三人分路尋鏢，自己被誘遭擒；卻不知道于連川的下落，猜想凶多吉少，恐怕也許死在賊人手中了。」

眾鏢客一齊憤怒道：「這賊太狠毒了。」

此時朝日初升，天色大明。眾鏢客個個饑疲不堪，尋著水缸水瓢，喝了一氣水，用了一些乾糧；然後強打精神，把古堡重勘一遍。

最奇怪的是，這裡本是當地富戶邱敬符的別墅，曾經住著一兩戶窮本家，如今一片荒涼，變成一個人沒有了。只在東大院，頗留下住過人的痕跡。院內屋中固然是空空洞洞，卻有著水缸、柴灶、餘糧、餘秣。七間後罩房內，還有涼蓆、草褥，看出賊人在這裡睡過。

俞劍平和蘇建明、姜羽沖、胡孟剛、金文穆、松江三傑、馬氏雙雄等互相商議，認定此處必非賊人久住之所。要根究賊人出沒的蹤跡，可托鐵布衫屠炳烈，轉向這荒堡的原業主打聽。

但是鐵布衫屠炳烈，自從被長衫客點中穴道，便行動不得，經俞劍平給他一度推拿，通開血脈；僥倖沒有見血，鐵布衫的功夫沒破。入堡之後，恍惚見他騎著馬，往外下去，此時連人帶馬都不見了。還有老拳師蘇建明的弟子路照、青年鏢客孟廣洪和石如璋三個人都沒有回來。

俞、胡二人十分焦急，忙又派出一撥人四面散開，再往古堡搜尋下去。直到巳牌，才將散開的人全部尋回來。

那青年鏢客孟廣洪出堡搜賊，僅聞蹄聲，未見賊跡。因知屠炳烈是本地人，地理熟，兩個便搭了伴，騎著馬往堡南下去。忽望見三個騎馬的人，從青紗帳轉出來，斜趨田徑，往正南飛跑。相距半里地，恍惚見這三人穿著長衫，帶著兵刃。

孟、屠二人頓時動疑，急策馬遙綴。那三個騎馬的忽回頭瞥了一眼，縱馬加鞭，東一頭，西一頭，一路亂走起來。兩個人越發多心，拍馬緊追；轉眼直追出三四里地，驟見前面三匹馬馳入西南一座小村去了。孟廣洪便要進村一探，但又自覺勢孤；回顧屠炳烈，面呈疲容，在馬上皺眉出汗，似乎不支。忙勒馬問話，屠炳烈說又累又餓，想尋點水喝。

兩人在路邊土坡下馬，拴馬登坡，半蹲半坐；遙望小村，打不定主意。這時老拳師蘇建明的二弟子路照和石如璋搭伴搜賊，追尋蹄聲，來到了附近。望見土坡上有兩個人、兩匹馬。

　　路、石二人忙穿入青紗帳，從背後掩過來，伸頭探腦，潛加窺伺。不想窺伺結果，竟都是自己人。幾人忙打招呼，湊到一處，商量一回，四個人便假裝迷路，同往小村投去。將近村口，已看出這是一個極窮苦的荒村，寥寥十幾戶；沒有較大的宅子，只是些竹籬茅舍、鄉農佃戶住家。路照這人年輕膽大，和石如璋忙將手中兵刃交給了孟廣洪和屠炳烈，自將小包袱打開取出長衫披在身上。由孟、屠二人帶著馬，在村外等著，路、石二人空手進了小村。

　　不意二人剛剛進去，突然聽見村後蹄聲大起，三匹快馬如飛地繞出青紗帳，奔西南而去。路、石大愕，急忙追看，只望見人的背影；馬的毛色正是三匹棗紅馬，和剛才進村的三匹馬差不了多少。孟、屠二人在村外也望見塵起，聽見蹄聲，急忙地跨上馬，穿村跟進來。路、石二人把手一點，孟、屠二人立刻把頭一點，將石如璋和路照的兵刃全投下地來，一直地縱馬飛趕下去。

　　那三匹棗紅馬竟跑得飛快，孟、屠二人把胯下馬狠狠地打，越追越遠，到底追不上。眼看著人家三匹馬，頭也不回，奔向西南大道去了；正是往火雲莊去的正路。

第三十四章　十二金錢逐豹踏荒堡　七張鐵弩連彈困三傑

第三十五章
飛豹子一戰潛蹤去　丁雲秀單騎助夫來

　　鐵布衫屠炳烈和孟廣洪，騎馬搭伴往西南搜尋，看見三匹棗紅馬穿小村跑了。估摸去向，恰奔火雲莊。這時，路照和石如璋也從步下追蹤過來，四個人合為一夥，穿過小村，半騎半步追了一程。人家的馬快，他們都累乏了；趕出好遠，實在追不上，只好住腳。

　　屠炳烈受過傷，滿頭出汗，更覺饑疲；緩了緩氣，幾個人齊往回走。走不多遠，仍不肯這樣白白地回去，四個人一商量，重往小村勘來。村中井臺上，正有人汲水。四個人忙探衣掏錢，道勞借桶，汲水止渴，搭訕著問話。起初以為這裡也許是挨近盜窟，恐怕問不出什麼；不想這汲水的村民脫口講出實話來。

　　這裡叫做半鋪村，地面很窮，十幾戶人家，十家倒有九家是鄰莊的佃戶。剛才走過的那三匹棗紅馬，乃是路南第四門柴阿三家寄寓的辦貨客戶；說是收買竹竿來的，前後借寓也有十多天了。這些人個個挺胸腆肚，說話很粗，北方口音；忽來忽去，不像買賣人。柴阿三是本村最不正幹的住戶。好耍錢，不肯扛鋤，常在家裡擺小賭局，錯非他才肯招留這些生人借住，正經農家再也不肯幹的。這汲水男人絮絮而談，對柴阿三家很露不滿。屠炳烈等聽完暗喜，精神俱都一振；急忙找到柴家叩門。

　　這柴家竹籬柴扉，五間草舍，院子很寬綽；院內沒有拴著馬，牆隅卻遺有馬糞。門聲一響，出來一個高身量、暴眼厚唇的中年男子，橫身當門，很疑忌地看著屠炳烈這幾人；強笑道：「你們幾位找哪個？」

　　孟廣洪指著自己的馬說道：「柴朋友，你們這裡可有餵牲口的草料麼？」

我們趕路貪急，這馬誤了餵食了。」柴阿三眉峰一挑，似笑不笑地說道：「對不起，我這裡不賣草料。」

屠炳烈忙把一小錠銀子，遞到柴阿三的手裡道：「我們只煩你勻給一點麩料；你看我們這兩匹馬，眼看饑得走不動了。」

柴阿三見錢眼開，把銀子接在手內，掂了掂，臉上猜疑頓釋，換出笑容來。他轉身關門，端出草料，重開柴門，把草料簸箕放在門口外，又提出水桶來。四鏢客讓馬吃草，開始向柴阿三套問騎馬客人的來歷。柴阿三這漢子很狡猾，厚嘴唇一吭一吭的；問得久了，卻也擠出不少的實話。他承認有幾個販竹客人在他家借住，他也曉得這幾個人行止不地道；但是他們給了不少房錢，他就顧不得許多了。他說：「好在這是火雲莊彭二爺引見來的，也不怕短了房錢；就有什麼岔頭子，還有彭二爺頂著哩。」

四鏢客忙問：「這彭二爺是誰？」答說：「是我早先的莊主，前年我還承租他的稻田哩。」四鏢客忙又問：「火雲莊有位武勝文武莊主，你種過他的地沒有？這武莊主和彭二爺聽說是親戚，可是的麼？」柴阿三說道：「這可說不很清，武莊主是火雲莊的首戶，彭二爺自然跟他認識。」

四鏢客轉過來盤問這寓客共有幾人，都姓什麼，是哪裡人，什麼時候來的，他們什麼時候走。柴阿三笑了笑說：「有姓張的，有姓王的，有姓李的，有姓趙的……」石如璋道：「嘀！他們一共多少人呀？」柴阿三忽然改口道：「就只三四個人……他們住了半個來月，也快走了。他們是從外縣到我們這裡來收買竹竿的，他們是紙廠跑外的夥計，大概都是外鄉人，也有北方人。」

問了一陣，再問不出什麼來了。但從柴阿三說話的口風中，已推知這些寓客不止四人。並且張王李趙都是熟姓，他們的真姓仍是難考。不過他們晝出夜歸，夜出晝歸，幾個人替換著出入；這已由柴阿三無意中以不滿的口吻說漏了。

四鏢客遂不再問，把馬餵飲好了便即出村；潛將柴阿三的住處方向牢牢記住，立刻往回路上走去。走在中途，和尋找他們的人遇上；引領著一同進了古堡。屠炳烈支持不住，竟呻吟一聲，坐下來，不能動轉了；俞劍平忙過來給他推拿，疏通血脈。跟著由路照、孟廣洪、石如璋對眾人報告所見，說是賊奔西南走了。但另有一個先回來的鏢客說，眼見兩個賊人繞奔西北去了。

　　姜羽沖尋思了一晌，向大家計議道：「西北、西南都得細搜；倒是這座空堡一無所有，不值留戀。現在我們人已尋齊，還是先回店房，用過飯，再作下一步的打算。」蘇建明插言道：「不過小徒路照說的這個半鋪村柴阿三家，定有毛病，我們終得先抄抄他。」

　　俞劍平說道：「自然得先抄，這一準是賊人的底線……」

　　說時看了看眾人，個個面現疲容，便又說道：「索性我們趕緊回苦水鋪，大家用過飯，稍微歇一歇，再趕緊搜下去。」胡孟剛說道：「這荒堡留人看守不？」俞劍平說道：「這個地方太曠了；姜五爺你說，該留幾個人呢？」

　　姜羽沖說道：「不必留人了，咱們全回去。到店裡用過飯，緩過氣來，還是咱們大家一齊來。咱們把人分成三撥，一齊往西北、西南、正北三面。東面不用管，賊人反正不在東面。」俞劍平點頭道：「西南面頂要緊。」眾人道：「是的。」

　　這一次出堡綴賊，據回來的人說：飛豹子和他的黨羽大概是奔西北、西南走的。俞、姜二人根據這些人的報告，覺得西南一路距火雲莊不遠，賊人什九是奔那邊去了；往西北逃走的賊人，恐怕是故意繞圈。

　　大家決計出堡回店，遂推舉四位青年鏢客和兩個精明強幹的趟子手，藏在暗中，監視古堡前後門和西南角半鋪村。大家把所帶的乾糧，食而未盡，都給這六個人留下，因為近處全是荒村，沒有飲食店。又留下兩匹

馬，以便六人緊急時，火速騎馬回店報信。其餘大眾便三五成群分為三路，俐俐落落，往苦水鋪走來。或騎或步，或穿短裝，或換上長衫，一面走，一面順路查看。俞劍平和胡孟剛、姜羽沖、馬氏雙雄，做一路步行走。老拳師蘇建明、松江三傑、奎金牛金文穆和受傷的鏢客騎著馬走。單臂朱大椿、黃元禮、蛇焰箭岳俊超等，也是步下走。

這時候快到晌午了，忽然天陰起來，一片驕陽遮入灰雲之中，天際大有雨意；可是沒有風，越顯得悶熱。這些人沒有找著鏢銀，又沒有綴著賊人的準下落，人人都不高興。年長的英雄默然不語，只縱目觀看四面的野景，端詳附近的地勢。青年英雄就忍不住談論夜戰之事，痛罵飛豹子。

九股煙喬茂衝著鐵矛周季龍、沒影兒魏廉，大說閒話：「難為你們二位和閔成梁怎麼盯著的！那時候倒不如把我留下了；我若是留在苦水鋪，多少準能摸著賊人一點影子。」

鐵矛周季龍大怒道：「你做什麼不留下？」

沒影兒立刻也冷笑答聲道：「那時候，紫旋風閔大哥本來要請喬師傅留在這裡，只不過你老人家怕賊找著你，又怕教賊人把你暗算了。喬師傅的記性大概不甚老好的，你就忘了你搶著要回去，還要我們陪著你走了！」

三個人嘮叨了一路，最後九股煙把屠炳烈、孟震洋也饒上了；雖沒當著兩人的面，卻也說了許多不滿的話。別人聽了並不理他。

十二金錢一行出離古堡，仍循著鬼門關一帶舊路走，霎時間走到賊人昨夜邀鬥之地，幾個人不覺止步尋看起來。葦塘中的百十根木椿，當時幾乎被飛豹子根根登倒，此時只有不多幾根，還浮在水面上。塘邊腳跡凌亂，其餘木椿不曉得被什麼人撈走了。

在這曠野中，並沒有什麼人往來，好像農夫們都回家用午飯去了。只有一座葦塘邊，看見兩個鄉下小孩，光著腳，正在那裡爭奪著打架。逼近

來看，原來兩個小孩正在共奪一支弩箭、兩支鋼鏢；這個說他撈出來的，那個說他先看見的，對罵對打，吵成一片。

俞、姜二人相視示意，湊過去問了幾句話，並沒有問出什麼來。姜羽沖掏出幾十文錢，把那兩支鋼鏢、一支弩箭買了過來。細加驗看，知道內中一支鏢是鏢行遺下的；那一支弩箭和另一支鏢卻正是賊人打出手的。弩箭上有一個「月牙」花紋，鋼鏢上鑲著個「飛燕」的花樣。

俞、胡、姜等傳觀一過，心中明白，有一支鏢是劇賊凌雲燕的。大家復往前走，一路上人蹤蹄跡印，在泥途中，歷歷分明；再找暗器，沒有繼續發現。轉了一圈，回到集賢店房。時光庭和于錦、趙忠敏等迎了出來；那拳師蘇建明的三個弟子在店房留守的，也陪著海州的兩個捕快，出來相見。問起來，才知道蘇建明帶二弟子路照，夜出客店，赴鬼門關時，蘇門三個弟子暗保著捕快，潛藏在別處。那潛身處就在集賢客店的斜對過，是一家小藥鋪。由捕快借仗官勢，硬借住了一宵；三個弟子都伏在鋪面房頂上，監視了整半夜。

當下會面，兩個捕快忙問俞、胡二鏢頭：「事情怎麼樣了？」胡孟剛把眉頭一皺道：「不好辦，賊人又溜了！」一臉的怒容，恨不得找誰出氣才好。姜羽沖、俞劍平忙賠笑把經過的情形，草草對捕快說了一遍。

兩個捕快道：「要是瞧著不行，咱們稟報寶應縣，派官役協捕怎麼樣？」

俞、姜道：「那倒不必，二位捕頭你放心，不出三天，我們一定找出準章來。」又問店中有無別的動靜？答道：「沒有。」

蘇建明的三個弟子卻偷偷告訴俞、姜：四更以後，瞥見兩條黑影，來到集賢店客棧門前窺探，似要上房，被三弟子投石擲路，將兩個人影驚走。因護著捕快，也未敢追逐。此後別無動靜了。俞劍平聽罷，連聲誇好、道勞。

跟著大家把店夥叫來，打水、洗臉、喫茶、催飯。飽餐之後，只歇了不到半個時辰，俞、胡、姜三老立刻把眾人邀到正房，點配出勘查盜跡的人數和路數，這一回集中人力，專側重西南、西北兩面。先派六個壯士，把暗守古堡的四個鏢客替換回來。松江三傑的夏靖侯和別位負了傷的鏢客，就在集賢客棧留守；其餘的人掃數出發。

頭一撥由老拳師三江夜遊神蘇建明，和松江雙傑夏建侯、谷紹光，馬氏雙雄馬贊源、馬贊潮，蛇焰箭岳俊超等一班勁手，隨同蘇門二弟子路照、鏢客石如璋，首赴西南半鋪村查勘；這是頂要緊的事。

單臂朱大椿、奎金牛金文穆率幾個鏢客，另搜西北一路。

鐵布衫屠炳烈已然歇過氣來，就打算由他陪同智囊姜羽沖，求見古堡原業主邱敬符的當家人和管事人，刺探飛豹子和子母神梭武勝文的現在情形。

最後再由俞、胡二鏢頭為末一撥，前往半鋪村。仍派趟子手和鏢行夥計，回寶應送信；並在四路卡子上，找霹靂手童冠英、霍氏雙傑、靜虛和尚、綿掌紀晉光等，問一問這兩天的情形。這樣分派好了，那輪班守堡的鏢客先行一步，立刻向邱家圍子出發。其餘大眾忙忙地吃了一回茶，立刻穿長衫，暗帶兵刃，也分撥出店，散往西北南三面去了。多一半人步行，少數人騎馬，預備有了動靜，好騎馬回來報警。

十二金錢俞劍平、鐵牌手胡孟剛和智囊姜羽沖，暗暗地偷看于錦、趙忠敏兩人的神色，似仍然流露著不安。大家縱談飛豹子豪橫無禮，出沒不測，于、趙兩個人竟有些緘口，不願聞問；胡孟剛臉上帶出不好看的樣子來，被姜羽沖暗扯了一把。

九股煙喬茂也在那裡叨念閒話，也被鐵矛周季龍惡狠狠瞪了一眼，才罷。

飯後遣眾出發，于、趙二人也被派出去。俞劍平、姜羽冲特地緩行一步，抓著一個空，把時光庭調到沒人處，悄悄地向他打聽，于、趙二人從打鬼門關回店以後，做何舉動？

　　時光庭回答：這兩個人和時光庭先後奉派，替蘇老師徒回店留守時，于、趙搭著伴，一個勁飛跑，東張西望，總往身後瞧。時光庭跟他二人只前後腳回去，可是竟沒追上二人。直趕到集賢客棧，于、趙二人忽然不見了；他倆竟沒有一個回店。

　　直等到時光庭在店裡店外，轉了一圈，又過了一會兒，于、趙方從店後跳牆進來。沒等著問，于錦便說，遇見兩條人影，追趕了一陣，也沒有趕上；直轉到這時候方才回店。趙忠敏便問時光庭回店時遇見什麼沒有，時光庭回答說，我倒沒有碰見什麼。跟著時光庭便用話試探于、趙，並打聽飛豹子的來歷。這兩人面含怒容，不肯回答。強問了幾句，碰了兩個釘子，時光庭冷笑作罷。那于錦、趙忠敏跟著說：「鬧了一夜，累了。」放倒頭，躺在店房床上就睡，一點也不戒備。時光庭當然不放心，還恐賊人出其不意，再來擾店；握著刀假寐，直戒備了下半夜。

　　俞劍平忙問：「到底有什麼動靜沒有？」時光庭想了想，說：「沒有。」姜羽冲道：「可有人和于、趙私通消息沒有？」時光庭道：「也沒有。」胡孟剛道：「他倆就老老實實躺在床上睡覺麼？沒有伸頭探腦，往外瞧麼？」時光庭道：「也沒有。」

　　俞、胡、姜三人一齊詫異。俞劍平道：「這麼說來，于、趙二位似乎沒有可疑了？」姜羽冲道：「時師傅，據你看呢？他倆一點可疑的地方也沒有麼？」

　　時光庭沉默不答，半晌才說：「可疑的地方倒也有點，只是不好作準。我看見他兩人背著我低語，好像商量什麼，爭執什麼。大概于錦身上，還許帶著什麼東西；趙忠敏找他要，他不大願意掏出來。」

俞、胡二鏢頭道：「哦，什麼東西呢？」細問了一回，便請時光庭隨時留意，把阮佩韋、李尚桐等也囑咐了；仍教他們跟于、趙做一路走。他們這幾個青年，原本和于、趙年紀相仿，脾性相投，可以套問套問。

當下分派已定，俞、胡二鏢頭由孟廣洪引領，姜羽沖由屠炳烈陪伴，一齊離店分途。俞、胡直趨西南小村；姜羽沖騎著馬，由苦水鋪東行，往寶應西北鄉走。一面走，一面向鐵布衫屠炳烈，打聽古堡的邱家園子原業主邱敬符的為人。

走出四五里，迎面開著兩條並行的土路，靠左是大道，右面是田徑小道；姜、屠兩人為抄近道踏上田徑，從一片片青紗帳中通行。又走出半裡多地，驀見左邊大道上，塵起浮空，馬走鸞鈴，豁朗朗直響。一個人聲如洪鐘，振吭吆喝道：「喔！籲……呔！那邊是什麼人？」

鐵布衫屠炳烈、智囊姜羽沖在馬上聽得分明，頓時腳踏馬鐙，將身直立起來；隔著青紗帳，往隔田大道察看。禾田深密，看不見隔路人蹤；在背後一箭地外，卻有一條歧路，橫穿大路。姜羽沖用手一指，與屠炳烈一齊勒轉馬頭，急急地奔向歧路，隔路的蹄聲已如飛奔來。

鐵布衫屠炳烈繞到橫路上，駐馬以待。從青紗帳後大路上，並彎轉過來三匹高頭大馬；騎馬的是二老一少，都穿著短衫。左首那個老人光著頭，不戴草帽，身量很高，腰板很直；生得童顏皓首，瘦頰疏眉，睜著朗如寒星的一對碧眼，顧盼自如，揚鞭縱馬走來。左首那一個黑面孔，濃鬍眉，已是年逾五旬，身後還帶著一個二十多歲的青年壯士，眉目之間，精神壯旺。

屠炳烈張眼端詳，並不認識；回頭一看，智囊姜羽沖已然揚聲高叫了一聲：「二位老哥！」立刻翻身踏下馬來。對面右首那人立刻也滿面堆歡，舉手道：「噢，智囊！」

兩邊的人一齊下了馬，姜羽沖忙給屠炳烈引見。右首那位正是把守南

面卡子的霹靂手童冠英，左首那位正是各路傳信的振通鏢師金槍沈明誼；後面那個青年卻是綿掌紀晉光紀老英雄的小徒弟八叉吳玉明。這三位跟屠炳烈說起來，都是熟人，可是從前很少見過面。雙方牽著坐騎，寒暄數語。

霹靂手童冠英最為性急，忙問姜羽沖：「十二金錢俞鏢頭現在哪裡了？你們訪得怎麼樣，有眉目沒有？我們在南路卡子，卡了這幾天，沒有白卡；我們可是跟飛豹子手下的人招呼起來了。」智囊姜羽沖說道：「哦，打起來了麼？」正要往下細問；童冠英搖著智囊的手道：「我們那裡，打倒是打了，究竟稀鬆，瞎亂了一陣子。我們把狗賊踩盤子的追跑了；只探出飛豹子跟火雲莊真是通氣罷了，此外可算一無所得。我先問問你們吧，姜五爺跟屠師傅忽然跑到這裡做什麼？可是前面打起來，要回寶應邀人麼？」

姜羽沖忙道：「不是，我們這是打聽飛豹子的下落去。」童冠英皺眉道：「這麼說，你們也沒有撈著，我們也沒有撈著。不過我猜著這個飛豹子，多一半是藏在火雲莊，火雲莊至少也是他潛蹤落腳的地方。」互問了幾句話，姜羽沖遂將鬼門關鬥技、古堡探鏢銀撲空的經過，向童、沈、吳三人，扼要地說了一遍。急急地轉叩沈明誼，各路有何情報。又問吳玉明：「令師綿掌紀晉光老前輩，把守東路寶應湖畔，可有什麼動靜？」

沈明誼只說道：「海州現在來了專人……」還待往下說，那吳玉明已搶著講道：「家師正為沒有動靜著急，我們在湖濱把了好幾天，一點風吹草動也沒有。只在水路上半夜裡，發現一點可疑的情形；我們刨了兩天兩夜，也沒有刨出所以然來。家師很不放心，怕路上也許吃緊，所以打發我來送信；順便問一問俞、胡二鏢頭踩探苦水鋪，究竟見著正點沒有？還有郝穎先郝師傅、白彥倫白店主二位拜訪火雲莊的結果，究竟怎樣？我們都很惦記。我們家師說，東路寶應湖一帶，一定不是賊人出沒之所。他老人家要上苦水鋪來，又不願擅離職守，所以打發我，先到寶應縣義成鏢店問

一問。他老人家大概明天晌午，或者後天一早，就要回寶應縣。」

姜羽沖聽罷，轉臉來，仍和金槍沈明誼敘話。沈明誼道：「俞、胡二位真格地已和飛豹子見過陣仗了麼？」

姜羽沖道：「打了半夜呢！只是那傢伙匿名不肯直認。我說沈師傅，那個劫鏢的飛豹子可是赤紅臉、豹子頭、豹子眼、疏鬍鬚麼？」沈明誼道：「是的。」姜羽沖道：「可是身量很高，並不胖，比你還高一二寸麼？」沈明誼道：「不錯呀，他使的可是鐵煙袋？」姜羽沖道：「是的。他穿著肥袖短袍，遼東口音，還會打穴、打鐵菩提子？」沈明誼道：「對對！不過劫鏢時沒有動暗器。」

屠炳烈把手一拍道：「一準是他了，這個老殺材，他可是不認帳。他還使那臭煙袋，點傷我的穴道；若不是俞鏢頭相救，立時推血過宮，我二十年的鐵布衫橫練功夫，生生教他給毀了。」說著一摸背後的氣俞穴，道：「現在我這裡還有點麻木呢。」

智囊姜羽沖拋開閒話，重問沈明誼，各路還有什麼消息？

沈鏢頭專騎前來，是不是有緊急事情發生？沈明誼忙將各路卡子上所遭遇的情形說了一番。

寶應縣城內一無事故。四道卡子只有兩面見了動靜；漢陽郝穎先前往火雲莊，昨天下晚，已經派人回來送信。在火雲莊，已經見著子母神梭武勝文武莊主，面子上倒很客氣；不過武勝文瞪著眼裝傻，討鏢銀這事一字不提。提到飛豹子這人他也一點不認。他可自承：「有一位武林朋友，慕名訪藝，要求見見十二金錢俞三勝本人。郝師傅如果願意見見他，倒也可以。不過此人現到芒碭山去了，我可以派人把他找回來。」說的話非常狡猾，教人摸不著邊際。

郝穎先當時用話擠他，說是：「俞鏢頭也很願意見見這位朋友，郝某

自己也想見見。請武莊主先容一下，能在此地見面，那是求之不得的。否則擇日指定一個地點，雙方見面也好。」

武勝文說：「那好極了，郝師傅如果不見外，請稍候兩天，我立刻派人找敝友去。等我問準了這位武林朋友的意思，再發請帖，請俞、郝二位賞光賜教了。」聽武勝文的話風，只是支吾搪塞故意耗時候。郝穎先不得要領，未肯空回；他決計要夜探火雲莊，先鬥一鬥子母神梭武勝文，故此他先打發人來寶應城送信……

沈明誼說到這裡，姜羽衝著急道：「就只是郝師傅一個人，他就要獨探火雲莊麼？那豈不是自找上當？」霹靂手童冠英拈鬚說道：「不，他不是還同著兩個嚮導的麼？」

姜羽沖只是搖頭，非常擔心，忙又問金槍沈明誼：「城裡留守的人可曾想法子派人，接應郝師傅沒有？」

沈明誼接聲說道：「趟子手一回來，我和寶煥如鏢頭，聽說郝師傅這種打算，也很替他著急。現在寶鏢頭已經帶著人，趕去接應了。」姜羽沖忙問：「去了幾個人？」沈明誼道：「六位。」

姜羽沖道：「太少，這哪能行？強龍不壓地頭蛇，我們就只幾個人，人家子母神梭武勝文乃是人傑地靈；況且敵暗我明，郝穎先師傅這麼精強的人，怎的竟會這麼魯莽？」

霹靂手童冠英道：「也許是被子母神梭話趕話，擠在那裡，不得不亮一手。事已至此，不必說了；我們還是打算第二步辦法。咱們上馬吧，先到苦水鋪，見了十二金錢俞劍平俞大哥；索性咱們會齊了人，全奔火雲莊，不就完了？」姜羽沖只是搖頭，以為來不及了。

金槍沈明誼忙道：「姜五爺不要著急。去的這六位全是硬手。你知道揚州無明和尚和崇明青松道人麼？他二位剛好趕到寶應縣城。前天九頭獅

1
5
9

子殷懷亮殷老英雄也來了。現在是竇煥如和青松道人、九頭獅子殷老英雄等，搭伴前去探莊助勢。揚州無明和尚，現在就請他在寶應留守，人數很夠了。」

姜羽沖聽了，方才稍稍放心道：「青松道人、九頭獅子去了，這還好些；不過究竟我們還是人少。咱們快翻回苦水鋪吧！」

金槍沈明誼道：「現在還有一件要緊的消息。」眼望姜羽沖道：「今天早上，海州又來人了，是我們振通鏢局的夥計，連夜趕來的。」姜羽沖道：「唔，不用說，又是州衙催下來了。」

沈明誼道：「可不是，海州州衙和鹽綱公所，全等得不耐煩，催俞、胡二位速賠鏢銀。他們並不管尋鏢緝盜有無頭緒，只催我們先賠出鹽帑，後找失去的鏢銀。趙化龍趙鏢頭實在兜不住了，他還附來一封信。」沈明誼說著一拍衣囊道：「這封信現在我身上呢！」童冠英、屠炳烈齊說道：「這信看不看的不吃緊，沒的倒教俞、胡二位著急。」

沈明誼道：「不過還有一件意外的消息，也是由我們鏢局夥計帶來的，是口信。姜師傅，你猜怎麼樣？十二金錢俞鏢頭的妻室，那位丁雲秀夫人，已經由雲臺山清流港專程西下找到海州來了。還同著一位在職的武官，叫做什麼肖國英肖老爺；是搭伴一道來的，大概是俞夫人娘家的親戚。」智囊姜羽沖、鐵布衫屠炳烈一齊愕然。幾個人正要扳鞍上馬，不由得立住了；眼望著沈明誼，說道：「怎麼，十二金錢的娘子找來了？」

霹靂手童冠英更詼諧地笑道：「俞大哥今年整五十四了，這位俞大娘子丁雲秀小姐還是他的原配。他們兩口子一同闖蕩江湖，俞不離丁，丁不離俞，已經有三十多年了。記得七八年前我還和她見過幾回面。她也是半老徐娘了。嘻！算起來她今年至少也有四十七八，快五十歲了。怎麼的，她的當家的才出來一個多月，她就找出來了？這可新鮮，我得問問我們俞大哥去：你們小兩口兒如鶼如鰈，怎麼一步也離不開？您瞧這兩口這股子

老纏綿勁兒！不行，我真得問問他去。」說得眾人哄然大笑。

智囊姜羽沖皺著眉頭，連連搖手道：「童大哥別說笑話了，這裡頭一定有事！」急急地轉向沈明誼問道：「俞夫人現在哪裡？」沈明誼笑道：「聽我們鏢行夥計說：『她先到海州，還要轉奔別處。教夥計傳來口信，說是她準在四天內，趕到寶應縣……』我們因為這個緣故，我和寶煥如鏢頭一合計，已經在寶應縣，給俞夫人備好了公館。不過小弟和寶鏢頭只跟俞夫人見過幾次面，沒有深談過。寶煥如大哥又上火雲莊去了，寶大哥的家眷又不在這裡。等得俞夫人來了，竟沒有照應，覺得差池一點。所以我這才奔苦水鋪來，問一問苦水鋪訪鏢的情形，就便好把俞大哥請回來。」

沈明誼這麼說著，霹靂手童冠英只是嬉笑，智囊姜羽沖卻手點額角，不住猜想，道：「俞大嫂來了，這究竟有什麼緊急事故呢？莫非飛豹子又上雲臺山清流港生事去了？」

沈明誼說道：「這可說不定。我們的鏢局夥計，只傳來這麼一個口信，內情並不明白。」姜羽沖又道：「怎麼還有一位武職官肖老爺同來？這又是何人？難道是官差委員？這人究竟是什麼官職？」

沈明誼說道：「這位肖老爺是都司，聽說是俞大嫂娘家的什麼人。」姜羽沖說道：「哦，是都司武職大員麼？那就不要緊了，那大概是親朋。」

童冠英捫鬚大笑道：「這位肖大老爺，別是我們俞大哥的小舅子吧？」智囊姜羽沖失笑道：「俞大嫂的娘家分明姓丁，怎麼又跑出姓肖的舅爺來，那可真是笑話了。」幾個人全都笑了。

沈明誼笑道：「可是聽我們夥計說，這位肖大老爺確是管丁雲秀夫人叫老姐姐，丁夫人也管他叫九弟，叫得很親近，大概是親戚。」

姜羽沖笑道：「二位口下留情吧，幸虧俞大嫂是上五十歲的老婆婆了。要是年輕，教你們這一說，俞大哥還許動刀子呢！」霹靂手童冠英說道：

「姜五爺，你可別那麼說。人家丁雲秀丁小姐，眼下固然人老珠黃，年輕時可是漂亮人物。前七八年我見著她時，她已經四十多歲的人了，還像個三十多歲的中年佳人；正是徐娘半老，風韻猶存。你不知道她和我們俞大哥乃是同學麼？他們兩口子同床同道，全練的是內家功夫，返老還童，面貌都少相得很呢！他們兩口子好得蜜裡調油，你想她會醜得了麼？」

智囊姜羽沖笑了笑，仍然沉吟道：「這位肖老爺當真管俞大嫂叫姐姐麼？」沈明誼說道：「一點不假。」

姜羽沖說道：「那就是了，這一定是俞大嫂邀來的幫手。不是我多心，我只怕飛豹子又生是非。剛才猛聽你一說，我疑心是武弁押著俞大哥的家眷，來找本人來呢！」

童冠英說道：「官差押家眷，也押不著俞太太呀！我說這位肖大老爺到底是怎麼樣一個人物？他也同著俞大嫂一道上寶應縣來麼？」

沈明誼說道：「大概是也要到寶應縣來的，是一路不是一路，倒不敢說。我們這鏢局夥計笨極了，問他什麼，他都說不知道。他只送來這麼一個口信，說是俞夫人已經親身登程，來找俞鏢頭。她先到海州鏢局，見過趙化龍老鏢頭，問明俞鏢頭現在寶應，她就說四天內準趕到寶應縣。據說她還要往西壩去，也不知是專程邀人，是改路訪鏢，還是辦別的事？……大概許是邀人。」姜羽沖點點頭，又問道：「這位肖老爺，你們鏢局有認識他的沒有？到底是怎麼打扮長相？」

沈明誼道：「這位肖爺麼，我們鏢局和趙化龍鏢頭都不認識。據說這人官氣十足，生得很威武的相貌，挺高的身量，說話像銅鐘似的，乍看真和我們胡孟剛鏢頭像親兄弟。胖胖的圓臉，大眼睛，通鼻梁，微有鬍鬚，大約三四十歲。他同著俞大嫂，到我們鏢局時，穿著一身武職官服，帶著好幾個兵弁，直把人嚇了一跳。他自己騎著一匹大馬，在鏢局門前一站，很夠神氣。」

童冠英問：「俞大嫂呢？」沈明誼道：「俞大嫂是坐小轎來的，只帶著一個十幾歲的小孩子。」姜羽沖問：「是男孩還是女孩？」沈明誼說道：「可是俞大哥的令郎俞瑾？」沈明誼說道：「不是，俞瑾十六七歲了，這個小孩才十三四歲。」姜羽沖說道：「這又是誰呢？」

霹靂手童冠英說道：「姜五爺，不用悶猜了，反正不是你我的兒子。現在俞夫人丁小姐……」說至此自己也失笑；童老接著說：「現在俞夫人已經隻身尋夫，將到寶應，這一定有緊急家務。我們還是快奔苦水鋪，把俞大哥喚回，好教他夫妻倆闊別一月，就在寶應縣雙合店房，夫妻團圓團圓……」

沈明誼說道：「算了吧，童老前輩越說越熱鬧了。」

大家這才扳鞍認鐙，兩撥人合成一撥，一齊重返苦水鋪。

十二金錢俞劍平已經率眾出發。霹靂手童冠英、沈明誼、吳玉明和姜羽沖一到，立刻派人把俞劍平追回。俞劍平聽說他的夫人丁雲秀即日尋來，心中驀然一驚，忙問沈明誼：「莫非我家裡出了什麼差錯？或是海州又出了什麼差錯？」

童冠英向俞劍平笑道：「俞大哥放心，沒有事，不過是老嫂子一個多月沒跟你見面，想你了。」引得幾個武林青年掩口偷笑。俞劍平也笑了，說道：「童二哥，你跟我開起玩笑來了。」

沈明誼一字一板，具說前情。俞劍平聽了猜想了一回道：「賤內往西壩去做什麼？那裡我沒有朋友啊！還有這一位肖國英的武官同來，這可是誰呢？」沈明誼說道：「傳信的趟子手糊里糊塗，就這一點很要緊，他就偏偏沒有弄清楚。」

俞劍平低頭尋思良久，沈明誼又說：「這肖武官稱俞大嫂為四姐。」俞劍平方才恍然大喜道：「是師姐，不是四姐，這一定是我們的小師弟肖振

傑。我聽說他早已做了官，他來了，好極了！」

　　然後十二金錢略問各路卡子上的情形，沈明誼、童冠英如前說了。俞劍平向姜羽沖等人道：「屠炳烈賢弟、路照賢弟與孟廣洪、石如璋二位師傅，訪來的情形很對。這個飛豹子的黨羽由古堡奔西南，一定落在火雲莊了。我們與其從這裡往下追，還不如索性回寶應城去。」說到這裡，笑了一聲，面對霹靂手童冠英說道：「童二哥不用拿眼瞅我，我真得立刻折回去。」

　　童冠英說道：「你是賊人膽虛，沒有說你想太太，你先敲我做什麼？」說著自己笑了。

　　俞劍平立刻與姜羽沖、胡孟剛、蘇建明和沈明誼、童冠英等人商量好了，留一半人在苦水鋪監視賊蹤；由俞劍平率一半人，徑返寶應縣。一來答對火雲莊的子母神梭武勝文，一來等候俞夫人丁雲秀，問問究竟有何事來找。

　　此時天色已到申牌，俞劍平本想連夜翻回去，就請蘇建明、姜羽沖等，在此地再夜探一下。胡孟剛、智囊姜羽沖皆不以為然，說是：「今夜必須由俞大哥在這裡盯一晚上，以防飛豹子再來滋擾。」

　　童冠英更開玩笑道：「俞大嫂還得過兩天才能來到呢，俞大哥何必這麼著急？」十二金錢俞劍平雖然老練，也被童冠英鬧得有點燒盤（臉紅）。俞劍平向來不跟人說笑話，童冠英也從來無戲言，不想這兩個老頭子忽然湊起趣來。這些青年人不便插言打趣，可也你看我、我看你的偷著低笑。

　　十二金錢俞劍平說道：「我只顧慮郝穎先郝師傅那裡，有點不妥當；我想及早趕回去，助他探莊搜賊。既然大家都這麼說，我就再在這裡，多耽誤一天。不過請沈師傅多些辛苦，連夜趕到火雲莊郝師傅那裡，看看新來的幾位老師傅們到了沒有。如果松江的九頭獅子殷老師傅、揚州的無明和尚，跟崇明的青松道人，全已趕去接應，務必請他們幾位慎重行事，說

我隨後就到。如果這幾位還沒趕到，千萬請郝師傅略等一二天。就提這裡已經訪得大概情形，只待一位同道證實了飛豹子的出處行蹤，我們全班人馬全要立刻趕到火雲莊，挑明簾向武莊主要飛豹子。向飛豹子要二十萬鹽鏢；勸郝師傅千萬不要辦猛了。郝師傅在這兩天內，只要守住火雲莊，看住他們人來人往的情形，我們兄弟就承情不盡。還有一節，請沈師傅順路先到寶應縣；賤內如已來到，就教她在寶應縣等我，不必到別處去了。」

金槍沈明誼道：「好吧，我這就起身。哦，我這裡還有海州趙鏢頭的信，忘了拿出來，差點教我原信帶回。」說著，把信從懷中掏出來，交給俞劍平。

俞、胡二人拆信看了看，眉頭緊鎖，遞與姜羽沖道：「官面上的事真真難搪！有保，有人，還是這麼緊逼；大概緝私營又要派員前來查辦。儘教好朋友替受官面上的擠迫，我們心上太不安了。」

胡孟剛憤憤說道：「早晚把爺們擠炸了，我們不受他這個了！」

智囊姜羽沖只將這信草草看了看道：「俞大哥用不著對趙鏢頭抱愧，胡二哥也不必生氣。好在現時一步一步近了，教朋友稍微擔點風火，也算不了什麼，辦正事要緊。信上的話不管怎麼說，咱們不理他，只盡力往下辦就是了。沈師傅請用飯，歇足了，你再辛苦一趟，見著俞大嫂，請替我們問好，說俞大哥和我們就到。如果俞大嫂屆時還沒有趕到寶應，就請老兄火速往火雲莊為要。郝師傅看外面很沉穩，可是他本領大，膽氣更豪。請你看情形，務必把他攔住；總是大家到了，一齊動手的好。不過見面時，你千萬把話斟酌好了，別教郝師傅錯會了意，疑惑朋友瞧不起他。」

沈明誼道：「那個自然。我此時已經歇足了，飯也吃過了，茶也喝夠了；我趁太陽沒落，先趕一程。定更時趕到霍甸打尖，當夜可回寶應；次日趕到火雲莊，諒還不致誤事。眾位，我失陪了。」向眾人一拱手，匆匆出店，飛身上馬。俞劍平等送到店門，拱手作別。

　　沈明誼已去，童冠英暫留。八叉吳玉明先將綿掌紀晉光守卡的情況報告完畢，又請示了今後的辦法，便也要當日返回。

　　俞、胡、姜三人齊道：「吳賢弟明早再走不遲，你不比沈師傅，我們是特為煩他攔郝師傅的。」

　　俞劍平仍和姜羽沖、蘇建明、馬氏雙雄、金文穆等前輩英雄仔細商量。胡孟剛催道：「天不早了，我們先吃飯，吃完飯就分頭辦事。」

第三十六章
陰持兩端縮手空招忌　窮詰內奸眾口可鑠金

　　晚飯後，俞劍平掛念各路的情形，恨不得化身三處才好。

　　心想半鋪村既見賊蹤，應該乘夜親勘一下，順路徑投火雲莊去。又想妻室丁雲秀遠道尋來，必有非常急務，應該翻回寶應縣，先見她一面，方才放心。

　　俞劍平想到此，不覺著急說道：「鬼門關白打了一夜，古堡又撲了空；半鋪村還不知怎樣，火雲莊眼下就要出事，賤內又快來了，教我四面撲落不過來。姜五爺，我顧哪一面好呢？我瞧飛豹子必不再到古堡來了。各路卡子又沒有動靜，就有動靜也是虛幌子；我猜飛豹子本人此時必在火雲莊。左思右想，我還是索性請路照、孟廣洪二位賢弟引路，我自己帶領小徒左夢雲先赴半鋪村。半鋪村至多不過是藏伏著飛豹子的幾個黨羽，現在恐怕早已溜了。我徑直先到那裡一繞，跟著就奔火雲莊，投帖求見子母神梭武勝文。這麼辦，面面都顧及了。不然的話，我真怕郝穎先郝師傅和白彥倫白店主，在火雲莊吃了虧，我可就對不住朋友了……」

　　話還沒說完，霹靂手童冠英說道：「不行不行，你只管照顧朋友，就忘了夫妻麼？嫂夫人大遠地撲你來了，你卻避而不見，請問誰去款待？」

　　俞劍平眉峰一皺，面含不悅。童冠英哈哈大笑道：「俞大哥也有紅臉動怒的時候，難得難得。臊著了麼？」

　　俞劍平勉強笑了笑道：「童二哥，不要取笑了，我們都長了白毛毛了，還是少年麼？」

　　智囊姜羽沖笑道：「說是說，笑是笑，我知道俞大哥此時心急。但是，

你只顧奔火雲莊，俞大嫂來了，必有要事；況且她還邀著一位武官來，大哥不在寶應等著她，怎麼辦呢？」

俞劍平沉吟說道：「好在她得遲兩天才能來到，此時煩一個人回寶應縣；賤內若來，就告訴她也奔火雲莊。」

姜羽沖說道：「不行吧？火雲莊是小地方，未必有店。況且既登敵人之門，我們也不能隨隨便便，在那裡聚許多人。那個姓肖的武官又不曉得是誰，就是你的師弟，也不便慢待了。小弟的意思，大哥奔火雲莊，就算是明著求見武勝文，可是落腳處也得暗藏著點才好。大哥這番打算要是早打定了，也可以順便告訴沈明誼，帶回信去。現在沈師傅已走，大哥不必又改主意，還是照舊辦理。我們先在此耽擱一夜；明日留下兩撥人，一撥由半鋪村往火雲莊，一撥留守苦水鋪。我們大家隨同大哥，一齊回返寶應縣，或者大哥怕郝師傅在火雲莊鬧差錯，但是現在就去，也來不及了。我們明天早點動身，就面面顧到了。」

眾人齊說，這樣辦很對。俞劍平想了想道：「也罷。」姜羽沖即與俞劍平等重新分派眾人。監視古堡的，搜查半鋪村的，踏勘由此處奔火雲莊的大路的，以及往來傳信的，都派妥專人。大抵每一兩個前輩英雄，即率領一兩個青年壯士作為一撥隨後，把留守苦水鋪集賢客棧的人也分派好了；卻只得幾個人，內中有受傷較重的兩個同伴，和海州兩個捕快；這都需人保護，因此把他們留在店房，預備明日和俞鏢頭一同回轉寶應縣城。

這一次會聚群雄，點名遣派，偏偏又把于錦、趙忠敏兩人遺落下了。于、趙二青年互相顧盼，臉上神色局促不寧。半晌，由趙忠敏站起來，上前討笑道：「姜老前輩，我和于三哥該做什麼呢？你老人家是不是教我倆人留守店房？還是忘了派遣我們了？」于錦接言道：「我二人本來少年無能，我們錢師兄派我們兩個人來，也知道我兩個人不能擋事。可是若讓我們兩個人跑跑腿，給俞老鏢頭幫個小忙，也許能夠對付。」

趙忠敏又說：「三哥不要這麼說，姜老前輩也許想教我們留守店房。可是別位都忙著道搜敵，我們二人也很想出去活動活動，不願意總當看家的差事。要是你老不放心，也可以加派哪位跟著我們。」

　　于、趙二人說這話時，老一輩的英雄俱都動容，但態度依然很沉靜。其餘幾個青年不免擠眉弄眼，臉上帶出許多怪相來。李尚桐、阮佩韋首先站起來，說道：「這可是二位多疑。這工夫咱們人都聚在一處了，姜五叔哪能記得那麼清楚？我們兩個人不是也還沒有派遣麼？」

　　屠炳烈說道：「可不是，我也沒有事哩。」鐵布衫屠炳烈是不大明白的。葉良棟在旁也說道：「可不是，也還沒有派我呢。」其實屠、葉二人俱是受傷的，自然應該留守。

　　眾人全都眼看著姜羽沖，跟著又看俞劍平和胡孟剛。胡孟剛就要發話，俞劍平暗拉他一把。霹靂手童冠英剛來到，不知怎麼回事，就挑大指說道：「于賢弟、趙賢弟，真有你的。姜師傅，人家是來幫忙的，你總教人家歇著，那怎麼能成？也得均勻勞逸呀！」抬頭忽然看見眾人神氣不對，他就愕然問道：「姜五爺！」放低聲音說道：「他二位掛火了，這是怎麼了？」

　　夜遊神蘇建明哈哈一笑，從堂屋門口答了話，說道：「童二爺，你過來聽我說。姜五爺乃是三軍司令，派人的事應該由他主持，連我老頭子還要受他支派。你童二爺摸不著頭，過來跟老哥哥喝杯茶吧！」

　　霹靂手童冠英是個精明人物，眼珠一轉，立刻恍然，向姜羽沖拱手說道：「軍師傳令吧。現在馬武、岑彭二位將軍，爭做先鋒，應該如何分派，請你發令！」掩飾了一句閒話，便走出來，挨到蘇建明身邊，低聲問話去了。

　　姜羽沖這才手彈桌角，微笑說道：「我真把二位賢弟忘了，可是也有個緣故。咱們的人全出去了，店房中還有兩位捕快和這幾位受傷的。我們

必須選派年富力強、會打暗器的精幹英雄留守店房，保護他們。于賢弟、趙賢弟的鏢法，我久已聞名。我本有意奉煩二位留守，剛才一陣亂，忘了說出來。現在，就請……」

趙忠敏忙說：「晚生們已經留守得夠了，別位師傅們都出過力，我們怎好生閒著？姜五爺要是瞧得起我們，求你老把我們兩個人派出去走走。我們兩個人打算結伴先探一探半鋪村，這個地方我們還熟。」

于錦應聲說道：「好！我們二人情願單人匹馬，不用邀伴，只憑弟兄二人的兩把刀，前去半鋪村勘查一下，順路就到火雲莊闖一闖。不過話又說回來，老師傅們如果不放心我們，就另派兩個人跟隨我們，我們也是義不容辭的。」

鐵牌手胡孟剛聽到此處，急急地向俞劍平、姜羽沖瞪了一眼，又努了努嘴。那邊霹靂手童冠英也面向蘇建明暗吐一口氣，低聲說道：「哦，我明白了，這裡頭有事？」

蘇建明微笑不答，只說道：「老哥，你只聽軍師發令吧！」

姜羽沖忙道：「好極了！二位願意出去更好，要到半鋪村，是很可以的。不過二位要偕探火雲莊，我真是不很放心。我可不是看不起二位，我只是怕二位一去，打草驚蛇；萬一把飛豹子驚走了，咱們幫忙的人，可就落了埋怨了。二位既然如此熱誠，今晚暫且歇一夜，明早可以陪伴俞老鏢頭一同前往。今天我們並不打算查探火雲莊，只不過白天監視古堡附近，看有敵人前來窺伺沒有？一到深夜，我們便須分批去到古堡和半鋪村前後內外，加意勘查敵蹤。我料敵人會在暗處埋伏著人。遠處不說，就說這苦水鋪，我們住的這店房吧，保不定就有賊人的底線臥藏著……」

李尚桐、阮佩韋等三五個青年，一聽說到「底線」二字，立刻譁然接聲道：「有有有！我們店裡一定有賊人的底線，要不然，怎麼我們的一舉一動，賊人知道得這麼清楚？姜五爺，這裡一準有奸細，我們應該把這奸

細全挖出來。」說時好幾對眼珠子不邀而同，盯著于、趙。

于、趙二人就是沉得住氣，像這公然指斥，也不由惱羞成怒了。大家全拿另一種眼光，看待他二人；而且冷嘲熱諷，都對他二人發來。于、趙二人明挨唾罵，心想抗辯，苦於無詞，都氣得臉色煞白。

趙忠敏實在按捺不住，啞著嗓音說道：「若真有底線，那倒好極了。憑諸位這些能人，何不把那底線全都挑出來？比坐在這裡空議論強多了。阮大哥、李大哥，底線到底藏在哪裡？請你費心告訴我們兄弟。我弟兄不會說話，卻總想做點實事；恨不得把這底線挑出來，也算幫俞老鏢頭一個小忙。」

阮佩韋、李尚桐對臉冷笑道：「憑二位這份能耐，膽又大，心又細；底線落在哪裡，難道還看不出來麼？我們不過是順著姜五爺的口氣瞎猜罷了；要說挑底線，非得你們二位不可。」

這話太明了，于錦大怒，突然站起來叫道：「這話怎麼講？挑底線怎麼非得我們？我們兩個生著八隻眼睛、十六個舌頭不成？阮大哥、李大哥，我們弟兄不懂這句話，我們倒要請問請問，你是不是說這底線跟我們認識？請你明白點出來。」

于、趙二人全都變了臉，雙手叉腰，站在屋心。阮、李二人也突然站立起來。胡孟剛也忍不住挺身而起，張著嘴要發話。俞劍平一扯胡孟剛，急忙上前攔阻。眾人把于、趙和阮、李隔開，俞劍平深深作揖道：「諸位全都衝著愚兄的薄面，前來幫忙，千萬不要鬧誤會。若說底線的話，我看店中絕不會有，苦水鋪鎮內鎮外可就保不住了。于賢弟、趙賢弟若要出去訪訪，就請辛苦一趟，這也是很有益處的事。」

童冠英、蘇建明等也忙走過來，連聲相勸。姜羽沖徐徐站起來，單向于、趙二人賠笑道：「這可是笑話！二位賢弟當真若認識飛豹子的底線，咱們豈不就把他們的窩早就搜著了麼？于賢弟、趙賢弟，你們二位和阮、

李二位都是自己人，千萬別鬧口舌。這實在怨我疏忽，忘了分派兩位了，才惹起這番誤會來。二位既想出去遛遛，好極了！苦水鋪也很有幾家店房，以及茶寮酒肆，那裡保不住窩藏著豹黨。就請于賢弟、趙賢弟二位搭伴出去蹚一蹚也好。」

趙忠敏正在氣頭上，一聞此言，正中下懷，不覺得忘其所以，爽然脫口答道：「我們兩人這就出去蹚一蹚。」于錦卻聽出姜羽沖話中含有微意，似帶反射，立刻正色答道：「四弟慢著！姜師傅，這可對不住，我們兩個人現在不能去。你老一定要派我們，最好你老再加派一兩位能人，跟著我們走。我們兩個人絕不能單獨出去；最好就煩阮師傅、李師傅，一人一位，分綴著我倆。」

姜羽沖忙賠笑說道：「于賢弟，你這話可該罰。你們兩位和阮、李二位拌嘴，我可沒說別的。並且我也不過忘記派二位罷了，我絕沒有含著別的意思。于賢弟，你既然這樣過疑，教俞老鏢頭多麼為難！」說時眼望俞劍平。

俞劍平立刻接聲道：「諸位都是俞某寫紅帖，專誠請來的；我若不推心相信，我就不邀請，豈不更好？」走到于、趙面前，長揖及地說道：「二位要說別的，那就是罵我，我只好下跪賠禮了。阮、李二位不過就事論事，泛泛一說。絕不會錯疑到好朋友身上。得了，二位都看在我的面上吧。」

于、趙急忙還禮，斜盯了阮、李一眼，冷笑道：「俞老前輩，我們不是任什麼不懂的傻子。我哥倆本是奉師兄之命，前來給您老幫忙的；現在既有多人懷疑，我們在此實在無味。俞老前輩，我們立刻告退就是了。我們實在有始無終，非常抱愧，但是沒法，我們只好對不住老前輩了。」說完，于錦首先邁步，趙忠敏緊跟過來，兩人並肩往外就走。

眾人一齊相攔。阮佩韋、李尚桐被馬氏雙雄拉到別屋去了。于、趙二

人也被大家推坐在椅子上；兩人吁吁地喘氣，一言不發。夜遊神蘇建明和奎金牛金文穆一遞一聲地勸說：「二位賢弟，小阮是個小渾蛋，何必理他？你要是這麼一走，你想，豈不教俞鏢頭置身無地了？」其餘別人也打圈站在于、趙二人面前，七言八語，亂勸一陣，簡直把于、趙二人包圍起來。兩人寒著臉，仍要告退。

十二金錢俞劍平趁空兒睨了姜羽沖一眼，姜羽沖微微一努嘴。俞劍平忙走過來，扯著胡孟剛，分開眾人，到于錦身旁，挨肩坐下。面堆歉容，低聲說道：「二位賢弟先消消氣；咱們是何等交情，絕不要聽兩句閒話，就犯心思。我俞劍平自問血心待友，從來不會錯疑過好朋友的。況且咱們又是誰跟誰？剛才阮、李二位也不過是揣測之詞，恐怕漏了消息，才這麼信口一說，其實是漫無所指的。」又一拍胸口道：「老弟，別的話不說，我們就憑心！二位不是衝著我來的麼？我姓俞的可說過別的沒有？」

趙忠敏說道：「沒有……」俞劍平拍掌道：「著啊！既然沒有，二位還得幫忙捧場，剛才這場笑話，就此揭過去。」

于錦愣了半晌嘆息道：「大丈夫做事，就求對得住自己的良心。俞老前輩也無須抱歉，我絕不擱在心上。不過，我姓于的無端遭人這麼小看，真是想不到的事！」

胡孟剛只聽了半句話，立刻大笑道：「對！這話很對，咱們憑的是良心！」

蘇建明插言道：「二位賢弟，常言說得好，路遙知馬力，日久見人心。二位既拿俞、胡二位當朋友，咱們還是全始全終，照常辦事。」

俞劍平說道：「那個自然，我們于賢弟、趙賢弟兩個人最直爽，話表過就完。」立刻衝著智囊姜羽沖叫道：「姜五爺，你是軍師，你看著分派吧。他們二位究竟是幫哪一路相宜？是探古堡，還是探半鋪村，還是留守苦水鋪店房？」金文穆也道：「軍師爺這回派兵點將，千萬想周全了，別再

有漏派的。這不是諸葛孔明點將，要用激將法；這些位全是熱腸俠骨的好朋友，不用硬激，就會賣命。」說著哈哈地笑了起來。

俞劍平極力安慰于、趙，卻不時衝姜羽沖遞眼色。大家都勸于、趙，于、趙二人在面子上似乎轉過來了。但是眾目睽睽之下，兩個人仍然你看我，我看你，肚裡似裝著背人的話。

智囊姜羽沖夾在人群中，早已看明，佯作笑容道：「這實在怨我。諸位幫忙尋鏢，人人爭先，個個出力，我竟一時漏派了幾位，這才招出來一場誤會。我這個軍師就欠挨手板。好在彼此都是自己人，話點過便罷，我也不用引咎謝過了，我還是該派的就派。不過，要是我再有遺忘之處，諸位千萬給我提個醒。……俞大哥、胡二哥，我看于賢弟的暗青子打得極好，趙賢弟的腳程極快，最宜於踩探。」

這話還沒說完，頓時被于錦聽出隙縫，站起來，急急忙忙搶著說道：「姜五爺，我先擋您的大令！」

姜羽沖抱拳道：「于賢弟有何高見，儘管說明。」于錦面視眾人，朗聲發話說道：「眾位師傅！我弟兄二人，奉掌門師兄錢正凱之命，前來助訪鏢銀，不想鬧出了這麼一場笑話。剛才蘇老前輩說得好，日久見人心。我們本當告退，就衝著蘇老前輩這句話，姑且在這效力。只要俞老前輩和胡老鏢頭還相信我們，我弟兄赴湯蹈火，萬死不辭！」

眾人哄然道：「過去的事不要再說了，于師傅要再提，那可就是罵我們大夥了。」

于錦搖頭說道：「不然，不然！我們心地怎麼坦白，誰也沒有鑽到誰肚裡去。姜五爺派兵點將，無論如何，也得教我哥倆躲躲嫌疑。我們兄弟先把醜話說在頭裡，軍師若派我們出外，不管古堡也罷，半鋪村也罷，總得把我哥倆分開，另外再請一兩位同伴跟著我們走。我們弟兄打今天起，絕不能在一塊，最好把我哥倆攔在兩下裡。或者留一個在店房，就算留

守；另派出一個去，跟著別位師傅跑腿，就算出外差；反正我們兩人不能再在一處了。這一節務請姜五爺應允，我們弟兄才能從命。不然的話，我們弟兄還是趁早潔身自退。」

姜羽沖一聽，于錦竟走了先步，衝著自己釘來了；自己無論如何，也不能那樣派了。別位武師都以為這話太掂斤捏兩，便有些不服氣。

姜羽沖並不介意。手捻微髯，面含微笑，細聲細氣對于、趙二人說道：「二位師傅，英雄做事，要提得起，放得下。剛才小小的一場誤會，俞、胡二位已經再三賠說。你們二位要是仍然擱在心上，那就算看不起俞、胡二老鏢頭了，又好像連我們大家也怪罪上似的。要知道大家就事論事，本來沒人疑心二位；只不過阮、李二位的話稍微冒失一點罷了。就算他二位無禮，你二位還得看在俞、胡鏢頭和我們大家的面上；二位本來是衝著他二位來的呀。我們大家也是來給俞、胡二位幫忙的；我們幫不了忙；千萬不要給拆了夥，攪了局。于師傅，這件事就此打住，我說對不對呢？」

姜羽沖把話放得很輕很緩，可是話中含意既冷且峭。于錦不覺紅了臉，正要發話；趙忠敏的性情比于錦還直，一時按捺不住，突然說道：「我們本不是英雄，我們連狗熊還不如。我們于三師兄說的話是正理，這份嫌疑我們總得避。軍師爺派兵點將，若不派人監視我們，我們還是歸根一句話，我兄弟只好告退。」

這話又衝著姜羽衝來了。眾人唯恐姜羽沖還言，連忙打岔。但是姜羽沖很沉得住氣，不但不駁，反倒連連誇好道：「二位的意思我明白了，實在是好。我本少智無謀；大夥推我當軍師，我實在不能勝任。但是說到派人，當然要量才器使，也得要請問本人的意思。二位這番苦心，我當然要領會的。這麼辦吧，你們二位本是焦不離孟，現在就請二位同著別位留守苦水鋪店房。」

于、趙二人一齊開口，似欲反駁，姜羽沖忙接下去道：「二位別忙，這是今天晚上的事；一到明早，我們起程之後，就煩二位出去踩訪。」

趙忠敏眼看著于錦，于錦不語。趙忠敏道：「光我們兩個人守店房不成，還得派別人看著我們一點才成。」

于錦暗拉趙忠敏一把，趙忠敏未能領會。姜羽沖在那邊突然失笑道：「二位放心，留守苦水鋪店房的有好幾位呢。二位可以專管上半夜，或者專管下半夜。這店房別看沒什麼要緊，萬一飛豹子再遣人來擾亂，我們便可以給他一個屬害。」

于、趙二人不約而同，齊聲搶答道：「我們守下半夜。」姜羽沖相視俞劍平道：「好好好，就請二位多辛苦吧！」跟著把別位武師也重新分派一遍。眾人領命，各做各事去了。于、趙二人不便再說別話，向俞、胡、姜三老告辭，退出上房。

這時天色漸暮。俞劍平跟著二人挑簾出室，轉向在座幾位年老的英雄，低聲合計；把別位武師也密囑了一些話。又過了一會兒，才將阮佩韋、李尚桐找來，連同時光庭，由姜羽沖發話，對這三個青年說道：「我們這裡不過有這麼兩位，似乎處在嫌疑之地；現在我們並沒得著真贓實據，只可暗中留神。要是挑明了簾，一直地加以諷刺……」說到這裡，抱拳道：「諸位請恕我直言，那一來空傷感情，反倒把他們弄驚了。再不然抓破臉一鬧，甩袖子一走，給我們一個下不來臺，豈不是反教人家得著理了？」

俞劍平又說道：「不但這樣，人心難測，疏忽固然受害，過疑也足誤事。也許人家並沒有惡意，反是咱們多慮；豈不是得罪好朋友了？」

胡孟剛說道：「話也不能只說一面，咱們終得留神。假使他二人真是奸細，咱們一舉一動，豈不都被他們賣了？」

夏建侯說道：「總是不挑明的好。」

阮佩韋強笑道：「五爺說的是，不過我們也有我們的用意。」伸出二指道：「這兩個東西唧唧咕咕，準是奸細，毫無可疑。咱們不過教他們知道知道，別拿人當傻子，警告他們一下子，教他們勢必知難而退。」

蘇建明捋鬚搖頭道：「不好，不好！明著點破，不如暗加提防。你要知道，明著是點不盡的；他們真個知難而退，咱們可就一點什麼得不到了。你二位太年輕，不曉得俞、胡二位的用意。你要明白軍師爺的意思，不只想揭破他，實在還要反打一耙，從他二位身上抽一抽線頭。弄巧了，還許從他二位身上，撈著飛豹子實底哩。我說是不是，姜五爺？」

姜羽沖笑道：「所以我們才煩阮、李、時三位，暗中踩一踩他們的腳印，逗一逗他們二人的口風；誰知道你們二位沉不住氣，反倒當面直揭起來了！」阮佩韋、李尚桐滿面通紅道：「我們做錯了。」

俞劍平目視姜羽沖道：「二位沒有做錯。二位做得很對，只是稍微過火一點罷了；有這一場，也很有用。」

俞劍平這話又是為安慰阮、李二人而發的，姜羽沖不由心中佩服，畢竟還是俞老鏢頭。若論韜略，或者不如自己；若論處世待人，面面周到，他實在比任何人都強。無怪江湖上盛稱俞劍平推心置腹，善與人交；這不但是心腸熱，還靠眼力明，能夠看出人情的細微之處，絕不肯無故教人難堪。這實是俞劍平勝人一籌的地方。

姜羽沖人雖聰明，究竟鋒芒時露，說話尖銳。當下，俞劍平又把阮、李二人低囑一遍，執手而談，頗顯著親暱。阮、李二人方才釋然，點了點頭，與時光庭相偕離座去了。

轉瞬天黑。俞劍平道：「我們該動身了！」向留守的人拱手道：「諸位多偏勞吧！我先同著姜五爺、童二爺到半鋪村查看查看。」遂邀著當天趕

到的霹靂手童冠英和智囊姜羽沖等人，突然出離店房。朱大椿、馬氏雙雄等老一輩的英雄，各同幾個青年壯士，也已先後出發，店房中只剩下松江三傑的夏靖侯和青年葉良棟，這兩人受傷較重，算是歇班。另外還有奎金牛金文穆、鐵布衫屠炳烈和幾個受輕傷的人。此外便是于錦、趙忠敏。

那屠炳烈已和智囊說定，容得明日俞鏢頭走後，仍要到西南鄉，拜訪古堡原業主邱敬符。姜、俞都以為此舉是很重要的。

眾人去後，守前半夜的小飛狐孟震洋、路照二人立刻綁紮俐落，手持兵刃，身藏暗器，先後上了房，開始望。松江三傑的夏建侯、谷紹光和鐵牌手胡孟剛也暫在院內房上，來往梭巡。

于錦、趙忠敏本與阮佩韋、李尚桐、時光庭、葉良棟等同住一間店房；天熱人擠，在頭一天剛到時，他們都在店院中納涼喝茶。及至今夜，時光庭已先時被派出去，阮、李二人也跟著出發了。

一過定更，廂房屋中只剩了葉良棟一個人。燈影下，于、趙二人面對面坐著，葉良棟躺在床上。趙忠敏便衝著葉良棟，發牢騷道：「無緣無故，教人猜疑。葉大哥，你看我們兄弟有多冤？」

葉良棟裹傷坐起道：「這是誤會。他們只是海說著，唯恐咱們堆裡有奸細罷了。二位是多疑了。咱們都是幹鏢行的，焉有向著外人的道理？況且這個飛豹子又是外來的綠林，跟二位怎麼會有交情？」

于錦道：「著啊！所以我們才生氣。要是劫鏢的主兒真個跟我們認識，教大家起了疑心，我們也不算冤枉。」

廂房中的三個人，兩個發怨言，一個開解，很說了一會兒話。隔過片刻，夏建侯和胡孟剛在門口咳了一聲，忽然走了進來，道：「哦，怎麼三位還沒睡！……于、趙二位不是守下半夜麼？還不趁早歇歇，省得沒精神。要知道飛豹子他們要來，一定在三更以後，四更以前，正是疲精乏神

的時候。」

于錦道：「我們還不睏。喂，趙四弟，我們就先躺躺吧。」

二人說著，這才側身躺在板床上，挨在葉良棟的身邊。兩個人都沒有扎綁身上，隻手中各拿著兵刃。胡孟剛和夏建侯見二人躺好，方才又出屋，往別處巡去。

于錦、趙忠敏閉目養神。那葉良棟大概因為受了傷，躺在床上，不時轉側。口中不住地說：「熱！受不了，這屋子太悶氣了。」不住用手巾拭臉上的汗。末後忍不住坐了起來，道：「難過極了，我往院裡坐一會兒吧。」

葉良棟開門出去，于、趙二人睜開了眼，相視冷笑。趙忠敏低聲道：「這也是小鬼！」

于錦一推趙忠敏道：「不要說話。」

果然，一轉眼間，葉良棟又踱進屋，道：「嗬！我們太傻了。這小屋夠多熱，我們何苦傻不嘰嘰地在這裡悶著！趙五哥，于三哥，他們老一輩的師傅們全都出去了。現在上房正閒著，西間只有幾個人，東間全空著呢！那裡的門窗比這裡的門窗又大又敞亮。咱們上那裡睡去吧。」

于錦微閉著眼答道：「你請吧。我們兩人還有差事，也該接班了。」

葉良棟笑道：「早著哩。何必在這裡受熱？上房涼快極了，這裡又悶又潮，這板床就好像泡過熱水似的，我真受不了。」

說著，伸手把床上當枕頭用的小包袱和自己的兵刃，一把取來，回頭對于、趙道：「你二位不去，我可有偏了。」

于、趙道：「你請吧。」葉良棟把兵刃穿在小包袱上，一隻手提著小包袱，徑出廂房，到上房去了。臨出門口，又回頭道：「二位關上門吧。」

葉良棟徑到上房睡去了。廂房只剩下于錦、趙忠敏。于、趙二人目送葉良棟出了房門，同聲低罵道：「可惡！」趙忠敏一翻身坐起來道：「我

去關上門。」于錦躺在床上，忙伸手抓住趙忠敏說道：「做什麼，還不躺下？」趙忠敏說道：「關上門，咱們好商量商量啊！」

于錦說道：「你別糊塗了。你和我算是教人看起來了，趁早躺下吧。」

趙忠敏道：「真的麼？」于錦著急道：「你怎麼這麼呆，快給我躺下吧。」趙忠敏半信半疑，只得躺在床上。于錦教他懸枕側耳而臥，留神傾聽外面的動靜。外面並沒什麼聲響。

轉瞬挨過半個更次，屋中燈照舊點著。于、趙二人閉眼假寐，前後窗並沒有人影，窗後門口也沒有輕行躡足之聲。趙忠敏心上到底不信，對于錦說，要到院中看看。于錦想了想道：「也好，不過你我二人不能同出同進。你自己一個人可以假裝小解，往外蹓躂一趟，但你不可露出張望的神氣來。」

趙忠敏道：「我曉得。」立刻下地，大大意意地走出屋外。

到院中一看，庭中無人，房上倒伏著兩人，正是把守上半夜的孟震洋和路照。松江三傑的大爺夏建侯和三爺谷紹光，帶著兵刃，在櫃房坐著，正和店家閒談。別的人一個沒見，上房的燈依然亮著。

趙忠敏解完小溲，一時忍不住，竟奔上房窺視。剛剛掀開門簾，便見胡孟剛坐在堂屋椅子上，正在打盹；未容趙忠敏進屋，便把頭一抬，雙眼一瞪道：「呔！」突然起立，將兵刃亮出來；隨便笑道：「原來是趙爺，還沒到換班的時候呢。」

趙忠敏忙賠笑道：「我醒了，有點口渴，想找水喝。」說到這裡，東內間有人接聲道：「這裡有熱茶。」

趙忠敏走進一看，松江三傑的二爺夏靖侯躺在床上，手握兵刃。岳俊超、歐聯奎和衣而臥，睡得很熟。奎金牛金文穆好像睡了一覺，這時剛剛坐起來，兩眼還帶惺忪之態。茶壺和茶杯都放在小茶几上，緊挨著床。

趙忠敏喝了兩杯茶，轉到堂屋，和胡孟剛搭訕了幾句閒話，復到西內間，看見葉良棟已然熟睡。趙忠敏這才回轉廂房，對于錦說道：「他們那幾個人睡的睡，守的守，沒有人偷聽咱們窗戶根的。」

于錦搖頭道：「人數夠麼？」趙忠敏說道：「一個不短。」兩個人這才稍稍放心，把燈撥小了，又看了看窗格，並沒有新溼破的牙孔；兩個重複倒在床上，並枕低聲，祕商起來。哪知道店中留守的人固然一個不短，那派出店外的人卻悄沒聲地回來了好幾個。

第三十六章　陰持兩端縮手空招忌　窮詰內奸眾口可鑠金

第三十七章
讀密札掩燈議行藏　窺隱情破窗犯白刃

那阮佩韋、李尚桐隨眾出店在外面耗夠時候，互相戒備著，首先溜回苦水鋪。在苦水鋪街道上，遇見了梭巡的時光庭，三人結伴回來。阮佩韋說道：「外賊是小事，有他們老一輩的英雄防備著哩。咱們先根究內奸吧。于錦和趙忠敏這兩個小子鬼鬼崇崇，一定和飛豹子暗通著消息！」

三人直奔集賢棧走來。行近店後門，不敢直入，三個人跳在牆頭上，連連打晃。小飛狐孟震洋在房上已瞥見，忙通了暗號，把三人引了進來。用手一指後夾道，三人會意，忙忙溜了過去。孟震洋復奔到上房，把後窗輕拍三下，替阮、李通知了屋中各人；然後重複上房，望著外面，以防賊人乘虛襲至。

阮佩韋、時光庭、李尚桐三人不敢大意，按照江湖道踩路的做法，直趨廂房後窗。那廂房本是一明兩暗的三間屋。于、趙二人住在南間，北間本是朱大椿、黃元禮、九股煙、周季龍、屠炳烈、孟震洋等七八個人的住處。此時他們全出去了。時光庭臨走之前已將後窗悄悄打開。當下三人相偕來到此後窗前，首先由時光庭輕叩三下，屋中闃然無人；他便把後窗輕輕支起，往內一瞥，屋內漆黑。

時光庭向阮佩韋說道：「我進屋偷聽，你們二位可以在外邊，一個奔後窗，一個奔前窗偷看。」阮佩韋說道：「不，我進屋，你們二位到那邊望。」話未說完，嗖地躥進去了。

時光庭微微一笑，只得和李尚桐奔南間後窗。南間後窗燈光尚明，李尚桐躡足走過去，用手指沾唾津，就要點破窗紙；時光庭不由發急，忙

一把將李尚桐拖回來，退出數步，低聲道：「這可使不得，他倆全是行家呀！」

李尚桐說道：「若不戳破窗紙，可怎麼看得見？」

時光庭說道：「你先偷聽。我記得這店房的窗戶七窗八洞的，定有現成的窟窿可以探看。」

兩個人重又走近後窗根，努目一尋，果然後窗紙有兩三道破縫，只是很高。兩個人便要交換著踏肩暗窺；忽然身後發出微響，急回頭看，那阮佩韋已經出來了，連連又向二人點手。

時、李二人忙湊過去。

阮佩韋急急說道：「他二人正在屋裡唧唧咕咕，背著燈影，一同念看什麼。我告訴你二位，這後窗縫從打白天，早被我割開了，窗扇的栓也下了，一推就開。緊急的時候，你二位千萬推窗跳進去；我可要冒險了！」二人忙問：「冒什麼險？」那阮佩韋已迫不及待地跳進北間去了。時、李料到阮佩韋必已窺見什麼破綻，兩人急急忙忙，重又撲到後窗根，預備內窺。

李尚桐心性急，暗將時光庭按了一把，教他俯下身來。時光庭也想搶先看看，李尚桐不肯相讓，只得依著他。時光庭雙手扶牆，將腰微俯；李尚桐輕輕一按時光庭的後背，雙足躍上去，踏著時光庭的雙肩。兩個人接高了，恰好正對著上層一扇窗縫。李尚桐忙屏氣凝神，將右臉微側，右眼對著窗縫，往裡面張望起來。

這時候，屋中的于錦、趙忠敏還在床上躺著，低聲唧唧地說話。趙忠敏俯臥木榻，用手拄著枕包，抬起頭來，低聲向于錦說：「我這兩天直隱忍著，說真的……」一挑大指道：「他們幾位老前輩，除了姜羽沖這個老奸賊，別位都還沒有什麼，頂可恨的是這幾個東西。」說時一挑小指道：「我

就不明白，我們平白在這裡挨瞪，怎麼就不能告退？我們不會說有要緊的事，非回去不可嗎？」

于錦仍然躺在枕上，微微搖頭道：「你那是小孩子見識，那不行。咱們驟然一走，他們更拿咱們當奸細了。」

趙忠敏說道：「依你的主意，非寫信不可麼？」于錦說道：「那是自然。一來，咱們現在事處兩難，可以向大師哥要個準章兒，他教咱們幫誰，咱們就幫誰。二來，大師哥要說都不幫，要催咱們回去，他必定立派專人，假托急事，把你我喚回鏢局。你我乃是奉命而來，遵命而去；他們絕不會疑心咱們是做奸細露餡，抱愧告退的了。」

趙忠敏默想了一會兒，連連點頭，忽然坐起來道：「你想的固然不錯，可是他們把得這麼嚴，我們想什麼法子，給大師哥送信呢？」

于錦說道：「你別忙，我自然有法子。」

趙忠敏又不言語了，半晌道：「你道大師哥教咱們幫誰？」

于錦道：「你說呢？」

趙忠敏道：「若教我說，他們太拿咱們不當人了。索性回去告訴大師哥，咱們就給他一個弄假成真，反幫那一頭。」

于錦冷笑道：「你真是這麼想麼？」

趙忠敏說道：「一陣氣起來，我真就這麼想。不過，反過來幫那一頭，也太難了。只怕觸犯鏢行的行規。要是還幫這一頭，衝著俞爺，倒是應該。無奈他們這些小雜碎們這麼瞧不起人，不知三哥你怎麼想，我實在氣得慌；再跟他們一塊參與，真有點不值。」說罷，往床上一躺，眼望于錦。

于錦浩然長嘆道：「這實在罵人太甚了！我也是很灰心，只不知大師哥怎樣看法。」

趙忠敏說道：「既然要給大師哥寫信，你還是快寫吧。」

于錦說道：「信是早寫出來了。我現在正思索這封信該用什麼方法，送到大師哥手內。還得瞞著他們，教他們三四十人一點也不知道，都栽在你我手下！」

趙忠敏霍地由床上坐起來說道：「真的麼？三哥，我真佩服你。我跟你焦不離孟，孟不離焦，你多咱把信寫出來的？還有信封、信紙，還有筆墨，你都是現買的麼？」于錦說道：「憑你這一問，便知你呆，怪不得人家把你叫傻四兒。你應該這麼問，這封信是在店內寫的呢，還是在店外寫的？」趙忠敏笑了。

這時于錦仍躺在床上。趙忠敏坐在床邊上，伸出一隻手來說道：「三哥，你別騙我！這麼些人都瞪眼盯著你我，我不信你會悄沒聲地把信寫好。你把信拿出來，我看看。」

于錦笑道：「你不信麼？我真寫出來了，而且還是八行籤，共寫了三張。」趙忠敏把一對眼睛瞪得很大，說道：「你越說越神了！你到底是多咱寫的？在什麼地方寫的？」于錦笑而不答。

趙忠敏又問道：「你拿出來，讓我看看，成不成？」

于錦道：「不用看了，信上說的話，就是請大師哥給我們拿個準主意；或去或留，或幫這頭，或幫那頭，如此而已。」

趙忠敏仍不肯罷休，再三催促道：「你別說得那麼好聽，你是騙我，你準沒有空寫。」

于錦笑道：「我就算沒有空，沒有寫。」趙忠敏不由把話聲提高，發急拍床道：「不行！你得拿出來，給我看看。你拿不拿？你不拿，我可要搜了。」將雙手一伸，就要按住于錦，搜他的身畔。

于錦的膂力，沒有趙忠敏大，功夫也不如；他連忙躥起來，站在地上，低聲說道：「你不要動粗的，你忘了這是什麼地方了！給你看，你別

嚷嚷，行不行？」

趙忠敏才住手，直躥起來，站在于錦身邊。于錦把衣襟解開，從貼肉處拿出一封信來，說道：「剛才是冤你的，實在是只有一張半信，你看吧。」把未封口的信封一抽，抽出來兩張紙，也不是八行箋，只是兩張包茶葉的紙罷了。趙忠敏便要看信，于錦扭頭往前後窗看了一眼，說道：「我說給你聽吧。回頭有人過來，教他們看見，無私有弊，又是一場是非。」

趙忠敏說道：「你看你這份瞎小心！都是你無端自起毛骨，才招得他們動疑。你像我這麼坦坦然然的，再沒有這事。拿過來吧！」伸手搶過信來，往眼前湊看。但是油燈不亮，趙忠敏立在床邊，一點也看不清楚；就又舉著信紙，往桌前走來。于錦也跟了過來，不住說道：「快快看，你不要大大意意的！」又說道：「就是那麼回事。給我吧，用不著細看了。」趙忠敏連說不成，定要看看。

兩人並肩立在燈前，趙忠敏展開用茶葉紙寫的這兩張信。

于錦越催他快看，他越得一字一字數著念，他本來識字有限。

于錦很不耐煩道：「你只看半邊就行了⋯⋯你看這麼措辭，行吧？」

趙忠敏對燈看了一遍，折疊起來，說道：「你這信上還短幾句話，你應該把他們逼咱們的情形，利利害害說一說。」于錦道：「那不都有了麼？」重展開信紙，指著末一張道：「你瞧這幾句，不就是那意思麼？」

趙忠敏又低頭看看，且看且點頭，旋又仰臉說道：「倒是那個意思，可惜你還沒有說透徹，簡直有點詞不達意。」

于錦生氣道：「你當是坐在家裡寫信呢！我好容易抓了一個空，像做賊似的，潦潦草草地寫了這兩張紙，你又挑字眼了。有能耐，你自己寫去！」

趙忠敏忙又賠笑道：「是我渾，我忘了這信是偷寫的了。三哥別著急，

信是寫好了，明天無論如何，你也得想法把信送出去才好。你到底打算怎麼個送法呢？」于錦仍含著不悅的口氣，道：「你想呢？你別淨教我一個人出主意呀！」

當此時，在窗外的李尚桐已然登著時光庭的雙肩，附窗內窺良久，把隱情聽了個大概，看得個分明。料到這封信必有情弊，恨不得立時推窗入內，將這信一把搶到手中。那時光庭被李尚桐踩著，一點也看不著。李尚桐只顧自己心上明白，忘了腳下的時光庭了。

這時李尚桐腳踏同伴的雙肩，竟要試著掀窗，輕輕地把後窗往外一帶。這後窗早已被時光庭預先開好，所以很不費事，便拉開一點小縫子。時光庭在他的腳下，疑心他未得確證，硬要闖入，心中著急，又不敢出聲明攔，忙伸手扯李尚桐的腿，催他下來，換自己上去，也好看個明白。李尚桐也不敢明言，只把手一比，用腳尖照時光庭肩頭點了幾下，意思說：「你別動！」仍自勻著勁兒，往外拉窗。

但李尚桐做錯了，他應該猛一拉窗，挺身直躥，給于、趙一個措手不及；明攻明搶，便好得手。哪知他竟想一點聲音不響，乘虛而入，掩其不備！于、趙二人還沒被驚動，他腳下的時光庭再也忍不住了；以為李尚桐太已魯莽，必要誤事；推他的腿，他又不動。時光庭不由發怒，便把李尚桐的腿一拍。兩個人發生了分歧的舉動。

李尚桐閉口屏息，尚在上面鼓弄。時光庭猛然一蹲一閃，李尚桐頓時掉下來；後窗剛剛拉開縫子，頓時也隨手關上。幸虧李尚桐手法很快，身子才往下一落，就知老時等急了。他忙用手掌一墊窗格，這窗戶才不致發生大響；雙腿又一蜷，這才輕輕落地。

但是就只這一點微微的動靜，屋裡邊的于錦、趙忠敏兩個行家立刻聽出毛病來。兩個人不約而同，一齊回頭，道：「唔？」又一齊道：「不好，有人！」

時、李在外頓時聽見。李尚桐大為焦灼，再不遑顧忌，一推時光庭，又一指窗口，附耳道：「快進去，搶信！」立刻就要穿窗。

但當此時，屋中的于錦、趙忠敏早已發動身手。兩個人四隻眼盯著後窗，喝罵道：「好賊！膽敢窺探，著打！」啪的一聲，趙忠敏首先打出一物。于錦就順手扇燈。噗的一下，燈滅屋黑；就用這扇燈的手，急抓桌上的信……

哪知道往桌面上一抓時，沒抓著信紙，恰巧抓著了一隻枯柴似的手。于錦的手按在這瘦硬的手，瘦硬的手就撈著桌上的信。于錦方想是趙忠敏，但陡然省悟，曉得不對。趙忠敏的手肥大，這手卻如此瘦硬。趙忠敏在自己身旁，他的手應該自上往下抓，這手卻自下往上撈。這隻手乃是阮佩韋的手！燈已扇滅，二目不明，倉促間于錦沒有理會到。

但于錦到底是十分機警的人，燈光一暗，急凝雙眸，恍惚覺出屋門口有人影一晃。于錦頓時察覺，右手按住這瘦手，用力一奪；左手便劈這只瘦腕，口喝道：「好賊，放下！」展立掌，狠狠劈下去。不想這瘦腕緊握不放，刮的一聲響，桌上的信紙撕掉一塊。掌劈處疾如閃電；那瘦腕猛一抽，沒有縮開。

啪的一聲，彎臂上挨了一下；可是信已被他奪掉一半去了。隱聞得喂的一聲，夾雜著詭祕的冷笑，跟著喝道：「打！」黑乎乎的影子，似一閃一晃，衝于錦撲來。

燈乍暗，眼猶昏，于錦大喝道：「老四，進來人了，快拔青子！」連忙側身，往開處一踏，就勢將奪回的殘信一團，往身上一塞。那邊趙忠敏喝道：「哎喲，好東西，著打！……三哥，桌上的信呢？快快收起來！」內間屋，黑影中，噼裡咔嚓，聲音很大；後窗已被扯落，震出四四方方的一塊微亮來，還有一個腦袋影。

于錦一俯身，早已拔出綳腿上的手叉子來。急凝目光尋看，恍見一條

瘦影往堂屋逃去，正像阮佩韋，他料定也必定是阮佩韋。頓時大怒，如餓虎撲食，喊一聲：「哪裡走！」匕首一挺，惡狠狠照阮佩韋後肋扎去，間不容髮，便中要害。

阮佩韋頭往後一轉，冷風到處，忙往左一塌身；嗤的一下，衣破皮穿，鮮血流出。阮佩韋卻一咬牙，罵道：「好奸細，滾出來！」嗖地竄向屋外，蓬登和剛闖進來的一個人正撞了個滿懷，失聲道：「呀！我！」被那人一把抓住，往外一掄；阮佩韋就勢一竄，挺然立在院心。

于錦跟蹤追出來，那人當門攔住道：「誰？」于錦一匕首刺下去，那人微微一退步，用力一架，「叮噹」激起火花，把於錦截住。于錦咬牙切齒，不管他是誰，定要拚命；一領匕首，重撲上來。

趙忠敏也將手叉子拔出來，又往床上一撈，撈著他的刀。

左手提匕首，右手掄刀，兩眼像瞎子似的，一閉一睜，略定眼神，急視後窗。要從黑影中、後窗口，尋找仇敵，後窗扇大開，上一扇的窗格早已扯落。

李尚桐飛身躍入窗口，騎著下扇窗格；於窗開處探身，屬聲罵道：「好不要臉的奸細！」

趙忠敏把眼一瞪，喊一聲，躍上板床，挺刀刺去。李尚桐掄窗扇下打，「咔嚓！」刀砍在窗格上。李尚桐把窗扇一推，趙忠敏翻身退下床來。

李尚桐一跨腿，越窗而入，站在床上。啪噠一聲，窗扇飛出來，照趙忠敏砸去。趙忠敏急閃身，窗扇直砸前窗上。咯噔一聲，墜地音響很大。後窗口又黑影一閃，時光庭也跟蹤竄進窗口，踏到床上。

那李尚桐是要撲下來，叫著時光庭，要一齊活擒這吃裡爬外的奸細于錦、趙忠敏。時光庭忙扯李尚桐，大喝道：「于朋友、趙朋友，趁早實話實說！要動手，沒有你的便宜！」這時于錦剛追到外間。趙忠敏還留在內

間，二人都擺出拚命的架勢，並不理時光庭的吆喝。

于錦只拿著一把匕首，瞋目視敵，見對面的人把堂門堵住，已將搶信的阮佩韋放出去，心中越怒。對面這個人連問：「什麼事，什麼事？」臉衝屋裡。面目一點也看不清，只辨出身形體段很胖大，好像鐵牌手胡孟剛，又像馬氏雙雄。

于錦不能裝糊塗。厲聲說道：「對不住，你老哥讓開，我和姓阮的有死有活！」回頭叫道：「趙四弟快來，姓阮的把信搶去了，你快出來。」

趙忠敏已被李尚桐、時光庭牽制住，也急得直叫道：「三弟，咱們跟他們拼了吧，這裡還有兩個小子哩！」

阮佩韋站在院心，肋下傷破，往外滴血，他一點也不管，只很得意地對門口叫道：「姓于的、姓趙的，你真夠朋友，真敢亮傢伙。我倒要請問你，你們做出什麼私弊事了，教姓阮的揭破，要殺人滅口？我倒要請問請問！」

從那後窗進來的李尚桐也叫道：「姓于的、姓趙的！你們的真贓實據已經落在我們手裡，你還說什麼？你不是奸細，你二人嘀嘀咕咕寫的是什麼信？你們要是沒私沒弊，把信交出來，教大家看看，我李大爺就饒你不死！」又對時光庭道：「時大哥，他們有一封信，是給飛豹子的。」

趙忠敏罵道：「好你們一群小人，你把太爺們看成什麼人了。于三哥，你快進來，這是李尚桐狗養的幹的！三哥，咱們不能這麼栽給他。姓李的，你們不把信退出來，我宰了你！」

大罵著，掄刀向李尚桐亂砍。

一人拚命，萬夫莫擋。李尚桐和時光庭一齊招架，竟非敵手。而且地窄屋黑，擋不住趙忠敏硬往前上。時光庭比較識得厲害，急喝道：「姓趙的，咱們出來招架招架！」忙一拉李尚桐，穿窗退出。

趙忠敏就要往外竄，于錦大喝道：「老四，不要遭了他們的暗算，快過來，上這邊來！」趙忠敏依言奔過來，把自己的刀遞給于錦。

外間屋門口那個高大的漢子，堵住門口，連聲喝問什麼事？于、趙二人氣炸兩肺，渾身亂顫；竟不問是誰，各順手中刀，要拚命奮鬥。師兄弟二人聯肩並進，對著門口大喝道：「朋友，你閃開，沒有你的事，我們單找姓阮的。咍，姓阮的，我弟兄跟你遠日無仇，近日無恨，你不該揣著一肚子髒心爛肺，拿人當賊！姓阮的，你趁早把我們的信放下，咱們還算罷了。你不把信交出來，那可不怨我姓于的、姓趙的翻臉無情。姓阮的，你是要命？還是退信？你說！」

阮佩韋跑到院中，就燈下一看，信紙只剩半截；忙奔過來，隔窗冷笑道：「你找我要信，我還找你要信呢！你們鬼鬼祟祟的，你想瞞誰？你想要信麼，這倒現成；咱們到上房，當著大家打開看。只要信上沒有毛病，我姓阮的給你磕頭賠禮；剛才那一刀子，算你白扎。你要是吃裡爬外，給飛豹子當奸細，到鏢行來臥底；相好的，嘿嘿，我不問俞鏢頭怎麼樣，從我姓阮的這裡說，我就要把你亂刀分屍！你識相的，趁早把那半截信交出來！」說罷，一迭聲喚起人來。

這時候動靜已大。于、趙二人在屋中，已聽得外面奔馳呼叫之聲。阮佩韋在前邊叫罵，于、趙二人兩張臉變成死灰色。

此事已經鬧大，情知要轉過面子來，便須有死有活。于、趙二人喊了一聲，掄兵刃齊往外闖；那堵門口的人依然堵著門口。

于錦向那堵門口的人喝道：「閃開，閃開！你不閃，我可要扎你了！」

堵門口的人屢問不得一答，好像很惶惑。不想于錦話未住聲，早和趙忠敏雙刀齊上，照那人猛劈下來。噹的一聲，那人叫了一聲，往後一退，于、趙二人飛身闖出屋外。這個人並非胡孟剛，也非馬氏雙雄；這個人正是受傷的松江三傑第二人夏靖侯。

于、趙二人闖到院心，不顧性命地向阮佩韋撲去。黑影中，奔到的幾個青年，豁刺一分，叫罵著包圍上來。松江三傑的夏靖侯聽到阮佩韋的惡詆，于、趙的怒辯，方知果然生了內奸。他往後退這一步，乃是他老成持重，不願傷人。他手中劍一順，厲聲喝道：「好朋友，你們做的好事，你怎麼連我也要砍？你可知夏二爺不是好欺的！眾位閃一閃，看我一隻腿受傷的人，也要教訓教訓你！」劍花一轉，急攻上前，腿受箭傷，依然勇猛。

　　店院只有一盞壁燈，這時忽然大亮，從四隅又挑出數盞燈籠。

　　櫃房裡的人忽然聽見暴響，夥計們也都驚動。鐵牌手胡孟剛正在櫃房聽候動靜，一聞暴響，忙將店夥攔住，掄雙牌搶過來，大叫道：「是哪位好朋友要想賣底？我姓胡的會交朋友，我倒要會會這位幫忙賣底的好漢！」其他鏢客也都大罵，連高的人也忘了職守，跳下來要拿于、趙。

　　于、趙情知沒有好；眾鏢客刀劍齊上，都衝他們攻來。他二人罵道：「你們不問青紅皂白，拿屎盆子硬往自己人頭上扣！……」二人立刻一湊，背對背站好，各掄兵刃，振吭大吼：「太爺跟你們這一群瞎眼的奴才挑了！」

　　有人吆喝道：「相好的，只把信交出來，我們準給你留面子！」

　　于、趙罵道：「什麼叫面子，你們不用誘我，要信沒信，要命有命！你們把太爺宰了，也不能給你信！」喧叫聲中，夏靖侯、李尚桐、時光庭、岳俊超、孟震洋等紛紛亂竄。受傷的人如奎金牛金文穆等，也都奔出來，只有阮佩韋，卻乘隙退到上房，忙著裹傷、看信。于、趙二人目睹眾人攻到，昂然不懼，刀光揮霍，拼打作一團。

　　正在不得開交，忽然西牆上現出雙影，是十二金錢俞劍平和智囊姜羽沖。忽又從東牆頭現出二影，是夜遊神蘇建明和當日剛到的霹靂手童冠英。這四位老英雄潛藏店外，聽候消息。

乃是路照悄打暗號，催回來的。

十二金錢俞劍平本承望阮、李、時三青年暗中監視于、趙，哪想到一步來遲，鬧成這樣；教隨行的海州捕快看在眼裡，何等丟人？他急對姜羽沖說道：「五爺，快教人上房，留神外賊乘亂夾擾，我先排解去。」一縱身踏到店院，搖手高呼：「諸位朋友，快快住手！」

眾人都聽不見，聽見也不理，仍在猛攻亂打。燈影中，俞劍平見于、趙二人眼看就要毀在眾人亂刀之下，忙奔到近處，大喊道：「朋友快快住手，我俞劍平來了。夏二哥、李賢弟，有話好講，不要誤會，不要自相殘害。」連呼數聲，夏靖侯首先撤退下來，欲訴己見；俞劍平連連擺手，仍教別人停鬥。

時光庭、李尚桐幾個青年，不依不饒，不肯退下來，只嘵嘵地叫道：「俞鏢頭你可來了！咱們這裡真出了奸細啦！姓趙的、姓于的明幫鏢行，暗助飛豹子，他偷遞消息，給咱們賣底了！拿住他，不要臉的東西，不要跟他講面子！他現在有真贓實據，教咱們阮大哥捉住了！他竟敢動刀子，要把阮大哥殺了！」

俞劍平十分著急。鐵牌手胡孟剛、奎金牛金文穆忙道：「俞大哥，你也太厚道了。像這種東西，不把他亂刃分屍，倒是面子。你不教大家動手，你打算怎麼樣？」

夏靖侯也提劍搖頭道：「這兩個東西太可惡，明明是奸細，倒瞪著眼發橫；把阮老弟傷了，還給我一刀。依我說，把他倆拿下來，捆著他們，見他們的大師哥去。」

俞劍平低聲道：「得了，得了！夏二爺應該生氣，胡二弟你是主人，你怎麼也這麼說？你想，他倆還跑得了不成？咱們有話好說，若是這麼硬拿硬審，一定問不出真情來。還是拿面子擠他。」遂又振吭叫道：「諸位好朋友，請看我俞劍平的薄面，快快住手吧！你們再動手，我可要磕頭了。」

夏靖侯、胡孟剛這才明白俞劍平的用意。同時，蘇建明、童冠英、姜羽沖也一齊奔到院心。姜羽沖匆匆地把孟震洋調到一邊，催他趕緊上房敵，不要管別的事；又另請一人上房幫助他。然後奔到眾人身後，與俞劍平把李尚桐、時光庭等，做好做歹，一個個地勸住、拉開；立逼住手，退到一邊。

俞劍平、姜羽沖把眾人分別喚退，來到于、趙二人面前，齊聲說道：「于賢弟、趙賢弟，到底是怎麼一回事？為何鬧得這麼大的誤會，竟動起刀來，豈不教人笑話？他們哥幾個年紀輕，有言語不周的地方，請你二位跟我說，我給二位評理。」

于、趙二人動手的工夫雖然不大，但是雙拳難敵眾手，早被這一幫青年殺得渾身是汗，吁吁帶喘。時光庭、李尚桐閃身驟退時，趙忠敏含嗔拚命，竟挺刀追砍過去。忽見俞劍平當頭站住，衝他連連作揖，他故作看不見，利刃仍然遞出去。

于錦忙喝道：「老四住手。」把趙忠敏扯到自己身邊，便閃目四顧，見群雄齊聚，姜羽沖正在那裡盤問時、李，俞劍平衝自己作揖打躬。于錦便把腳一頓，一陣難堪，不覺得一鬆手，噹啷一聲，把刀和匕首投在地上，他咳了一聲道：「老四，咱哥兒們認栽了！」用胳臂一肘趙忠敏，低聲道：「丟下青子！」

趙忠敏還要遲疑，但只一張眼，便見店房上，店院內，全是鏢客。他們原來都沒有外出，全藏在附近，預備要看自己的笑話的。他們冷嘻嘻，熱哈哈，一個個地都看著自己。趙忠敏忍不住心頭火起，竟衝眾人大罵起來；連打架的、勸架的，都攪在一起。眾青年都不是省事的，一個個憤不可遏，爭著上前，又要交手。

于錦、趙忠敏先後把兵刃投在地上，並肩一站，挺身拍胸，傲然毫無懼色，卻都氣得渾身打戰。俞劍平橫身護住二人，急忙吆喝：「諸位仁

兄，快把兵刃放下，咱們有話好好說！」老一輩的英雄將一群青年攔住，勸開。俞劍平趁著這空，對于、趙二人道：「二位賢弟，他們胡鬧，全看在我的面上，快快跟我來！」

十二金錢俞劍平到底把于錦、趙忠敏穩住，直拖到上房，進了內間。眾人立刻一擁而入，跟到上房。上房中燈火輝煌，照出眾人的臉色，個個掛出十二分的瞧不起，個個拿眼珠子盯著于、趙。于、趙二人面似青鐵，目眥欲裂。

俞劍平先請二人坐下，才待開言；時光庭、李尚桐竟持刀進來，把門窗看住；于、趙二人冷笑一聲，面現鄙夷之色。俞劍平忙向眾人一看，作揖道：「諸位，咱們都是自己弟兄，鬧一點小誤會，沒有解不開的。諸位請閃一閃，我和于、趙二位賢弟說幾句話……」

于、趙二人突然站起來道：「俞老鏢頭，我只衝著你！我得請問請問，這群人是幹什麼？」話未完，李尚桐罵道：「別裝糊塗不要臉了！你們自己幹的好事，你們問誰？」頓時又要吵起來。

馬氏雙雄忙過來要將李尚桐、時光庭勸出去。李、時二人不肯走。李尚桐大聲向眾人說道：「那不行，我兩人不能離開，這不是打架。我說俞老鏢頭，這不是尋常鬧誤會的事，咱們這裡出了內奸，這絕不能含糊，咱們得三堂會審，當面對證；我和時光庭、阮佩韋是原告。姓于的、姓趙的，你還發橫，靦著臉想蒙人？當著大家，趁早說實話吧！我說阮大哥，阮大哥你過來呀，那封信呢？」

阮佩韋從人背後，應聲擠過來，一隻手高舉那封殘信，叫道：「現有真贓實犯，相好的，你還賴什麼？」眾人盯著那信，忙一閃，讓阮佩韋進了內間。阮佩韋滿臉得意，指著于、趙，對俞劍平道：「俞老鏢頭，你問問他二人，這封信是怎麼個講究？」

趙忠敏坐在那邊，不由得一欠身，似欲起來奪信。阮佩韋忙往後一

退。時光庭、李尚桐急橫刀過來相護。阮佩韋冷笑道：「哼哼，相好的，你還打算搶回去麼？小子你也太渾了！」

趙忠敏吼了一聲，就跳起來，奔阮佩韋撲去，被于錦一把按住。十二金錢俞劍平早已一斜身，伸一臂遮住了于、趙，伸一臂攔住了時、李，大聲說道：「時賢弟，你們幹什麼？怎麼還打？」

于錦將牙咬得亂響，從鼻孔中哼出冷笑來，道：「俞老鏢頭，我只衝著你來說話，不錯，我姓于的寫了一封信。……」

阮佩韋立刻應聲道：「你寫了一封信，你背著人做什麼？」

時光庭也接聲道：「你寫了一封信，你要寄給誰？」李尚桐也道：「你小子有膽把信念出來嗎？」頓時又對吵起來。

十二金錢一看這情形，急急地轉身，把于、趙重讓坐下，轉臉對著時、李、阮三人，長揖及地說：「三位請暫不要說話，眾位瞧得起我，請往外屋坐一坐。」

蘇建明看出俞劍平要屏人密詰于、趙，忙吆喝道：「諸位哥們，咱們全往外閃一閃吧，別在這裡了。」與松江三傑，分別將眾鏢客拖到外間，又暗向俞門弟子左夢雲推了一把，指了指兵刃。左夢雲點頭會意，忙帶劍進屋，侍立在師父身旁。馬氏雙雄拉過鐵牌手胡孟剛來，低囑數語，教他進去。胡孟剛依計，放下雙牌，拉童冠英進了內間。

經這一番淨堂，內間屋只剩下俞氏師徒站在中間，阮佩韋、時光庭、李尚桐三人站在門口，于錦和趙忠敏坐在桌旁，生氣喘氣。胡孟剛與童冠英走進屋來，立在趙忠敏身邊，十二金錢俞劍平就座在于錦身旁，說道：「這是怎麼說的，咱們有話不會好好地說麼？于賢弟，消一消氣，凡事都瞧我。阮賢弟，你這是怎麼了？身上哪裡來的血？阮賢弟受傷了吧，你請坐下。時、李二位也請坐下，咱們慢慢地講。胡二弟、童二哥，你坐在這

邊。」雙眼望外面叫道：「姜五爺，姜五爺！姜五爺請進來呀！」

蘇建明忙應聲代答道：「姜五爺在房上巡邏，他怕豹子乘亂進來。」

俞劍平心中暗喜道：「還是智囊！」忙道：「蘇老前輩，請你費心告訴諸位，千萬不要亂；快請幾位上房，把姜五爺替下來。我在這裡勸勸他們幾位；外面的事請蘇老前輩和夏氏昆仲，多偏勞分派分派吧。」

俞劍平做好做歹，把這七言八語的亂吵壓住；把店內店外巡風的事情也派人戒備好了；這才親自斟兩杯茶，送到于、趙的面前。胡孟剛一見這番舉動，他也搶到外面，取來壺碗，給阮佩韋、李尚桐、時光庭三人，各斟上一杯茶。

俞劍平眼望著這幾個人的臉神，緩緩說道：「你看這是怎麼鬧的，都是自己人，都是賞臉給我俞某和胡二弟幫忙來的，倒鬧得動起傢伙來了！這簡直是笑話，看把趙賢弟、于賢弟氣得這樣。我說阮賢弟，我可不是攮你；勞你駕，你和李、時二位先到外間坐坐。我跟于賢弟，先談幾句私話；回頭咱們再講別的話，你看好不好？」

阮佩韋大笑道：「俞老鏢頭，你也太客氣了。這是什麼事？這是什麼人？是人，你老才能拿他當人看；做人事，你老拿他當人事辦。你老怎麼還這麼客氣？乾脆一句話吧，咱們這裡頭出了奸細了！我可不是屈枉好人，俞老鏢頭，你瞧！」又將那兩頁殘信高高舉起，道：「真贓實犯，讓我抓著了，還跟他講什麼仁義道德？」

這時候，胡孟剛等拿眼盯住于、趙。那時光庭和李尚桐更橫刀保護著阮佩韋。阮佩韋越說聲越高，一指肋下道：「你老再瞧瞧我這裡，他若不是情虛理短，他幹什麼扎我一刀！這不是要殺人滅口麼？」復一指時、李道：「我自己說了還不算，你老再問問他倆。」

時光庭、李尚桐異口同聲答道：「我們兩個也在場，俞老鏢頭，我們

可不該說，這種下流的奸細，你老還把他當客陪著，我們三個人可受不住了！我們阮大哥為你老挨了一刀。多虧他手底下還行。倘若不濟，當真教人家給扎死呢？你老要明白，阮大哥可是為朋友，他不是專跟誰作對！」說到這裡，外面有人喝起彩來。

阮佩韋將那殘信連連搖晃，又發出得意的笑聲道：「人家倒想扎死我呢！只可惜沒扎準！人家江湖好漢為朋友兩肋插刀，不算回事；我姓阮的挨一刀兩刀的，更賣得值。……不過有一樣，姓于的、姓趙的，你真不虧心，動刀子做什麼？你們不是奸細，你敢把那一半殘信交出來麼？你敢給俞、胡二位看一看麼？喂，你只要真敢交出信來，讓大家一看，你只要沒私弊，我姓阮的情願給你磕頭賠罪，這一刀算你白紮了。」

俞劍平本想攔阻，但一見雙方互詆；看看阮佩韋，又看看于、趙的神色，忽然眉頭一皺，口開復閉，暫不發言。

第三十七章　讀密札掩燈議行藏　窺隱情破窗犯白刃

第三十八章
雲破月來疑團得驟解　推心置腹婉辭慰前嫌

　　于錦聞言激怒，眼瞪著阮佩韋手中的殘信，手指著阮佩韋的臉，罵道：「不錯！我扎你了，我就是扎你了！你搶了我的信，你還想教我獻出來？哼哼，你做夢吧！你看我弟兄哪一點好欺負？……我，我，我枉在武林混了，我不能受這種無禮。俞鏢頭，我弟兄平白教人這麼糟踐，你老看該怎麼辦，我也聽聽你老的。姓阮的，他，他，他膽敢把我的信給搶去，還撕成兩半！俞鏢頭，我得問問你，我弟兄是衝著你老來的。我們不錯，是寫信了，寫信就犯私麼？我是給你老幫忙來的，我不是來當罪犯的。我請問他憑什麼搶我的信，憑什麼拿我當奸細？俞鏢頭，我們得要問一個明白。我弟兄教人這麼侮釁，我弟兄不能這樣認栽！」趙忠敏也發話道：「著啊！我們寫信了，我們犯了什麼歹意，就不許我們寫信？我們得要問個明白。」

　　那弟兄二人，趙忠敏有粗無細，于錦為人卻精明。十二金錢俞劍平偷窺他的神色，他也偷窺俞劍平的神色；于錦不由地動了疑心，一咬牙發狠，索性對著俞劍平發作起來了，把胸膛連拍道：「俞鏢頭，我這裡揣著信哩！但是，我卻不容人傢佷偷暗搶。只要有人明著來搜，我弟兄倒可以教他把信取了去。我弟兄在這裡等著，淨聽你老的。你老看該怎麼辦吧！」說罷，氣哼哼一拉趙忠敏，兩人往桌上一靠，雙手掩胸，二目微瞑，把劍拔弩張的眾鏢客都看成無物。

　　十二金錢俞劍平聽了這話，把劍眉一皺，向阮佩韋瞥了一眼，又一看于、趙，又看看眾人。眾人在外間，伸頭探腦往內窺，一時鴉雀無聲，只聽喁喁私議。似有一人說道：「搜他！」

十二金錢俞劍平急急地往外掃了一眼，微微搖頭。他仰面一想，忽復側臉，向阮佩韋施一眼色；轉身來，這才向于、趙二人朗然叫了一聲道：「于賢弟，趙賢弟！」

二人睜眼道：「怎麼樣？」俞劍平笑道：「二位請聽我一言。我倒是你幾位為什麼事，鬧這大吵子，原來只是為一封信。我真真豈有此理，我剛才竟沒問明白！我俞劍平這次失鏢尋鏢，承諸位好朋友遠道奔來幫忙；彼此心腹至交，誰都信得及誰。我剛才出去查勘賊蹤，半路被人叫回來；只聽說你二位和阮賢弟三人鬧起來，我實在不曉得是為一封信……」

阮佩韋忙道：「一點不錯，就是為一封信。他倆鬼鬼祟祟的，背著人嘀咕，私傳信件，泄咱們的底細，給飛豹子當奸細！」俞劍平搖手道：「賢弟慢講！于賢弟絕不是那樣人，這裡頭一定有誤會，……于賢弟，剛才我不是說麼，我在外面，你們在店裡鬧起來，我焉能知道？賢弟剛才那麼說，倒像我引頭似的，豈不屈枉我的心了？現在這封信在誰手裡呢？可是阮賢弟私看了，還是拿去了？」

于錦寒著臉，目注阮佩韋，漫不答聲。趙忠敏忍不住，指著阮佩韋說道：「就是他搶的，我們不見個起落沒完。姓阮的，你眼瞎了。我們哥們就是不吃你這一套，倒要看看你小子能把我們怎樣？」

俞劍平忙攔著道：「趙賢弟別著急，那不要緊……阮賢弟，來！我跟你說句話。」他湊近了一步，深深作揖，低聲言道：「賢弟，你看我的薄面，把信退給他們二位吧。」

阮佩韋怫然道：「那可不行！這是真贓實犯，我白挨了一刀子，反退給他，我圖什麼？俞老鏢頭，這信裡一定有詭，不然他們還不至於跟我這麼玩命。我要冤屈他，我情願把腦袋輸給他！」李尚桐、時光庭也立刻幫腔道：「對！這是我們三個人的事，我哥倆的腦袋也賠上。他要不虧心，為什麼寫信怕教人看；要退給他也行，咱們當眾打開信看。」阮佩韋立刻

把搶到手的半截殘信又拿出來，高高舉著，就要舒展開。俞劍平哈哈一笑道：「這信裡也許有事，也不怪三位多疑。賢弟別忙，你們誰也別看，我一個人看，拿來給我。」說著把手伸了出來。

阮佩韋略一猶豫，立刻說道：「你老可得唸給我們聽。」俞劍平道：「這個自然。」阮佩韋這才遞了過去。

于錦、趙忠敏兩人，當此時一齊變色，四隻眼齊看俞劍平的手。于錦仰頭冷笑道：「好好好！俞老鏢頭要親自看我們的私信，足見賞臉！這就叫知人知面不知心，本來多好的交情，也當不了起疑。趙四弟，咱們倒要看一看，誰是英雄，誰是狗熊！你們只管看吧……」

不想眾目睽睽之下，十二金錢俞劍平把這搓成一個團的殘信，從阮佩韋手中接過，竟扣在掌心，連打開都不打開；立刻一轉身，滿臉賠笑，走到于、趙二人面前。俞劍平把殘信往于錦手中一遞，退一步，躬身一揖，說道：「于賢弟，趙賢弟，對不住！我俞劍平交友以誠，只許我做錯了事，教好朋友信不及我；我卻從不敢信不及好朋友。這是阮賢弟一時魯莽，眼拙心熱，把事做得太冒失了。我俞某事前實不知道。就是阮賢弟，也總怪他年輕心實，不會料事，疑所不當疑，才鬧出這笑話來。還看他一心為我，多多擔待他吧。諸位賢弟全都是我拿帖特地請來的，我要有不周到之處，還請各位當面指教我，責備我。這一回真是誤會，看在我的面上，我們揭過去吧。天不早了，大家散散，明天我再給二位賠罪。」

俞劍平滿臉賠笑，向于錦道歉。然後扭轉頭來，復向阮佩韋說道：「阮賢弟，我謝謝你。你這一番好心全是為我，反倒得罪了人，況且又受了傷；我心上太過不去了！咳，讓我來看看你的傷吧。」滿臉上露出過意不去的神色，催左夢雲：「快到那屋裡，把我的刀傷藥拿來！」

這一來出乎于、趙二人意料之外，也出乎阮、時、李眾人意料之外。阮佩韋、時光庭、李尚桐全都瞪著眼看著俞劍平；阮佩韋連俞劍平的話全

不答了。俞劍平一拍他的肩，他往旁一退；忽然面泛紅雲，眸含怒火道：「咳，我姓阮的栽了！」扭頭就往外走。

俞劍平忙伸手拉住阮佩韋的手臂，連聲叫道：「賢弟，賢弟！」緊握著阮佩韋的手，連連搖動，又長嘆了一聲道：「賢弟，沒法子，我實在對不過你。」又向眾人道：「眾位請回去歇息吧！」張目一尋，看見胡孟剛惡狠狠瞪著于、趙，又看見老拳師蘇建明綽鬚微笑，和馬氏雙雄互相顧盼，似有會心。俞劍平忙叫道：「蘇老前輩，馬二弟，馬三弟，你請費心，陪著于賢弟、趙賢弟，回屋歇歇吧。這一場誤會都是俞某不才，未能先時開解，才招惹起來的；平白教于、趙二位和阮賢弟犯起心思來，我心上實在下不去。我要請阮賢弟到隔壁，我給他裹一裹傷。還有胡二弟、童二爺，你也跟我來。」說罷，向眾人一揮手。

他又回顧于、趙，低聲說道：「咱們今晚上，就算揭過去了，二位快歇著吧。趕明天，我俞某還得請二位特別幫忙，我還有話說。」又復一揖，瞥著眾人，一齊往外間屋走去。

趙忠敏看了看俞劍平，又瞪眼看著于錦，不知該怎麼辦好了。那于錦一臉怒氣漸漸消釋，接了這兩頁殘信，看了看，信手一團，要往懷中揣起。但見眾人面色猶有不平，便倏地眉頭皺起，徑將那殘信換交右手，往懷中一揣，霍然站了起來，向俞劍平招呼道：「俞老鏢頭慢走！」

俞劍平止步回頭，藹然答道：「賢弟，凡事全看我吧。」于錦大聲道：「你老先別走。你老這麼一來把信交還我們，實給我們留下偌大的面子；總是瞧得起我們，我們弟兄領情了。……現在，咱們就明天再見。……」說至此，目視眾人，又冷笑道：「這封信我可就揣起來了。可是別人有看不下去的，請只管出頭。事情擠到這裡，我們弟兄雖只兩個人，也還沒把自己看小了，刀擱在脖子上，我弟兄情願接著！哪位有心思，不滿意，哪位只管說！」說完了，又腰一站，目光閃閃，吐露凶光。

趙忠敏也跟著並肩一站，順著話荏叫道：「你們誰不願意，只管上來，我哥倆今天賣了！」

這話一放，外間屋起一陣騷動，阮佩韋臉上一變化，腳步停住，頓時一撐身，首先冷笑道：「我姓阮的，就看不下去！我就不願意！」童冠英恰在門旁，連忙說道：「算了，算了！」

趕緊把阮佩韋推到外面，連時光庭、李尚桐，也推了出去。

老英雄蘇建明急從裡間走到于、趙身旁，輕輕一拍肩膀，說道：「二位老弟，回屋裡歇息吧。你要明白，手臂折在袖子裡，打了牙肚裡咽。咱們全是為好朋友來的，真要鬧出吵子，豈不教外場笑話？況且咱們是衝著誰來的，咱們沒給好朋友幫忙，另給添膩。來吧，天還沒亮，二位先睡一覺再講。別教俞鏢頭為難了。他夠受的了！」

于錦抗顏不答，目注外間屋；見眾人聚而不散，仍然呶呶紛議，俱各面現不平。

忽有人喊了一聲道：「不行！這個信總得當眾看看！這麼完了，算怎麼一回事呢？」

只聽俞劍平連聲勸阻，竟勸阻不住。于錦不由得怒氣又起，面對蘇建明，大聲說道：「蘇老前輩，這不能算完！我弟兄很明白，我弟兄平白教人折了這一下，就這麼了結，我們也真成了無恥的匹夫了！我說俞鏢頭、胡鏢頭二位別走，我們還有話。」

胡孟剛轉身站住，沉著臉說道：「二位有什麼話，只管說出來。」

于錦看著胡孟剛的臉神，連聲狂笑道：「我弟兄有話，當然要說出來。」

于錦說著，把身上那一團殘信，與俞劍平還他的另一團殘信都掏出來，前進一步，來到八仙桌旁，油燈之下，向眾人厲聲發話道：「眾位朋

友！我弟兄和眾位有認識的，有不認識的；有有交情的，有沒有交情的，
可總是武林一脈。我弟兄這回前來幫忙尋鏢，完全衝著俞老鏢頭和我們錢
師兄的交情。我弟兄不錯是來幫忙，可沒有犯法。我們弟兄不拘寫信給
誰，那是我們的自便；誰也管不著，誰也查考不著。想不到我弟兄由打前
兩天起，不知哪一點做得不地道了，竟有那瞎眼的奴才，把我們當了奸
細，冷言冷語，也不知聽多少。教我弟兄答對也不好，裝傻裝聾也不行。
我們弟兄沒法子，方才寫了這一信。這一封信是我弟兄要寄給一個人的；
信裡說的什麼話，咱也犯不上告訴交情淺的人。哪知道由這封信起，又教
鼠輩們動起疑來！我就不明白，我弟兄哪一點像下三濫？阮佩韋、李尚
桐、時光庭這三個小子，公然窺窗偷聽我弟兄的私話，公然動手搜搶起我
弟兄的私信來了；我于錦和師弟趙忠敏雖然無能，可不能隨便教人家作
踐。有人硬要拿刀子，搶看我們私信，我就把性命給他，我也不嫌不值！
現在這封信落在俞老鏢頭手裡，多承他看得起我們，當場交還給我們了。
這是他老人家講交情、有眼力的地方，不怪人家名震江湖。按說我弟兄隨
便教人家這麼誣衊，這絕不能算完。可是我們看在俞老鏢頭面上，我弟兄
就這麼嘸了……」

　　于錦一口氣說到這裡，外面嗤嗤有聲；他也不暇搭理，把兩團信交在
手裡，說道：「……這封信不是有人不放心，要搶看麼？好，我就拿出來，
請大家看看。可就是一樣，不許髒心爛肺的小子們看！」啪的一聲，把手
中的兩團殘信都丟在桌上，吆喝道：「你們來看吧！誰要看，誰就過來。」
氣哼哼地往桌旁椅子上一坐，一張白臉氣成死灰色。

　　他那師弟趙忠敏專看于錦行事，也就氣哼哼地跟著坐在一旁，口中也
罵道：「你們來看吧！這信上有的是好話頭哩！快看，看晚了，可是摸不
著了。」

　　當下，鐵牌手胡孟剛見信團擺在桌上，不覺得就要伸手，其他別人也

要趲了過來。十二金錢俞劍平到底善觀風色，急急趕上前來，橫身一遮道：「于賢弟，你這可是多此一舉！賢弟，你怎麼還是信不及我俞劍平？你們雙方都是朋友，都是為我賣命來的。我剛才什麼都說了，你還教我說什麼？賢弟快把信收起，只要二位能擔待姓俞的，從此我們就別再提這回事了。一錯百錯，全是俞某的錯，諸位不是都衝我來的麼？」

于錦道：「老鏢頭，請你不要誤會我們的意思。我知道俞老鏢頭拿朋友當朋友，不論自己受著多大委屈，也不肯教朋友為難。不過我這次為勢所迫，不得不請大家看看這封信；也可以當面分證分證，到底誰是朋友，誰不是朋友。俞老鏢頭，我于錦就是這種賤骨頭的毛病，他越拿我不當人，我偏叫他稱不了心；想動我的信，我就敢拿刀扎他。殺人的償命，我寧可死在刀頭上，也不受這種欺負；除非把我們哥兩個亂刃分屍，命沒有啦，信自然由著小子們看了。俞老鏢頭行為光明磊落，待人熱腸；就是塊鐵，也把它握熱了。老鏢頭既拿我們當人，也不管我們弟兄做了什麼對不過人的事，你信也不看，事也不究，更教我們心上過不去。你老越這樣，我弟兄更得請大家當面把信看了，我們也好明明心。」

趙忠敏道：「對！我們總得明明心！可有一樣，這封信只許拿我們當朋友的人看。髒心爛肺的狗男女趁早別過來；只要過來，我拿刀子戳個兔羔子的。」

阮佩韋實在氣不過，猛然轉身，被眾人攔住，急得他伸脖子瞪眼叫道：「姓于的少說閒話，少放刁！姓趙的，你別裝不懂什麼！俞鏢頭聽你們這套，我阮佩韋就不信這個，我倒要看看你們兩塊料是什麼變的。姓于的，你憑幾句花言巧語，想把大家拒住，不肯看你的信麼！大家不看，我看！俞鏢頭不看，我看！我挨這一刀，我得挨個值得。就這麼模模糊糊完了，從我這裡說，就不行。你想拿唾沫把這層皮沾下去，你算想歪心了。來來來，我說老時、老李，咱們三個人一定要看看……我只怕你小子虧

心，不敢讓太爺們看！」

時光庭一聽這話，大聲應了一聲，就要往屋裡擠。李尚桐卻察言觀色，頗有些疑慮；只挨過來，拿眼盯住了于、趙，要看他是否情願。不料趙忠敏一見阮、時二人探身要看，突然瞪著眼把信拾起來。李尚桐迷惑了，在場眾人也人人迷惑；到底不知道這封信是寫給何人的，也不知道信中究竟有什麼祕密。

他們雙方又爭吵起來。俞劍平橫身擋門，把雙方隔開，一迭聲向眾人說：「眾位怎麼一定要看朋友的私信？你們明是為我，可是比罵我還難過呀！」

趙忠敏一味倔強，不知起落，于錦卻有發有收。心知此信不令眾人一看，必不得下臺；若教眾人看，又未免丟人。心思一轉，忙從趙忠敏手中，把信要過來，正在向眾人叫板眼。

此時蘇建明忽然邁步上前，替俞劍平向眾人一揖道：「眾位哥們，這可不是這麼個鬧法了。于、趙二位這一來，很夠朋友了，你們不要再訌了，這封信咱們不看行不行？咱們交朋友，不就是憑著個心麼？我說趙賢弟、于賢弟，你二位如要瞧得起我蘇建明，我倒要向二位討臉。我可不是要看信。我請二位把信唸唸，教大家聽一聽，就算解過這場誤會去了。」

蘇建明的話，就是給于、趙開路。趙忠敏還不明白！立刻冷笑連聲道：「好好好！」面對眾人道：「這封信我們就交給蘇老前輩，我們只教他老人家看。」把信立刻遞給蘇建明。

蘇建明把兩團碎信舉著，在燈前一晃，對眾人說道：「這封信我敢保，決無對不住朋友的地方。若有對不住人的地方，于、趙二位不會燒了麼？不過，我特為給于、趙二位轉面子，明明心，我還得唸給大家聽聽。」說罷，凝老目，開聲朗讀，卻又說道：「這簡直是多此一舉。」

這兩頁信被撕成四瓣，團成亂球，沒法子持讀。夜遊神蘇建明把它展開，鋪在桌子上，湊對著。眾目睽睽，都擠過來。

俞劍平、胡孟剛本是當事人，反倒被擠在一隅，馬氏雙雄立在眾人背後，忙發話道：「眾位閃一閃，在外間屋不也聽得見麼？」

眾人都不肯往後退，只蠕動了動，一個個把脖項伸得長長的，眼珠子齊盯著蘇建明的嘴。不想蘇建明俯著頭，對著燈，只顧尋繹信中的詞句，口中嘖嘖有聲，直看下去一整頁，還沒有念出聲來。一個鏢客催促道：「蘇老師，大家都等著您老念呢！你老別自己個明白呀！」

蘇建明哈哈大笑，道：「用不著念，這信不是給飛豹子的。哦，原來飛豹子姓袁，並不是綠林……于、趙二位實在是好朋友，咱們可真是錯疑心人家了。」

眾人一齊聳耳，待聽下文；蘇建明贊而不述，信的內容還是沒說出來。胡孟剛實在急了，口中說道：「不成，我得看看，我別憋死！」把人群一分，鑽過來道：「我來念吧。」低頭一湊，嘿嘿，也一直地看下去，不言語了。

還是夜遊神蘇建明抬起頭來，對眾人道：「我這就念，眾位留神聽。于賢弟、趙賢弟，二位真夠朋友，眾位請放寬心吧。」這才朗讀道：「正凱師兄大人萬福金安：自別之後，想念實深，伏維道履清吉，式如私頌……」

這是極俗的幾句客套，于錦的文理並不甚佳。但是，眾人聽了，立刻泛起一陣呶呶之聲，都相顧道：「原來是給他師兄的，不是給飛豹子的……可是他藏著不教人看，為什麼呢？」

蘇建明又念道：「敬啟者，小弟二人自奉師兄之命，前來助訪鏢銀，深承俞劍平不加嫌棄，十分推信。弟等亦顧慮武林義氣，事事靠前，不肯落後，以符彼此交情。此一月來，武林朋友到場相助者，絡繹不絕；有鏢

行馬氏雙雄、金弓聶秉常等，還有拳師蘇建明、歐聯奎，亦有綠林沒影兒魏廉，更有江湖俠客松江三傑、霹靂手童冠英、智囊姜羽沖諸公，人才濟濟，不限一途。奈劫鏢者實是高手，分批奔訪，迄未勘出下落。歷時一月，始探得劫鏢大盜綽號飛豹子，在苦水鋪出沒，乃遼東口音。弟等驟聞此訊，不覺心疑，猶恐傳信不足為據，經弟加意探詢，尋鏢人等皆謂劫鏢者為遼東武林，但不知其出身。又謂為首之人豹頭環眼，年約六旬，能用鐵煙袋桿打人穴道，善打鐵菩提。由此觀之，此人定是寒邊圍之快馬袁承烈袁場主矣。所可怪者，袁場主本非綠林，家資豪富，何故入關劫鏢，做此犯法之事？此實令人百思不解；而察其年貌、武功，處處相符，則又斷無可疑。弟本奉命助俞訪鏢，今劫鏢之人倘為袁承烈場主，則雙方皆為朋友。在此助俞不可，幫袁更屬不可⋯⋯」

蘇建明唸到「袁承烈」三個字，不覺把聲音提高。內間屋、外間屋頓時騷動，互相傳告：「飛豹子原來叫袁承烈，是遼東人。怎麼遼東綠林，沒聽有這麼一個人呢？」

馬氏雙雄也湊過來，詢問俞劍平：「俞大哥，你可知道，跟你結過梁子的，有這麼一個叫袁承烈的人麼？」

俞劍平面現沉默，搔頭不答；其實這信中的詞句，他一字也沒忽略，都留神聽見了。但他外面不露形跡，反而湊到于錦身畔，握著于錦的手說道：「于賢弟，你原來是兩面受擠！賢弟，我很信得過你，你對得起我俞劍平！」

于錦傲然一笑，道：「俞老鏢頭，我可不敢自誇，你再聽蘇老前輩往下唸。喂，蘇老前輩，請你接著往下唸⋯⋯小子們瞎了眼，拿爺們當了什麼人了。不用我自己辯白，有信作憑證！」

這一句話，阮佩韋三個人又炸了。阮佩韋正被童冠英扯手拍肩，攔在外間；此時一聽信的上款，和李尚桐、時光庭二人，不由相顧愕然，起初斷定此信必是給飛豹子暗通消息的，哪知人家乃是給師兄錢正凱的！跟著

直聽到劫鏢人是「寒邊圍快馬袁承烈」這一句話，三人更加愕然。

于錦一發話，阮佩韋有點張口結舌；李尚桐卻是能言善辯，立刻反唇相譏道：「小子，少要扯臊！你小子本是幫著俞老鏢頭尋鏢來的，若得著飛豹子的實底，就該當眾一說，你瞞在肚子裡，究竟揣著什麼鬼胎？你小子脫不了奸細的皮子，我們沒有誣賴你！」

趙忠敏罵道：「你們這些東西，拿好朋友當賊，你還沒有誣賴我們麼？」

馬氏雙雄忙又勸阻，俞劍平拉著于、趙的手道：「于賢弟、趙賢弟，你看著我，暫且讓他們一句。」低聲道：「他三位本已自愧莽撞了，賢弟讓一句，就是讓我了。」

夜遊神大聲道：「你們別拌嘴了。你們願意聽我念信，就少說一句吧！」

眾人齊道：「咱們誰也不要說話了，蘇老前輩快念吧。是是非非，真真假假，咱們全看這封信吧。」

蘇建明又接著念道：「弟等今日進退兩難，不知如何是好。由前天起，眾人對弟等又似引起疑猜，處處暗加監防。弟二人在此，如坐針氈，十分無味。弟等此時究應速速退出局外；或仍在此濫竽充數；或佯作不知，兩不相助。望吾兄火速指示，以便照辦。專此奉達，別無可敘，即候德安！」

信中後邊又寫道：「再者，現在尋鏢人眾將弟等看成奸細，冷譏熱諷，令人難堪。弟二人不敵眾口，無法變顏與之爭論，更不便驟然告退。依弟之見，最好袖手不管，各不相幫。望吾兄火速來一信，假說有事，先將弟等喚回，以免在此受窘。萬一此間走漏消息，眾人必疑弟賣底矣。一切詳情容弟回鏢局面陳，再定行止，此為上策……」

蘇建明把信唸完，于錦和趙忠敏面向眾人，不住冷笑，時時窺看俞劍平的神色。

俞劍平捋鬚聽著，起初神色淡然，好像不甚理會信內的話，只注意于、趙二人。但聽到後頁這飛豹子名叫袁承烈，又是什麼遼東一豹三熊，不由臉上帶出詫異來；尤其是「袁場主本非綠林」這一句，大值尋味。俞劍平不禁動容，眼望著馬氏雙雄，帶出叩問的意思。眾人立刻也七言八語地說：「飛豹子不是綠林麼？」

俞鏢頭率眾尋鏢經月，因曉得飛豹子是遼東口音，大家都往遼東綠林道想去。想來想去，遼東綠林知名之輩連個姓袁的也沒有，因此把事情越猜越左了。俞劍平半生在江南浪跡，北只到過直隸；雖曾輾轉託人，往遼東搜尋飛豹子的根底，至今仍未得到確耗。現在于、趙二人這封信上，卻稱飛豹子為場主，已經確實證明他不是綠林。遼東地多參場、金場、牧場，這飛豹子莫非是幹這營生的麼？

老拳師蘇建明把唸完的信，隨手放在桌子，將大指一挑，朗聲說道：「諸位，我說怎麼樣？于、趙二位賢弟真是好朋友。這絕沒錯。人家是專來給俞賢弟幫忙的，他焉能給飛豹子做探子？……」還沒有說完，早圍上來幾個鏢客，伸手來搶看這封信。有的人擠不過來，就紛紛議論飛豹子袁承烈的來歷，竟把于、趙無端被誣的事忘了。但是于、趙二人可沒有忘了；阮佩韋、李尚桐、時光庭三人也沒有忘下；俞老鏢頭更是沒有忘下。

時光庭聽完了信，悄對李尚桐說道：「敢情這個小子真不是奸細？李大哥，你說怎麼辦？回頭這兩個小子一定衝咱們念叨閒話！」

李尚桐低答道：「就不是奸細，他們也免不了隱匿賊蹤之過。他們本是幫著俞老鏢頭查鏢訪盜的既然知道飛豹子的底細，不肯說出來，就是對不住朋友。他們還敢炸刺不成！」

時光庭強笑道：「你說的不對！你我還好辦，阮賢弟可吃不住勁，咱們把他調出來，商量商量吧。回頭于、趙兩個東西要找後帳，咱們三個人合在一塊答對他！」

第三十九章
憚強敵伉儷籌善策　揭真面仇讎針鋒對

趁著亂勁，時、李二人忙把阮佩韋調出來。阮佩韋剛才的話很衝，此時果然垂頭喪氣地說道：「我看走了眼，白挨一刀子，丟人了！」時、李二人同聲勸他，把他拖出正房。

卻當阮佩韋往外走時，于錦早已瞥見，嘻嘻地冷笑一聲，張口欲誚罵；環顧眾人，忽又忍下去，臉上不由帶出驕傲之態來。趙忠敏見眾人已然釋疑，也要發話，被于錦攔住了。兩個人握手示意，各裝出沒事人的樣子來，置身局外；往屋隅一躲，一言不發，靜看俞劍平做何舉措。

在場群雄紛紛究詰飛豹子袁承烈的來頭。奎金牛金文穆自言自語道：「飛豹子不是綠林，這傢伙是幹什麼的呢！跟俞爺怎麼個磕呢？……我說俞大哥，這飛豹子袁承烈既跟你結仇，你一定認識他了？」

馬氏雙雄也湊過來對俞劍平道：「關外有金場、牧場，還有人蔘場，這姓袁的又叫快馬袁，什九是幹牧場的。我說俞大哥，你不是沒到過遼東麼？你跟他一個幹牧場的，怎麼結的梁子呢？」又回顧胡孟剛道：「喂，胡二哥，你和當年幹牧場的人有過節沒有？」

眾人都這麼問，十二金錢俞劍平不遑置答，眼光看到外屋，聽阮佩韋隨著李尚桐、時光庭出去了。他便突然站起來走到于錦、趙忠敏面前，深深一揖，滿臉懇切，手指著心口，慨然說道：「二位賢弟，你很看得起我俞劍平，我心上感激，我也不必說了。我和二位交情還淺，我和令師兄是換命的弟兄。二位信中的意思，我已經聽明白了。二位是幫我來訪鏢的，可是現在又突然發覺劫鏢的袁承烈也是朋友，你二位就為難了……」

剛剛說到這裡，松江三傑再忍耐不住，就突然大聲發話道：「于、趙二位是好朋友，咱們誰都很佩服的。剛才這個碴，咱們說破就算完，咱們誰也別提了，我們說正格的。我說于三弟，你二位是幫忙來的，還不願意把鏢尋訪著麼？我請問請問二位，到底飛豹子袁承烈這小子是幹什麼的？是怎麼個出身？請二位趕快說出來，咱們大家聽一聽，好找他去，衝他討鏢。」

此言一出，頓時有數人附和，同聲說道：「著啊，于、趙二位既跟飛豹子姓袁的認識，就請你二位費心，把這傢伙的來頭、巢穴、黨羽，一一說出來。你就是給咱們鏢行幫大忙了，一下子把豹子弄住，那就是你二位頭一件大功。」

鐵牌手胡孟剛哈哈大笑，很得意地說道：「這可好了！我們大夥費了一個多月的工夫，也沒把豹子的準根掏著。二位賢弟竟能知道他的實底，這太好了。衝著俞大哥和我的面子，你二位就費心說說吧。就算二位跟飛豹子認識，也不要緊。我們不過是打聽打聽他的身世、來歷，我們還是按江湖道，依禮拜山，向他討鏢；絕不會把二位抖摟出，教二位落了不是。」

眾人七言八語，于錦、趙忠敏一聲不響，環視眾人；猛然站起來，仰面大笑。笑罷，于錦將面皮一繃，用很冷峭的口吻，向眾人說道：「對不住！眾位的意思，是拿我們當賣底的人了？」眾人忙道：「豈有此理，二位不用提了，二位絕不是賣底的。」

于錦大笑道：「諸位起初疑心我賣鏢行的底，現在又拿話擠我賣飛豹子的底；我弟兄不知哪根骨頭下賤，竟教人這麼小看！」

歐聯奎忙道：「二位錯想了！我們看信，已知二位和飛豹子認識，絕不能教你賣友，我們只求你把飛豹子的出身說一說。」

于錦怒極，將手一叉腰，正色厲聲道：「我明白！眾位是教我弟兄說

實話。對不住，我兩人的意思全寫在信上了；難為蘇老師念了這半晌，諸位還沒有聽明白！我弟兄教人家瞧不起，拿我們當奸細，弄得寫一封私信，也教人家抄搶了去。我弟兄如今的嫌疑還沒有摘落清楚，我們呢，還在這裡待罪，怎麼諸位又說起別的話了？對不住，我弟兄的機密全都寫在信上了。諸位要想詢問這封信以外的話，哼哼，不管哪一位，不管怎麼說，恕我弟兄沒臉再講。就拿刀子宰了我們，我們也不能多說半句！」說著，轉對俞劍平道：「俞老鏢頭，我弟兄靜聽你老人家的發落！」

眾人一聽于、趙二人猶存芥蒂，忙紛紛勸解。于、趙忍不住瞪眼大嚷起來。

十二金錢急急地將胡孟剛推了一下，向于、趙二人重複一揖到地，慨然說道：「二位賢弟，再不要說了！這些朋友都是給我幫忙的一番盛意，恨不得把飛豹子的實底早早根究出來，好搭救我們胡二弟的家眷；他們可就忘了二位為難了。二位的苦衷，我俞劍平最為明白。我剛才不是說麼，二位本來是幫我的忙的，助訪鏢銀來的；可是現在忽然發覺這劫鏢的袁某人也是你二位的朋友，二位這才做了難。覺得幫誰也不對，不幫誰也不好；二位這才背著人商量，打算潔身引退，事先要寫一封信問你那大師兄。二位這辦法實在很對，就是我俞劍平設身處地，我也要這樣辦的……二位不用著急，我俞劍平斷不肯強人所難，教好朋友兩面受擠……」

俞劍平轉顧眾人道：「諸位快不要問了。憑眾位怎麼問，他二位實在不能回答。他二位跟俞某是朋友，跟飛豹子也是朋友，那封信上已然說得明明白白；都是朋友，幫誰也使不得。我說于賢弟，可是這個意思吧？總而言之，既然有這等情節，我們應該拋開于、趙二位這封信，我們大家另想辦法，根究飛豹子的蹤跡，我們不應該從于、趙二位口中，打聽飛豹子半點的消息，至於這封信……」

俞劍平叫著于、趙二人的名字道：「二位賢弟，這信我依然奉還二位。

二位只管發出去，且看令師兄如何答覆便了。我們這裡，照樣還是先回寶應縣，再轉奔火雲莊，到子母神梭武勝文武莊主那裡登門投帖；請他給我們引見飛豹子，我們定期會面，索討鏢銀……」

俞劍平又向眾人笑道：「再說，賤內大遠地從海州尋來。我講句笑話吧，她也許訪著一點線索，特意邀著朋友，給我送信來了。我們訪求飛豹子並不為難，何必定要擠于、趙二位呢？我說對不對，胡二弟？」

說罷，俞劍平站起來，把殘信索到手中，仍交于錦。他一面勸阻眾人，不要呶呶，催大家各歸各屋，趕早安歇，明早好一齊上路；一面命人上房，把智囊姜羽沖換回；略將奪信還信之事，告訴姜羽沖。又抽空邀著老拳師夜遊神蘇建明和鐵牌手胡孟剛，偕同去找阮佩韋、李尚桐、時光庭三人，把三人安慰一番，親手給阮佩韋裹好傷，說了許多密話，是教三人不要灰心的意思。然後，十二金錢俞劍平回來，由姜羽沖陪伴著，重新極力安慰于、趙二人；但只說了許多好話，並不打聽飛豹子的來歷。

趙忠敏性直，于錦心細。兩人你望我，我望你，雖深感俞鏢頭的推誠相待，仍有點餘怒未息，同時疑誣頓雪，又很得意。俞劍平接著勸道：「算了吧！你二位和阮佩韋不熟，他一向如此冒失的。我們大丈夫做事，丟得起，放得下；既然自己的苦心已得大家信諒，我盼望二位明天再不要提起了。二位想想看，阮佩韋這時候該多麼後悔？二位為我擔點嫌疑，任勞任怨，我俞劍平心裡有數。」

智囊姜羽沖此時坐在俞劍平身旁，就跟著幫腔，往外引逗于、趙的話。姜羽沖先因眾人只顧內訌，忘了外患，他就急急登房，暫代敵。等到亂過去，他這才跳下房來，忙找到蘇建明、阮佩韋，先把信中原委問明；想了想，這才來到上房，故作不知，當著于、趙的面，向俞劍平探問：「剛才是怎的亂了這一大陣？」俞劍平又把剛才之事說了一遍。

姜羽沖順著口氣，把阮佩韋抱怨一頓：「交朋友不該這麼多疑！」跟著

向俞劍平道：「這個飛豹子原來姓袁，叫袁承烈，不是綠林，是遼東開什麼場子的，又叫快馬袁，這定是開牧場子的了。俞大哥，你從前可跟這樣一個人物打過交道？有過梁子麼？」說時，眼角掃著于、趙。

俞劍平綽鬚微笑道：「這個，先不用管他，我現在記不得了。好在內人快來了，我想她必不是空來。我的意思還是回寶應縣，聽聽內人怎麼說，隨後再往火雲莊去。」姜羽沖欣然說道：「這個我知道，我聽說俞大嫂還邀來一位肖武官，是俞大哥的師弟，當然探出飛豹子的實底來了。大嫂一到，定有捷音；我想飛豹子這一回再沒處藏躲了。」復用戲謔的口吻說道：「俞大嫂乃是女中丈夫，不愧為俞大哥的賢內助。當年你賢伉儷聯劍創業，爭雄武林；凡是俞大哥的事，俞大嫂一定纖悉皆知。並且女人家心細，俞大哥忘了，俞大嫂一定記得。這個飛豹子的來歷，我敢說俞大嫂一定曉得。」

俞劍平笑道：「我最健忘，賤內比我年歲小，的確比我有記性。」

姜羽沖道：「那更好了。」

俞劍平道：「所以我說，不必再在此耽誤，我們速回寶應縣，實為上著……」姜羽沖做出踴躍的樣子來喝彩道：「對！」

好像一到寶應，一見俞夫人丁雲秀，這飛豹子一準不能遁形潛蹤了。俞劍平這樣說話，姜羽沖已經明白。這意思就是說：「鉤稽飛豹子的底細，我們另有辦法。朋友不肯告訴我，我無須乎教朋友作難。」

趙忠敏聽了，不甚理會；于錦卻覺察出來了。人家越是不肯問，就是越形容自己跟飛豹子交情近；當下默然。趙忠敏只看于錦的形色；于錦既不言語，他也就裝啞巴了。

跟著，姜羽沖和俞劍平又提到回寶應縣，訪火雲莊的步驟。因又問到俞劍平當年創業，得罪過什麼人；飛豹子三字反倒軼出口邊，全不談

了。可是仍不冷落于、趙二人，俞、姜二老照樣的一句半句向于、趙談談問問。

于錦尋思了一回，忍不住了，朗然說道：「剛才那封信，俞老鏢頭只聽見唸誦，還沒有看。這封信已經扯碎，我也不打算發出去了。」俞劍平道：「可以另寫好了，再發出去。」

于錦道：「那也不必，俞老鏢頭，由這封信總可以看出，我弟兄絕沒有泄漏我們鏢行的機密。我們鏢行本有行規，我弟兄就不管行規，也得看在我大師兄跟俞老鏢頭的交情上。前兩天我弟兄無端被人當奸細看，心中實在不好受……」

姜羽沖忙道：「好在是非大明，已經揭過去了。」

于錦道：「誤會是揭過去了，但是我們和這飛豹子究竟是怎樣個來往，俞老鏢頭不肯問，我卻不能不表一聲。老實說，我們只是欠人家的情，沒跟人家共過事。」

話到口邊，姜羽沖趁這個機會，淡淡地問道：「這個人不是開牧場的麼？你二位怎會欠他的情呢？」

于錦翻著眼睛，掃了姜羽沖一眼，面對俞劍平道：「俞老鏢頭，我們跟飛豹子的交道，本來不該說。我弟兄奉大師兄錢正凱的派遣，前來助訪鏢銀，事先實不知這劫鏢的就是飛豹子袁某；臨到鬼門關一場鬥技，方才斷定是熟人。這個袁某的確不是綠林，的確是在遼東開牧場子的。我們跟他並無淵源。只在六七年前，我們鏢局押著一票鏢出關，因為押鏢的鏢客在店中說了狂話，行在半道上，竟出了岔錯。我們的鏢被馬達子麥金源抄去了。大師兄錢正凱帶著我，出關訪鏢；誤打誤撞，又和破斧山的瑞寶成一言不合，動起武來。我們人少勢孤，被人家包圍。我們大師兄展開絕技，與瑞寶成苦鬥，眼看不得了。適逢其會，這個飛豹子押著馬群，從瑞寶成的線地上經過。他和瑞寶成素有認識，當那時他是路過破斧山；聽說

山下困住了關內的鏢客，他就騎一匹劣馬，由破斧山的二當家陪著，前來觀戰。」

于錦接著說道：「這時我們大師兄和我，還有兩位朋友，已經危急萬分，被人家圍在兩處，各不能相顧。可是我們大師兄視死如歸，絲毫不怯，依然苦戰不休。這個快馬袁想是存著『惺惺惜惺惺』的心思，手拿一根大鐵鍋煙袋，竟策馬突圍，撲到戰場，把瑞寶成勸住。問明原委，知是誤會，對我們兩家說：『同是武林一脈，不打不成相識。』極力給我們排解。瑞寶成很敬畏這個快馬袁；當下頗留情面，不但把我們放了，還邀上山寨，當朋友款待。我們大師兄十分感激，在宴間與瑞寶成、快馬袁，極力結識。到這時快馬袁方才說，他並非山寨的主人，他也是過客，特來順路拜山的。他好像很佩服我們大師兄的膽氣和武技，拿著我們當朋友看；問我們大師兄是哪裡人，開什麼鏢局？因何事出關？錢大師兄據實相告，這快馬袁大笑，自說也是關內人……」

說到此，姜羽沖不覺回問道：「哦，他也是關內人，是哪省呢？」

于錦眼珠一轉笑道：「這個我可是忘了。」俞劍平向姜羽沖點了點頭，笑道：「恐怕是直隸人。」于錦道：「也許是的。」俞劍平道：「以後如何呢？」

于錦道：「以後嘛？錢大師兄就將失鏢尋鏢之事如實說出來。這快馬袁十分慷慨，對瑞寶成道：『這位錢朋友的武功乃是武當北派正宗，和瑞爺門戶很近，你們二位很可以交交。不過人家到遼東來，人地生疏，全靠朋友照應。他這不是訪鏢來的麼？瑞爺看在武林分上，何不幫個小忙，替他查找查找？』那瑞寶成就大聲說道：『錢鏢頭的鏢，我倒曉得落在誰手裡了，不過錢鏢頭這位趙子手說話太難聽，所以我剛才不能不和錢鏢頭比劃比劃。其實錢鏢頭的大名，我也是久仰的。』轉臉又對我大師兄說道：『老實告訴你，你的鏢落在麥金源手裡了。』我那大師兄立刻起身道謝，就要找麥金源去討。快馬袁和瑞寶成一齊勸阻道：『麥老四為人古怪，只怕情

2
1
9

討不易。』這快馬袁拿出自己的名帖來，又勸瑞寶成也拿一份名帖；由他二位出頭，備下禮物，派破斧山的一個小嘍囉，面見麥金源，以禮討鏢。居然只費了十幾天的工夫，把原鏢取回。」

于錦接著說道：「我們大師兄因此欠下了快馬袁的情，至今已經六七年，始終未得一報。那時候，小弟本也在場，知道此人本非綠林，乃是牧場場主。他這人生得豹頭環眼，手裡拿著一根大鐵鍋煙袋，說話氣度非常豪爽。我們乍來時，雖聽說劫鏢的人，生得豹頭環眼，手使鐵煙袋打穴，我們也是心中一動。但因不知劫鏢人的姓名，而快馬袁又非綠林，我們也就沒有聯想到是他。這一次在苦水鋪，得知劫鏢的人外號叫做飛豹子，我們這才知道一準是他⋯⋯」

姜羽沖道：「那也不見得吧！他一個開牧場的，無緣無故，跑到江南劫鏢，做這犯法的事，又是何意呢？」

于錦又看了姜羽沖一眼道：「他為什麼劫鏢，我可不知道；我只曉得快馬袁又叫飛豹子罷了。」俞劍平道：「快馬袁真叫飛豹子麼？」

于錦道：「一點不錯！原因他在牧場，有這快馬袁的外號，乃是⋯⋯」說至此一頓，卻又接口道：「我索性說了吧。他的岳父叫快馬韓，這是繼承他岳父的外號。後來他和遼東三熊因奪金場，比武爭霸，仗他一人之力，把遼東三熊全都打敗，並且把三人收為門徒。人家遂贈了這麼一個外號，叫做『飛豹子單掌敗三熊』。現在這裡劫鏢的主兒生得豹頭環眼，正和快馬袁的相貌一樣，論年紀也是五六十歲，使的兵刃又是鐵煙袋桿，並且外號又都叫飛豹子，這十成十準是他了。飛豹子快馬袁素日在關外寒邊圍子，開著牧場；我們卻不曉得他究因何故，跑到關內劫鏢？但是他既指名要會俞老鏢頭，猜想他或者跟俞老鏢頭從前有過過節兒，我們可就不曉得了。俞老鏢頭，我已將真情實底說出來了，你老跟我們錢大師兄是患難弟兄，又是同行；現在這劫鏢的飛豹子就是快馬袁承烈，快馬袁又對我們

鏢局有恩……我們先不知他是快馬袁，還則罷了；既知道他就是快馬袁，請你老替我弟兄想想，我們能怎樣辦呢？所以我們弟兄迫不得已，才想告退。又恐怕我們大師兄也許另有兩全之策，我們這才偷偷寫信，要請問請問他。我們決沒有當奸細的心思，我們只怕對不住兩方面的交情罷了，誰知道反為這個，遭大家白眼呢？」

于錦侃侃而談，一口氣講罷，目視姜羽沖，仰面一笑道：「我要說，不用誘供，我可以不打自招。不過要像阮佩韋那麼拿我不當人，硬擠我吐實，我可就頭可斷，嘴不能輸。或者哪一位拿我當傻子，總想繞著彎子來套問我，我也偏不上當，教他趁不了願。我就是天生這種混帳脾氣！幸而俞老鏢頭大仁大義，拿我們當朋友，沒拿我們當小孩子，我只得實說了。說是說了，我可就對得住俞老鏢頭，又對不住飛豹子了。我實不該給人家泄底，我現在只有和我們趙四弟趕快潔身引退。」說至此戛然而住。話鋒衝著姜羽沖攻擊上來。姜羽沖老練之至，臉上連動都不動，反倒哈哈大笑道：「好！還是于賢弟痛快，于賢弟真是快人快語，我佩服之至！于賢弟是怕兩面得罪人，其實你不會跟你們令師兄出頭，給說和說和麼？……真個的，快馬袁的家鄉在哪裡？」

于錦搖頭道：「對不住，這個我說不出來。至於說和，只怕我兄弟沒有那麼大臉面！」

俞劍平心知于、趙猶含不悅，便向姜羽沖示意，拋開正文，只說閒話。左夢雲從外面進來，趨近俞劍平，似要耳語。

俞劍平道：「有話大聲說，不要這樣了。」左夢雲囁嚅道：「阮佩韋和時、李二位……」

俞劍平道：「哦，他三位錯疑了好朋友，心上不得勁，待我過去勸勸他。」向于、趙道：「天已不早，二位歇歇吧。」急站起來去見阮佩韋。

阮佩韋很懊喪地坐在另室，眾人知他沒趣，就勸說道：「阮大哥，多

虧你冒險挨這一刀，咱們才得探出飛豹子的真姓名來。又知他是遼東開牧場的，這實在是奇功一件。」

蘇建明捫鬚笑道：「別看我剛才那麼說，若沒阮賢弟出頭做惡人，于、趙的信我們真沒法子索看。阮賢弟這一回任勞任怨，給俞、胡幫忙不小。」這麼勸著，阮佩韋稍微心寬，面向時光庭、李尚桐，嘆了口氣道：「我真渾！我這一來，算是得罪錢正凱哥們了……」

眾人忙道：「那不要緊，等到事後，俞鏢頭自然會想法子給你們兩家和解。」

不想九股煙喬茂蹭過來，忽然說出幾句冷話，向歐聯奎道：「交朋友全靠有眼珠子，瞎目瞪眼的人總得吃虧，饒吃虧還得罪人。人家于錦是我們鏢局本行，有行規管著，人家怎會給賊做底線？拿人當賊，不是作賤人麼？依我看，咱們得擺酒席，好好地登門給人家道歉。」

阮佩韋勃然變色，時光庭、李尚桐尤怒，站起來道：「對對對！我們三個人全是瞎眼的渾蛋，得罪人了！」

李尚桐口齒最厲害，冷笑道：「阮大哥，咱們衝著喬鏢頭，咱們也別在這裡裝渾蛋了！」

蘇建明老頭子很不高興，道：「喬師傅這是怎麼說話！」周季龍把喬茂推出去，大家又重勸阮佩韋等三人。

俞劍平跟著左夢雲急急進來，向阮佩韋道：「阮賢弟，虧你這一來，我們得知許多線索。你一心為我，得罪了人，還受了傷。還有時、李二位，你們哥三個全是為友燒身……你三位別聽閒話，我俞劍平自有道理。」

俞劍平兩面安慰，費了許多話，才將事情揭過去。隨後把老一輩的英雄都邀過來，一同揣摩這快馬袁的為人。俞劍平想不起袁承烈這個名字，

更猜不出因何與己結仇，馬氏雙雄熟知北方武林人物，也不曉得這個人的根底派別。

蘇建明、童冠英等本是江南的武林，和遼東牧場簡直如風馬牛。大家你問我，我問你，亂猜一陣，誰也猜不出來。末後幾個老英雄都說：「這個人什九必是俞鏢頭的仇人轉煩出來的。或者這個人現時開牧場，從前也是綠林；俞劍平當年創業時與他有過梁子，也未可知。」

姜羽沖道：「不必瞎猜了，還是回寶應縣，訪火雲莊。」於是大家略略歇息，轉眼天亮了。十二金錢俞劍平即請夜遊神蘇建明率一半人，留在苦水鋪一帶設卡；其餘的人都隨俞劍平、胡孟剛、姜羽衝回去，吳玉明徑由苦水鋪回東路卡子。

童冠英堅欲跟俞劍平赴火雲莊，至於南路卡子，他要轉煩別人替他去。但赴火雲莊是攻，看卡子是守，別人也不願退後。鬧了半晌，姜羽沖道：「好在上南路卡子去，也得通過寶應縣城，咱們到城裡再定規吧。」童冠英方才不說什麼了。

俞劍平、胡孟剛、童冠英和兩三個受傷的人騎馬先行。其餘青年有的雇牲口；有的坐太平車子，一同出離苦水鋪。俞劍平這幾個人都騎的是自備的好馬，由早晨動身，傍晚便進了寶應縣城。

此時義成鏢局的總鏢頭寶煥如，已與青松道人到火雲莊去了。現在鏢局的，只有沈明誼、無明和尚和義成鏢局的幾位鏢客。俞劍平、胡孟剛先對無明和尚說了些客氣話，跟著向鏢局中人打聽近日情形。

義成鏢局說是郝穎先去了之後，一舉一動，被敵監視，很不容易著手。寶煥如與青松道人等昨日才去，還沒有回信。跟著吃完晚飯，喝茶休息，把受傷的夏靖侯、葉良棟幾個人留在鏢局，請醫療治。俞劍平就要馬不捲鞍，連夜馳赴火雲莊。童冠英道：「俞大嫂不是後天就來麼？你怎麼不等一等？」

姜羽沖道：「我們的人熬了好幾夜，得歇一晚上。還有他們坐車的人，現在還沒到，我們應該候一候他們。」

俞劍平心中焦灼，迫不及待。胡孟剛掛念獄中被扣的家眷，覺得既已訪知飛豹子身世，就該立赴火雲莊；如能抵面一鬥，立討鏢銀更好；不然的話，便應設法到遼東，搜他的根子去。

俞劍平對眾人說道：「依小弟之見，我打算和胡二弟，再請幾位，現時就動身；別位可以明早走。我和胡二弟趕到火雲莊，恰在夜半，我們就索性乘夜入莊踩探一下。等到白天，咱們的人也到齊了，再登門投帖，拜訪那個武勝文。姜五爺，你說這麼辦，好不好？至於這飛豹子，既知他在遼東開牧場，有名有姓，自然不難究問。我此刻就寫信，請這裡的師傅們給發出去，托北京、保定的同行，轉煩遼東同業代訪。」

沈明誼皺眉道：「由江南發信到遼東，往來還不得一個多月？還不如由我們海州鏢局，托海船送到煙臺，轉往營口。山海關的景明鏢行，不是跟馬氏雙雄共過事麼？」俞劍平道：「這也可以，我們不妨雙管齊下。」胡孟剛道：「好！咱們就立刻辦起來！」十二金錢俞劍平便索筆墨，親自修書。胡孟剛也要寫信，姜羽沖道：「胡二哥，你念我寫吧。」

無明和尚在旁插話道：「這個快馬袁原來是一個開牧場的，他不遠千里，跑到這裡劫鏢，劫的又是鹽鏢！他不惜身罹重罪，做這等大案，猜想他和俞、胡二位必有極深難解的仇隙……」九股煙道：「那還用說？」胡孟剛急急瞪他一眼道：「你又……」

俞劍平一面寫信，一面答道：「是的，是的。這飛豹子一定是跟我過不去，無奈我和胡二哥實在思索不出來。」旁顧童冠英道：「這飛豹子的姓名，我們昨天才探出來；明師父剛到，還不曉得，童師傅費心替我說說吧。」

童冠英就移座挨近無明和尚，把昨晚于、趙之事，對無明和尚說了。

這無明和尚生得瘦臉長眉，好像個得道高僧，骨子裡卻是武技超絕、做事狠辣的拳家；他的外家功夫名震一時。

他此來乃是過路，被竇煥如挽留住，請他照看鏢局。他因聽說靜虛和尚正助俞、胡訪鏢，他也要和俞劍平結納結納，故此留下了；靜虛和尚跟他乃是兩個宗派，童冠英卻和他很熟；兩人當下說得很熱鬧，可是一句出家人的話也沒有，完全說的是江湖勾當。

不大工夫，俞劍平把信寫好，投筆站起來道：「這時剛起更，胡二弟，走吧！」跟著姜羽沖也寫好了信，各信都由俞、胡、姜、馬等人共同列名，交給義成鏢局的人，煩他發出去。

外面人已將鞍馬備好，點著燈籠，兵刃、暗器也都檢點了。俞劍平拉著胡孟剛，對無明和尚說：「明師父，火雲莊的子母神梭武勝文和這劫鏢的飛豹子袁承烈，一定素有認識，交情很深；現時飛豹子或者就在火雲莊。……」

童冠英道：「這些話我都對明師父說了。俞大哥的意思，是要邀明師父一同去，是不是？我已跟他說好了，他說我去他就去；我自然是去。姜五爺，你快派人守卡子吧，我們一僧一俗，今晚陪俞大哥到火雲莊去一趟。剛才聽沈明誼師傅說，郝穎先他們就住在火雲莊藥王廟；明師父去了，更方便。別耽誤了，誰去誰留，快點安排，咱們立刻出發吧。」

姜羽沖對胡、俞說：「就是這樣，請松江三傑夏靖侯二哥留守寶應縣，就便養傷。請夏建侯大哥、谷紹光三哥，暫守東路卡子。俞大嫂來到時，這裡已經備好了公館，再請留守的人趕快送信來。」

松江三傑本不願意留守，俞劍平一再拜託道：「三位已經很受累了，守卡子也是要緊的事。」又道：「賤內若到，可以問問她有什麼事，就教她趕快轉赴火雲莊，不必在這裡耽誤了。」

　　胡孟剛道：「我們走吧！」把腰帶一緊，頭一個站起來。蛇焰箭岳俊超道：「俞大哥，對不住，我得明天走。我的蛇焰箭全用完了，還得趕緊買辦硫黃火藥，動手現做。」

　　姜羽沖道：「岳四爺明、後天走，全可以。」又將俞門弟子左夢雲留下，好招呼他的師娘俞夫人丁雲秀。

　　十二金錢俞劍平、胡孟剛、智囊姜羽沖、霹靂手童冠英及其弟子郭壽彭，無明和尚，連馬氏雙雄馬贊源、馬贊潮，沒影兒魏廉、九股煙喬茂，共十個人，帶一個領路的趟子手，連夜出離寶應縣，由趟子手挑燈先行，把馬鞭力打，如箭似的飛馳而去。這時二更剛過，晴空無雲，天色黑暗。眾人銜枚急走，但聽得蹄聲得得，衝破寂靜的曠野。一口氣走出六十多里，距火雲莊還有二十里地；前面正有一座小市鎮，應該進鎮打尖歇馬。胡孟剛說：「我們只飲飲牲口，還是往前趕。」

　　姜羽沖道：「就是趕到，恐怕也快天亮了。」

　　俞劍平道：「趕著看。聽說火雲莊沒有店，在這裡歇歇馬也好。」遂由趟子手上前覓店砸門，把牲口餵飽了。天氣熱，大家開了房間，忙著洗臉，擦汗，喫茶。這些人都是老行家，在店房內，一句話也不說。卻是砸門聲，馬蹄聲，仍驚動了住店的客人。

　　從別的房間，走出一個客人，到廁所解溲。俞劍平推門往外瞥了一眼；那人打著呵欠，走回己室。俞劍平便走出來，到馬棚看了看。隨後付了店錢，大家扳鞍上馬。

　　再往前走，距火雲莊還有二三里，大家把馬放慢。一鉤新月從薄雲透出微光，已經是下半夜了，姜羽沖招呼路上多加小心。俞劍平把兵刃抽出來，一馬當先，搶到最前面，緊護著嚮導走。九股煙喬茂夾在當中走，唯恐受了暗算。忽然一陣風過處，背後又有蹄聲。無明和尚的馬不好，落在後面，恰好聽見，忙招呼大眾留神，諸人駐馬傾聽，果然有馬蹄奔馳之

聲，好像這匹馬越走越近，忽然又轉了彎，往岔道上走遠了。

胡孟剛大瞪眼道：「難道這又是飛豹子的黨羽？」

姜羽沖道：「不要理他！我們還是往前走。」俞劍平微哼了一聲，心下恍然。無明和尚道：「要是賊黨，做什麼不追過去看看？」俞、胡二鏢頭齊道：「追就上當，他們要誘咱們走瞎道。」大家策馬又往前行。趟子手舉鞭指著前面道：「到了。」

眾人在馬上一望，黑乎乎一大片濃影，住戶至少也有一二百家，那藥王廟就在莊內靠東南隅。俞、胡、姜、馬一行翻身下馬，趟子手道：「我們怎樣進莊？」

俞劍平道：「這時刻多早晚了？」趟子手道：「有四更天了吧。」俞劍平道：「人先進莊，馬稍留後。」將馬拴在莊外樹林內，留人看馬。本想多留兩三人，九股煙害怕不肯幹，沒影兒爭功也不肯幹，只可單留下童門弟子郭壽彭一人；其餘的人一齊進莊。

俞劍平當先，無明和尚押後，急繞莊巡視一遍，一見可疑之處，便由趟子手引導，躡足潛行。徑往東南隅走去。不想在莊外繞看無人，剛剛進內，便聽見嗖的一聲，一條人影從人家房上飛躍過去。九股煙喬茂叫了一聲：「有人！」

幾位老英雄把兵刃握在掌中，身子全都沒動。沒影兒魏廉一聲不響，往臨街宅牆上一躍，登高急尋，那人影已隱匿不見。魏廉還想搜尋，被俞劍平輕輕喚住，催他下來，說道：「天已快亮，不便動手了，咱們快找郝穎先郝師傅去為要。」

十二金錢俞劍平暗自詫異。這地方是火雲莊，不是古堡，這武勝文不管他真面目如何，在表面上總算是當地紳士，他不該在本鄉本土做出綠林舉動。就是飛豹子胡鬧，武勝文也該加以阻止；怎麼這裡竟有夜行人出

現？俞、胡、姜等全都這麼設想，不肯貿然動武，可是為防意外，俞劍平和童冠英便左右護著趙子手往莊裡走。

轉眼來到藥王廟附近；俞劍平命趙子手上前叫門。童冠英叫著無明和尚，要趕奔廟後，從後面跳牆進去。無明和尚笑道：「我不去！那一來，我真成了跳牆和尚了。」沒影兒魏廉道：「童老師，我陪你去。」馬氏雙雄道：「咱們一同去。」四人立刻離開前邊，繞奔廟後去了。

餘眾貼牆根藏在黑影裡，由俞劍平陪著趙子手，來到藥王廟山門口；登上石階，輕輕彈指叩門，裡面無人應聲。九股煙喬茂此時忽然勇敢起來，掄拳啪啪一陣狂打。姜羽沖忙奔過來，將他攔住道：「手輕點，別驚動四鄰！」

九股煙道：「怕什麼？夜半叫門，不犯法呀！」

胡孟剛低聲道：「你這人說話總是另一個味道，咱們不是……」一句話未了，半空唰的一聲，一道寒光打來。胡孟剛、姜羽沖往旁一躥，俞劍平就一俯腰；山門上錚地響了一下，一支暗器（袖箭鋼鏢之類）釘在門上了。嚇得九股煙喬茂失聲一喊，拚命躥開。

眾人急尋暗器來路；早又唰的一聲，接著發出一支暗器，衝俞劍平打來。俞劍平一側身，伸手把鏢抄住，翻手還打出去；跟著把趙子手一提，提到牆根。發暗器的地方在側面房上，距廟很遠，暗器打得很有力。俞劍平還鏢打到，那人影一晃，沉下房脊，隱隱聽見一聲冷笑。胡孟剛大怒，喝道：「什麼人？」

無明和尚怒吼一聲，把戒刀一亮道：「什麼人膽敢擾亂佛門善地？」那人影從牆根黑影中躥出來，飛身上房。俞劍平、姜羽沖、胡孟剛也忙搜尋過去。頭一個衝過去的是無明和尚。

那人影在房上伏腰飛跑，轉眼間跳落平地。無明和尚追過去，往前一

撲，掄刀就砍。那人狂笑道：「朋友又來了？這回你可得不了便宜！」抖手又打出一鏢，無明和尚急閃。

那人撥頭又跑，轉過一條小巷，忽然站住；口打胡哨，從暗處竄出兩個人，把無明和尚打圈圍住。無明和尚昂然不懼，用他那揚州土話，厲聲喝道：「好個劫鏢賊，你就來吧！」

頓時對上手，刀鋒乍交，敵人忽叫道：「咦，這是個出家人？」無明和尚罵道：「出家人也要開殺戒！」這刀光揮霍，力抗三敵。

俞劍平等跟蹤尋到。月色微明，俞劍平略瞥戰況，心頭一轉，急忙喊道：「前面可有郝師傅麼？」敵人倏然一退，內中一人應聲道：「我是程岳，來的可是師父麼？」

兩方面竟是自己人，頓時住手。俞、胡、姜三人湊近一看，原來是程岳、戴永清和白彥倫三個人。兩邊的人聚在一處，俞劍平道：「白賢弟辛苦，你們三人埋伏在這裡做什麼？可是飛豹子來了麼？那個武勝文就公然拿出綠林手腕，對付咱們人麼？」

白彥倫環顧眾人道：「說不得，這武勝文刁滑極了！我們教他擺布得一點也動彈不得。大哥，我們進廟去吧！不然的話，他又會支使出鄉團來搗亂了。」

大家在外面不便多談，忙踐階而上，來到山門口。胡孟剛道：「廟裡還有人麼？怎麼總叫不開？」白彥倫道：「硬叫門，自然叫不開，我們有暗號。」

戴永清道：「待我來。」取出飛蝗石子，用一塊白布包上，這白布上面有記號，抖手打入廟內。回頭對俞、胡、姜道：「你瞧，回頭就有人開門。」

石子投入一響，廟中竟無人開門。白彥倫道：「唔，難道都睡了不成？」

俞、姜二人低聲：「不對！白賢弟，我們有幾個人從後面跳牆進去了，別是他們鬧起誤會來了吧！」

白彥倫道：「都是誰？」胡孟剛道：「是霹靂手童冠英和馬氏兄弟、沒影兒魏廉。」

白彥倫道：「不好，咱們快進去看看。」

黑鷹程岳道：「我去。」才躍上牆頭，那山門已然豁喇地開了。後面當真也險些動了手，童冠英剛剛躍上後山門的牆，背後便飛來了一石子。魏廉忙叫道：「我是鏢行！」楚占熊方從隱身處出來。

白彥倫、楚占熊等引俞、胡、姜、童一行人，進了藥王廟的一所跨院。這廟殿宇很多，有兩個僧人和一個火居道人住著。前前後後，空房子極多，隨便可住，就是失修太甚。因火雲莊沒有店，借民房不便，義成鏢局寶煥如託人給住持僧許多香資，把三間禪房借妥；郝穎先等先後兩撥人都住在這裡。

大家齊進禪房，點著了燈，未遑就座，先由楚占熊陪著魏廉，把莊外的郭壽彭和那十一匹馬，先引進廟來，拴在空廊內。黑鷹程岳道：「我們外面還得安放人，白店主請在這裡說話，我去房上望。」白彥倫道：「就在廟裡吧。」程岳點頭出去，躍上大殿。

姜羽沖道：「你們戒備得這麼嚴密麼？」白彥倫道：「唉！這武勝文真真不是好貨！我們這些天，教他們打著鄉團的幌子，監視得一步也施展不開。」

九股煙喬茂咧嘴道：「好，倒是我們探窺人家，還是教人家窺探我們呢？」

胡孟剛怫然道：「喬爺，這些話少說一句，行不行？你怎麼跟誰都是這樣？」

白彥倫倒笑了，說道：「九股煙喬爺的口齒，我早就聞名的。」

俞劍平道：「郝師傅怎麼沒見？竇煥如鏢頭、青松道人、九頭獅子殷懷亮，他們由前天動身，難道全沒到麼？」白彥倫道：「他們昨天到的。」

胡孟剛最為心急，搶著說道：「豹子在這裡沒有？我告訴你，我們訪出他的根底來了。他姓袁，叫袁承烈，又叫快馬袁，是遼東開牧場子的。你們這裡究竟怎麼樣？竇鏢頭他們幾位全上哪裡去了？請你趕快說一說，我們還打算此刻就到武勝文莊內去一趟哩！」

白彥倫忙將經過的情形扼要地說了一遍。原來白彥倫等第一撥人，和郝穎先等第二撥人，先後到武勝文家裡投帖拜見，沒得結果。

劫鏢之事，武勝文先說一概不知。可是他又道：「俞鏢頭名氣太大了，有人要領教領教他；也許得罪了人，有人要較量較量他。我倒也聽見一點影子。」跟著又明白說道：「我這裡倒真有一位朋友，羨慕俞鏢頭的拳、劍、鏢三絕技，要想見識見識。」

白彥倫、郝穎先等一聽這話，忙追問他這位朋友的姓名，武勝文卻又不肯指明。他對郝穎先附耳低聲道：「此人乃是綠林，說出來不便。我可以把這人的相貌說給郝爺聽，就煩你轉告俞鏢頭。這人的相貌正是豹頭環眼，年近六旬。」分明影射著飛豹子。武勝文又說：「還有一位年輕的武林，也要見見俞鏢頭。」郝穎先忙把事情攬到自己身上：「既有這兩位朋友，郝某不才，倒要自己見見。」武勝文忽又把話推開道：「郝師傅要想會會敝友，現在他一老一少全在芒碭山。郝師傅不嫌辛苦，可以到芒碭山找他去，我可以派人陪了去。」芒碭山離此地甚遠，郝穎先恐去了撲空，不肯上當。拿很刻薄的話擠兌武勝文，堅請武勝文把那人邀來。武勝文笑道：「那得過些日子。」

總而言之，行家遇行家，拿空話探實情，是一點也探不出來。末後只可動真的了。郝穎先和白彥倫、黑鷹程岳，幾個人一商量，打算夜探火雲

莊；但是白彥倫和黑鷹程岳前已探過。

這火雲莊內外戒備森嚴；你這裡沒動，人家那裡已經派人看上了。打更的，巡夜的，全不是尋常百姓，武功都很好。他們有時拿出鄉團的面孔，來阻擋鏢行；有時拿出綠林的手法，來搜探鏢客。

白彥倫初到的當夜，住處便教人家搜了一回；幸被看破急趕，那人跳牆跑了。武勝文家出來進去的人很多；白彥倫等總想探一探飛豹子究竟在那裡沒有？可是挨不進門去。

有一次，黑鷹程岳瞥見兩個美貌女子，騎驢來到武家門口，下驢時，看出她們穿著鐵尖鞋。次日便見這兩個女子，結伴前來逛廟。這藥王廟不到廟期，一無可逛；兩個女子卻到處遊觀，連鏢客的寓所也進去了。正趕上程岳回來，六目相對，互盯了幾眼。其中那個體態輕盈的女子笑了笑，對女伴說：「咱們走吧。」

程岳急進屋檢查，一物不短，卻多了一支袖箭。再綴出來時，那女子不進武宅，反走到武家鄰舍去了。

郝穎先和黑鷹程岳、白彥倫、楚占熊等，又分做兩撥，由白天起，故意溜出火雲莊，假裝回縣，藏在青紗帳中，耗到半夜，突然奔回去。哪知剛到火雲莊口，不知怎的，人家早得了信；竟燈籠火把的，出來多人。那武勝文騎著馬，把郝穎先、白彥倫的名字叫出來，對他手下人說：「這是熟人，你們怎麼拿熟人當匪警呢？」給明著揭破了。

如此設計多次，總未得手。郝穎先、白彥倫都覺得武勝文明明可疑，卻訪不著一點實跡，自己面子上太難堪，因此含嗔不肯空回。等到最後，經他們加意窺查，竟窺出子母神梭武勝文家必有地道通著外面，外面也另有巢穴。曾經一次、兩次，望見大撥的人在武宅鄰近，忽隱忽現的出沒。白、郝等因此越發地流連不歸了。卻幸兩家對兵互窺，彼此逗弄，武勝文還保持著紳士的面目，只防備鏢客窺探，並沒有認真動武。雙方才沒激出事來。

白彥倫把數日來的情形，對俞、胡、姜、童諸人說了，又說：「現在青松道人、九頭獅子殷懷亮、竇煥如，這幾位已到，由郝穎先師傅引領，到西北隅搜探武家的地道和別處的巢穴去了。他們說好，要盡一夜之力搜一搜，大概也快回來了。」

眾人聽罷，都不信武勝文竟有這麼大勢派。胡孟剛尤為憤怒，恨不得報官抄他；只可惜礙著武林規矩，又沒有抓著他的把柄。胡孟剛道：「若真抓住把柄，武勝文就是窩藏要犯，這個罪怕他吃不起！」

俞劍平打算到武家附近看看，又覺著時候太晚了。童冠英躍然說道：「我們只在門前宅的繞一繞，還不行麼？」戴永清、白彥倫齊說：「不行！他會支使鄉團出來跟著我們。聽說他還是這裡鄉團的什麼頭兒呢！」

眾人都想去到武宅看看。白彥倫攔不住，終於先派幾個人，前往試了一試；果然碰見巡夜的人，頂回來了。俞劍平道：「算了吧，白趕了一夜；我們還是跟他明著來。」遂將禪房略加收拾，支起幾個鋪。大家安歇了，可是全睡不熟，便躺著商量辦法。轉瞬天亮，郝穎先、青松道人、九頭獅子殷懷亮，連同巡視莊外的竇煥如，一同回來。俞劍平等一躍而起，相迎問訊。九頭獅子殷懷亮道：「郝師傅真可以，這一回居然把武勝文私設的地道探出來。就憑這個，咱們很可以稟官告發他。」

眾人一聽，齊聲說道：「妙極，妙極！武勝文刁滑萬分。我們這一下子，豈不是抓住他的把柄了？」

童冠英向郝、殷三人道：「你們諸位還不知道哩，飛豹子的姓名、來歷，現在也掏著了。」姜羽沖道：「諸位請坐！現在一切都有頭緒了，俞大哥、胡二哥可以好好地歇一會兒。我們吃完早飯，就一直見武勝文去。」

胡孟剛眉飛色舞說道：「我們找他要飛豹子的行蹤。他如不說，便拿地道的話點破他，揭開了明底。我真急了，我是什麼面子都不顧了。」

姜羽沖忙道：「不可如此。俞大哥、胡二哥，你二位可以客客氣氣跟他講面子；至於威脅的話，不妨由別人代說。」童冠英道：「誰陪著去呢？這個可是得罪人、做惡臉的事。」馬氏雙雄笑道：「這可沒法子，只可由軍師爺出場了。軍師的口才是好的，說話最有力量。」

姜羽沖皺眉道：「非我不行麼？」眾人笑道：「非你不行！」

大家越說越高興，可是全忘了問這地道長短如何，怎樣探出來的。還是慣說破話的九股煙喬茂，忽然發話道：「這地道倒是犯法，倘若人家把它堵死呢？」郝穎先微笑道：「只怕他現在堵來不及，這地道有一里多長呢！」

在場群雄到底公推姜羽沖、郝穎先、白彥倫、童冠英四個人，陪同俞、胡二位鏢頭前往登門拜望武勝文。另跟著黑鷹程岳、沒影兒魏廉，假裝投帖的鏢行夥計。

戴永清笑道：「喬爺總得跟去，全靠他認人哩。」九股煙很不情願道：「這上桌面的事，可沒有我。」

胡孟剛道：「不錯，喬老弟總得去。」童冠英說：「我們何不請青松道長、無明方丈一同去？一僧一道去了，也顯著我們俞大哥、胡二哥交遊廣闊。」青松道人、無明和尚一齊推辭道：「我們出家人排難解紛，是可以出面的；出頭尋人生事，恐怕不便。」

姜羽沖道：「我倒想起一策，二位很可以同去；反正由我做壞人，說狠話就是了。我們去的人最多能代表我們江南武林各派。無形中警告他：得罪俞、胡，便要得罪我們江南整個武林。」

大家遂又轉勸一僧一道，青松、無明只得首肯。跟著又勸俞、胡、姜三位：「趕快歇歇吧，省得到場說話沒精神。」

當時議定，大家又躺下，可就忘了在外面安人了。那邊武勝文在本鄉

是人傑地靈，早就得著了消息；鏢行的祕密，他竟知道了多半。歇到辰牌，胡孟剛跳起來道：「這可夠時候了，我們去吧。」

白彥倫道：「一清早堵被窩拜客，似乎差點。」胡孟剛道：「不早了，鄉下人起得早。」竇煥如道：「總該吃過早飯。」胡孟剛唉了一聲道：「把我急死了！」楚占熊等全笑了。

姜羽沖道：「胡二哥沉不住氣。你臉色不正，帶出熬夜的相來了。」

胡孟剛心中有事，實在不能成眠。十二金錢俞劍平到底與眾不同，他居然說睡就睡，又很靈醒。歇了一刻，聞聲睜眼，坐了起來；看看天色道：「我們怎麼吃早飯？這時未必有飯館吧？」白彥倫道：「這可沒有，我們就煩廟裡的火居道人代做。」

胡孟剛道：「趕緊做飯，吃完就走。」

於是又耗到早飯的時候。大家好歹就算吃飽。俞劍平、胡孟剛、郝穎先、白彥倫、童冠英、青松道人、無明和尚、九頭獅子殷懷亮、姜羽沖一共九人，都穿上長衣服，袍套靴帽，打扮齊楚。由程岳、魏廉三人持帖，拿了預先備好的禮物，齊奔武勝文的家宅。

走進巷口，便見兩個閒人溜來溜去；武勝文家門口還站著一個長工模樣的人。一見鏢行群雄來到巷口，那兩個閒人抽身便走；向武家門口的長工打一手勢，那長工立刻翻身進宅。群雄相顧，微微一笑。看這武宅，坐落巷南，是所高大房子；幾乎壓了半條巷，起脊門樓，高牆聳立，內似築有更道，與鄰舍的竹籬柴扉矯然獨異。

眾人便要驅馬直抵門首，俞劍平擺手說道：「不可。」就在巷外下馬。武勝文交遊雖廣，像這些騎馬客人也不常見，頓時引來好多看熱鬧的。

俞劍平、姜羽沖等昂然入巷，由魏廉、喬茂看馬，程岳投帖。武宅門房出來一個長工，賠笑說道：「你老找哪一位？」程岳道：「我們是江南俞

劍平、胡孟剛幾位鏢頭，專誠拜訪貴宅主。」遂把名帖遞過去。

長工接名帖一看，並列著九個人名，又看看禮單，笑道：「對不住，敝莊主現時沒在家。請您稍候。我進去言語一聲。」

程岳忙道：「俞、胡諸位久聞武莊主大名，這次是打由海州專程來的，務必一見。」長工道：「是，是！我知道，請您稍候一會兒。」說完把禮單、名帖都拿進去，好半晌不出來。

俞、胡、姜站在階前，餘眾在對門牆根立等。從宅內走出來一個人，又從巷東口進來一個人。良久，那長工才出來，滿臉賠笑道：「剛才我們管事的說了，諸位都是遠來的生朋友，偏巧莊主出門了，有失迎候，很對不起。不知諸位住在哪裡，請留下地名，容莊主回來，一定趕緊答拜。禮單請先拿回去，敝管事不敢做主。等莊主回來，您再當面送……」這長工言語便捷，面澤齒皓，顯見不是鄉下人。

程岳冷笑道：「噢，武莊主沒在家，未免太不湊巧了。這一次俞、胡二位鏢頭是專誠求見；不見佛面，不能輕回。我們久仰武莊主武功驚人，交遊很廣，斷不會不賞臉。請仔細看看這名單。列名的這幾位都是親到的，人數不多，可都是江南各宗各派的武林知名之士；素常散居各處，如今聚在一起，就是專為向武莊主領教……是有事情才肯來的。請你費心再回稟一聲。武莊主如在近處，不妨請他回來，我們在這裡稍候一會兒。」程岳說這話聲音很大，為的是要師父聽見。

俞劍平、姜羽沖微然一笑，往前挪了一步，登上臺階。忽從裡面走出一個長衫人，年在中旬，精神滿面，用沉重的聲調說道：「長福，什麼事？客人還沒有走麼？」

程岳張目道：「足下是哪一位？我們是從遠地專誠來拜訪武莊主的。」長工忙道：「這是我們管事先生……先生，剛才我把莊主不在家的話說了。這位說，客人全是武林名家，各處聚來的，一定要看看莊主。不見佛面，

不肯空回……可是這話麼？」

程岳正色道：「一點不錯，就是這個意思。」

管事先生走過來，向程岳舉手笑道：「俞鏢頭是親到的麼？那可勞動了。敝東確才出門，不過今天一準回來。」且說且看道：「哪一位是俞鏢頭、胡鏢頭？」

俞劍平打量此人，拱手答道：「就是敝人姓俞，足下貴姓？武莊主究竟何時可以賜見？」

那人答道：「原來是俞鏢頭，久仰久仰！在下姓賀。俞鏢頭乃是江南第一流有名武師，今天光臨荒莊，真是幸會，只可惜敝東出去了。哦，怎麼還有別位武林名士，越發地不敢當了。那麼辦，我替敝東暫且擋駕，你老先請回。敝東昨天看朋友去了，原說今天回來。回頭我就派人請他去，我一定把諸位這番賞光盛意，告知敝東，敝東一定要答拜的。」滔滔不絕，堅詞擋駕，卻又力保今天回拜。這人又索過名帖，點名問訊眾人。

姜羽沖發話道：「我們這幾個人已經具名在帖上了，請無須乎逐個動問。請你轉告貴東，我們先回去，過午再來，倒不勞他答拜。」

胡孟剛大聲說道：「我們遠道而來，定要見一見！」

俞、姜退下臺階，管事人還說客氣話。眾人早已走出來，出巷上馬，徑回藥王廟；卻有程岳、魏廉留在巷外把著。這一次拜訪，武勝文竟拒而不見。

馬氏雙雄問道：「這是怎的？」姜羽沖道：「他們許是驟聞俞大哥親到，有點驚疑，也許怕我們報官捉他。」童冠英道：「對！他們鬧得太不像話，可是避不見面，行麼？」

俞劍平也覺這一次拒絕見面，出乎意外。胡孟剛更是有氣，拍案發狠道：「不行，這不行！我看他一定不跟我們見面了，我們得跟他動真的！」

正說處，外面有腳步聲。跟著聽見一個響亮的喉嚨叫道：「俞鏢頭在這院住麼？」戴永清忙迎出來道：「你是哪位，要找誰？」

俞劍平、童冠英探頭望見，道：「哦，原來是武莊主家的管事賀先生。」還同著一個黑臉漢子、一個瘦子，共是三人；前面由藥王廟的火居道人引路，從大殿轉向禪房來。

俞劍平等迎出禪房。這賀管事三人遠遠的作揖道：「俞鏢頭、胡鏢頭，沒有累著啊！」讓進屋來，未容遜座，便遞上武勝文的一紙名帖，手中還捏著一大把紅柬，道：「俞鏢頭、胡鏢頭、郝鏢頭、白鏢頭，諸位請了！剛才諸位走後，在下立刻打發人給敝東送信。敝東一聽，後悔得了不得。敝東乃是鄉下人，素日最好交朋友，諸位都是武林名人，貴客遠臨，敝東很覺榮耀，恨不得和諸位立刻見面。無奈敝東今天出門實在有事羈身，不能恭迎；所以忙著打發我來安駕。敝東一準過午回宅，申牌時候設個小酌，恭請諸位賞光，到敝宅聚聚。敝東理應回拜，不能親來；因恐諸位怪罪，所以順便教小弟轉達一聲。鄉下地方沒有可吃的東西，只不過是一杯水酒……」

他環顧眾人道：「屆時務請諸位英雄賞臉，通通全去。敝東本打算教聽差長福來請，又怕他笨嘴笨舌；末後還是由小弟來了，真是簡慢得了不得，諸位千萬原諒。哦，我還忘了一句話，敝東自慚卑微，不足以待高賢；另外還邀了幾位陪客，也都是武林同道，是諸位很願意見面的。」說到這裡一頓，眼盯看眾人。眾人俱都聳然一動，互相顧盼。胡孟剛失聲道：「哦，還有陪客，是我們願見的？」姜羽沖忙拿眼光暗攔他，大聲說道：「貴東也太客氣了。怎麼還有別位武林朋友，都是誰呢？」

賀管事道：「談不到客氣，敝東還覺得抱歉呢。」把下半句問話，竟拋去不答。

姜羽沖不肯放鬆，又緊追一句道：「陪客都是哪幾位？說出來我也許認識。」

賀管家笑道：「敝東交遊很廣，我也說不上來。」說著把紅帖散給眾人道：「俞、胡、姜諸位鏢頭，還有白彥倫白爺、郝穎先郝爺，都到敝宅去過，我是認得的。這位是青松道人，這位是無明方丈。這是請帖，請你哂收……還有別位，恕我眼拙認不清。哪一位是童冠英童老英雄？哪一位是殷懷亮殷老英雄？……」他的意思要把帖遞到每人手內，就此認清面目。

沒影兒魏廉搶過來，把帖接到手內道：「你交給我吧，請坐下喫茶。」

鏢行群雄想不到，子母神梭武勝文會來這一手，竟挑明簾，發請帖，邀請赴宴。胡孟剛瞪著眼，看看俞劍平，看看姜羽沖，不曉得敵人之宴，應否踐約？別位鏢客也很納悶，剛才登門拒見，現時設宴相邀，猜不透武勝文弄何把戲。

當此時，鏢客都看著俞劍平和姜羽沖，這一番或赴宴，或謝絕，要言下立決；當著人沒有商量餘地。俞劍平說道：「賀先生，謝你費心！不知申牌時候，貴東能到麼？」

賀管事道：「敝東乃是主人，一定要到的。」

俞劍平脫然說道：「好！請帖我本不敢領，但既承貴東錯愛，自當趨候。只要杯茗共談，就很好了，賜酒卻不敢領。我們是生客，焉有乍會面就叨擾之理；不過座上還有別位武林，我俞劍平又該替貴東當知客的了。」遂在請束上，打了一個「知」字，仰面道：「我準時踐約，請貴東務必準時到場……」

轉瞬到了申牌。俞劍平、姜羽沖檢點赴宴的人數。預備入座的只有八個人，除俞、胡、姜而外，霹靂手童冠英、漢陽郝穎先、無明和尚、青松道人和寶煥如鏢頭。隨行的是童門弟子郭壽彭、俞門弟子黑鷹程岳。其餘的人由九頭獅子殷懷亮、馬氏雙雄率領，暗帶兵刃，作為外援。俞劍平道：「赴宴的人太多了。」眾人說：「不可不小心。」

　　八個人打點要走，忽又有人來到藥王廟。那個賀管事陪著一個四十多歲的紫面紳士，騎馬來請。見了俞、胡，說道：「宴已擺好，請諸位賞光。」

　　俞劍平笑道：「武莊主太客氣，還用人催請？」竟慨然允行，一齊上馬。來到巷口，離武宅尚遠，忽然轉了彎。俞劍平道：「怎麼不在武宅麼？」紫面紳士賠笑道：「武莊主說，窄房淺屋，難以招待高賢，他是臨時借的屋。好在離這裡不遠，也在巷內。」童冠英和姜羽沖互看了一眼，也不言語，心中都想：「武勝文到底有些顧慮呀！」

　　引到另一處宅子，比武宅較小，倒很整潔。紫面紳士下馬，早有僕役模樣的人過來照應；俞劍平也都下了坐騎。二門內闖然出來一個金剛般的大漢，穿一身華服，大聲說：「俞鏢頭請來了麼？」舉目一看，賀管事道：「這就是俞鏢頭、胡鏢頭……」

　　那大漢笑道：「幸會，幸會！我就是武勝文，久仰，久仰！請裡面坐。」跟武勝文出來的，高高矮矮，還有六七個人，一看便知不是鄉農。

　　鏢行群雄細看這院子，小小四合院，旁通跨院，似有一塊廣場。正房三間全部通開，已擺好了席座；俞劍平看了看東西廂房，心中明白，這裡大概是個學房兼練武場，一定也是武勝文的產業。

第四十章
武勝文代豹約期鬥技　俞劍平聞訊驚悉仇友

鏢行群雄到子母神梭武勝文巷前，武勝文把鏢客邀到另一處小院，讓進上房，賓主落座；口致寒暄，互相打量，跟著各叩姓名。鏢客八人自俞、胡以下，都據實報告。武莊主這邊，那六七位陪客或自稱是鄉鄰，或自稱是朋友，僅只報出姓來。

胖瘦二老姓王姓魏，壯漢姓熊，美少年姓雲，又一個姓霍，一個姓許，一個姓唐，也不知道這些姓是否可靠。但看相貌，這七個人都不像鄉農，個個眉目間流露出英悍之氣；不過全不是豹頭虎目。飛豹子依然不露面。

青松道人記憶力最強，坐在客位，一聲不響，用冷眼把對方陪客的姓氏、口音、相貌，暗暗記下。鐵牌手胡孟剛是當事人，到此不由精神奮張，雙眸閃閃，蘊吐火焰，好像一觸即發。智囊姜羽沖緊緊傍著他，潛掣衣襟，不教他發作。

臨來本有約定：和對方開談，教俞、胡二鏢頭專講面子話，做客氣人；所有較勁、找真、裝惡面孔、說威嚇話，都歸智囊姜羽沖和霹靂手童冠英出頭；無明和尚、青松道人，這一僧一道，就預備在旁邊，打圓盤，往回拉，以免當場弄僵，下不得臺；那義成鏢店總鏢頭寶煥如和漢陽郝穎先就管保護俞、胡，預防不測。

究竟此事也和鴻門赴宴差不多，萬一弄僵，敵人或有過分的舉動，那時寶、郝就給黑鷹程岳、沒影兒魏廉、童門弟子郭壽彭、九股煙喬茂等挨個傳信，可以快速地勾引外援；以應急變。俞、胡在桌面上談，黑鷹程岳

等在院中站；馬氏雙雄和蛇焰箭岳俊超密率鏢客，潛伏在莊外；老拳師蘇建明與大眾留守廟口。只要說翻了，蛇焰箭的火箭一發，不到半頓飯工夫，他們鏢行大眾立刻馳進火雲莊，抄莊搜鏢，捉拿武勝文，緝捕飛豹子。

鏢客這邊劍拔弩張，布置得如此緊張，哪知全用不上！

子母神梭武勝文獻過了茶，剛剛請教完了姓名，不待鏢客發話，就開門見山，劈頭說道：「久仰俞鏢頭的拳、劍、鏢三絕技名震江南。在下當年也很好武，心裡佩服得了不得。近年馬齒加長，家務纏身，久已不練了；可是仰慕豪傑的心，越來越熱。近聽人說，俞鏢頭為查找他已失的鏢銀，光臨敝縣，在下很想借這機會，見見高賢……只嫌無因至前，又未敢冒昧。這幾天，我有一個敝友，也是個好武的漢子，不知他從哪裡得著一點消息，他說：『俞鏢頭如要訪究鏢銀，他倒有個主意。』俞鏢頭，你老久闖江湖，也知道咱們江南有個白沙幫吧。白沙幫的勢力，可以說南北聞名。我這敝友和白沙幫想來有個小聯絡。他也是渴慕俞鏢頭的武技，早想求見，苦於無緣。他得著這點消息，就打算親訪俞鏢頭，一來獻策，二來求教。可是他又怕……怕人家錯疑了他，說劫鏢一案，他也知情，豈不是引火燒身？因此，沒人介紹，他又不敢貿然求見了。」

武勝文接著說：「日前他路過敝莊，跟我說起此事，我就慫恿他：『何不借此機會，結識一位朋友？俞鏢頭是當代英雄，眼神一定夠亮，耳目一定夠靈的；你懷好意前往，斷不會無故多心的。』他聽了我這話，還是猶疑；他說：『素少往還，無因至前，知人知面不知心；劫鏢案情過於重大，人們的嘴若是隨便一歪，我可就討不了好，倒跟著打掛誤官司了。』他總這麼遲疑不決，我也不好過於勸他。」

武勝文身材魁梧，聲若洪鐘；他手搖一把大摺扇，在主位比比劃劃講著，好像很直爽，胸無城府似的。眾鏢客看著他的嘴，相視微笑，都覺得

他這個人看似粗豪，他這措辭太滑太妙了，簡直教人抓不著一點稜角。

胡孟剛忍不住要插言，武勝文又道：「胡鏢頭，且聽我說完了。……敝友在我這裡住了幾天，隨後就走了，緊跟著……」

向郝穎先一拱手道：「俞爺的令友郝穎先郝爺，還有那位白彥倫白爺，先後光臨敝莊，我就對二位說起這事。如果俞鏢頭信得過敝友，我倒可以介紹介紹。敝友如願意幫忙，把已失的鏢銀的蹤跡代訪出來；可是要求俞鏢頭賞臉，把拳、劍、鏢三絕技當面指教一下，他好開開眼界。這是敝友的一點奢望，也是在下仰慕高賢的一種痴想。不知俞鏢頭近日尋訪鏢銀，已有頭緒沒有？如已訪出線索，那就無所謂了；假如還沒有訪實，那麼敝友這番微意，倒很可以請諸位斟酌斟酌。他是很想攀交效力的，只要不招出意外的牽連來。」說完，目視俞、胡。

十二金錢俞劍平陡然站起來，縱聲大笑道：「俞某的微能末技，想不到莊主和令友竟這麼看重，我一定要獻拙了。承問訪鏢的事，蒙江南武林朋友慨然相幫，早已訪出眉目。訪得此人姓袁名承烈，外號飛豹子，又名快馬袁，乃是遼東牧場場主；大概也是謬聞俞某薄技，願求當場一賽的，倒也不是志在劫財的綠林。我們連日踩探，恰已根究出他的落腳地點；不過這裡面還關礙著當地一個知名之士，要動他，還有點投鼠忌器。但是案關國帑，刻不容緩。我們已經想好了法子，這就要按規矩去討。不過，若有好朋友出頭幫忙，或者獻計代討，我們仍是求之不得的。小弟的意見，是公私兩面都要弄得熨帖，總以不傷武林義氣為要。令友既有這番熱腸，我十分感激；但不知這位令友貴姓高名？何不請來當面談談？根究鏢銀的話，也可以和令友當面商計，倒覺得直截了當。武莊主，尊意如何呢？」

俞劍平眼衝武勝文一看，又加了一句道：「令友要敝人試獻薄技，足見抬愛；要麼就在此時此地，也都可以。何妨把令友請來一會？」又往在座陪客瞟了一眼道：「在座的令友，也有願賜教的麼？」

俞劍平的話宛如巨雷，直截了當的發作出來。姜羽沖、胡孟剛、童冠英、郝穎先都知他平日最有涵養，如今也燃起少年的烈火來了。

武勝文始而一震，旋又大笑。那姓魏姓王的兩人也都一動，互相示意。那美青年就冷笑了一聲，要起身答話，被那姓許的陪客拉住了。武勝文忙把大指一挑道：「俞鏢頭名不虛傳！俞鏢頭，我剛才說的，句句是實言。領教俞鏢頭三絕技的心，在下我和敝友正是相同；不過真要獻身手領教的，卻只有敝友。我不是說過了，在下本是武林門外漢，早年縱然練過，可惜學而未精；現在更完了，全就混飯吃了。我們可以這樣定規……」掐指算了算，面露疑難之色，向王、魏二老那邊湊過去，低聲議論。那美青年此時突然立起來，以清脆的語調說道：「俞鏢頭，你如肯把你的拳、劍、鏢三絕技當面賜教，後天一早，請你到北三河湖邊一會，你看可好？」

鐵牌手胡孟剛登時跳起來，前湊一步，雙目如燈道：「後天一早？後天一早，你敢保教那飛豹子準時到場麼？」美青年斜睨一眼，冷冷一笑道：「什麼豹子不豹子，我倒不曉得。後天一早，準有人在那裡，和你們鏢行答話就是了。」鐵牌手盛氣虎虎，叫道：「那是什麼話，我們找的不是你！」俞劍平劍眉一挑，急一橫身道：「二弟且慢。」姜羽沖伸手把鐵牌手拉著坐下。俞劍平轉身對青年抗聲道：「好！既承定期，大丈夫一言為定，閣下貴姓？在下願聞大名。飛豹子和足下是怎麼稱呼，你閣下可否見告？」回首指著眾鏢客道：「這都是自己人，說出來敢保無妨。」

青年也抗聲道：「後天一早，一言為定。在下行不更名，姓雲名桐。……」俞劍平緊跟一句道：「我還是請教，飛豹子是閣下什麼人？」

青年道：「大丈夫四海之內皆兄弟也。我跟他就算是慕名的朋友，和足下一樣。」

說這話時，武勝文變色欲攔，已經攔不住了。鏢客這一邊猶恐對方變

計毀約，姜羽沖忙又擠上幾句道：「武莊主，當著這些朋友，我們講的都是桌面上的話。剛才雲朋友定規的見面日期，可能算數麼？」

武勝文忙全盤托住道：「請儘管放心，我們的話不管誰出口，有一句是一句。」說罷忙跟這二老一少重湊在一處，低聲商量。最後由武勝文當眾說道：「後天一早，敝友準時到場。不過我們處處得按武林道的規矩辦，中間不許官面出頭橫攪。俞鏢頭乃是江南知名的英雄，這一點請你答應了，我管保敝友就是天塌了，也不爽約。」

俞劍平奮然道：「那是自然。」原打算教姜羽沖、童冠英出頭做臉，現在事事不由人算，仍由俞劍平直接訂約了。而且三言兩語就定了局，並沒有多費唇舌。

末後，鏢客這邊仍由智囊姜羽沖、霹靂手童冠英、竇煥如三人，和對方的二老一少，協議後日會面的步驟辦法。講定以武會友，當事人之外，雙方都有觀光的朋友；拳、劍、鏢三絕技，當場領教；兵刃暗器隨便使用。不過，這些全按鏢行較技討鏢的路子走，武莊主擔保飛豹子屆時到場；俞鏢頭擔保只由鏢行出頭，絕不借助官勢。臨期得由雙方派人巡風，以免驚動地面。

當下，雙方的代表磋商細節，俞劍平和武勝文另換了一副面孔，客客氣氣，講起交情話來。少時酒席擺上來，八個鏢客分為三桌，連童門弟子郭壽彭、俞門弟子程岳、沒影兒魏廉等，也都邀入座席。武勝文與那美青年、胖瘦二老、姓熊的壯漢，還有別位陪客一齊就座。

俞劍平笑道：「武莊主何必這樣客氣？」

武勝文道：「諸位遠來，理當共謀一醉。」吩咐一聲敬酒，僕人早在每人面前，斟好一杯清酒。武勝文忙將俞、胡面前的酒杯先端過來，淺嚐了一口，掉杯換斟，賠笑說道：「這是一杯村酒，滋味還好，諸位將就喝一些吧。」

俞劍平笑了笑說道：「武莊主太見外了，這不是鴻門宴，誰還信不過誰。」竇煥如和武勝文先本認識，就接聲笑道：「我們武莊主不賣蒙汗藥，來啊，我們一塊兒乾一杯吧。」賓主舉杯一飲而盡。

主人殷勤相勸，俞、胡、姜三鏢頭和到場諸友，各飲了三杯酒，略吃幾口菜，互遞眼色，相偕站起來，道謝告辭：「諸位，我們後天再見！」武莊主親送到巷口外，鏢客拱手謝別，走出十數步，紛紛上馬回廟。子母神梭忙把飛豹子請出來，商量怎麼赴約。

鏢客一行宴後歸來，九頭獅子殷懷亮、馬氏雙雄、夜遊神蘇建明，都爭著詢問赴會的結果如何。俞、胡答道：「飛豹子還是沒露面，但已訂好約會，後天傍午在北三河湖邊相見。」

轉問黑鷹程岳、九股煙喬茂等人道：「你們在院內巷外，可曾見什麼異樣人物沒有？」

沒影兒道：「巷內巷外，人出人進，他們的人埋伏不少。」

黑鷹程岳和郭壽彭說：「請客的院內似有別門，通著鄰院，廂房裡瞥見一人，戴著墨鏡，窺探我們。」

俞、胡、姜道：「這個人我們都看見了。」跟著又說道：「別管他，我們先辦正事。」先遣幾個青年鏢客在廟外巡邏，一些老手就在藥王廟趕忙布置。派急足傳書，知會各路；要調集群雄，借此一會，向敵人討出真章來。一面又忙著備馬，即刻派人馳往北三河，查勘地勢，然後大家一起奔北三河去。

但這火雲莊地方，仍要留下幾個硬手；萬一赴會不得結果，便要不惜翻臉，圍剿子母神梭武勝文的家了。這次縱沒有抓住武勝文通匪的確證，但漢陽郝穎先等已發現了兩處祕密隧道，潛通著武宅。除了叛逆、教匪、劇賊、窩主、作奸犯科，一般良民富戶，豈有私掘地道的？這正好拿來威

嚇武勝文，到吃緊時，可以借此逼獻飛豹子的行蹤，也可以借此報官，搜剿武氏私宅。子母神梭初見面時，小看了郝穎先，口角上曾經大肆訕嘲。哪知道漢陽打穴名家並非浪得虛名，子母神梭密築的三股地道，竟被郝穎先勘破兩處。

大家商量完，忙忙地換班吃飯，預備上北三河查看鬥場。

忽有一匹馬，從寶應縣城如飛奔來。巡邏的鏢客忙迎上去；原來是振通鏢局鏢客金槍沈明誼。他跑得渾身是汗，走進廟來。

胡孟剛搶上前問道：「沈師傅，有什麼事？」

沈明誼不待問，面對俞劍平急忙報導：「俞鏢頭，您的夫人俞大嫂已經快到寶應縣來了；還同著一位姓肖的武官、一位姓黃的先生，還有一位姓胡的客人，是個瘸子。大概明天趕不來，後天一準趕到。」在座群雄道：「哦，俞夫人親身來到，必定有很好的消息。這位武官是俞鏢頭的師弟，這位瘸子是誰呢？」

十二金錢俞劍平乍聽也是一怔，想了想道：「她明、後天才能到麼？這位武官是我們的九師弟，叫做肖振傑。這姓胡的又是哪個？既是殘疾人，邀來做什麼呢？」

沈明誼接過一條熱毛巾，把臉上的汗拭淨，又含茶漱口，精神一爽，這才說道：「有好些要緊的話哩。這位姓胡的瘸子，據說也是您的一位師弟，名字叫胡什麼業，我給忘記了……」

俞鏢頭矍然道：「哦，我想起來了，不錯，他叫胡振業，是我的五師弟。是的，由打六七年頭裡，我聽人說，他得了癱瘓病，已經告病退隱還鄉；可惜路遠，我也沒去看他，此刻他想必是好了。他倒出來了？……沈師傅，內人有什麼話捎來沒有？」

沈明誼道：「有話。俞大嫂來得很慌張，她是從海州繞道邀人去了。

據說她已經得知劫鏢大盜飛豹子的切實來歷。她說，這飛豹子不是外人，實在是你老當年已出師門的師兄，叫做什麼袁振武……」

俞劍平大驚道：「什麼？袁振武？我的師兄？」

沈明誼道：「不錯，是叫袁振武，說是您從前的大師兄。」

俞劍平臉上倏然失色，道：「飛豹子就是袁振武？飛豹子叫袁承烈呀！……承烈、振武，字義相關。哼！一準是他了！奇怪！奇怪！沈師傅，內人當真是這麼說麼？她從哪裡得來的消息呢？」

在座群雄也一齊大詫，道：「怎麼，俞鏢頭還有一位師兄麼？沒聽說過呀。」

俞劍平眉峰緊皺，喃喃自語道：「不能，不能！袁振武袁師兄早死了，他不能……難道他又活了，他莫非沒有死？」

那鐵牌手胡孟剛尤其驚異，連聲問道：「俞大哥，你不是你們丁老師的掌門大弟子麼？怎的還有一個師兄？你還拜過別位老師麼？」

蘇建明道：「俞賢弟，你不是還有一位郭老師麼？」

智囊姜羽沖只表驚異，暫未開口，這時方才發話道：「俞大哥，這位袁振武可是你丁門的大師兄？是不是貴門中，有過廢長立幼的事？」

俞劍平把眼一張道：「唔，可不是！的確有這一位袁師兄，卻不是大師兄，是我的二師兄。」

智囊姜羽沖坐下來道：「我明白了，你們師兄弟平日的感情如何？」

俞劍平搖了搖頭，手撫前額，憶起舊情，對這紛紛致詰的群雄，茫然還答道：「諸位等等問我，讓我想一想。……真是的，袁振武袁二師兄，我早聽他身遭大難，殺家復仇，人已歿世的了，是怎麼忽然復活？我又沒得罪他，劫我的鏢，拔我的鏢旗，這是怎麼說？……」

俞劍平的確有這麼一個二師兄，並且當年曾在魯東「太極丁」丁朝威

門下同堂學藝。師兄弟的感情雖然不惡，但因師尊年老，封劍閉門時，偏愛俞劍平的性情堅韌，不滿二弟子袁振武的剛銳性格，公然越次傳宗，把掌門弟子的薪傳，交給三弟子俞劍平了。

那時俞劍平的名字是叫俞振綱，字建平；並且那時候，俞劍平的夫人、太極丁的愛女丁雲秀，年方及笄，待字閨中；生得姿容秀麗，性又聰明，也懂得本門武功。那時候，袁振武元配髮妻已死，正在斷弦待續；從那時他便有意，打算自己藝成出師，就煩冰媒聘娶這個師妹。哪曉得丁武師竟越次傳宗，弄得袁振武在師門存身不住。旋又看見這嬌小如花的師妹丁雲秀姑娘，終以父命，下嫁給俞振綱，而且是招來入贅！袁振武性本剛強，俯仰不能堪，終而藉詞告退，飄然遠行，出離了師門。當時同門諸友盛傳他已負怒還鄉，從此要退出武林，不再習技了。

這樣子，俞劍平對這袁師兄，本無芥蒂；這袁師兄對於俞劍平，難免不怡，也是人之常情。光陰荏苒，一晃十年，俞劍平夫妻到江南創業，忽聞人言：袁師兄已經凶死。……在他故鄉直隸樂亭地方，原有一個土豪，善耍六合刀，力大膽豪，和一個吃葷飯的秀才勾結起來，武斷鄉曲。袁振武的父親是鄉下富戶，人很良懦，無勢多財。每逢村中攤錢派役，抓車輸糧，袁財主照例必被強派大份。又如鄉間祈雨演戲，捐金修橋，袁財主更是吃虧；饒多破費，還要受人奚落。袁老翁為此生了一口悶氣，豁出錢來，命長兒袁開文讀書應試，命次子袁振武投師練拳，不為求名謀官，只為守護家產。

到後來，袁開文果然考中秀才，無奈他為人老實口訥，仍不能爭過氣來。等到袁振武練出武功，他為人卻很勇健；回家之後，借端把土豪暴打一頓，替父親出了一口惡氣。既在師門傳宗落伍，他就一怒引退，改名浪游，到異鄉遍訪武林名手，別求絕技。數年後，聽人傳說，袁振武家到底受了那個土豪的害，袁老翁活活氣死了。袁振武聞耗奔喪回家，據說雖將

仇人弄死，他自己被人群毆，也當場慘斃了。這是早年的話了。

現在事隔多年，這袁師兄已經死過的人，驀地又復活了。二十餘年聲息不聞，想不到他一個富家子弟，竟做了強盜。更想不到做了強盜，指名要劫去師弟的鏢！

沉勇老練的俞劍平回憶前情，不由嗒然失神；坐在椅子上，叩額沉思，悄然無言。群雄看著他，喁喁私議，候聽下文。

那個報信來的金槍沈明誼，分開眾人，走到俞劍平面前，叩肩說道：「俞鏢頭，嫂夫人還帶來話，教您不要著急；她邀妥了人，立刻就要趕來的。她說，袁師兄埋頭多年，突然出現，必有驚人出眾的本領和強勁的幫手，教您千萬不可輕敵。她說，她因婦道人家騎馬不便，已經坐轎趕來。教您等著她，不見她的面，千萬不要動手討鏢，千萬不要和飛豹子見面！」

俞劍平似聽見，似聽不見，只唯唯諾諾地答應著；雙目凝空，陷入深思，口中翻來覆去地誦唸道：「後天，後天！……」

手指在那裡掐算道：「十五年，十六年，二十年，……呀，整整三十年了。……」鏢行群雄道：「你老說什麼？」

俞劍平把精神一提，道：「是的，整整三十年。……人死了，又活回來，可是的，這三十年，他上哪裡去了？我沒有得罪過他，他貿然出頭，無端尋找我來……」

胡孟剛瞪大了眼，向俞劍平不住盤問；俞劍平未遑置答。

他就轉身來問沈明誼道：「這飛豹子怎麼會是俞大哥的同門師兄呢，靠得住麼？是俞大嫂親口告訴你的麼？」

沈明誼道：「千真萬確，的確是俞夫人親口說的，還會訛錯麼？」

胡孟剛搓手道：「我就從來沒聽說過。喂喂，俞大哥，是真的麼？」

俞劍平信口答道：「是真的。」胡孟剛又問道：「這飛豹子真是你的大師兄麼？」答道：「不是大師兄，是二師兄。」馬氏雙雄道：「那麼你呢？」老拳師三江夜遊神蘇建明道：「你不是文登太極丁老前輩的掌門弟子麼？」

俞劍平道：「是的，我在師門，名次本居第三；我們老師是越次傳宗的。」蘇、馬互相顧盼道：「哦，你們大師兄呢？」俞劍平道：「他因故退出師門了。」

蘇、馬道：「那就莫怪了！這飛豹子一定是你二師兄，反倒落後了，你把他壓過一頭去，是不是？」

俞劍平變色點頭道：「咳，正是！」又道：「你們先別問，讓我仔細想想。若真是袁師兄，他的性情最滯最剛，有折無彎，寸步不肯讓人的。這鏢銀就更麻煩了……」

眾人聞言，越發聳動。俞劍平沉吟良久，面向沈明誼道：「內人說她明天準趕到麼？」沈明誼道：「是的，大嫂說，至遲後天必到。」

俞劍平皺眉道：「偏巧是後天的約會，要是後天她趕不來呢？」

沈明誼道：「大嫂千叮萬囑，教您務必等她來到，再跟飛豹子見面，千萬不可跟他硬鬥……」

那霹靂手童冠英將桌子一拍，笑道：「好關切呀！俞賢弟有這麼好的一位賢內助，還怕什麼豹子？就是虎，就是狼，又該怎樣？你們看，人家兩口子聯在一塊，足夠一百歲出頭，還這麼蜜裡調油，你恩我愛，你等我，我等你！……喂，不是勸你別著急麼，你就別著急；不是教你等著嗎，你就老老實實等著。好在咱們的約會在後天，俞娘子趕到也在後天，這不正對勁麼？就是差一半個時辰，還支吾不過去麼？俞賢弟，你還發什麼怔？咱們擎好就結了。」

在座群雄忍俊不禁，紛紛欲笑；可是俞鏢頭待人和藹，性格卻是嚴整

的人。眾人覺著失笑無禮，忙忍住了。

童冠英不管這些，仍盯住道：「俞賢弟，說真格的，偌大年紀，用不著臉紅。你把令師兄飛豹子的為人行徑，先對我們講講；我們也好因人設計，合力對付他。後天約會不是就到麼，你何必一個人發悶？憑我們江南武林這麼些人，還怕他來歷不明的一個豹子不成？到底你們是怎麼個節骨眼，難道就為越次傳宗這一點，擱了二三十年，還來搗亂？還是另外有別的碴，受著別人架弄，有心和咱們江南武林過不去呢？」

俞鏢頭看了霹靂手一眼，道：「我也是為這個不很明白。不知內人從什麼地方，查出他的根底來。且既已知根，想必訪出他的來意。沈師傅，你來的時候，可聽內人說過麼？」

沈明誼道：「我並沒見著嫂夫人，只是聽她留下的話。大概這飛豹子有點記念前隙，還嫉妒俞鏢頭金錢鏢的大名，方才出頭劫鏢拔旗。聽說不止令師兄飛豹子，還有遼東三熊等許多別人，跟江北綠林也有勾結；勢派夠大的。若不然，他也不敢劫奪這二十萬鹽鏢。我看還是等嫂夫人來到，問明真相的好。」

郝穎先插言道：「這是不錯的，曉得癥結，才好對症下藥。這究竟是飛豹子自己尋隙，還是受別人唆使，必須先弄清楚了，方好相機化解。」

俞劍平道：「只是會期已定，我們必須如期踐約。內人怎麼不把詳情全傳過來呢？」胡孟剛道：「大嫂怎知道只有兩天的限！」智囊姜羽沖道：「我們一面準備赴約，一面等候俞大嫂；現在俞大哥先把令師兄的為人對大家講講吧。」

俞劍平微喟一聲，按膝長談，把三十年前的舊話重抖摟出來。

俞劍平回想當年，帶藝投師，拜到太極丁朝威門下；他自知後學晚進，技業太低，一向力持謙退，尊師敬業，禮待同門，誰也沒有得罪過。現在這二師兄飛豹子，於三十年後驀然出世，劫鏢銀，拔鏢旗，匿名潛

蹤，專向自己挑釁；這還有別的緣由麼？不用說，自己橫招他不快的，只有越次傳宗那件事了。但是當年越次，純出恩師獨斷，本非自己營求而得，而且出於自己意料之外。

那時候自己年幼孤露，飽嘗艱辛，承郭三先生薦到丁門，苦於性滯口訥，只知埋頭苦練，不會哄師父，哄師兄，哪知反由此邀得丁老師青目。丁老師那麼剛愎的脾氣，自己一個沒嘴葫蘆，反倒過承器重，好像師徒天生有緣似的。不久，大師兄姜振齊一時失檢，侮慢了鄰婦。師父震怒，將他逐出門牆。袁師兄便以二弟子代師傳藝，儼然是掌門高弟的樣子；不但袁師兄以此自居，同學也多這樣承看。

過了幾年，不知何故，恩師對袁師兄外面優禮如舊，骨子裡疏淡起來。於今追想，必因他脾氣剛傲，老師也脾氣剛傲，兩剛相碰，難免不和了。未幾，丁老師封劍閉門，廣邀武林名輩，到場觀禮，忽在宴間聲說，同時還要授劍傳宗。道是：「有長立長，無長傳賢，三弟子俞振綱資性堅韌，錢鏢打得最好！……」竟突然把自己提拔上去！

那時群雄驟聞此說，無不驚訝；就連俞劍平自己，也震駭失次。恩師這番措置，自有深心，乃為同門小師弟打算；說自己性情柔韌，很得人心。袁振武師兄性情強拗，處處要出人頭地，缺少容讓之心；恩師想必怕他挾長凌壓同門，就這麼廢長立幼，把袁師兄按下去了。

可是恩師丁朝威當日並不那麼說，他廢立的理由，是藉口「金錢鏢法」。本門三絕技，拳、劍、鏢並重，尤其看重「錢鏢打穴」。說師祖曾留遺言，太極拳、太極劍，已有次門，三門廣傳弟子，足可昌大門戶；唯金錢鏢飛打三十六穴，只有本門長支獨擅，發揚光大，全在本門。師祖親留遺訓，再三致意。

三弟子俞振綱鏢法頗精，故此立為掌門弟子；二弟子袁振武，屢經督促，奈他性急，不喜暗器，也就無可如何。丁老師說了這話，遂當眾傳宗

贈劍，把衣鉢傳給俞振綱。大庭廣眾之下，實在太教袁師兄難堪。

　　袁師兄當日不露形色，反滿臉賠笑，情甘讓賢。但在兩三月後，他忽稱老母抱病，告退北歸，從此飄然遠行，永離師門了。他自然抱恨極深！況且俞劍平自己拜入師門既晚，袁師兄久以掌門高足自居；今一旦易位，在自己固無爭長之心，在袁師兄豈無落伍之怨？那麼，他現在大舉而來，正是為了雪恥修怨，毫無可疑的了；或者也許受了草野豪客的挑撥，特意替別人找場，也是有的。

　　這是俞劍平回溯前情所加的推測，但只測出一半罷了。他再也猜不出，除了爭長，還別有一種難言之隙。他們袁、俞之間，還有「妒婚」的宿憤。這只是俞妻丁雲秀當年略有一點覺察。彼時她雖是個小女孩子，可也覺得袁二師兄對己似乎有意；可是舊日女孩子，也不能往深處想。並且袁師兄為人剛直，對師妹雖懷眷愛，仍然以禮自持，形跡上沒有深露。

　　這樣，在飛豹子可謂既失衣鉢之薪傳，又奪琴劍之眷愛，對俞劍平抱著兩種隱恨，俞劍平怎能體驗得出？袁振武又十分要強，不願明面捻酸，只在暗中較勁，終於怒出師門，別走異徑去了。到三十年後的今日，他捲土重來，已將別派武功練到登峰造極。昔日丁老師曾經指出他心浮氣傲，習武似難深入，將來恐踏淺嚐而止、炫才過露的毛病。飛豹子為了這句話，咬定牙關，忍而又忍，也往堅韌一點上做去；尋求名師，苦心勵志，受盡多少折磨，終藉一激，別獲成就。

　　丁門以點穴成名，他苦學打穴；丁門以錢鏢蜚聲，他苦究破解錢鏢之法。他把一根鐵煙袋，造得銅鍋特大，天天教門下弟子拿暗器打他。他或礚、或躲、或接，居然費了十多年工夫，終於練得能接能打任何暗器了；而且是敵人暗器一到，他能立刻就接，立刻還打。他定要尋找十二金錢俞劍平，和俞一門，借此印證丁老師的預斷，到底把他料透了沒有，到底他是心浮氣躁不是！他憋著這口氣，足足過了三十年，今日該發泄了。

在高良澗、苦水鋪，他已和俞劍平潛蹤一試，俞劍平卻很不知情。在鬼門關前黑夜比鬥，飛豹子潛藏於半途中，攔路嘗敵；在暗影裡先和俞劍平交手。俞劍平錢鏢七擲，竟全被他接打過去。他這才仰天一笑，心滿意足。他以為俞劍平的伎倆不過如此，他這才和子母神梭武勝文商定；由武勝文出頭，代向俞氏訂期會見，由暗鬥轉為明爭。他既經嘗敵，確知自己敵得過俞劍平，確知自己立於不敗之地，然後才挑明了簾。這就是他三十年來，受盡折磨，練出來的深沉見識；與當年的一團火氣迥乎不同了。可是他的性情仍然那麼剛，那麼暴。

俞劍平把飛豹子袁振武被廢的經過，和素日的為人，向在場武師約略說了。他又道：「袁師兄一離師門三十年，聲息不聞，山東江南河北久傳他已死。不想現在突然現身，竟率大眾劫鏢銀、拔鏢旗、題畫留柬，指名尋找我；做得這樣狠，顯見他是要在我身上，找補三十年前那口悶氣了。回想當年，實在是家師溺愛我這不材子，處置失當了。我們幾個同門素日都怕袁師兄，一聞廢立，都惴惴不安。內人在那時以師妹的地位，也曾極力圓場，勸過家師多少次，家師只是不聽。後來袁師兄告別出師，內人又私抄下一本劍譜，交給我和胡振業五師弟、馬振倫六師弟；暗囑我們三人假傳師命，贈給袁師兄，稍平他的郁忿。無奈他乘夜悄行，先走了一步，我們趕了一程，沒得追上。我們三門師祖左氏雙俠要把他繼承到三門去，教他做掌門徒孫，他也謝絕了。我們二門師叔李兆慶背地裡就說家師：『你當眾立廢，是怕日後同門爭長；可是這樣一來，自然不爭長了，難免日後袁、俞結怨。』我們先師的脾氣十分骨鯁，不聽人勸，他說：『我是為小徒弟打算，一秉至公。』到現在，三十年都脫過去了，偏偏我已經封刀歇馬，袁師兄終於找到我頭上來；而且弄了這麼一手，要多辣有多辣！說實在的，我在師門本是後進，我對袁師兄始終尊敬服從；我們兩人間一點嫌隙也沒有，只有廢立這一件事傷著了他。前人種因，後人食果；先師過

255

於看重我，把本門薪傳交給我，也把苦惱留給了我。袁師兄的脾氣何等剛決！他不出頭便罷，既已出頭，就不惜破釜沉舟。二十萬鏢銀非同小可，怕我一劍、雙拳、十二金錢，終非他那支鐵煙袋的對手啊！」

眾人聽了，無不咋舌，武進老拳師三江夜遊神蘇建明喟然嘆道：「那就莫怪了！你當日入門在後，武功遜色，令師把你提拔上去，壓過他一頭，即此一端，已樹深怨。何況你們師徒又成了翁婿，他更以為師門授受不公了。」

俞劍平默然不答，馬氏雙雄忙道：「蘇老前輩，你老這可猜錯了。我們俞大哥乃是先接掌門戶，後來才入贅師門的。」

胡孟剛道：「對的，俞大哥實在是傳宗在前，聯姻在後。」

霹靂手童冠英笑道：「反正是一樣，東床嬌婿變成掌門高足，掌門高足變成東床嬌婿，顛顛倒倒，互為因果。想見俞賢弟那時在令師門下，豐采翩翩，深得寵愛，然後才贏得師妹下嫁，可羨豔福不淺！那飛豹子定是個沒度量、有氣性的人，看著眼熱，一準肚裡憋氣的。於是乎三十年前俞公子師門招親，三十年後俞鏢頭拔旗丟銀。這也是因果啊！你就別怨令師吧。」

呵呵地笑起來了。

俞劍平笑道：「我們童二哥這兩天啃定了我，要和我開玩笑，真是老少年興味不淺！無如我結記著這二十萬鹽鏢，實在提不起高興來啊！」

青松道人看出俞劍平悶悶不樂，遂說道：「我看飛豹子也算不了什麼昂藏人物。常言說：『疏不間親』，人家丁、俞既是翁婿，他在丁門不過是師徒，如此懷妒，也太無味了。」

童冠英仍笑道：「有味！衝這懷妒二字，就很有味。」

九頭獅子殷懷亮道：「懷妒也罷，唧恨也罷，可是這飛豹子既然心懷

不平，怎麼整整三十年，直到今天，才突然出頭？這也太久了，他早做什麼去了？」

青松道人道：「這個，也許此公早先武功沒有練好，自覺不是十二金錢的敵手，造次未敢露面。我說無明師兄，你看可是這樣的麼？」

無明和尚素來貪睡，打了一個呵欠道：「恐怕這位飛豹子懷著乘虛而至的意思吧！他料定施主忽然退隱，把鏢局收市，必是老邁不堪，這才攔路欺人。」

漢陽郝穎先點頭道：「這也許是有的。但是他若這麼料事，可就錯了；我們俞仁兄年雖望六，勇健猶似當年。只怕這飛豹子昔在師門，武功遜色，被俞仁兄壓過一頭；今當三十年後，俞仁兄仍未必容他張牙舞爪吧。」

無明和尚道：「究竟這飛豹子有多大年歲了？」俞劍平道：「袁師兄大概比我大三歲，今年他也五十七歲了。」

郝穎先道：「到底這事情有點奇怪，怎麼隔過三十年，他早不來找場？怎麼隔過三十年他還不忘找場？」

白彥倫道：「而且他找場，偏偏擇了這麼一個時候，偏在俞大哥歇馬半年之後，偏劫官鏢，這又是什麼講究？」

智囊姜羽沖道：「這倒不難猜測，我看他這是毒！他一定看準了這二十萬鹽鏢，數目太大，料想俞老哥就是要賠，也賠墊不起；他才猝然下這毒手，無非是做案賍禍不留餘地罷了，可就教胡二爺吃了掛誤了。至於他早年為什麼不來，這也可以推測得出。據我們現在得到的各方消息，已知飛豹子是從遼東來的；他本在邊外開著牧場，他就是遼東有名的寒邊圍快馬袁。他並非綠林，也不是馬賊。」

說到這裡，座間突有一人問道：「寒邊圍不是快馬韓麼？怎麼又出來

一個快馬袁，怎麼快馬袁又是劫鏢的飛豹子呢？」

這問話的是蛇焰箭岳俊超。俞劍平轉顧馬氏雙雄道：「馬二弟、馬三弟，你可知道這快馬袁、快馬韓是怎麼一回事麼？」

二馬搖頭道：「我們也只聽說過遼東長白山寒邊圍有個快馬韓叫做韓天池，這是幾十年前的老輩英雄了。他是個流犯，遇赦免罪，不知怎的，發了一筆大財，在寒邊圍一帶，大幹起來；招納流亡，開荒牧馬，掘金尋蔘，在當地稱雄一時。他在他的牧場邊界，遍植柳條，作為地界。人們一入柳條邊，就得受他的約束，遵他的王法；以此許多亡命之徒在關內惹了禍，都逃到他那裡去，做逋逃藪。他是個殺人不眨眼的魔王。他這人肚裡很有條道；氣量很大，膽子很豪，頒的規約很嚴。人人都怕他、聽他。官廳就不敢到他的地界裡拿人，可是他的人也不許出界作案。他是有犯必誅，一秉大公；故此人雖怕他，不能不服他，他居然成了一方豪傑了。」霹靂手童冠英道：「這人分明是個土豪。」二馬道：「說是土豪也可以，說是土王也可以。他本以販馬起家，馬上功夫很好，故此人們送他一個外號，叫做快馬韓，又叫韓邊外，倒沒聽說有這麼一個快馬袁。」

老拳師蘇建明笑道：「你說的全是三四十年前的舊話了。快馬韓若活著，足有一百多歲了。咱們說的是現在。」二馬道：「現在麼，我們雖到過遼東，可沒聽說有這麼個快馬袁。」

智囊姜羽沖眼盯著青年壯士于錦、趙忠敏，看二人的神情，分明知道，可是智囊當著人不敢問，於是轉臉向俞劍平示意。俞劍平也不肯問，因為以前曾誤疑過于、趙。又明知于、趙與飛豹子相識，當然不能率然出口了。

于錦、趙忠敏因眾人以前曾疑他給飛豹子做奸細，後將一封私信當眾打開，眾人疑心頓釋；可是于、趙心中生氣，立即告辭要走。經俞劍平再三慰解，一場誤會縱得隔過去，于、趙從此恍如徐庶入曹營，一言不發

了。胡孟剛瞪著大眼，看定于錦，也有心要問問；于錦把臉色一沉，露出不屑來。胡孟剛也噤住了，可是非常暴躁，不住地罵街，罵飛豹子不是東西。眾人攔他道：「劫鏢的是俞鏢頭的師兄啊！」

松江三傑說道：「眾位也不必猜議了。反正俞夫人一到，飛豹子的行藏必無遁形。現在我們應該怎樣呢？是等俞夫人，還是照舊準時踐約？要是踐約，我們該打點走了。」

俞劍平遲疑道：「我打算還是準時踐約。不過，既知飛豹子就是我們袁師兄，不能不多加小心罷了。這一來，向他討鏢，還得另想措詞的了。」說時目光一瞬，看了看胡孟剛道：「我要請問袁師兄，我們師門不和，你可以單找我說話，不要連累了朋友。」俞劍平言下面露悵惘，微有難色；他實在願候妻子到後再去踐約，借此可以知道袁師兄身邊都有些什麼樣的人物。袁師兄本是一個富家子弟，今於三十年後，忽然做大盜，劫官帑，犯著很重的案，保不定他已步趨下流，受宵小蠱惑，真個投身綠林了。若能獲知袁師兄三十年來的景況，便可推斷他的劫鏢本意，也就可以相機應付了。

俞劍平眼看著胡孟剛、智囊姜羽沖；姜羽沖就眼看著俞劍平，說道：「俞大哥，我們不必猶豫了，我們就這麼辦。此刻還是徑奔北三河，一面準備踐約，一面等候嫂夫人。等到了更好；等不到，我們就屆時相機支吾，這是最周全的辦法。武勝文指定的那個會見場地，我們必須先期看明。與其派人去，不如俞大哥親自去一趟。」大家都以為然。

郝穎先道：「索性我們全去吧。我們在這裡，瞎猜了一會兒子，未免是議論多，成功少。」這些武師們嘻笑道：「郝師傅又掉文了。」

俞、胡、姜三人立即打點，和老少群雄或騎或步，前往北三河。並派出許多人，把各路卡子上的能手，盡量抽調，請他們一齊集會鬥場。就是四面的卡子，也往當中縮緊，以北三河、火雲莊為中心，打圈兜擠過來。

現在仍依本議，凡是硬手，各卡子最多只留一人，其餘一律剋期奔赴北三河。

俞、胡並請金槍沈明誼仍辛苦一趟，去催俞夫人；不必再上火雲莊來了，也請她徑赴北三河。並告訴俞夫人，此間已與飛豹子定期會見，請她速到為妙，無須轉邀能人了。因這裡急等她來到，好由夫妻二人齊以同門誼氣，向飛豹子索討鏢銀。

商定，鏢行群雄又一陣風的奔北三河去了。

這是鏢客方面的動靜，火雲莊子母神梭武勝文那邊，把個飛豹子劫鏢大盜窩藏在自己家中，也情知事情鬧大，可是他也有他的迫不得已。他們此時自然更忙；散宴後，人出人進，邀這個，找那個；探這個，窺那個，人人臉上神情緊張，不知祕密的做些什麼。

火雲莊東藥王廟內，還有幾個鏢客流連未走。武勝文這邊不再派人前來窺伺；也不打著鄉團旗號，再來盤詰他們了。留守鏢客自然覺得詫異。殊不知俞、胡、姜三人策馬一走，這邊潛蹤隱名的飛豹子，和代友延仇的子母神梭，立刻就知道了動靜。於是由飛豹子起，他們散在各處的黨羽，和那個美青年雄娘子凌雲燕，立刻先一步，也祕密地到了北三河。

十二金錢俞劍平蒙在鼓裡，不深知敵情；飛豹子那邊卻是據明測暗，情形不同。把俞、胡身邊的動靜，探得鉅細皆知，而且俞劍平生平以拳、劍、鏢三絕技自負，曾經打遍江南北，未逢敵手；飛豹子今與俞氏定期在北三河相會，好像有點冒險決鬥，決勝負於一旦似的。其實不然，飛豹子此時早有了必操勝券的把握。此次往北三河赴會，飛豹子早已斷定，憑自己一支煙桿，必搶上風；就不搶上風，也可以打個平手，自己穩立於不敗之地。

固然，他們師兄弟結隙已有三十年之久。在這三十年中，飛豹子挾忿爭名，苦練拳技，自知功候與日俱增；但是他會苦練，又怎敢擔保俞劍平

不會苦練？那麼，飛豹子何以有這十成十的把握，敢和俞氏當眾明鬥呢？萬一失敗，自己又怎麼收場呢？

在起初，飛豹子奮起遼東，乍到江南尋釁時，他確是一股銳氣。積累了三十年的憤鬱不平，真有立即登門，立即交手，立即將俞劍平打倒的氣概。然後乘勝仰天一笑，說一聲：「到底誰行誰不行？」丟下狂話，拔腳一走；把俞氏的金錢鏢旗摘去，從此勒令姓俞的不准再在武林耀武揚威。

飛豹子他確是抱這決心，他的謀士幫手縱然苦諫，他也不聽，他一定要這樣做。他斬釘截鐵地說：「姓俞的武功，我是深知。姓俞的自涉江湖，一帆風順；他的功夫就算天好，可是他身處順境，日久也易於擱下。」

飛豹子又道：「他哪能比我？我飛豹子自闖蕩江湖起，哼，也不說闖蕩江湖起吧，我打由二十七歲，負氣離開丁門，我就沒有經過半天順心的事。我受盡了折磨、頓挫、辛苦、艱難，人世間的憋氣，挨踹的滋味，讓我一個人嘗飽了。我如今整整苦歷三十年，就憑我兩隻手臂，一顆心膽，闖出長白山半個天下來。諸位朋友，你們知道我都受了些什麼？你們只看見我現在一呼百諾，響遍關東了，你們知道我早年都受了些什麼？」

飛豹子虎目怒睜，對手下幫友道：「咱們不說別的，單說功夫吧。你們看我什麼暗器都會接，都會打，你們可知我怎麼得來的呀？常言說得好，來的容易，去的模糊。反過來說吧，來的不易，把握的就牢靠，你們全明白這個道理吧！」

飛豹子道：「我為了學打穴，光跑冤枉腿，就走了好幾省，磕了無數的頭，耗了十幾年工夫。朋友，這『十幾年』三個字，一張嘴就說出來；你要受受看，別說十幾年，就是十幾個月吧，哈哈！」大眼珠帶著激昂驕豪的神氣來。他又說道：「我同時學接暗器，學打暗器，這又是十幾年。一共十六年的苦學，三十年的苦練。……唉，什麼三十年，簡直一輩子。你們看，我今年快六十了，我有一天停練沒有？」

袁振武又惡狠狠地說道：「姓俞的他可不然了！人家，哼！人家從在師門，就很得寵；沒出師門，又娶了好老婆。出了師門，又幹鏢行，幹鏢行的有同門同派的朋友幫助，又有前輩提拔。……我姓袁的是什麼？我敢說，一個人的光也沒沾著。你想呀，我把名字都改了，連姓都差點換過；舊日的朋情友道，我自己全把它剝光。我從二十七歲起，赤裸裸光桿一個人，幹，幹！……我好比重死另脫生；他比我，他也配！我一步一個苦，人家一步一個順。人家一個勁的順心、順手、順氣，自然得意已極，就免不了忘掉人世艱難。我敢說他的功夫練得未必扎實；就扎實，今日也必然早擱下了。你想，他都成了名鏢頭了，他還肯起早晚睡，像我這樣自找罪受，自找苦吃麼。我敢保他現在必不如我……」說罷，虎目一張，把鐵煙袋狠狠一磕，順手又裝上一袋。

這是飛豹子初入關的豪語，也是實情。但他這實情，只看清一面，就是只看清他自己這一面，他卻不曉得俞劍平那一面。在這三十年來，俞劍平也沒一天放鬆了心，放鬆了手。他幹的是鏢行，乃是刀尖子生涯；固然憑人緣，靠交情，仍然依仗真實本領。在這三十年間，俞劍平也和飛豹子一樣，起早睡晚，時刻苦學、苦練，未敢一日稍休。飛豹子日日教他的門弟子，拿暗器打他自己；俞劍平也日日教他的門弟子打鏢、試劍、操手、比拳。若不然，俞劍平焉能保得住偌大的威名？

飛豹子與俞氏遠隔，一在遼東，一在江南。飛豹子縱然「知己」，未免「不知彼」。士別三日，便當刮目，何況三十年的悠久時光！飛豹子的性情剛強，料事稍疏，於是把俞劍平看低了，於是乎險些沒留退步。

第四十一章
飛豹子率眾借地較武　女豪傑偕友振袂馳援

　　飛豹子到底進了關。入關之後，尋隙之前，他不能不打聽對頭的細情。一天過去，又是一天；他天天聽人誇說俞劍平的武功。一劍、二拳、十二錢鏢，據說都到了爐火純青、登峰造極的地步。飛豹子這才憬然聳動，他說：「這小子原來也很棒，不是浪得虛名啊！」可他又說：「不信這小子一帆風順，竟會沒有養尊處優，把功夫擱下。他的本領竟這麼大！」他一邊說，一邊搖頭。一面不相信，一面又不由他不相信。

　　飛豹子的謀士又給他密出高招。訪察而又訪察，布置而又布置，然後猝然發動劫鏢，一劫二十萬；教俞劍平無論多麼大的人情，無論手眼多麼高，這二十萬官鏢足夠他賠償的！然後把鏢一埋，人一躲，睜大眼睛看著魚兒上鉤；這樣一來，教俞劍平賠不起、尋不著，定可壓到元白；逼得俞劍平只有向袁公面前服輸、討情、求鏢一條路可走。然後，可以為所欲為地擺布俞大鏢頭。並且，他們一豹三熊也不怕劫帑罪重；他們在寒邊圍稱孤道寡，官軍無奈他何。

　　他們想，亂子惹得太大了，關內不能存身立足，至不濟一溜，拔腿出關一走。一入寒邊圍，官家尚且瞠目，鏢行又能怎樣？寧古塔將軍、盛京將軍都不能剿辦我一豹三熊，諒你俞三勝拳、劍、鏢三絕技，只可在江南稱雄；若到了遼東，人生地疏，只是送死罷了。一豹三熊打好了退身步，這才開手尋隙、劫鏢、拔旗、留柬，在江北大鬧起來。江北綠林又有人暗做他的居停主人，他們一切布置都胸有成竹。

　　但是飛豹子的本意，究竟非為劫財，只為出氣。他們也早知道二十萬鞘銀無法運出關外，他們也不想運走。他們在范公堤劫鏢一得手，立刻退

出數十里，按預定計畫把贓銀潛運祕地，盡數埋藏了。他們抽身而退，潛蹤西行，來到這高良澗一帶，等候俞劍平和江南鏢行。他們的本意還是先窘人，後比武；還是要和俞劍平邀期見面，挑簾明鬥；看一看俞某的拳、劍、鏢三絕技到底怎樣？是不是江南武林揄揚過火？

飛豹子的謀士給他出毒招，也可以說是穩招，同時又在飛豹子本人和俞劍平對手明鬥之前，先教同黨嘗招試敵，驗驗俞氏的本領造詣如何？然後飛豹子再親自出頭。如此就站好了穩步，不致冒險了。在鬼門關前，飛豹子的左輔右弼，王、魏二老，果然雙雙出鬥，和俞劍平先後交手。而結果，俞劍平名下無虛，王、魏二老俱皆輸招。二老的武功盡可比得過俞劍平，可惜持久力不行。

飛豹子同黨所定的步驟穩極，在黨友試招之後，更由飛豹子潛伏半途，親和俞劍平試打暗器。於是，鬼門關前攔路邀劫，俞劍平錢鏢七擲，全未打著那個長衫之客；那長衫客就是匿名改裝的飛豹子袁振武。飛豹子至此有了把握，自信俞劍平雖負盛名，自己尚敵得過；自己就不能取勝，也不致落敗。為了小心，仍在竹塘中埋下梅花樁作為退路；他又和俞劍平交了兵刃。俞劍平三絕技一劍、二拳、十二錢鏢，他已嘗試了兩種。他深信自己的鐵煙袋、鐵菩提，足可抵禦俞的劍鏢。所未曾接手的，只剩了比拳；飛豹子越發有了拿手。

然後，飛豹子召集三熊、二老和子母神梭武勝文、雄娘子凌雲燕。他道：「我要和俞劍平定期明鬥了。敵人伎倆不過如此，我起初雖然把他看低，現在一經交手，我僥倖還不至於敗在他手下。諸位朋友，你們多多幫忙。」

鬼門關的兩試，古堡的一攻，鏢客們費了偌大氣力，原來只是「試鬥」，只是飛豹子試敵之兵。鏢客們當然不知道，還怕北三河定期決鬥，飛豹子再有躲閃；俞劍平咬定牙關，要在北三河見個真章。哪知人家飛豹子也要在北三河和鏢客們見個真章！

他們彼此針鋒相對，都相聚在北三河；而且挑明了比鬥，既抱決心，也就用不著掩藏了。一切窺伺、試探、游鬥，也都用不著。不過子母神梭武勝文卻鬧到欲罷不能的地步，起初一片意氣，把事攬到己身；如今見到江南武林雲集，不禁瞠目失色，自恐無以善其後了。

子母神梭道：「俞劍平的本身伎倆無須再試，可是他邀來的能手，我們也不能疏虞，該要隨時看明才好。」飛豹子卻以為：「我指名要鬥俞某，他的朋友又該如何？」現在大江南北，盛傳俞氏威名蓋世，南方拳家跟他齊名的固然不少，還沒有聽說有超過他的人。

飛豹子遂問武勝文：「姜羽沖這傢伙，我知道他是銀笛晁翼的徒弟；漢陽郝穎先是郝清的侄子，我也曉得。聽說還有青松道人、無明和尚，當年我在關內時，沒聽說有這兩人。還有三江夜遊神蘇建明，我和他在鬼門關交過手，也不過如此，我倆都從梅花樁掉下來了。只是他年紀很大，還動彈得動，也算難得。還有個霹靂手童冠英，我只聞名，不曾會面，也不知他本事如何。此外還有馬氏雙雄、松江三傑，恐怕虛有其名罷了。我聽我們手下人說，二馬只是一勇之夫，松江三傑這一回在邱家圍子上了我們一個老當，看來也沒有出奇的本領。」

飛豹子和他的朋友連夜商議好，就趕緊地預備，正和鏢行這邊一樣地忙。

光陰箭駛，轉瞬到了赴會的前一日的清晨。北三河竟沒有店房。俞鏢頭在訂約的當晚，密派青年鏢客數人潛赴當地探道，並試往民家借寓。苦於人生地疏，借不出房來，黑鷹程岳和沒影兒魏廉，正在街上蹓躂，無計可施。忽有武宅那個管事叫做賀元昆的，拿著子母神梭武勝文的電影，找到程岳和魏廉，說道：「俞鏢頭不必為難，敝宅宅主早給諸位預借好住處了，就在這邊不遠，是七間房，夠住的麼？」

黑鷹程岳和沒影兒魏廉聽了這話，臉上很不痛快，冷冷說道：「閣下

貴姓？我們替俞鏢頭謝謝吧！我們這裡還有熟人，已經把房借好了。」賀元昆笑道：「在下姓賀，咱們前天不是還見過面麼？二位不見得找好了房吧。剛才還聽見二位在那邊打聽空房哩！」

黑鷹程岳大聲道：「你這位先生，請你費心告訴貴上，我們對不住，不能騷擾武莊主的高鄰貴戚的。」回顧魏廉道：「武莊主果然勢派不小，人傑地靈！無奈我們不能那麼辦，我們打擾武莊主還許可以，若麻煩到外圈去，可真成了笑話了。」

魏廉笑道：「那一來我們打個噴嚏，飛豹子也知道了。只可惜俞鏢頭老經練達，人並不傻。」說著，眼往四面看了看，並無別人，只賀元昆一個。

賀元昆滿不介意，賠笑道：「二位可是多疑了，敝上給俞鏢頭預備的，乃是七間小獨院。二位先生不要猜疑，您何妨先過去看看房。」

黑鷹程岳道：「對不起，我們不看。」

賀元昆笑道：「敝宅宅主實在因為這裡是小地方，沒有店家；俞鏢頭遠來是客，若沒有住處，那可怎麼赴約？所以連夜打發我來代借寓所。也怕諸位住著不方便，才人上託人，借出這麼一所小獨院來；沒想到二位還有那麼一猜。」

黑鷹程岳忙又滿臉堆歡道：「這倒是閣下過想了。我們是只怕無故打擾生人，心上不安，並且我們情實已經找好了房，用不著再找，剛才我們也只是閒打聽，怕貴宅主和貴宅主的朋友臨時來到這裡，沒有地方住，回頭又鬧改日期、改地方；我們這才捎帶著再多打聽一兩處住所罷了。」沒影兒也接聲道：「是啊，我們是替你們找房。」

賀元昆大笑道：「諸位倒給我們找房？」魏廉道：「可不是，我們是替貴宅的貴客飛豹子找房，省得他臨時再託故不露。」

賀元昆道：「這些事恕在下說不上來。既然二位不去看房，那麼我們回頭再見。」長揖告別，轉過別巷走了。

黑鷹程岳大怒，一雙黃眼睛直盯出老遠，方才回頭，對魏廉說：「這小子的意思是怎麼講？故意點我們一下麼？」

魏廉道：「這又和苦水鋪一樣，反正攪惑咱們，教咱們撈不著住處罷了。」程岳道：「咱們的大批人回頭就來，真個的找不著住處，可怎麼辦？」

魏廉道：「咱們找鐵布衫屠炳烈去，他不是說有地方借麼？並且寶煥如寶鏢頭也給找著呢，想來總可以有法子的。」

兩人在北三河轉了一圈，看當地形勢，竟很荒曠。又重到雙方邀定的地方一看，乃是河岔上一座大廟，前有戲臺，本是一個廟集，現時已過了會期。兩人躊躇著，不時遇見異樣的人。到一小巷，忽遇見小飛狐孟震洋和鐵布衫。問他二人時，居然把房借妥。又問：「借了幾間，可是單院麼？」屠炳烈道：「自然是小單院，一共七間房，對付著住，總夠了吧？」

沒影兒魏廉、黑鷹程岳一齊詫異道：「什麼，也是七間，在什麼地方？」兩人互相顧盼，不禁後悔；剛才莫如將計就計，跟那姓賀的一同去看房。

魏廉湊近一步道：「屠大哥，這個房主可靠得住麼？跟子母神梭有認識沒有？」遂將剛才賀元昆投刺獻寓的話告訴孟、屠。屠炳烈道：「這不可能！」這七間房乃是屠炳烈的密友施松陵給與出來的；前在苦水鋪，屠炳烈就曾轉託施松陵代探火雲莊的動靜。不過，恰值施松陵事忙，答應下，沒有辦。現在屠炳烈親自登門，施松陵情不可卻，就把一個跨院騰讓出來。

屠炳烈性子直，抱怨魏廉道：「姓賀的一定又是詭計，你們二位當時

怎不跟他去看看房，至少也認出他們一個巢穴來。」

沒影兒魏廉搖頭道：「我們只顧跟他們較勁了，又猜疑他們眼見我們打聽不著空房，故意露這一手，奚落我們；可惜沒有轉面想想。」

飛狐孟震洋忙道：「別後悔了，二位答對得很好。你若真說沒有借著房，反而跑到對頭跟前尋宿去，那太丟人了。依我看來，他們也未必準借著房；就借出來，他們那七間也未必跟屠大哥借的七間是一家。他們看見屠大哥借好了房，才故意搗鬼，教咱們自己動疑。」

黑鷹程岳道：「不要理他們就完了。咱們快看看房去，趕緊回去，給大夥送信。」

魏廉道：「對！俞老叔跟大夥今天務必全趕來才好。若不然，又像苦水鋪，教他們得機會戲弄人了。」

當下，鐵布衫屠炳烈、飛狐孟震洋，急將程岳、魏廉引到借寓之處。這七間房是個小跨院，跟宅主另走一門，倒也方便，只稍嫌人多房少。屠炳烈道：「若是不夠住，還可以再找房東，把前院勻出三間。」程、魏齊道：「夠了，夠了，這就很夠交情；再說天熱了，怎麼都可以將就。」

借寓所、勘會場的事辦妥；寶應縣義成鏢局的寶煥如鏢頭帶著兩個鏢客，也已來到北三河。彼此尋蹤相見，立刻往回走，給俞劍平送信。

俞劍平、胡孟剛、智囊姜羽沖、霹靂手童冠英、三江夜遊神蘇建明師徒、松江三傑、馬氏雙雄、漢陽郝穎先武師、阜寧白彥倫店主、九頭獅子殷懷亮、奎金牛金文穆、蛇焰箭岳俊超、青松道人、無明和尚，這些成名的英雄；單臂朱大椿、黃元禮叔侄、金弓聶秉常、梁孚生、石如璋、路明、楚占熊、歐聯奎、鐵矛周季龍，這些有名的鏢客；還有振通鏢師雙鞭宋海鵬、單拐戴永清、追風蔡正、紫金剛陳振邦；還有青年壯士阮佩韋、李尚桐、時光庭、葉良棟、孟廣洪，以及俞門弟子左夢雲、童門弟子郭壽

彭；大批的武林拳師如潮湧，或騎或步，齊赴北三河。

各路卡子上的人，霍紹孟、少林僧靜因等，凡可抽調的，也都一個一個搶先奔北三河，都想會會這個遼東大豪飛豹子。

金槍沈明誼匆匆地返回去，催請俞夫人丁雲秀快快趕來，不必再投火雲莊，徑可直奔北三河；好與俞劍平夫妻兩個，會見那當年怒出師門的師兄，今日強劫二十萬鹽鏢的巨盜飛豹子快馬袁。

到了雙雄會見的前一夕，北三河臨河的這家民宅，頓然聚集了江南許多鏢客、拳師。天氣很熱，滿院扇子晃來晃去，小小七間房幾乎容納不下。那天初次宴見，已由智囊姜羽沖、寶煥如、童冠英等，與子母神梭武勝文那邊的人說好一切。現在俞劍平等來到，那子母神梭又遣人來，登門投帖送了許多西瓜鮮果，無形中是來促駕。十二金錢俞劍平收下禮物，取出一張名帖來，說道：「我也不答拜了，替我敬謝貴上，明天我們準時到場，彼此全不要誤了。」

智囊姜羽沖調動群雄圍著小院小巷，安下幾個青年壯士，以防敵人萬一再來打擾。但現在飛豹子要親自上場，像這些遣人誘敵的舉動早已不做了。現在他們倒防備鏢客，怕他們暗與官府通氣。因此，在鏢客住處的附近，的確有人探望。鏢客也派出人來，到各處巡視；彼此相逢，互瞥一眼，互相退藏。

到了下晚，俞劍平和胡孟剛一面預備明日的事，一面盼望著急。忽然，從外面跑進巡風鏢客來，說是前途來了兩乘轎，幾匹馬，好像是俞夫人來了。胡孟剛忙說：「快迎接去！」

霹靂手童冠英拉著俞鏢頭說道：「可盼來了，怎麼樣，賢弟還不快接娘子去？」

鏢客晚輩居多，全要出去迎接；俞劍平忙緊走了數步，攔住這些青年

道：「諸位這是做什麼？出去這些人，像接官差似的，教外邊人看到眼裡，太不好了。」

姜羽沖道：「這話很對，咱們不要太露出形跡來。」俞劍平遂只命大弟子程岳、二弟子左夢雲趕快迎上去，「省得教你師母挨門打聽，引人注意。」程、左應聲，立即出去。

俞、胡、姜等在屋中等候，霹靂手童冠英只於十七八年前和丁雲秀會過一面。那三江夜遊神蘇建明，機緣不巧，始終沒見過這位助夫創業的女英雄。其餘別人也極想曉得俞夫人怎樣訪獲豹蹤，忍不住全跑到院心來，幾乎像站崗排班。俞鏢頭笑著皺眉，也沒法子阻攔。智囊姜羽沖和鐵牌手胡孟剛只得替俞劍平說話，請在場群雄各安就位，別教俞夫人乍進來受窘。

不一刻，程岳、左夢雲把兩乘小轎和四匹馬引到門前。頭一匹黑馬，馬上是一個三十幾歲的男子，氣度灑脫，白面無鬚，看著很眼生，又像個儒者。來到門前，甩鐙下馬，往旁一站；穿長衫，戴草帽，抽出一柄摺扇，徐徐扇著。旁邊一匹斑馬，是一個青年壯士騎者；乃是俞門五弟子，名叫石璞，今年才二十一歲。前為回籍完婚，從海州北返關外；本說半年後方回轉雲臺，現竟提早兩月回來。此刻他騎著馬，背著包，一到門口下馬，忙向儒生拱手請進；自己趨至師母轎後，解下幾個包來。

又一個騎馬的人，還帶著馬伕，就是那個武官肖老爺，官印國英，原任守備，記名游擊；先前是太極丁門下的小弟子，俞劍平的同門師弟。他在師門原名振傑，當時數他最幼；現下早已年逾不惑了，並且也發了福，少時呆相絲毫沒有了。只見他當門下馬，甩鐙離鞍，抬頭一看道：「是這裡麼？」腳一著地，顯得身材魁梧，比俞鏢頭高半頭；留著掩口鬍鬚，穿著武職便服，目如朗星，面黑透亮，說話聲如洪鐘。程岳剛剛迎出來，忙請安應道：「是這裡，師叔。」肖守備早一回手，將馬韁交給馬弁，也向儒

生讓了讓，他自己一退步，忙去攙扶坐轎的人下轎。

　　這頭一個坐轎的人，大家都以為是俞夫人丁雲秀，哪知轎簾一挑，乃是一個病夫模樣的老頭兒。身材比肖守備矮得多，比俞鏢頭也差一二寸；瘦頰疏眉，鬚眉蒼然，眼眶深陷，病容宛然；並且一隻腿很不得力。肖守備俯著身子，伸手攙他，他到底不用肖守備接駕，容得扶手板一撤，便一步邁下轎來；武功是很有的，人雖頹老，雙眸炯炯，偶然一睜，依然吐露出壯士英光。只聽他用很尖銳的嗓音笑道：「九弟，你不要看不起我呀！我是病，不是弱。」這個病夫實已失容，教人乍見，幾乎難以相認。

　　這人也是丁門弟子、俞鏢頭的五師弟，名字叫胡振業。在當年，丁門群徒共有九人，其中頂數飛豹子和俞劍平這兩位高足武功深造；其次便是胡振業，略堪匹敵。到後來胡振業武功精進，與袁、俞儼然成了鼎足之勢。不幸他狠鬥罹疾，身受病磨，幾致不起，終致落了殘疾。現在驟看外表，好像五十多歲的人，比俞劍平還年長，實則剛剛四十八歲。

　　胡振業便笑著，眼望著門，衝那儒生說道：「請啦，黃先生！」一瘸一拐，邁上臺階。師弟肖守備、師侄程岳，憐他腳步不穩，慌忙一邊一個，過來扶著他；他甩著手，走得更快。

　　卻又催那儒生說：「走走，別客氣，咱們先進去。」且說且回頭道：「師姐，我們先進去了。」於是胡、肖二友陪著那個儒生一同走進院去。

　　那另外一乘轎，此刻轎簾一挑，扶板一撤，俞夫人丁雲秀低頭走下轎來，平身往巷口左右微微一看，然後回眸望到門口。門裡外有許多鏢客和拳師的腦袋，青年人多，老年人少，都側著身子，歪著脖子，偷看俞夫人。俞夫人微微一笑：「這些淘氣的小孩子們！」不禁回看他們一眼，他們全把頭一歪，退藏不迭；俞夫人不禁又想起當年的事來了。因她身精拳技，助夫創業求名，人們都拿她當稀罕看。

　　在她年輕時，幾乎動一動便被人驚奇指目；直等到鏢局創成，鏢道創

開，用不著伉儷聯鑣並騎了，她方才退處閨中。屈指算來，將近二十年，不遇此景象了；不意今天又年光倒流，重遇見這些好事的頭、詫異的眼了；想著可笑，又復可慨。那二弟子左夢雲站在身旁，還要攙扶師母。師母不用人攙，自己下轎，曳長裙，很快地邁出轎竿，健步如飛，上了臺階。

沒影兒魏廉側身迎上來，請安問好：「大嬸您好，您身子骨硬朗！我給您打發這轎去。」俞夫人道：「哦，介青老侄，你也出來了。」魏廉賠笑道：「大嬸，您不知道麼？我陪著大叔，也跑了一個多月了。您瞧這怎麼說的，把大嬸也勞動出來了。」

俞夫人笑道：「我有什麼法子呢？你或許不知道吧，這劫鑣的竟不是外人，乃是我們從前的一位師兄，跟你大叔有碴。我一聽這個，才很著急，我不能不出來了。這位袁師兄武功硬極了，只怕你大叔敵不過他。依我想，硬討不如情求！我這幾天淨忙著託人呢。」又道：「這轎子先不用打發，教他們連牲口帶轎，全弄到院裡來吧！可是的，院子容得下不？」魏廉道：「房東有車門，交給我辦吧！」

說話時，九股煙喬茂一湊兩湊，湊到旁邊，忽然聽出便宜來；忙一溜上前，也請了一個安。跟著又打躬，又作揖道：「俞大嫂，你老好，咱們老沒見了！」

俞夫人愕然，忙側身還禮，把喬九煙一看，並不認識。喬九煙面衝魏廉一齜牙，回頭很恭敬地對俞夫人說道：「大嫂不認得我麼？小弟我姓喬……」

正要報名，沒影兒魏廉登時發怒，惡狠狠盯了喬茂一眼，大聲接道：「大嬸，您會不認得人家麼？人家乃是鼎鼎有名的九股煙喬茂，喬九爺，還有一個漂亮外號，叫做『瞧不見』。九股煙瞧不見喬爺，乃是很有名的人物。他總跟俞大叔套近乎論哥們；可惜俞大叔不敢當，總管他叫喬九爺。」

俞夫人丁雲秀察言觀色，連忙說道：「原來是喬九爺，久仰久仰！」笑對魏廉道：「介青老侄，你快給我安置轎伕和馬匹去吧。」魏廉這才冷笑著出去，又盯了喬茂一眼。

喬茂一溜閃開，旁人相顧偷笑。左夢雲恐師母誤會，忙解說道：「這位喬師傅和魏大哥總鬥嘴，喬師傅一攀大輩，魏大哥就抖摟出他的外號；喬師傅的外號是不喜歡人家叫的。」俞夫人只微微一笑，她其實早已聽出來了。

她舉步進院，霹靂手童冠英從旁迎上來，大聲叫道：「大嫂才來麼？俞大哥從前天就等急了。」

丁雲秀抬頭一看，也不認識，但仍很大方地斂衽行禮。童冠英打量丁雲秀娘子，徐娘半老，精神猶旺；看外表像個三十八九歲的中年婦人，其實她四十九歲了。個兒矮、身不胖、肩圓、腰細，眉彎、鼻直、瓜子臉依然白潔，不過稍帶淡黃；一雙眸子照舊清澈如水；嘴唇很小，已不很紅潤了，額上橫紋刻劃出年紀。美人遲暮，正與俞劍平這耆齡壯士湊成一對。走起路來腳步很輕快，卻是氣度很沉穩，於和藹可親中流露嚴肅，儼然大家主婦。童冠英心說：「名不虛傳！」回眸看了看俞劍平一眼，就微微發笑：「這真是天造地設的一對！」

只見丁雲秀眼光把全院老少群雄一掃，坦然說了幾句「承幫忙，承受累」的話。胡孟剛、馬氏雙雄、姜羽沖等比較熟識的人搶先迎接、施禮、打招呼，有的叫俞大嫂，有的叫俞奶奶，旁邊青年夾雜著叫嬸母。

丁雲秀逐個還禮，單對胡孟剛說道：「二爺，我們真對不起您！您也聽說了吧，這劫鏢的還是我們一位師兄呢。教二爺跟著為這大難，我們無論如何，也得想法子給二爺討出鏢來。」

又很鄭重地說：「您放心，現在我們有辦法了。」

胡孟剛忙道：「大嫂別這麼說，這是我們大家的事！大嫂請屋裡坐吧。」俞夫人又和姜羽沖、馬氏雙雄說了幾句話，由二弟子左夢雲引進上房。房狹人眾，滿屋都是人了。丁雲秀極想和俞劍平說話，一時竟顧不得。在座這些老一輩的鏢客、拳師，多一半她都認得，應酬話占了很大工夫。那一邊，俞劍平鏢頭忙著接待多年未見的兩個師弟和那個面生的儒生。

俞劍平待承朋友的本領，令他的老朋友都很欽佩。世故和熱忱，被他調和得那麼好，既懇切又自然。肖守備陪同中年儒生和病漢胡振業聯翩進院。肖守備就大聲叫道：「俞三哥，小弟我來了！」俞劍平從屋中走出來，降階而迎；向三客一拱手，竟搶一步，先抓著跛漢胡振業的手，一捧一提道：「哎呀，五弟，你教我都不認識了！」

胡振業淒涼地一笑，叫道：「三哥！」向四面一望，一彎腰，且拜且說：「三哥，你還這麼壯實，我完了，死半截的人了。」

俞劍平急忙把他扶住，緊緊握住雙手，搖了搖，說道：「五弟，你你你，怎麼……咱們哥們又見面了。我聽說你大病了一場，痊癒了麼？你還大老遠地來一趟！」輕輕拍著胡振業的肩膀，側臉來看肖國英守備，大聲說：「九弟，你哥倆一塊來了，嗬！你真發福了……喂，別行禮，咱們老弟兄，不要來這個。」

俞劍平把手一鬆，過來又把肖守備攙住。然後，面向儒生賠笑道：「您別見笑，我們老弟兄，好多好多年沒見了。」這才向生客作揖，又問肖守備：「這一位尊姓？同你一塊來的麼？給我引見引見。」跛子胡振業笑道：「三哥猜錯了，這一位和九弟也是初會。這一位姓黃，是我邀出來給三哥三嫂幫忙的。」

俞劍平道：「哦，承顧承顧！」忙又對生客致意。胡振業代為引見道：「黃先生，這一位就是名馳江南的十二金錢俞三勝俞劍平，我們的掌門三

師兄。」俞劍平立即通名道：「小弟俞劍平。五弟，你怎麼和我開玩笑？黃仁兄臺甫？」

儒生道：「小弟黃烈文，久仰俞鏢頭的威名，今天幸會！」

俞劍平道：「過獎，慚愧！」轉身來，對肖國英守備道：「老弟，你做官了，怎麼這麼閒在？」且說且讓，一齊進了上房落座，獻茶。

俞門五弟子石璞，放下小包，搶著過來給師父行禮。俞劍平忙亂著；只點了點頭，道：「你回來了，你父親可好？」石璞答了一句：「托你老的福！」別的話也顧不得說。馬氏雙雄卻知石璞是遼東人，他父親白馬神槍石谷風也是武林名士，遂一招手，把石璞叫到一邊，低聲盤問他話。

新來三客和在座群雄互通姓名，各道寒暄，亂過很大工夫。因為明早就是會期，有許多事今晚要辦，三江夜遊神蘇建明老拳師用開玩笑的口吻道：「咱們都往外面坐坐吧。人家賢伉儷、貴同門，遠來相會，有許多話要講；我們這些人像虱子似的夾在裡面，人多天熱，騰讓騰讓吧。」

眾人笑著，周旋甫畢，漸漸往外撤。上房除了新來的人，只留下俞、胡、姜和馬氏雙雄；二馬在江寧開鏢店，和俞氏夫婦最熟。老拳師蘇建明頭一個出去又被請回來。上房議事的人，還是那些年高有德的前輩英雄。霹靂手童冠英、九頭獅子殷懷亮、奎金牛金文穆、寶煥如鏢頭等都在座。青松道人與無明和尚，因俞夫人來到，自以出家人不便，悄悄退出去了。蛇焰箭岳俊超年紀輕，輩分長，也被請來。一切還是智囊姜羽沖調度。

俞劍平同兩位師弟說了些舊話，跟著和這位生客黃烈文款敘新交。俞夫人丁雲秀只和胡、姜對談，直到這時還沒得與丈夫說話。鐵牌手胡孟剛忍不住開口引頭道：「大嫂，我們沈明誼沈師傅，迎你老去了，不知見著你老沒有？」俞夫人欠身道：「見著了，沈師傅忙著給別的卡子上送信，不然就一同來了。」

胡孟剛道：「聽我們沈明誼鏢師說，大嫂已經訪出飛豹子的詳細底細？我們這邊也探出不少頭緒來，我們明天就跟他會面。可是的，這飛豹子既和俞大哥同門，從前到底結過什麼梁子？此人武功究竟怎麼樣？他手底下的黨羽都是些什麼人物？現在肖老爺和胡五爺一同駕臨；二位既和飛豹子是當年同學，飛豹子的一切，想必很有所聞。咱們趕快講一講明天該怎麼辦，現在也好定規了。」

俞夫人咳了一聲道：「可不是麼，這真得趕快定規了，明天就得見面。……若說起怎麼結的梁子，話就很遠了；可是當初情實不怨俞劍平，完全是師門中為情勢所迫，擠出來的一樁變故。這裡面內情，我們胡五弟、肖九弟知道得最清楚。」

說時，眼光往俞鏢頭那邊看，俞鏢頭和兩個師弟談著，也正看這邊。俞夫人丁雲秀就一欠身，遙問道：「我說劍平，你到底跟袁師兄見過面了沒有？」俞劍平道：「這個，總算是見過面了。」俞夫人道：「是昨天在這裡麼？」俞劍平道：「不是，還是在苦水鋪、鬼門關，六天前我和他對了面。他自然假裝生臉，我也沒有認出是他來。」

俞夫人道：「怎麼，他的模樣很好認，你竟一點也沒有辨出來麼？」俞劍平道：「我當時怎會想到是他？況且又在夜間，他居心掩飾著，一見面就動起手來。」

俞夫人大驚道：「你們竟交了手麼？」俞劍平道：「他派一個生人，假冒著他的名字，伺機投刺，邀我在鬼門關相會。可是他半夜裡埋伏在半路上等著我；剛一露面，就亂投起暗器來了。」

俞夫人道：「他先打的你，還是你先打的他？」

俞劍平看著兩位師弟，臉上帶出不安來，道：「我並不曉得是他親到。他在半途伏弩傷人，我只好發出錢鏢來卻敵護友。」俞夫人搖了搖頭，胡振業和肖國英守備一齊聳動道：「原來三哥跟袁師兄招呼起來了。」俞劍平

點頭不語。

　　姜羽沖、胡孟剛道：「你們諸位不明白當時的情形，這飛豹子約定在鬼門關相會，他卻率領多人在半途邀劫；彼時是敵暗我明，敵眾我寡。他的用心就不是暗算，也是志在試敵。我們俞大哥猝不及防，自然要發暗器把敵人的埋伏打退的。那時還虧著蛇焰箭岳俊超岳賢弟，發出他的火箭，才把敵人的動靜，全都照出來。飛豹子的舉動，那一次實在不大光明。」

　　胡振業對那儒生黃烈文說道：「你聽聽，我們這位袁師兄，夠多麼霸道！……三哥，你到底把他打退了沒有？」俞鏢頭登時眉峰緊皺道：「我連發七隻鏢，全被一個戴大草帽的長衫客接取了去；後來我們斷定這長衫客就是飛豹子，也就是袁師兄。姜五哥猜得很對，袁師兄伏路邀劫，實在是要考較我，所以當時一攻就退了。」

　　俞夫人眉尖緊蹙道：「你們總算是過招了，他的武技究竟如何？你們只過暗器，沒有動兵刃麼？」

　　俞劍平道：「後來追到鬼門關，袁師兄竟在葦塘中巧設梅花樁。我和蘇建明老哥、朱大椿賢弟全都追上去。袁師兄使的是鐵管煙袋，跟我在樁上只對了幾招，就急速走了。後來我們跟蹤攻堡，又撲了一空，他的確是安心試技；只怕明天赴約，要動真的了。」

　　俞夫人道：「聽他的口氣，到底為什麼劫鏢？是為從前的磋，還是為了別的？或是受了別人的鼓動？」姜羽沖、胡孟剛一齊代答道：「這飛豹子明著暗著，說來說去，只是要會會十二金錢的拳、劍、鏢三絕技，到底在江南為什麼得這大名；好像純為爭名才起釁的，不曉得他是否還有別故？」

　　俞劍平道：「唉，我料他必有別故，只是口頭上不肯承認罷了。可是的，你問我半晌，究竟你訪出什麼來了？可知道他找尋我的真意麼？」又問胡振業、肖國英道：「二位師弟邀著黃先生，遠來急難，我想一定有替

我們排難解紛的妙法。我和袁師兄定規明天挾技相見，不過那只是拿他當一個爭名尋鬥、素不相識的武林看待；現在既知他是當年的師兄，這情況又當別論了。」又轉臉望著俞夫人說：「你看該怎麼辦呢？」

俞夫人丁雲秀道：「咳，你不該跟他動手！……真想不到你們會過了招，到底他的功夫怎麼樣？他自然是改了門戶，可看出他是哪一宗派麼？」

俞劍平道：「他和我只一交手，便抽身走了；只憑那幾下，實在驗不出他的真實本領到底怎樣。他的技功又很博雜，一時也不易看出宗派來。你總曉得：到他那年紀，必已達到化境了。他如今用的傢伙，也不是劍了。他改用外門兵刃，是二尺五寸長的一支鐵煙袋桿。」

俞夫人道：「這個我比你還先知道的呢！」

俞劍平道：「哦！他接暗器、發暗器的本領卻不可忽視，比當年太強了。他的暗器是鐵菩提子，也能在夜間打人穴道，不知他從哪裡得來的這種絕技。他接暗器的手法很準，我的七隻錢鏢都被他接了。他自然不是用手接的，黑影中看不很清，大概他是用那支大煙袋鍋扣接的。」

俞鏢頭把這當年的師兄現在的武功，向俞夫人約略述罷；跟著又說：「那一次他確是試驗我，沒把真的拿出來。當然了，他一定是來者不善，善者不來；但是我看那份意思，我自料還不至於抵擋不住他。你無須乎掛心，我們明天跟他對付著看。他的幫手是否還有能人，我就不曉得了。」

大家講究著這個飛豹子，不覺全站起來，湊到堂屋。俞劍平又道：「我們在這裡費了很大的事，僅只探出他的外號，後來又探出他現在的名字叫做袁承烈，不是綠林，是遼東開牧場的。我就越發納悶了，我萬沒想到他就是咱們的袁師兄，更沒想到咱們的師兄會幹起劫鏢的勾當來。」說到這裡，開始詢問俞夫人丁雲秀：「你到底從哪裡得著他的底細？」

第四十二章
俞夫人求援訪同門　胡振業無心得豹跡

俞夫人丁雲秀喟嘆一聲，這才細述原委道：「這真是想不到的事情！你們在外面鬧得這麼熱鬧，我在家裡，起初是一點什麼也不曉得。也不曉得你們東撲西奔，著這麼大急，連劫鏢主兒的真姓名和真來歷也沒訪明。還是半個月頭裡，唉，也許有二十多天了吧，家裡忽然鬧起賊來。黑更半夜，賊人公然進了箭圍，弄得叮噹亂響，我這才有點動疑。我想，咱們家裡萬不會鬧賊……」

霹靂手童冠英就笑道：「賢伉儷以武技成名，居然有賊光顧，真個吃了豹子膽了，恐怕比令師兄飛豹子還膽大！」

丁雲秀聽出他是譏誚，遂莞爾笑道：「倒不是那話。一來，我們那地方很僻；二來，跳進箭圍的夜行人動靜很大，分明不像小偷。我就恐怕是仇家，便急忙起來，把那夜行人追跑了。我怕中了調虎離山計，教仇人放了火，所以只追出村口，立刻折回。驗看院裡，才發現客廳門口，插著一把短劍，掛著一串銅錢、一支煙袋和一封束帖。我就曉得要惹出大麻煩了。這分明是綠林人物插刀留束，故意來挑釁。並且我思索著，這多半跟你們尋鏢的事有關。第二天一清早，就寫好信，把那束帖派人送到海州，煩他們給你寄來，你可見到了沒有？」

俞劍平道：「不就是那張畫兒麼，我早見到了。我們這裡也接到了一張，海州胡二弟鏢局也接到了一張。」

胡孟剛道：「不是畫著十二金錢落地，插翅豹子側首旁睨，另外還題著一首詩的麼？」

俞夫人道：「正是，原來你們這裡也收到了。我居然沒猜錯，真是和劫鏢有關了。」胡振業、肖國英一齊問道：「這畫兒我還沒見到呢！那首詩說的是什麼？」

姜羽沖道：「回頭我找給你二位看。」竇煥如鏢頭道：「詩是二十個字，我們這裡寄到的是什麼『書寄金錢客，速來寶應湖；鹽鏢二十萬，憑劍問有無。』」

胡孟剛面對新來三客道：「就是這辭，一共三張，畫全一樣，詞句變了。另一張是『速來大縱湖，憑拳問有無。』海州接的那張是『速來洪澤湖，憑鏢問有無。』列出三個湖名，指名要會俞大哥的拳、劍、鏢三絕技。」

胡、肖二友嘖嘖議論道：「這可有點惡作劇了！袁師兄脾氣剛直，不會弄這些把戲的，恐怕他身邊必有狡詐的夥伴幫他搗鬼。」

俞夫人道：「那是難免的了，二弟且聽我說，劍平等著聽咱們訪的底細呢。」

俞夫人遂又接著道：「我也是一看這畫，曉得有人要尋你作對，可是我還不知道對頭是誰？跟著……」

她一指側立在座頭的俞門五弟子石璞道：「是這孩子新婚之後，從他們遼東故鄉訪得消息。他的父親白馬神槍石谷風石老先生，在他們老家聽武林人傳言，有一位在寒邊圍開牧場的快馬袁，很不佩服江南俞門三絕技。聽說他跟人打賭，要邀鬥找姓俞的。跟著又聽人說，遼東武林有好多位成名的人物和寒邊圍的快馬袁，搭伴邀鬥，已經走了不少日子了。石璞這孩子回家娶妻，他父親石谷風就說：『你師父最近被人找上門沒有？』這孩子說：『沒有。』也就擱過去了；只當是江湖風傳，也許不是事實。誰知上月又翻騰起來，他們那裡傳說快馬袁已經到了江南，最近派人回來邀請助手，遼東沙金鵬已經祕密地率徒從海道南下了。白馬神槍石谷風這才著急，趕忙打發石璞這孩子回來給你報警送信。石老先生只思索這快馬袁乃

是長白山的一位大豪，他就是爭名鬥技；再鬧大點，也無非擺擂臺，廣邀能手，必求一勝罷了。再沒想到快馬袁竟走綠林的路子，率眾攔路，公然劫鏢！這孩子一到家，就問我：『師父跟姓袁的比武去了麼？』我當時反覆一思索，覺得劫鏢的人必是快馬袁。可是他只為爭名，闖這大禍，未免小題大做，他難道不怕王法麼？石璞這孩子告訴我：『師娘不知道這快馬袁的聲勢，他在寒邊圍，承繼岳父快馬韓的基業，在長白山一帶，儼然是個土王，連盛京將軍都惹不起他。他劫奪官帑，惹的禍再大，可是他只要率眾逃出榆關，人們就沒法拿他了。他在寒邊圍召集亡命之徒，掘金、刨蔘、牧馬。在他界內稱孤道寡，生殺予奪，完全任意，我們不能拿關裡的情形看他。」

俞夫人一口氣說到這裡，眾人聽了，齊看那俞門五弟子石璞；把這新婚的二十一歲少年看得面色發紅，有點害臊。俞鏢頭因向石璞問道：「你父親是這麼說麼？他現在哪裡？他不能進關幫幫我的忙麼？」

石璞忙肅立回答道：「我父親在家呢，他老是這麼告訴我的，教我趕緊告訴你老多多防備。哪知我一回來，這裡早鬧出事來了。我父親也沒想到飛豹子快馬袁竟敢劫奪這二十萬的官帑。他老本來也要進關，看望你老來；無奈他老現在也正有一件麻煩事，一時離不開身。只教我給你老請安，向你老道歉；等著把事撕捯清楚了，他老也許趕來。」

俞劍平道：「我和你父親十多年未見了，他還很壯實？可是的，他也知道這快馬袁就是我師兄麼？」

石璞道：「這個他老可不知道，只知快馬袁要找你老比武罷了。連弟子也都想不到這快馬袁會是我們的師伯，還是師娘告訴我，我才曉得。」

俞鏢頭又問俞夫人道：「你又怎麼猜出來的呢？莫非從他的姓上推測出來的麼？」

俞夫人微微一笑道：「我哪有那麼大的能耐，豈不成了未卜先知了。」

用手一指肖國英、胡振業二位師弟道：「這還是咱們這兩位師弟，一個無心探明，一個據理猜詳，才斷定劫鏢的飛豹子就是快馬袁，快馬袁就是袁師兄。總而言之，是趕巧了，一步步推出來的。」

俞鏢頭和在座群雄，齊看胡、肖二友。鐵牌手胡孟剛對明天踐約的事，心裡著急，就搶著問胡振業道：「宗兄，是你猜出來的，還是肖老爺猜出來的？」

胡振業一條腿不得力，眾人說著話，不覺立起，獨他還是坐著，這時就扶著椅背，站起來說：「訪是我訪著的，猜還是我們肖師弟猜出來的。我現在不但手底下不成，心思也不給使喚了。我本來早就曉得袁師兄進關了。我們肖師弟大遠地看望我來，告訴我江北最近出了一個大盜，劫了我們俞三哥的鏢，還拔走鏢旗。饒這麼說，我竟沒有往一塊聯想……」

他沒頭沒腦說了這麼幾句，眾人全聽不明白。他唉了一聲，連忙解釋道：「是這麼一回事，肖師弟沒看我去以前，我恰巧聽我們黃先生說……」說著一指儒生黃烈文道：「黃先生聽咱們六師弟馬振倫說，咱們早先那個二師兄袁振武，他沒有死，現在又出世了，眼下在遼東大鬧起來。據說他好幾十年沒有進關裡，他總在關外混。哦，說他最近才進關，還帶了許多朋友，還直打聽我們俞三哥。黃先生把這話告訴咱們八師弟謝振宗，謝振宗又告訴了我。你看，這麼著兩下裡一對，不就猜出來了麼？」手扣住腦門子道：「他娘的，偏偏我就思索不出來，我真個成了廢物了！」

胡振業的江湖氣很重，說話也很亂。東一句，西一句，有點張口結舌，開言忘語的毛病。他這場病害得很重了。

肖守備笑著說道：「五哥坐下說話吧。我看你越著急，越說不出話來。還是請三嫂子講，比較清楚些。」眾人道：「對，由一個人講最好。」

俞劍平笑道：「怎麼非得內人說不可呢？九弟，你告訴我吧。天不早了，趕緊說說，還得想辦法呢。」

肖守備捋著鬍鬚，把這事從頭說起。這件事果然是由肖守備猜測出來的。肖國英守備在山東濱海之區靈山衛做官，最近剿海賊有功，擢升都司，加記名游擊，調住江南，並給假三月。這時豹頭大盜劫鏢拔旗之事已然哄傳各地，肖守備在官場已經聽說。他姑念當年的師兄師姊，決趁就職之便，繞道往訪雲臺山，慰問此事。

　　肖守備和俞鏢頭交誼很深，當年在文登縣太極丁門下習武，他排行第九，年齒最幼。他的武功就是掌門三師兄和師姊丁雲秀教的。俞劍平昔在師門，名叫俞振綱，字建平；後在武林創業，始以字行。又因他的太極劍馳名當代，人家順口都管他叫俞劍平。他就索性改用「劍平」二字為名。

　　肖守備把官事交代清楚，要坐海船過海州，訪雲臺，再轉道赴任。還沒有登程，忽聞人言，當年的五師兄胡振業死裡逃生，身得重病；病治好了，終落殘疾，現在山東十字路集住閒。聽說生活很苦。肖守備一聽這話，回想舊誼，不勝慨然。

　　他本來和俞劍平、丁雲秀夫婦最好。丁雲秀是老師的女兒，照應他和老姊姊一樣，現在又是他的師嫂。

　　其次同學，便是胡振業、馮振國跟他莫逆。他立即趕走旱路，到了十字路集，訪著胡振業，帶去不少禮物，還有現錢。

　　胡振業大病初起，手頭十分拮据，好像當年豪氣也消磨垂盡。

　　一見肖守備，已非當日小傻子的模樣了；滿面紅光，人很發福，也長了見識，顯得極精幹，極魁偉。胡振業不禁長嘆道：「九弟闊了！難為你還惦記著窮師兄。承你遠道看我，我就感激不盡，你還送這些東西來做什麼？」

　　兩人很親熱地敘舊。胡振業身為病磨，孤陋寡聞，外面的事情，他近來一點也不曉得。連俞劍平停辦鏢局、退隱雲臺的話，他也是剛聽人說。

面對肖守備，發著牢騷道：「我是倒了運的人，想不到這些老朋友、舊同學，都沒有忘了我。這兩月也怪，好像是『宜會親友』的日子。你知道謝振宗謝八弟麼？他最近也來看望我了。還有馬振倫馬六弟，聽說也混得不錯。總而言之，倒運走背字的只有我。」

肖守備道：「謝師兄現在做什麼事情了？」胡振業道：「謝八弟的操業，告訴不得你，你現在做官了。可是話又說回來，別看謝老八耍手臂根，究竟混整了，總比我強。他上月看望我來，也問到你了，他還向我打聽咱們掌門師兄來著。問俞師兄還幹鏢行不幹？外傳他已經歇馬，可是真的麼？」

肖守備道：「是真的，俞師兄目下退隱雲臺山了，離你這裡也不算遠，怎麼五哥不知道麼？」

胡振業道：「唉，不知道；就知道，我也懶怠去見他。你看我混得這樣，我誰也懶怠見了。」

肖守備道：「五哥振起精神來，何必這麼萎靡？這回小弟赴任，先到五哥這裡，回頭我就到海州去，看看咱們掌門師兄和丁師姊。要不然，五哥，你我一同去吧。」

胡振業搖搖頭，看著他那條腿說道：「你替我致意吧。你告訴俞三勝和丁師姊，就說胡老五混砸了，如今只剩一條腿了！」胡振業只是這麼灰心喪氣的談了一陣，留肖守備吃飯，並預備宿處。掌燈聯榻，又說起舊話。胡振業道：「九弟，你可知道咱們那位二師兄袁振武和四師兄石振英麼？」

這兩個老同學頓然憶起當年師門的九友來。大師兄姜振齊被罪見逐，早已不聞聲息，恐怕今已下世。其次是負氣出走的二師兄袁振武和四師兄石振英。袁振武為廢立一事，懷怒北歸。石振英是和袁振武慪氣，先一步走的。事隔多年，久不見二人的蹤影了。

肖振傑道：「石師兄改入武當門，我聽人說過。袁二師兄聽說死了。那傢伙脾氣剛暴，以大壓小，說話就瞪眼。我和他頂說不上來。聽說他在故鄉有一個仇人，仇人打死他家裡什麼人，他刺死了仇人，仇人同黨又把他打死了。可惜他一身好功夫，落了這麼一個結局！你還記得吧，老師總說他脾氣不好，到底落在師父那句話上了。」

　　胡振業聽罷，連連搖頭說：「不對！不對！我早先也聽人這麼說，敢情那是謠言。袁老二沒有死，最近又出世了！」

　　肖振傑道：「唔，你聽誰說的？恐怕不確吧。」胡振業道：「千真萬確，一點不假，是我聽謝振宗親口對我說的。謝振宗謝八弟是聽黃烈文黃先生說的，黃先生又是聽馬振倫馬六弟說的。」

　　肖振傑笑道：「這麼輾轉傳說，恐怕又靠不住了。」胡振業道：「靠得住之至。謝振宗謝老八告訴我，馬振倫親眼看見袁老二了。」肖振傑道：「是麼，什麼時候看見的？在什麼地方？」

　　胡振業道：「這個，可以算得出來。謝老八是在兩個月前跟我見的面，他見馬老六又在兩三個月前。嗯，這大概是四五個月以前的事了。至於見面的地方，我可是忘記問了。……謝老八對我說，袁師兄沒在直隸老家混，他一直跑到關外去了。謝老八還說：『袁老二打死仇人的話並不假，不過仇人沒有打死他。他報了仇之後，就變姓名出關，關外有名的寒邊圍快馬韓，原來就是他的化名。』」

　　肖守備微微一笑道：「那就不對碴了。寒邊圍的快馬韓擁有許多金場、蔘場、牧場，在長白山稱孤道寡，將近四五十年了，怎麼會是袁師兄？袁師兄今年就活著，也不過六十歲，五哥你算算……」

　　胡振業也笑道：「你到底比我強，怨不得你做官！當時謝八弟對我這麼說，我一點也沒理會。你可是一聽就聽出棱縫來了。謝八弟那天告訴我，寒邊圍有老快馬韓，有小快馬韓；有真快馬韓，有假快馬韓。袁師兄

是小快馬韓，他頂著老快馬韓的名字在關外混。真是像你說的，他管著好些蔘場、金場、牧場，在柳條邊稱孤道寡，儼然是個土皇上。不知怎的，他突然進關，跟馬振倫……哦，對了，他是在馬振倫的老家跟馬六弟見的面。他是專心拜望馬振倫去了，給馬振倫留下許多值錢的東西，什麼人蔘、鹿茸、貂皮褂、猞猁猻皮袍，還給馬振倫的孫子留下一對金鐲子，像他娘的手銬子那麼重。這傢伙手頭很闊，據說口音也改了，完全是關外人了。他也打聽咱們來著。聽老謝說，袁老二莫看人老，精神不老，脾氣還是那麼衝，直打聽俞師兄和丁師妹兩口子的情形，好像當年那個舊磕一點也沒忘哩。」

肖振傑道：「當然了，丁老師那年在大庭廣眾之下，廢長立幼，不但袁、俞二位畢生不忘，恐怕連我也不會忘掉的。我如今一合上眼，就想了起來。那天袁師兄一對豹子眼翻上翻下，縱然沉得住氣，臉色到底變了，就是咱們哥倆也很發慌。聽老師一宣布，都覺得像一個霹靂似的，太出人意外了……」

說到這裡，肖振傑猛然想起一事，猝然發問道：「五哥，你可聽說，袁師兄現時住家在哪裡麼？」

胡振業道：「這個，我沒有問，大概總在江北吧。」肖國英道：「五哥怎麼就不打聽打聽？咱們這些老同學，我都想見見。」胡振業哼了一聲，又一拍大腿道：「我打聽那個做什麼？你別把五哥太看扁了。五哥雖然窮，可是窮耿直，沒打算貪小便宜……」

肖國英道：「五哥說遠了，他總是我們的同學，我們該看望他去。」

胡振業冷笑道：「看望他去？怎麼著，找他尋人蔘、鹿茸去麼？胡老五混窮了，犯不上攀高。九爺，你該曉得，我跟他不大對勁！你別看胡老五現在受了你這些東西，那是咱們哥們過得多。老實告訴你吧，換個別人，就讓他捧上門來，五太爺還不要呢！要不然，五哥怎麼混砸了呢，我

就是這種狗屎脾氣！」

肖國英大笑道：「五哥急了？五哥到底不脫英雄本色。」

胡振業這才放下面孔道：「本來麼，人家在關外發了財，咱們在關裡混剩了一條腿，我幹什麼看望他去！不但他，俞三哥跟我不錯吧，我連他都不去看望。錯過是九弟你，咱哥們又不錯，你又找上門來，你又做了官，我哪能不怕官？」說著自己也笑起來了。

肖國英不再提袁振武了，忙又打聽馬振倫、謝振宗、黃烈文的住處。胡振業說：「這黃烈文是位教書匠，也喜好技擊，眼皮很雜，常找我來閒談。他和咱們謝老八也有交情，是這麼輾轉說起話來，才提到的。若不然，你問我馬、謝現在何處，我真個說不上來。」因肖守備殷殷勤問，胡振業到底把這幾個人的住處說了，肖守備聽罷，當下也沒說什麼。跟著還是講閒話，勸胡振業出山，跟他到任上去。胡振業自然仍是辭謝。

在胡武師寓所盤桓了兩三天，肖國英守備便告別轉赴海州，直抵雲臺山清流港。這時俞門五弟子石璞也剛從故鄉瀋陽完婚，回轉師門，給師父師母帶來許多土儀。聽師母說老師已率師兄，尋鏢出門，匝月未返；推測劫鏢大盜，定是仇家。

石璞聞言躍然，就要追尋了去。被師母丁雲秀攔住，說道：「你看，家裡正沒有人，你來得正好，你給我看家吧。你不知道，最近家裡還鬧賊來著，一準是仇人支使出來的。我一個人上了年紀，照顧不到，你夜裡多靈醒點。你照看前院，我照看後院。」又把陸嗣清引見了，說是：「你老師新收的徒弟，是黑砂掌陸錦標陸六爺的次子。」

石璞遵囑代師照應門戶，並代師母傳給陸嗣清拳技。不到幾天，肖守備突然登門拜訪，穿武官便服，佩刀跨馬，跟著馬弁，氣度昂然。石璞認不得這個九師叔，上下一打量，忙說道：「對不住！家師不在家，家裡沒人，倒勞動你老撲空。」捧著名帖當門一站，不放這位生客進宅。

肖守備大笑道：「你叫什麼名字？你是你們俞老師第幾個徒弟？」石璞回答道：「弟子名列第五，叫石璞。」肖守備仰面端詳著俞宅門樓門洞，說道：「你大概不認識我，你進去跟你師娘一說，她就知道了。……你對你師娘說，我姓肖，是由打靈山衛來的，一定要見見。……你老師不在家，我見你師母。你老師不是丟了鏢，找鏢去了麼？」

這個生客不擺官譜，竟拍老腔。石璞心中惶惑，忙捧名帖進宅，把來人行止一五一十對俞夫人說了，丁雲秀夫人接過名帖看，說道：「唉，是他呀。肖國英就是肖振傑，孩子，這是你九師叔。」石璞這才放心道：「我當是官面登門找麻煩來呢。」

丁雲秀道：「請進來吧！」石璞轉身要開客廳，丁雲秀道：「一直讓進內宅吧，我跟他有幾年沒見了。」且說且站起來。石璞慌忙往外跑，先到門房，把睡午覺的長工李興捶醒；自己高舉名帖，側身遜客道：「你老往裡請！你老是我九師叔，你老怎麼不告訴我？」跟著請安。

肖守備哈哈大笑道：「好小子，你把我當了辦案的了吧？我還沒嚇嚇你呢。」

俞夫人丁雲秀率領幼徒陸嗣清迎出來，笑道：「九弟，這是哪陣風把你吹來的？」肖國英連忙行禮，叫道：「師姊！」他對俞夫人，有時叫三嫂，有時叫師姊。他雖為官，仍在丁雲秀面前做小弟弟。禮畢回顧，對馬弁說：「把咱們帶來的東西解下來，把馬牽到馬棚。……咱們這裡有馬棚吧？……師姊，你這宅子太好了，哪像住宅！簡直是座小花園，再襯著外面山清水秀，多好的景緻！」轉對石璞說：「小子，你別張羅我，你張羅我這個馬弁吧。他初次登門，不知道馬棚在哪裡，你領他去。」

石璞忙催長工李興，李興揉著眼出來，忽見頂子藍翎，眼神一亮，忙給請了個安；方才接禮物，接牲口，把馬弁陪進門房。肖守備同著丁雲秀，直入內堂，寬袍套落座。石璞上前獻茶，陸嗣清站在師娘身邊。

肖守備也是初次到這裡來的。他目視全宅，欣然稱羨；又看著陸嗣清問道：「師姊，這又是誰，是二侄子麼？大侄子哪裡去了？」

丁雲秀道：「我們瑾兒上南京看他姐姐去了。這孩子不是我跟前的；這是一個老朋友的老生兒子，送到這裡，拜你三哥為師，學打拳的。他父親是鷹游嶺的黑砂掌陸錦標，你也許知道吧。……嗣清過來，見見你九師叔。」又笑道：「現在你三哥沒在家，就是我管教他。」說到這裡，看著肖守備，無端地笑起來了。別人不明白，肖守備明白。他拉著陸嗣清的手，忍不住也笑道：「好侄兒，你今年十幾歲了？你的本領是師娘教的吧？咱們爺倆要多多親近，你知道我是誰教的麼？告訴你，也是你師娘教的。」

丁雲秀笑道：「九弟做官了，興致還是這麼好。」肖守備道：「我敢在師姊跟前擺官譜麼？」

姊弟二人笑語當年，寒暄已罷，肖守備忽然面色嚴肅起來，目視石、陸二徒，說道：「師姊，我有幾句話，要對師姊說；我此來本是趁赴任之便，探望三哥三嫂。現在我無意中……可是的，石、陸這兩個孩子嘴嚴不嚴？」

丁雲秀吃了一驚，忙命石璞把陸嗣清帶出去。又囑石璞，看住院門，無事不必教人進來。然後望著肖國英，露出叩問的神氣。

肖國英想了想，問道：「三哥上哪裡去了？我聽說三哥給人雙保鹽鏢被劫，此時不在家，可是尋鏢去了麼？」丁雲秀答道：「不錯，你也聽說了？」又問：「尋了多少日子，有眉目沒有？」丁雲秀答道：「我還沒得著信，大概還沒有頭緒吧？怎麼著，九弟有所耳聞麼？」

肖國英不答，仍問道：「聽說是劫走了二十萬鹽帑，劫鏢的大盜已訪出是誰來沒有？」丁雲秀道：「沒有，……不過這工夫你三哥也許在外面訪出線索來了。」

肖國英又道：「三哥的事三嫂盡知，你猜想這劫鏢的人是誰？」丁雲秀

道：「我也想過，這自然不是尋常盜案，乃是仇家搗亂。」肖國英點了點頭道：「對了！劫鏢的大盜什麼模樣？」

丁雲秀道：「聽說是一個豹頭虎目，遼東口音，用鐵煙桿，善打穴，善接暗器，年約六旬的赤面老人，你三哥這裡有信。這人的外號大概叫什麼插翅豹子，只是我到底猜不出是誰來？也不知是哪路來的？」肖國英聽了，點頭猝問道：「師姊，你可曉得咱們當年那位怒出師門的師兄袁振武麼？」

丁雲秀不覺矍然得站起來了，說道：「袁二師兄不是早去世了，怎麼沒死麼？他又出世了麼？他現在哪裡？」

肖國英道：「他沒有死，的確沒死。他可是年約六旬，豹頭、虎目、赤紅臉，並且他現在說話正是關東口音。」

丁雲秀一雙清澈的眸子睜得很大，扶著桌角，面露詫異道：「這消息你從哪裡得來的？」

肖國英道：「胡振業胡五哥親對我說的，馬振倫馬六哥親眼看見的。袁二師兄從關外發跡歸來，到馬振倫馬六哥家去了，送了許多禮，直打聽三哥三嫂。」

丁雲秀道：「噢！」她的心思最快，登時把家中鬧賊，題豹留柬，和石璞所談，遼東快馬袁訪俞比武，率友入關的話，一一聯貫起來。

袁二師兄確是豹頭赤面，假使尚在，確已六十歲了，劫鏢大盜確叫什麼豹子，而快馬袁一來姓袁，二來也有飛豹之號。

丁雲秀看定肖國英，滿腹驚疑，脫口呼道：「不好，這一定是他！袁師兄負氣出師，埋頭多年；他這突然一出面，他那麼倔強的性格，一向是折人折到底，這鏢要是他劫的……這這這可怎麼好？」說著話，搓手著急。

肖國英道：「師姊也不要心驚，如果劫鏢的真是他，咱們想法子對付他。他不念師門舊誼，我們還怕他不成？況且他劫奪官帑，不止滅絕了舊誼，還觸犯著重法。只怕他折不了人，人還折不了他？可是的，這事還在兩可之間。我不過轉聽謝師兄說，他已經進關了。我固然也這麼猜，究其實還是望風捕影。師姊怎麼就十拿九穩，斷定準是他呢？」

丁雲秀搔頭掠鬢道：「咳，我怎麼不十拿九穩！我告訴你吧，我原聽說劫鏢的是關外口音，外號叫豹子，又聽說快馬袁要進關找你三哥比武。偏偏袁師兄也是豹頭赤紅臉，也趕進關來，你看，歲數又對，姓又對，相貌又對，不是他是誰？……我說，喂，石璞，石璞，你進來，我再問問你！」

石璞慌忙從屏門進來。丁雲秀、肖守備連忙把快馬袁的年貌、兵刃、黨羽，從頭到尾又仔細盤問了一遍，正是一點沒猜錯。石璞說，快馬袁名叫袁承烈，外號飛豹子，使鐵煙管，會打穴；豹頭赤面，六十多歲；手下有二老三熊，全是遼東人。

據俞鏢頭來信，劫鏢大盜以插翅豹子為記，正也使鐵煙管，會打穴，豹頭赤面，六十來歲；黨羽叫做什麼一豹三熊，全是遼東口音。更據謝振宗所說，袁師兄恰從遼東進關已到江北，他正是豹頭赤面，六十來歲。多方印證，年貌相同，所不知者只有外號、兵刃。可是飛豹子的外號，恰與二師兄的面貌相符；而快馬袁正與二師兄同姓，名字也有關合。

肖守備與師姊丁雲秀、師侄石璞，各舉所知，揣情度理；一而二，二而三，層層推測，已覺得「三歸一」，毫無訛錯了。

丁雲秀毅然決然對師弟肖守備道：「這件事必須趕緊告訴你三哥。」屈指計算，俞劍平拔劍出門，已一個多月，料想還沒有訪出頭緒；若訪出頭緒，必給家中送信。丁雲秀吩咐石璞：「你快往海州去一趟，給他們鏢局送個信去，你明天就動身。」

石璞連忙領諾。

然後，丁雲秀愣愣地看著肖守備，問道：「九弟，你有工夫麼？」肖守備道：「上邊給了我三個月假，現在還有兩個月呢。」丁雲秀道：「好！」深深斂衽道：「九弟，你幫三哥一個大忙吧。我此刻要找胡振業、謝振宗、馬振倫去，這幾位師弟我要挨個兒拜訪，挨個兒問一問。這事一點含糊不得，萬一揣測錯了，可是了不得。九弟，你肯為師姊出一趟門麼？」

肖守備看見丁雲秀慌張的神情，心中感嘆，忙道：「師姊，這何必說？你想我是做什麼來的？我就是專為給三哥、師姊送信來的呀。我們這樣辦，一直找馬振倫去。」又道：「師姊何必登門找他們？簡直由三哥這裡，拿出掌門師兄的地位，大撒紅帖，把他們全叫來，豈不省事？」

丁雲秀搖頭道：「唉！這事若真，乃是三十年前的種因，今日才結果。我想我們必須廣約同門，給袁師兄順過一口氣來，我們怎好再擺掌門師兄的架子，袁師兄豈不更惱？」假使真是袁師兄，丁雲秀已經打定情懇求和之計了。

當天，肖守備留在前宅客廳，由五師侄石璞陪著。丁雲秀進入內宅，輾轉通夜，反覆籌劃，寫出數封信來。次日又把石璞叫到面前，說道：「你不用往海州去了。」對肖守備道：「你三哥蒙在鼓裡；袁師兄是藏在暗隅。你三哥必然應付不了他。我昨夜越想越急，袁師兄的脾氣你曉得的，剛強決辣，不發動則已，一發動就要壓倒人，不容人翻身。我打算今天就走，先找胡振業，次找謝振宗，再找馬振倫，再加上九弟你。我打算煩你們哥四個，拿出師門誼氣來，同聲面求袁師兄。還有馮師弟，若也能尋到，就算同門到齊了，由你們哥五個，一同替你三哥說話。這總算給袁師兄一個面子了。」

肖守備道：「師姊的意思是善討？」丁雲秀道：「不善討，討得出來嗎？你還想拿武力來硬奪不成？那可準糟，他勝了，還許退給鏢銀，那你三哥就聲名掃地了；他敗了，必定埋贓一走，咱們往哪裡找他去？寒邊圍是化外之區，連盛京將軍都不能剿辦他，憑你三哥，區區一個歇馬的鏢頭，又

能把他怎麼樣？」

肖守備冷笑道：「若照師姊這樣說，天底下沒有王法了！袁老二自覺不錯似的，這回當真劫鏢有他，他不但傷了誼氣，還犯了重法。說小是個斬立決，說重就是個滅門大罪。師姊，你不要怵他，小弟自問還能給三哥、師嫂幫這個忙，有的是法子制他。」

丁雲秀忙笑道：「九弟，你可別僵火。不管怎麼辦，現在我在家中心驚肉跳，坐立不寧。我一定要出門，先到海州，次訪胡、謝、馬諸位師弟。九弟，你如今做官了，你是官身子，你真能陪我走一趟麼？」

肖守備道：「師姊不要激我，我沒說不去呀！走，咱們這就走。」丁雲秀笑了，說道：「九弟還是這麼熱誠，我也得收拾收拾，安排安排。」

丁雲秀把內宅該鎖處全鎖了，又就近託人看家，把長工囑咐了；立刻雇轎，帶同五弟子石璞，與九師弟肖國英先赴海州。面見趙化龍鏢頭和振通鏢局的鏢師，問過近情，得知俞劍平、胡孟剛現在淮安寶應一路。

丁雲秀將劫鏢大盜恐是袁二師兄的話，仔細告訴了趙鏢頭，又將幾封信煩託鏢行代為發出。趙化龍驟聞此耗，不勝驚駭。丁雲秀又說，現欲廣邀同門，以情討鏢。又請大家把這消息務必守密，免生枝節。趙鏢頭點頭會意，以為情討之舉，論理必須有這一步。至於有效無效，卻不敢說。

他們在海州只停得一停，立刻轉赴魯南十字路集。那抱病閒居的胡振業不期望當年恩師的愛女、掌門師兄之妻會突然坐轎來訪。跛著個腿出門一看，不勝詫異道：「哎呀，您是三嫂子，哦，丁師姊！」

丁雲秀道：「五弟，我來看你了，你真想不到吧？」又皺眉道：「五弟，你怎麼這樣了？九弟告訴我，說你有病，我想不到你會病得這麼重！」

胡振業在此寄居，無妻無子，孑然一身。忙將丁雲秀和肖守備讓到屋中，敘禮之後，開口問道：「九弟，你去而復返，怎麼把三嫂也驚動來了？

三嫂子，我實在對不住，我應該給三哥三嫂請安去，無奈我這條腿……」

丁雲秀笑了笑，說道：「五弟，我不是來挑禮的，我是來求你的。你知道三哥三嫂正在患難中麼？這事非你不可，你肯出來，幫我們個大忙麼？」

胡振業錯愕道：「三嫂子大老遠地來，一定有事。可是我一個廢人，能做什麼呢？」轉看肖國英道：「九弟，是你把三嫂架來的吧……」

肖國英把桌子一拍，吆喝道：「五哥，告訴你，你不是曉得袁師兄從遼東進關來了麼？」胡振業道：「唔，不錯呀！」肖國英道：「你猜他幹什麼來的？他是找俞三哥搗亂來的！他把俞三哥保的二十萬鹽鏢給劫了！現在偏覓不見，不知他藏到哪裡去了。」

丁雲秀道：「五弟沒聽說范公堤有二十萬鹽鏢被劫的話嗎？那就是你三哥跟人合夥聯保的，教咱們袁師兄帶人劫走了！」

胡振業大駭，兩腿都直了，手扶桌子站起來，道：「是真的麼？……」忽然動了疑心，忙說道：「三嫂子，這事我可是毫無所聞。三嫂和九弟你們都知道我，我當年跟袁老二就死不對勁。他這次進關，倒是不假；可是他也沒看望我，我也沒看望他，他只拜訪馬振倫去了。他究竟是怎麼一回事，我一點不曉得，我一點也不想曉得。人家闊，我窮，我只住這裡對付著爬著，別的事我一概不聞不問。」

丁雲秀和肖國英相視而笑道：「五爺，這是怎的了？誰疑心你跟袁師兄通氣了？如今簡短截說，你三哥教劫鏢的豹子逼得走投無路，空訪了一個多月，毫無蹤影。如今既知劫鏢的豹子就是當年的袁師兄，這沒有別的，只好煩舊日同學，替你俞三哥在袁師兄面前求個人情。胡五弟，你還不幫這個忙麼？」

胡振業臉色和緩下來，笑道：「嚇了我一跳！人貧志短，我只道是疑心我跟賊合夥來著呢！……劫鏢的真是袁師兄麼？你們聽誰說的？他難道

真改行做起賊來不成？」

　　丁雲秀、肖國英遂將推測的情形和打定的主意，一一說了。肖守備又道：「此事不能看作失鏢尋鏢，也不能看作俞、袁之爭。五哥，這是我們掌門師兄有難，有人要跟我們太極門下不來。現在同門諸友頂數五哥年長了；我們同門要煩你率領我們出頭，替本門說話。五哥，你義不容辭！」

　　胡振業聽了，神色連變，看著自己這條腿，半晌作聲不得；心中沸沸騰騰，萬感交集，忽然間，目放威光，轉向丁雲秀道：「三嫂，我成了殘廢人了。但是為本門的事，我一定粉身碎骨，義不容辭。現在，三嫂和九弟打算教我怎麼樣呢？可是教我去找袁老二去麼？這可不大好措辭，要是硬幹還可以，軟求只怕……因為九弟要知道，他不是我們本門中人了。」

　　丁雲秀忙道：「五弟，咱們不是那麼樣的打算。我的意思，是想請五弟領我去找謝振宗、馬振倫，屆時就煩你們哥幾個，替你三哥服個軟，給袁師兄留一個面，好歹把鏢銀討回來。」

　　胡振業又復沉吟道：「這還是軟求！也罷，既然三嫂、九弟全覺得這麼辦對，咱們就先找馬振倫去；謝振宗此刻早在幾百里以外了。他和黃烈文黃先生很好，要不然咱們先找黃先生去。他這個人文武全才，出個主意什麼的，比小弟強多了。小弟是倒運的人，一出主意，準鑽牛犄角。黃先生在此不遠，我們也可以煩他寫信，把謝老八催回來。」

　　把話商定，胡振業收拾著就要上馬。肖國英道：「五哥還是坐轎吧！」胡振業大笑道：「三嫂子坐轎，是婦道人家沒有法子，省得教人看著扎眼。我也坐轎，豈不太難了？」一抖韁，用右腿踏鐙上了馬。

（未完見下冊）

十二金錢鏢——卅年故人重相逢，師門夙怨難消解

作　　者：白羽

發 行 人：黃振庭

出 版 者：崧燁文化事業有限公司

發 行 者：崧燁文化事業有限公司

E-mail：sonbookservice@gmail.com

粉 絲 頁：https://www.facebook.com/
　　　　　sonbookss/

網　　址：https://sonbook.net/

地　　址：台北市中正區重慶南路一段六十一號八
　　　　　樓 815 室

Rm. 815, 8F., No.61, Sec. 1, Chongqing S. Rd.,
Zhongzheng Dist., Taipei City 100, Taiwan

電　　話：(02)2370-3310

傳　　真：(02)2388-1990

印　　刷：京峯數位服務有限公司

律師顧問：廣華律師事務所 張珮琦律師

定　　價：399 元

發行日期：2024 年 01 月第一版

◎本書以 POD 印製

Design Assets from Freepik.com

國家圖書館出版品預行編目資料

十二金錢鏢——卅年故人重相逢，
師門夙怨難消解 / 白羽 著 . -- 第一
版 . -- 臺北市：崧燁文化事業有限
公司 , 2024.01
面；　公分
POD 版
ISBN 978-626-357-959-0(平裝)
857.9　　112022810

電子書購買

臉書

爽讀 APP